# PONTORMO

## PORTRAIT D'UN PEINTRE À FLORENCE AU XVIe SIÈCLE

## DU MÊME AUTEUR

*GEORGES VASARI ET LE VOCABULAIRE DE LA CRITIQUE D'ART DANS LES "VITE"*, ELLUG, 1988.

*GIORGIO VASARI, L'HOMME DES MÉDICIS* (prix Monseigneur Marcel de l'Académie française), Grasset, 1995.

*ENTRETIENS DU PALAZZO VECCHIO* (ouvrage de Giorgio Vasari), introduction, traduction et notes de R. Le Mollé, Les Belles Lettres, 2007.

*PONTORMO, PORTRAIT D'UN PEINTRE À FLORENCE AU XVI^e^ SIÈCLE*, Actes Sud, 2010 ; Babel n° 1929.


ISBN 978-2-330-18963-1

ROLAND LE MOLLÉ

# PONTORMO

## PORTRAIT D'UN PEINTRE À FLORENCE AU XVIe SIÈCLE

roman historique

BABEL

*pour Monique*

*Ce temps qu'il faut à un individu [...] pour pénétrer une œuvre un peu profonde, n'est que le raccourci et comme le symbole des années, des siècles parfois, qui s'écoulent avant que le public puisse aimer un chef-d'œuvre vraiment nouveau. Aussi l'homme de génie pour s'épargner les méconnaissances de la foule se dit peut-être que, les contemporains manquant du recul nécessaire, les œuvres écrites pour la postérité ne devraient être lues que par elle, comme certaines peintures qu'on juge mal de trop près.*

MARCEL PROUST,
*A l'ombre des jeunes filles en fleurs.*

# I

# JE NE M'APPELLE PAS PONTORMO

"D'abord, je ne m'appelle pas Pontormo !"

Il avait cette voix rauque, une voix râpeuse, rugueuse. Gouailleuse parfois quand il lui arrivait d'être gai. Mais le plus souvent, c'était sa voix granuleuse des mauvais jours. Pour une vie qui ne fut que de mauvais jours. J'aurais dû me méfier. Je n'avais cependant posé aucune question. Simplement le nom qui revient, comme ça, dans la conversation. Le retour du nom comme une façon de ressaisir l'attention de l'autre. Mais tant d'exaspération sous ce nom, je ne l'aurais jamais imaginé, même si, je le savais pourtant, avec lui, il fallait toujours se méfier. De la prudence dans ses mots. J'avais dû le vexer. Ou pire, l'humilier. Ce fut le silence.

Il se leva. M'oublia. Il s'en alla rouvrir la fenêtre. Son épaule et son bras gauche lui faisaient encore mal. Il fit une grimace. Il grommela un juron. Il se pencha pour regarder en bas dans la rue. Avec l'air frais du soir entrait maintenant, dans le petit atelier du premier étage, le vacarme des charrettes qui cahotaient sur les dalles bancales des venelles de Florence. Maraîchers de retour du quartier de Santa Croce, maçons, menuisiers, charpentiers, carreleurs en longues files ininterrompues, chacun poussant son *biroccio* vers le chantier du Palazzo Vecchio, que Cosimo Ier avait décidé de venir habiter, un beau jour de 1540. Il y a déjà quatorze ans de cela ! Du jour au lendemain, il avait abandonné la demeure de ses ancêtres, le sobre palais aux robustes bossages de la via Larga. Sans nostalgie. Cosimo ne saurait jamais ce qu'était la nostalgie. Ni la mélancolie. C'est peut-être pour cette raison qu'il se fit curieux de Pontormo, pour voir à quoi pouvait bien ressembler un homme agité par la mélancolie.

Cosimo l'Ancien, le fondateur de la dynastie, avait demandé à Michelozzo, son architecte préféré, de lui construire un palais digne de sa famille, maintenant qu'elle régnait sur Florence. Mais le vieux Médicis mourut en 1464. Il ne profita guère de cette austère demeure glaciale qui devait devenir un jour le cénacle où artistes, poètes et philosophes se réuniraient autour de son petit-fils Lorenzo. Quatre petites années seulement. Et voilà que plus tard, beaucoup plus tard, presque un siècle après, comme l'araignée au centre de sa toile, le lointain cousin héritier, un Cosimo lui aussi, avait décidé d'abandonner cette demeure pour installer son pouvoir au centre de Florence, dans les basses pièces du palais massif de la piazza della Signoria, celui qui fut jadis le palais du peuple, le Palazzo Vecchio, là où battait le cœur politique de la ville. A une époque où la plèbe gouvernait Florence.

A la demande des prieurs qui administraient alors la ville à tour de rôle, en des temps plus lointains encore, Arnolfo di Cambio avait édifié cette forteresse en 1299. Les représentants du peuple voulaient être à l'abri des pressions, voire des menaces des puissants : l'aristocratie, le clergé et l'armée. Pendant deux mois, ils vivaient là, cloîtrés entre de hautes murailles, sans aucun contact avec le monde extérieur, l'esprit entièrement tourné vers le bien de la chose publique, cette chose publique qui bruissait en lamentations et dont les révoltes venaient, comme une marée lasse, échouer aux pieds de l'hermétique citadelle. C'est Pontormo qui raconte :

"Et puis l'histoire s'est renversée. Les puissants d'aujourd'hui ont investi la vieille bâtisse des gonfaloniers, tandis que les républicains se cachent, s'exilent et disparaissent."

Il s'arrête de parler. Il va changer de sujet. Le voilà qui fourrage dans ses vêtements et en tire un papier froissé qu'il déplie.

"Ah, dis donc ! As-tu vu Bronzino récemment ?

— Hier, je l'ai vu avec Sandrino et Bernardo. Pourquoi ?

— Je lui avais demandé d'aller au marché de la piazza Ognissanti m'acheter quelques pêchers pour les planter à Pontormo. J'aimerais en rajouter quelques-uns.

— Mais on n'en vend plus en cette saison. C'est trop tard. Et puis ceux que vous avez plantés en mai dernier devraient suffire. Non ?

— Oui, peut-être… Qu'est-ce que je disais ?

— Que les républicains se cachent…

— Ah oui ! Et c'est Cosimo qui a ramassé la mise. Oui, Cosimo Ier, le grand-duc de Toscane, s'installe donc au Palazzo Vecchio en 1540. Un palais délabré, un taudis de luxe. Quand on ouvre les portes, les rats s'enfuient à travers les grandes salles vides. Dans les caves, des lions affamés rugissent nuit et jour et dégagent d'insupportables odeurs. Cosimo s'empresse de les expédier à San Marco où on les enferme dans des souterrains."

Il s'arrête là et reste songeur. Il se tait, puis reprend :

"Les travaux avaient été remis à plus tard car la duchesse Eleonora di Toledo, la duchesse aux beaux yeux tristes, était enceinte. Elle devait accoucher bientôt de leur premier enfant, Francesco. C'est seulement en 1549 que Cosimo s'était décidé et avait confié à un certain Battista del Tasso, un modeste menuisier, le soin de rajeunir le vieux palais abandonné. Battista joua à l'architecte, et cet artisan sans envergure prit trop d'importance dans l'affaire pour restructurer, décorer, aménager et faire de cette forteresse une aimable résidence princière. Cosimo s'en rendit compte. C'est une des raisons pour lesquelles, il surmonte ses réticences et finit par embaucher Vasari.

Les choses se passèrent mal entre le peintre et le menuisier. Toutefois, à sa mort, Vasari régna en maître absolu sur le chantier. En plus de la direction de l'ensemble des travaux, Cosimo lui confia l'exécution des fresques, des fresques sans fin qui se déroulent et se poursuivent de pièce en pièce pour célébrer les louanges de Florence, des Médicis en général et de Cosimo en particulier."

Pontormo se retourne vers moi. Il m'explique :

"Un joli coup double de Cosimo dans cette affaire, car l'année même où il investit le Palazzo Vecchio, voilà qu'avec la dot de sa femme, la belle duchesse aux yeux tristes, il achète à Bonaccorsi Pitti le palais que Brunelleschi lui avait édifié de l'autre côté de l'Arno, là où naguère commençaient la campagne et les champs d'oliviers. Tu verras, crois-moi, quand il aura terminé les travaux piazza della Signoria, il abandonnera le Palazzo Vecchio pour aller habiter le Pitti. Je le connais bien. Insatiable et orgueilleux. Jamais trop, jamais assez. Pour le moment, c'est Vasari qui fait des siennes maintenant qu'il se lance dans l'architecture. Le voilà qui décide de relever de treize brasses le plafond de l'immense salon du Conseil supérieur. Tu te rends compte, remonter les énormes poutres du Cronaca, ces fûts de chêne du Casentino ! C'est insensé. Et pourtant, même Michelangelo est d'accord !"

Pontormo ne décolère pas. De sa main droite, il tient son épaule gauche qui le fait toujours souffrir.

"Tu comprends, ça fait cinq ans que les charrois de pierres, de marbre, de *pietra serena*, de sable, de chaux, de poutres et de ferraille font vibrer les fenêtres de mon atelier. Quand je peins, les toiles tremblent sur mon chevalet."

Je lui raconte, car c'est la rumeur qui circule maintenant dans la ville, que le duc envisagerait d'abattre tout un quartier entre la piazza della Signoria et l'Arno pour regrouper les différentes magistratures du duché dans un immense palais. On dit aussi que, pour éviter d'importuner la population de Florence exaspérée par les travaux actuels, on construirait une route spéciale qui contournerait le centre de la ville et conduirait directement des carrières de Fiesole aux quais de l'Arno.

Quand on lui en parle, Pontormo hausse les épaules. D'abord, il n'y croit pas trop, bien que cela ressemble quand même aux extravagances de Cosimo. Et puis il est vieux et fatigué. Si cela doit se faire un jour, cela se passera après lui. Il ne connaîtra pas ce nouveau désastre. Il referme la fenêtre et revient s'asseoir sur sa chaise. Il ne peut retenir une grimace.

C'était dimanche dernier, il y a une semaine aujourd'hui, vers six heures du soir. Dans la pénombre qui envahissait le galetas qui lui sert d'atelier, il a trébuché sur un tabouret qu'il n'a pas vu et il est très mal tombé. Il s'est rudement cogné l'épaule et meurtri le bras gauche. Il en souffre toujours. Bronzino l'a recueilli chez lui. Au bout d'une semaine, Pontormo n'y tenait plus d'être chez un autre. Il tournait en rond et commençait à devenir désagréable. Profitant d'un moment où son élève s'était absenté, il partit. Malgré son bras impotent, il réussit à grimper à l'échelle et à se retrouver enfin seul dans sa tanière. Triste retour. Pain moisi, odeur rance des assiettes qu'il n'avait pas vidées, casseroles à moitié pleines, vin dans des verres. La Liena n'était donc pas venue faire le ménage. D'autres rats.

Cette fois, son bras l'a empêché de retirer l'échelle. Sinon comment aurais-je pu revenir chez lui ? Je le surprends et ça ne lui plaît pas. J'essaie le ton enjoué :

“Alors, comment ça va, *sior* Pontormo ?

— D'abord, je ne m'appelle pas Pontormo.”

Je l'observe pendant que sa main valide farfouille à nouveau dans les plis de sa blouse à la recherche de je ne sais quoi, d'un mouchoir peut-être.

Il ressemble de moins en moins au superbe portrait qu'il dessina de lui en 1534. Il avait alors quarante ans, il était encore beau. Car Pontormo fut beau. Dans cet autoportrait, il tourne très légèrement la tête, le regard dirigé vers la gauche. On peut le contempler à loisir, il ne vous observe pas. Le corps est bien pris dans une casaque étroite qui moule le buste, mais les manches bouffantes, par leurs plis aux ombres contrastées, donnent du mouvement à cette pose un peu compassée. Un cordon franciscain lui tient lieu de ceinture. Le front est dégagé sous la petite coiffe plate à pointes. Le visage, fin et sensible, est encadré par une très légère barbe à peine frisée qui ajoute de la douceur. Un air absent, la pensée ailleurs, une tristesse retenue.

Aujourd'hui, son visage a perdu cette noblesse des traits, cette calme expression pensive. Il est rongé par le tourment et une colère qui jamais ne le quitte. Par la mélancolie aussi, et peut-être par une maladie plus profonde encore, quand l'esprit parfois vacille.

Paradoxalement, il ressemble davantage à un autre portrait qu'il avait fait de lui bien avant, quand il n'avait que vingt-sept ans. Un portrait qu'il a fourré dans cette fresque de la villa de Poggio a Caiano qui évoque les champêtres amours de Vertumne et de Pomone. Il s'est donné ce jour-là l'allure d'un vieillard halluciné, au visage creusé, aux yeux cernés. L'oreille est décollée, le cheveu plat, le cou maigre, la bouche tirée vers le bas. Jamais pareil Vertumne agricole ne séduira la fraîche Pomone des jardins et des fruits.

Il se mouche. Il se tait. Les chariots bringuebalent toujours dans la rue, un peu assourdis depuis qu'il a fermé la fenêtre. Il me regarde. Un regard maintenant plus triste qu'irrité.

L'atelier s'assombrit. Dans ces ruelles étroites, le soleil se couche plus tôt que sur le Lungarno ou même que sur la toute proche piazza Santa Croce. Dans cette pénombre naissante, je distingue encore le lit en fer et sa paillasse aux couleurs douteuses. Une longue et large planche posée sur deux tréteaux fait office de table. Elle est couverte de pinceaux en vrac, de pots de peinture, de brosses, de chiffons maculés de couleurs. Mais aussi de crayons, de règles, de compas. Des œufs dans un panier. Pontormo se nourrit essentiellement d'omelettes qu'il appelle son *pesce d'uovo*, son poisson d'œufs, à cause de la forme qu'elles prennent quand il les retourne dans la poêle.

Dans un angle, un trépied supporte une cuvette où stagne encore un fond d'eau. De larges lattes de pin, comme on en trouve dans les fermes toscanes, forment un plancher inégal qui crisse sous les pas. Posées à même le sol et appuyées contre le mur recouvert de plâtre blanc, des toiles tendues sur leur châssis. De tous les formats. Sur certaines, l'*imprimatura* est déjà faite ; on les devine dans l'attente du trait franc qui va balafrer la tendre surface laiteuse. Sur d'autres surgit, à côté d'un visage de Vierge au regard douloureux, un bras venu se détacher là. Plus loin, un drapé bleu. On se prend à rêver devant une tache d'un rose violacé. Le reste, à peine esquissé au crayon, attend la couleur, la forme, le volume. L'idée, et ce qui la détruit.

Des dessins sont accrochés au mur. Sur de grandes feuilles de papier ocre-jaune, traitées à l'encre brune et au lavis brun, des personnages nus aux formes molles, les membres imbriqués, glissent les uns sur les autres comme des reptiles ; d'autres grouillent dans un cul-de-basse-fosse comme des poissons qui agonisent dans un baquet sans eau.

Cela fait huit ans maintenant que Pontormo lutte contre les fresques du chœur de San Lorenzo, l'église des Médicis. Il est hanté par ce Jugement dernier, par cette chute des corps agglutinés dans des abîmes visqueux, qui se cramponnent les uns aux autres, terrifiés. Visionnaire halluciné, il a la révélation de scènes que Dante n'aurait jamais imaginées.

Il se mouche à nouveau. Il tord la bouche, se racle bruyamment la gorge et crache sur le parquet. Puis il tourne le dos et se met à crayonner sur le bout de sa table. Comme si je n'étais pas là. Parce que je l'interpelle, il se souvient de notre conversation que trop de digressions ont interrompue.

Homme aux idées fixes, obsessionnelles, il répète avec obstination :

"Je ne m'appelle pas Pontormo. Je m'appelle Jacopo Carucci."

Il se redresse. Il se triture la tignasse, se cure le nez, se verse un coup de chianti de sa main valide.

"Tu en veux ?"

Je fais signe que non.

Pontormo fait partie de ces curieuses personnes que, chaque soir, le coucher du soleil rend volubiles et fait déraisonner. Même lui, homme d'ombre et de silence. Cela dure le temps de l'éclipse, puis la ville se voile et le calme revient pour ces esprits quotidiennement angoissés par la disparition du soleil et étrangement oublieux, d'un jour à l'autre, de ce phénomène pourtant rassurant par la régularité de son retour.

Dans ces moments-là, il hausse la voix, il pérore, il jacasse, nerveux, il a un débit haché, les mots s'entrechoquent. Il se met à bafouiller, ce qui l'agace un peu plus. On le sent désireux d'épuiser d'un seul coup, comme on renverse un seau, tout ce qu'il voudrait dire qui l'angoisse et l'énerve. Et de s'en débarrasser comme s'il courait après le silence. Et puis le voilà qui se tait, mur froid, visage fermé, lèvres closes. Il amasse, accumule, entasse et amoncelle comme s'il courait maintenant après la parole. Toujours entre deux, Pontormo, toujours un peu à côté, à contretemps, à coupe-cœur.

Je l'ai provoqué sans m'en rendre compte. Si peu lui faut. De nouveau il s'énerve, balbutie.

Son pied tape le sol. Je le sens venir comme on sent venir une crise. Il va se lancer dans un grand discours confus. Il va plaider Dieu sait quoi, alors que je ne lui ai rien demandé. Il ricane. Pontormo ne rit jamais. Il ricane. Puis il attaque :

"Pontormo est un nom d'enfant trouvé, un nom de bâtard. De fils de pute. Mais je ne suis pas un enfant trouvé, j'ai connu mes parents, ma grand-mère m'a élevé, pas bien longtemps, il faut le reconnaître. J'ai aidé ma sœur. Pourquoi remplacer mon nom par celui d'un lopin de terre avec trois maisons dessus ?"

C'est vrai. Pontormo, ce sont trois maisons, une église et un pont sous lequel coule l'Ormo, à une lieue d'Empoli.

Je lui fais remarquer que, surtout depuis le siècle dernier, cela devient une habitude. Tout comme l'ont toujours fait les nobles du *contado*, les artistes à leur tour s'affublent du nom de leur terre, celle où ils sont nés, celle où ils vivent. Je lui rappelle que Jacopo di Pietro d'Agnolo di Guarnieri est né au château de la Quercia et, pour couper court à cette kyrielle de noms, on l'a appelé Jacopo della Quercia. Tout simplement. Parce que Giuliano est né à Maiano, près de Fiesole, on a oublié que son véritable nom est Giuliano di Leonardo d'Antonio. Tout comme Desiderio di Meo di Francesco, qui est né à Settignano, s'appelle Settignano.

"Cela a l'avantage de contourner ce fastidieux encombrement de prénoms en série, cette espèce de récapitulation généalogique comme une chaîne que l'on trimballe toute sa vie. Reconnaissez qu'il est quand même plus facile de s'appeler il Rosso Fiorentino que Giovanni Battista di Jacopo di Gasparre, non ?"

Il acquiesce. Pris au jeu, il en rajoute :

“Il y a pire ! Il y a les surnoms qui vous tombent dessus un beau jour, comme ça, à l’improviste, et dont on ne pourra plus jamais se défaire.

— Les surnoms ?

— Oui, les surnoms. L’infamie et le ridicule qui vous collent à la peau toute votre vie. Croyez-moi, Giovanni Antonio aurait préféré que l’on continue à l’appeler Bazzi comme son père, plutôt que de traîner après lui le triste sobriquet de Sodoma. Tout le monde n’a pas la chance de Giovanni di Guido di Pietro devenu il Beato Angelico.”

Il ricane avec un bruit de chaîne sur une poulie rouillée. Je suis heureux de lui apporter un peu de gaieté.

“Sans compter l’agacement de n’être connu qu’à travers le métier d’un père mort depuis longtemps. Je pense à ces enfants de tailleurs, à ces enfants de volaillers, à ces Andrea del Sarto et à ces Pollaiuolo.

— On raconte aussi qu’à Venise, un jeune peintre de trente-six ans, un certain Jacopo Robusti, se laisse appeler par le nom du métier de son père, le teinturier, il Tintoretto.”

D’un coup, il s’enfonce dans le silence. Je n’ose le troubler, il se met facilement en colère. Puis, sur un ton plus grave, il explique :

“Ils furent deux, et même trois, à couvrir de fresques la chapelle Brancacci, dans l’église du Carmine. C’est Masolino qui a commencé le cycle en 1424, puis Masaccio est venu l’aider l’année suivante. Je ne parle pas de Filippino Lippi qui acheva le travail soixante ans après. Mais ces deux-là qui ont travaillé ensemble, Masolino et Masaccio, pourquoi côte à côte le gentil Thomas et le vilain Thomas ? Hein, pourquoi ? D'autant plus que…

— Que quoi ?

— Ah, Masaccio !

— Parce que vous croyez que Masaccio…

— Bien sûr. Tu n'as que dix-sept ans, mais tu verras… Il a ouvert la peinture. Vasari ne s'y est pas trompé. Mais il est mort trop jeune. Il est mort à vingt-sept ans, tu te rends compte ! A vingt-sept ans ! Il y avait du Michelangelo en lui."

Il peut devenir prolixe et confus quand il galope sur ces terres-là. Je le ramène à ces histoires de noms de peintres qui nous amusent beaucoup.

"Et ceux qui prennent le nom de leur maître, lui dis-je, comme s'ils avaient besoin d'un tuteur, d'une canne pour assurer leur renommée.

— Tu en connais beaucoup comme ça ?"

Il semble incrédule.

"Je connais Mariotto, le fils de Biagio di Bindo, qui s'est fait appeler Albertinelli du nom d'un protégé des Médicis qu'il aimait bien.

— Oh ça, c'est pour se faire bien voir des Médicis !

— Peut-être…

— Ça me fait penser à Piero di Lorenzo di Piero Chimenti, le fils de l'orfèvre. Il a pris comme patronyme le prénom de son maître Cosimo Rosselli pour lequel il avait une admiration sans bornes. Il est devenu Piero di Cosimo. J'ai travaillé quelque temps dans son atelier. Crois-moi, Giambattista, il y a là-dedans un mélange trouble de gratitude, de flagornerie et d'intérêt bien placé qui ne me plaît guère."

On a l'impression qu'il se trouble, et ça ne lui ressemble pas.

"Tu vois, Giambattista, puisque nous parlons de ces histoires de noms, de prénoms et de surnoms, moi, j'envie les peintres qui sont devenus célèbres à travers leur seul prénom : Margarito di Magnano est devenu Margaritone, Ambrogiotto di Bondone n'est plus connu que sous le nom de Giotto. Et puis, quand on les aimait bien, on allait jusqu'au diminutif : Tommaso di Cristofor Fini, je t'en parlais à l'instant, c'est Masolino et Donato di Niccolò di Betto, c'est notre Donatello. Ce prétentieux Vasari qui veut tout régenter, il appelle les plus grands par leur prénom comme pour faire croire qu'il est familier avec eux, morts ou vivants, et vas-y que je t'appelle Michelangelo, et puis c'est Filippo pour Brunelleschi, Lorenzo pour Ghiberti, et *cosi' via.*"

Le voilà qui s'anime, il gesticule et pousse un cri car il a oublié son bras gauche meurtri, ce qui le met un peu plus en rage. Son visage est cramoisi, son regard mauvais, des gouttes de sueur perlent sur son front. Il postillonne :

"Et moi, et moi, pourquoi on ne m'appelle pas Jacopo ? Hein, pourquoi ?"

Il crie, il avance vers moi, menaçant, comme si j'étais le coupable. Je recule.

"Et celui-là, le fils d'une bonniche engrossée par un notaire de village, le grand, le célèbre Leonardo da Vinci, malgré son nom de bâtard, on ne le connaît que par son prénom, même le roi de France, Leonardo par-ci, Leonardo par-là. Et moi, moi qui ne suis pas un bâtard, on m'appelle par un nom qui n'est pas le mien. Vinci, un patelin de quelques maisons au milieu des oliviers, ce n'est pas plus glorieux que Pontormo ! Alors, pourquoi de Leonardo da Vinci on a retenu Leonardo et de Jacopo da Pontormo on s'est fixé sur Pontormo ? Alors que les Toscans, c'est bien connu, appellent leurs artistes par leur nom de baptême en signe d'affection, une familiarité partagée. Mais moi, non ! Moi, on m'a affublé d'un nom qu'on m'a inventé. Parce que moi, je ne suis pas comme ce bâtard, j'ai un vrai nom, je m'appelle Carucci. Et c'est un beau nom Carucci, tu sais, c'est un nom qui est lié à de bien belles pages de l'histoire de la Toscane.

— Ah bon ! Je ne savais pas.

— Tu es jeune, et ça, ce sont des histoires qui remontent à l'époque des communes. Je me souviens qu'on nous les racontait quand j'étais à l'orphelinat. L'histoire du *carroccio*. Ça ne te dit rien ?

— Non.

— Eh bien voilà ! A cette époque-là, chaque fois que les troupes toscanes s'en allaient guerroyer, et elles y allaient souvent, elles étaient toujours accompagnées par un chariot à quatre roues, plus grand et plus haut que les charrettes habituelles de nos paysans. Ce chariot était surmonté d'une croix et d'un ou deux étendards aux couleurs de la commune. Mais, surtout, accrochée à une espèce d'arceau en bois, pendait une cloche. Et il était tiré par des bœufs recouverts de caparaçons de couleurs vives, comme des capes chatoyantes. C'était le *carroccio*. Il servait de point de ralliement pendant la bataille. Ceux qui le conduisaient agitaient la cloche pour donner le signal de la marche ou celui de la halte. Quand la cloche sonnait, tout le monde se regroupait autour du *carroccio*. Il était le symbole de notre ville, mais aussi le symbole de la liberté de nos communes. Ah, les temps ont bien changé ! Tu me suis ?"

Je suis. Emporté par son discours, le voilà qui devient pathétique :

"Le drame, l'infamie, c'était lorsque l'ennemi parvenait à se saisir du *carroccio* et à l'amener dans ses lignes. Alors la bataille s'arrêtait net, les vaincus jetaient leurs armes et se soumettaient aux conditions du vainqueur. En revanche, quand les nôtres avaient remporté la victoire, ils ramenaient avec solennité le *carroccio*, à l'intérieur même de la cathédrale de la ville d'où il ne ressortait plus. Tout au moins jusqu'à la prochaine bataille. Tu vois, le *carroccio*, c'était l'honneur de notre ville. J'ai hérité de ce beau nom et personne ne m'appelle ainsi. Je ne suis qu'un pont de pierre sur un ruisseau à sec l'été, alors que mon nom célèbre les gloires de nos communes toscanes."

Il fait presque nuit maintenant. En silence nous nous regardons dans la pénombre. Je lui verse un verre de chianti qu'il avale d'un seul coup. Il sent que je m'attendris, il le sent. J'ai l'impression qu'il en est ému et, parce qu'il est ému, il risque de se mettre en colère et de redevenir violent. Mais non.

"Tu vois, entre Pontormo et Carucci, c'est là que je me suis perdu, que d'autres aussi m'ont perdu, que mon esprit s'est égaré."

Je n'ose plus parler. Nous restons encore un long moment sans rien dire. Je veux lui cacher mon émotion. Alors, d'un seul coup, je le quitte. Je me baisse sous sa porte et descends l'échelle. Me voilà dans la ruelle étroite où je marche avec un sentiment de délivrance. Je voudrais retrouver de la légèreté.

## II

## LA MORT EST ENTRÉE DANS MA VIE

Pour un mois d'octobre, il fait froid à Florence. Mais cette fraîcheur me fait du bien. Il m'a un peu ému et beaucoup énervé avec toutes ses histoires de noms, de prénoms et de surnoms, avec sa mauvaise humeur et sa mauvaise haleine. Aussi je me hâte de quitter la triste via Laura pour aller respirer sur le Lungarno.

Il fait presque nuit maintenant. Je traverse le pont Santa Trinità et je vais rôder dans le quartier de San Frediano. Ça erre. Ombres louches et fugitives. Des femmes ralentissent le pas à mon passage. L'une d'entre elles accroche mon bras. Je la reconnais, c'est la Lia, femme *formosa* comme on dit ici, c'est-à-dire aux formes pleines, pulpeuse, bien en chair si vous préférez. Et puis, *Dio mio*, quelle poitrine ! Je le lui ai déjà demandé et elle a été tout à fait d'accord pour que je la prenne comme modèle et la fasse poser nue. Au fond, ça la flatte, même si personne ne me connaît. Naldini ! Qui connaît l'apprenti peintre Giambattista Naldini ? Après tout, je n'ai que dix-sept ans. Attendons.

Le temps de m'encanailler avec elle et je retourne via Laura, puisque j'habite chez Pontormo désormais. Et qu'il ne se plaigne pas ! Cette fois-ci, je suis revenu vite. Ce n'est pas la première fois que je fugue. Parfois, c'est la nuit entière. Alors là, il devient fou. Il ne me parle plus pendant une semaine. Mais j'ai bien compris que, dans ces cas-là, il a comme une colère de tristesse. Dans ces moments-là, il ne m'appelle plus Giambattista, mais il me lance à la figure un Battista sec et cinglant comme un coup de fouet. Qu'il ne se plaigne pas. Ce soir, je ne l'aurai pas laissé longtemps seul.

La via Laura est sombre et déserte maintenant. En arrivant près de chez lui, j'aperçois la lueur d'une chandelle à la fenêtre de son atelier. Il n'est pas couché. Peut-être travaille-t-il encore. De toute façon, il n'a pas remonté l'échelle, signe qu'il ne m'en veut pas trop. Je grimpe. En entrant chez lui, par contraste avec l'air frais de la nuit, je suffoque. Je découvre la puanteur de son atelier. Pontormo n'ouvre jamais ses fenêtres, Pontormo se lave rarement, Pontormo laisse toujours traîner de la nourriture un peu partout et oublie souvent de jeter les restes de ses repas.

Et puis il s'est passé cette chose incroyable. A ce moment-là, il était en train de peindre les scènes du Déluge pour le chœur de l'église San Lorenzo. Cette chair des noyés, pour être restée quarante jours et quarante nuits sous les eaux du Déluge, devait être passablement décomposée. Mais il fallait aller jusqu'au bout du Déluge. Or Pontormo avait un souci scrupuleux de recréer sous son pinceau la vérité de la chair putréfiée. Alors, pour reconstituer cet état d'avancement de la décomposition, il s'était procuré des cadavres qu'il avait dû dérober dans quelque cimetière, il les avait jetés dans des cuves emplies d'eau, puis il les avait laissés là le temps nécessaire pour les faire gonfler et les peindre ensuite en cet état. Cela dégageait une odeur insoutenable qui empestait tout le voisinage.

Il a l'air tout content de me revoir. Peut-être ne pensait-il pas que je serais si vite revenu. A peine suis-je entré qu'il me propose de partager un morceau avec lui. Ses repas ! C'est son obsession. Il ne parle que de cela.

"Vous n'avez pas encore soupé ?

— Si, si. J'ai soupé d'un chou et d'un poisson d'œufs. Quelques câpres en salade aussi, tout ça avec cinq sous de pain. Tu n'as pas encore mangé, je pense. Viens, il me reste un peu de petit salé rôti. On va partager."

Je sais que ça lui aurait fait plaisir. Mais chez la Lia j'avais grignoté quelques olives, de la *focaccia*, un peu de *bruschetta* et bu un grand verre de chianti. Je n'avais plus faim. Il est déçu que je ne veuille pas dîner avec lui. Une fois de plus, ça le met en colère. Il m'embête à la fin. Faut savoir ce qu'il veut. Il déteste les autres, il a peur des gens, il veut vivre seul et coupé du monde, il organise la solitude autour de lui et il fait la tête quand on ne reste pas avec lui. Dans sa solitude, il faut quand même lui tenir compagnie.

Plus je le connais, plus je le trouve étrange, lunaire, hivernal. Il respire la mélancolie et l'angoisse. Il se bat avec tout le monde, mais aussi avec lui-même et avec son corps : ses fièvres, ses coliques, ses migraines, ses rhumes et ses catarrhes. Dans ces cas-là, il fatigue tout le monde avec ses conseils : "Pour que les froids de l'hiver ne te nuisent pas, quand tu vas bien, il faut que tu te prépares par des jeûnes, avec peu de boissons, mais aussi de longues veillées et un peu d'exercice." Que de fois ne m'a-t-il pas sorti la même rengaine ! Il a aussi des idées bizarres. Un jour, il m'a expliqué qu'à partir de la mi-janvier, il ne faut pas trop "fréquenter" (c'est son mot) la viande et surtout celle de porc, parce qu'elle est mauvaise et "fiévreuse" (c'est encore son mot).

Je décline donc son offre et je vais me coucher. Le lendemain, son épaule et son bras semblent aller mieux. En revanche, il a attrapé froid pendant la nuit. Alors, je m'y attends, les gémissements et les lamentations vont reprendre de plus belle, et ça risque de durer.

"Qu'est-ce qui ne va pas ?

— Je ne peux plus cracher. Je n'arrive pas à décrocher cette chose collée au fond de la gorge."

Suivent des confidences plus intimes :

"En plus, j'ai la colique. J'ai beaucoup de bile blanche et sanguinolente, tu sais. Ça m'inquiète. Cette nuit, j'ai dû y aller au moins dix fois, à toutes les heures. Tu vois ce que je veux dire."

Le temps s'était brusquement rafraîchi. Pour la première fois, il commençait à dormir avec une grosse couverture qu'il s'était procurée Dieu sait où. Je m'en souviens. C'était le 18 octobre, le soir de la Saint-Luc. Il travaillait quand même un peu. Je vis que le lendemain il avait peint le dos de cette femme qui pleure et qu'il avait esquissé toute la draperie qui habille l'enfant à côté d'elle. Deux jours après, il allait mieux. Il continua la draperie vers le bas et il termina la jambe de l'enfant.

Et puis voilà que le temps ce matin s'est radouci. On ne s'y attendait plus. Il fait presque beau. Alors il a eu une brutale envie de sortir de son antre, de sortir de Florence. Un désir qu'il fallait satisfaire tout de suite. Comme un caprice d'enfant gâté.

"Où voulez-vous qu'on aille ?"

Il prend un air malin et se met à ricaner. Comme pour créer une complicité avec moi, et mieux me convaincre, il pose sa main sur mon épaule :

"Tu te souviens ? En mai dernier, j'avais planté des pêchers à Pontormo. C'était un dimanche matin. Le soir, j'avais même dîné en compagnie de Bronzino avec dix onces de pain, des œufs et des petits pois.

— Oui, peut-être. Mais les pêchers, je m'en souviens bien.

— Eh bien, maintenant qu'il commence à faire froid, j'aimerais bien les pailler pour les protéger de la gelée."

Nous voilà donc partis en carriole jusqu'à Pontormo. Il faut voir comme il est fagoté ! Pour la circonstance, il a revêtu une casaque de paysan marron qui fait penser à une toile de jute qu'il aurait jetée sur ses épaules. Comme elle bâille sur sa poitrine, on aperçoit par-dessous une chemise vaguement blanche maculée de taches de peinture, d'éclaboussures de vin, de coulures de sauce. Il faut savoir que Pontormo ne change jamais de chemise sauf quand elle est déchirée. Il me fait penser à ce paysan qui incarne le dieu étrusque Vertumne qu'il a peint, il y a trente ans de cela, pour la villa des Médicis à Poggio a Caiano. Mais je crois en avoir déjà parlé une fois. Bref, il a fait de ce dieu qui préside aux saisons et aux vergers un vieillard desséché au visage hâve, aux traits tirés, dont le regard traqué s'égare dans le vide. Sur une chemise blanche sans col, il a enfilé une casaque brune aux larges manches. D'aucuns pensent qu'il a peint ici son propre portrait. C'est vrai, c'est bien lui.

Nous sortons de Florence par la porte San Pietro Gattolini et nous empruntons, pour quelque temps, la route de Sienne au milieu de champs d'oliviers. Très peu de temps après, nous passons devant la chartreuse de Galluzzo.

"Tu n'étais pas encore né que je me suis réfugié dans ce monastère, il y a bien longtemps déjà, pour fuir la peste qui sévissait alors à Florence. Je devais avoir à ce moment-là autour de vingt-neuf ans, et…

— … pour remercier les moines de leur hospitalité, vous avez peint dans le cloître cinq scènes de la Passion du Christ. On en a beaucoup parlé à Florence et même hors de la ville d'après ce qu'on m'a dit."

A cette évocation, son visage se ferme d'un seul coup comme si cela lui rappelait de mauvais souvenirs. Il cherche à éluder. Il promène sa main en l'air comme s'il chassait des mouches :

"C'est déjà si loin, si vieux maintenant.

— Dürer, n'est-ce pas ?

— Oui, Dürer… mais n'en parlons plus."

Je sens que si j'insiste il va être malheureux et se mettre en colère. J'arrête. Peut-être n'aurais-je pas dû, mais avec lui on ne peut jamais savoir. Il faudra quand même qu'un jour je lui en parle. Cette histoire de Dürer, je n'ai toujours pas très bien compris.

A Romola, nous tournons à droite, nous descendons vers Montelupo, contournons Empoli, traversons l'Ormo et arrivons enfin au village où il est né. A peine avons-nous traversé l'Ormo sur le vieux pont de pierre bossu que ça le reprend. Il se met à grommeler :

"On m'a dépossédé de mon nom pour me donner le nom d'un pont à moitié en ruine sur un ruisseau à sec…"

Il ne peut se résoudre à accepter cela ! Au moment d'entrer dans la rue principale du village, je ralentis le trot du cheval. Nous croisons des charrettes qui croulent sous la masse du foin que les bœufs accouplés tirent à grand-peine. Le regain s'est fait tard cette année. A un moment nous passons devant une maison longue, basse, crépie d'un jaune ocre comme toutes les maisons de l'endroit. Le toit aux tuiles couleur de sang séché déborde largement sur la façade, protégeant ainsi de la pluie et du soleil les ouvertures du grenier où l'on aperçoit sur des fils tendus des tomates et des poivrons mis à sécher. Trois enfants accroupis jouent aux billes et une femme, jeune, visiblement enceinte, sort par la grande porte béante sur le seuil de laquelle picorent des poules. C'est dans cette maison, devenue ferme, qu'il est né il y a tout juste soixante ans cette année. Bien plus tard, un jour où il se sentait mieux que d'habitude, il m'a raconté :

"Cette maison est une maison de famille. Elle appartenait à Pasquale, le père de ma mère, qui était cordonnier. L'atelier se trouvait au rez-de-chaussée naturellement, près de la cuisine. Les chambres étaient au-dessus. Mais quand je suis né, elle était déjà transformée en simple maison d'habitation. Et parce qu'elle était grande, aujourd'hui ils en ont fait une ferme."

Allez donc savoir pourquoi, mais à ce moment précis le cheval ralentit son allure comme pour passer au pas devant la vieille maison. Alors Pontormo se saisit brusquement du fouet que je tiens entre mes mains et en assène un violent coup sur la croupe de l'animal qui sursaute et reprend vivement un trot que je calme aussitôt. Nous arrivons sur la petite place du village : quelques maisons, deux fermes, l'église San Michele sur le côté et devant nous une *bettola.*

“Arrête-toi, on va boire quelque chose.”

J’attache le cheval à un platane et nous allons nous asseoir dehors, devant la *bettola* : six chaises à la paille lustrée par la fréquentation assidue des paysans d’ici, et deux tables en bois luisantes de cire, de crasse et de taches de vin. On commande un pichet. Le patron nous porte du vin de Calenzano. Nous buvons.

“La semaine dernière, juste avant que je me fracasse l’épaule à cause de ce maudit tabouret qui m’a fait tomber, je dînais avec Bronzino. On avait mangé chacun un poisson d’œufs, une noix, une figue sèche et deux pommes cuites, le tout accompagné de huit onces de pain. Je te raconte ça parce que, comme nous n’avions rien à boire, on a mis un tonneau en perce. On a bu largement une chopine chacun et puis, après son départ, j’ai mis en bouteilles six barils de Radda.

— Radda ?

— Tu ne connais pas ? Radda, dans les collines du Chianti ? C’est entre Gaiole et Poggibonsi, si tu vois.

— Ah oui ! Je vois.”

En fait, je ne vois pas du tout. Mais pour le moment le vin de l’aubergiste est bien bon et nous n’allons pas lésiner. C’est lui qui paie. Parce que Pontormo est radin avec lui, mais généreux avec les autres. Le vin le met en verve. Il se met à parler. Lui revient à l’esprit la maison devant laquelle nous venons de passer. Lui remonte aux lèvres toute son enfance massacrée. Il raconte :

“Comme tu le sais, je suis né en 1494, un 26 mai paraît-il. Ce que tu ne sais peut-être pas, c’est que ce fut l’année de tous les désastres et, crois-moi, entre chaos politique et drames personnels, je n’ai pas été épargné. Déjà, pour commencer, Lorenzo il Magnifico était mort deux ans auparavant et à sa mort tout le régime politique de Florence, et même de la Toscane, s'est effondré. Une vraie débandade. Figure-toi que deux ans après, c'est-à-dire justement l'année de ma naissance, le roi de France, Charles VIII, a eu brusquement des vues sur Naples sous prétexte que ce royaume avait jadis appartenu à sa famille, que son père, Louis XI, l'avait délaissé et que les Aragon, profitant de l'occasion, s'en étaient saisis. Bref, au milieu de l'anarchie générale Charles VIII est descendu en Italie. Il n'était pas encore arrivé à Florence que Piero de' Medici, le fils de Lorenzo, devenu maître du pouvoir, s'enfuyait et abandonnait la ville à son sort.

— Bravo !

— Ça, ce n'est rien. Car, devant le vide laissé par la fuite des Médicis, la populace a saccagé la ville, saccagé les palais et particulièrement le beau palais Médicis de la via Larga, construit par Michelozzo, là où Lorenzo conservait avec amour les manuscrits grecs et latins qu'il avait retrouvés, les textes du Moyen Age. Tu connais quand même les portraits des Médicis que l'élégant Benozzo Gozzoli a peints dans le cortège des Rois mages sur les murs de la minuscule chapelle du palais.

— Oui, bien sûr !

— Deux jours plus tard, c'était un 11 novembre, le roi de France, que rien n'arrête, arrivait déjà aux portes de Florence. Mais il était tard. Il n'a pas eu le temps d'entrer dans la ville avant la nuit. Aussi a-t-il fait étape à Empoli avec toute son armée et, comme il venait de Legnaia, il a traversé Pontormo dans toute sa longueur. Il est passé devant ma maison, où j'imagine que tous les miens et tous les voisins ont dû l'applaudir. C'est comme ça, vois-tu, on ne regarde pas à la couleur de celui qui porte les armes et force les portes de la ville, mais on applaudit toujours à la force, au succès, au roulement des tambours et au timbre acidulé des fifres, au flamboiement des étendards et à la mine des capitaines. D'autant plus qu'après la fuite des Médicis, les Florentins voulaient vraiment être gouvernés. Dis donc, verse-moi encore un coup de ce vin de Calenzano. Bon Dieu, qu'est-ce qu'il peut être bon !

— Et après ?

— Oh, après, ce n'est pas très glorieux. C'est un moine de Ferrare, un illuminé, qui a été porté au pouvoir par tous les culs-bénits de Florence, les *piagnoni*. Il s'appelait Savonarola, Girolamo Savonarola. C'était un fou, un fanatique. Tous les jours, il nous faisait des sermons interminables pendant lesquels il nous maudissait, il nous condamnait. Il nous culpabilisait.

— Comment ça, il vous culpabilisait ?

— Tous les jours en chaire, il proclamait que les peintures voluptueuses et les livres qui parlent d'amour entraînent les âmes vers le mal. Il réussit à convaincre son public qu'il était coupable de conserver chez soi, surtout quand des jeunes filles vivent dans la maison, des tableaux d'hommes et de femmes nus. Pourquoi ris-tu ? Mais c'est vrai ce que je te dis !

— Oui, mais ça, c'était caché dans les maisons. Il fallait le savoir.

— Tu parles ! Tu ne peux pas imaginer sa force de conviction. Ses paroles enflammaient le peuple. Le comble fut atteint au carnaval suivant. Peut-être sais-tu que la coutume à Florence à cette époque, c'était d'ériger sur les places des cabanes de branchages ou de planches et de les brûler le mardi soir au milieu d'une danse galante où hommes et femmes, la main dans la main, tournaient autour en chantant des ballades. Eh bien, figure-toi que Fra Girolamo fit tant et si bien que ce jour-là on installa un bûcher avec quantité de peintures et de sculptures de nus, dont beaucoup provenaient de grands artistes. On y apporta aussi des livres, des luths, des recueils de chansons. Et puis l'habitude fut prise. Aussi longtemps que dura son pouvoir à Florence, au bout de chaque rue, jour et nuit, on voyait brûler des «vanités», comme il disait. C'étaient encore des empilements de mandolines, de livres, de robes de fête, des éventails, des bijoux, des tableaux. Botticelli a failli jeter tous ses tableaux au feu. De toute façon, après, il n'a plus été le même. Baccio Bandinelli y jeta toutes ses études de nus et Lorenzo di Credi en fit autant.

— Et ça a duré longtemps, ce petit jeu ?

— Non, ça n'a pas duré bien longtemps, mais trop quand même. Un jour, les partis opposés au moine se dressèrent pour le prendre et le livrer à la justice. C'était en 1498. Les Florentins, largement aidés par l'excommunication que le pape Alessandro Borgia avait lancée contre lui, l'ont arrêté et on l'a brûlé sur la piazza della Signoria. Je m'en souviens comme si c'était hier.

— Parce que vous y étiez ?

— Bien sûr que j'y étais. Tu ne peux pas t'imaginer, mais après quatre années d'obscurantisme, de malédictions et de culpabilisation, ce fut un véritable soulagement pour les Florentins. Son supplice a été l'occasion d'une immense liesse populaire. C'était le matin du 23 mai 1498. Toute la ville était massée autour de la piazza della Signoria pour ne rien perdre du spectacle. Il y avait des musiciens ambulants, des acrobates, des singes savants, on vendait des *brigidini*. J'avais quatre ans et mon père, qui ne voulait pas que je manque cela, m'y avait amené.

Crois-moi, Giambattista, on a eu beau m'expliquer (mais après seulement) qu'il était déjà mort à ce moment-là, vraisemblablement assassiné dans cette cellule des condamnés qui se trouve dans la tour du Palazzo Vecchio, tu sais, l'Alberghetto, bref on a eu beau me rassurer après coup, mais sur le moment, lorsque j'ai vu les flammes s'élever, entourer son corps pendu et commencer à embraser ses chairs qui se boursouflaient, j'ai cru m'évanouir. Tu vois, Battista, ce jour-là, la mort est entrée dans ma vie. Elle ne m'a plus jamais quitté."

Il s'arrête de parler. Son visage est sombre, il rumine, il remue les lèvres comme font les vieux, il agite ses mains, se gratte une oreille, et fait cul sec du verre que je lui ai servi. Je le remplis à nouveau car je sais qu'il aime le vin d'ici, que ça lui fait du bien. Il en a toujours en réserve chez lui. Puis il reprend :

"Après on a eu Machiavelli comme chancelier de Florence, et Soderini comme gonfalonier. Et puis les Médicis sont revenus ; ils sont repartis et ils sont revenus. A propos, tu es né quand, toi ?

— En 1537.

— L'année où Lorenzino a assassiné Alessandro ?

— Exactement.

— Tu n'es pas mal tombé non plus. Ah, cet Alessandro, quel triste sire ! Et c'est comme ça qu'on a eu Cosimo."

Il devient songeur. Moi, j'ai hâte de savoir. Je lui demande :

"Si je ne me trompe, votre père était bien florentin ?

— Les ancêtres de mon père étaient originaires du quartier Santa Croce, mais lui, il est né dans le Valdarno, à Incisa d'après ce qu'on m'a dit. Il est venu assez jeune à Florence pour s'initier à la peinture. Il est même devenu un disciple de Ghirlandaio. Mais pourquoi me demandes-tu cela ?

— Parce que je ne comprends pas ce que votre père, Bartolomeo di Jacopo di Martino, déjà *aiuto* dans une *bottega* prestigieuse, est venu faire dans ce village de vingt maisons où vous êtes né.

— Tout simplement parce qu'un jour il y eut ici une commande importante, je ne saurais aujourd'hui te dire laquelle, et c'est lui qui a été chargé du travail.

— Je comprends, mais comment expliquez-vous qu'il ne soit plus jamais ressorti de ce trou ? Il y avait quand même Empoli à deux milles d'ici et Florence n'est pas très loin non plus où il aurait pu retrouver la *bottega* de Ghirlandaio et sa joyeuse ambiance.

— Pour la bonne raison que mon père est tombé amoureux de la fille du cordonnier du coin, et qu'il a épousé Alessandra, la fille de Pasquale di Zanobi. Et c'est comme ça que je suis né à Pontormo.

— De toute façon, que ce soit à Pontormo ou à Florence, vous avez quand même eu cette chance de faire vos premiers pas dans la peinture guidé par votre père.

— Non, Giambattista, ça ne s'est pas du tout passé comme ça ! D'abord, et je n'ai pas peur de le confesser, mon père était un peintre plutôt médiocre que tout le monde a oublié. En plus, il est mort en 1499. J'avais alors cinq ans.

— Et votre mère n'a pas essayé de vous envoyer à Florence pour commencer un apprentissage ?

— Ma mère est morte en 1504. J'avais dix ans.
— Ah bon ! Mais, je ne sais pas, moi, quelqu'un d'autre aurait peut-être pu…
— Mon grand-père, par exemple…
— Oui, votre grand-père.
— Mon grand-père est mort en 1506. J'avais douze ans.
— Et votre…
— Ma grand-mère, la mère de mon père, est morte en 1508. J'avais quatorze ans."

Je deviens pâle. Je l'écoute, n'osant plus parler, ni poser de questions. Pour dire quoi, pour demander quoi ? Bouche ouverte, je reste là à regarder Pontormo qui boit tranquillement son verre de calenzano. J'attends que le temps passe. Pour me donner une contenance, je me verse un grand verre de vin. Nous buvons tous les deux en nous regardant. Et puis Pontormo continue :

"Il me restait quand même une grand-mère, l'autre, la mère de ma mère, mona Brigida. Eh bien, ma grand-mère s'est débarrassée de moi cette même année 1508. Elle m'a envoyé à Florence dans une espèce d'orphelinat : l'Œuvre des pupilles. Au début, comme il n'y avait pas encore de place libre au dortoir, j'allais dormir chez un vieux parent à nous que je ne connaissais même pas, un certain Battista, cordonnier lui aussi. Dans la famille de ma mère, ils étaient tous cordonniers de père en fils. Et puis, peu de temps après, cette mona Brigida est morte à son tour. Elle aussi. De toute ma famille, il ne me restait plus qu'une petite sœur, Maddalena. Elle avait alors huit ans quand je n'en avais que quatorze. Je l'ai prise avec moi, je me suis occupé d'elle comme j'ai pu. Je l'aimais bien, ma petite sœur. Elle non plus n'a pas vécu bien longtemps. Elle aussi m'a abandonné. Elle est morte sept ans après, en 1515. Elle venait d'avoir quinze ans. Là j'ai été seul."

Et soudain c'est le silence. Il pivote un instant sur sa chaise et me tourne le dos. J'ai cru apercevoir comme un léger voile dans ses yeux. J'ai cru. Le silence se prolonge sur la petite place. On continue à se taire et on boit. On boit encore. On se tait toujours. Et l'on boit. Les charrettes remontent des champs sur leurs essieux qui grincent et répandent dans la rue cette bonne odeur de foin séché. Un vol de pigeons s'abat sur les dalles grises de la petite place. Une femme qui boite vient chercher de l'eau au puits. Il dit :

"Tu vois, Giambattista, je suis comme un ressuscité d'entre les morts et la mort m'a accompagné pendant toute mon enfance."

Il se lève. Il désigne du doigt la façade plate et sans grâce de la petite église San Michele.

"Viens, Battista, entrons dans l'église, je voudrais te montrer quelque chose.

— Et les pêchers ?"

Il sourit :

"Une autre fois…"

Et moi, je me dis que, si Pontormo n'a jamais peint des Vierges tendres mais des Vierges apeurées, c'est qu'il se souvient de son enfance sans mère. Sans personne.

## III

## ON VA FINIR AVEC LA NUIT

Nous traversons la petite place baignée des lumières d'un octobre ensoleillé. Ombres déjà longues, dalles encore chaudes. Il se tourne vers moi :

"Elle n'est pas belle mon église, je le sais. C'est pourtant là que j'ai été baptisé."

Non, en effet, elle n'est pas belle du tout, son église. La façade plate ressemble au banal mur en briques d'une grange que l'on aurait couronnée d'un grand fronton triangulaire mouluré, posé là on se demande pourquoi. Une porte en bois de pin s'ouvre dans un encadrement rectangulaire de *pietra serena* grise. Au-dessus de la porte, une vilaine statue abîmée doit représenter saint Michel. Un peu plus haut, à droite et à gauche, deux fenêtres étroites et arrondies trouent cette muraille comme deux grosses lucarnes.

Nous entrons. A l'intérieur, les flammes de quelques chandelles percent avec difficulté la nuit de l'église. Trois vieilles femmes vêtues de noir, qui cancanaient ensemble lorsque nous sommes arrivés, trois araignées dans l'ombre, se taisent d'un seul coup, se raidissent sur leur prie-Dieu et se mettent à marmonner des Ave Maria en triturant leur chapelet, sans toutefois nous quitter de leur regard oblique. Il m'entraîne vers une petite chapelle latérale sur la droite. La chapelle de la Madone, me dit-il.

“Regarde, j'ai fait ça il y a trente-cinq ans. Aujourd'hui, je ne peindrais plus comme ça.”

Mon regard s'habitue à la pénombre et je commence à remarquer deux personnages étranges qui se font face, deux saints vraisemblablement, sans que je puisse distinguer encore qui ils sont. Ils encadrent un tabernacle en bois qui contient une sculpture de la Vierge à l'Enfant. Il m'explique qu'autrefois il y avait là un crucifix du XIV^e siècle pour lequel les gens d'ici avaient une grande vénération. Et puis, un jour, le vieux crucifix a disparu.

Si je ne reconnais pas qui sont les deux saints qu'il a peints, il va rouspéter. Si je me trompe, alors ce sera une colère noire. J'hésite et j'attends. J'aimerais qu'il parle le premier. Ce qu'il fait.

“Tu as, à gauche, saint Jean l'Evangéliste et à droite saint Michel Archange.

— Je les avais parfaitement reconnus.”

Il me regarde d'un drôle d'air. L'air de celui qui a compris qu'on se moque de lui. En effet, au fur et à mesure que je distingue les deux tableaux, je me rends compte que les deux saints sont méconnaissables. On n'a jamais peint ni l'Evangéliste ni l'Archange de cette façon-là. On se demande pourquoi ils ne se mettraient pas à danser. Parce qu'il sait très bien lui-même qu'il est difficile de les reconnaître, Pontormo a senti que j'ai essayé de donner le change. Il est futé, l'animal.

Je regarde. L'Evangéliste est un vieillard au visage douloureux, au regard un peu ahuri parce qu'il semble fasciné par une vision. En revanche, ce qui contraste avec son air illuminé, c'est la décontraction de son corps et la désinvolture avec laquelle il croise ses jambes. Devant sa jambe droite, il a passé sa jambe gauche qui repose délicatement sur la pointe de ses orteils. L'Archange, de l'autre côté, est un beau jeune homme, à l'aise dans son corps, mais en train de s'entraver dans un adorable bambin bien grassouillet qui est venu se fourrer entre ses jambes. Je m'extasie devant l'enfant potelé.

"Imbécile, regarde un peu plus attentivement."

J'observe. C'est vrai. A travers ces jeux de jambes et de mains, je découvre que l'enfant porte dans son dos des ailes de chauve-souris et qu'il a des oreilles de goret. Il tripote un plateau de la balance avec laquelle Michel pèsera les âmes au jour du Jugement. Si l'on s'en tient aux apparences, il faut bien reconnaître que jamais la faute et le péché n'ont eu visage aussi charmant que celui de ce bel enfant joufflu et frisé. C'est vrai aussi que Lucifer est le plus beau des anges. L'archange Michel relève son épée après en avoir frappé le séduisant génie qui incarne le mal, ce qui explique cette blessure sanguinolente dans son dos.

"Tu vois, Giambattista, Jean reste sidéré dans son extase. Il est à la fois concentré et inspiré. Il est en train de transcrire. Tu vois bien, il tient dans sa main droite une plume avec laquelle il écrit sur un cahier qui va devenir le livre de l'Apocalypse."

Je regarde un peu plus attentivement. Pontormo les a immobilisés tous les deux dans un instantané. Ils ont été saisis dans leur déséquilibre, ce qui donne cette impression d'un pas de danse à peine esquissé. S'il y a encore de la gravité dans la posture un peu contrainte de Jean, que contredit légèrement l'élégant mouvement de sa jambe, en face, le corps de Michel a été saisi dans tout un jeu de torsions avec les genoux qui partent d'un côté, la tête et les bras de l'autre. J'aime aussi les flammes orangées des drapés qui enveloppent leurs corps, et, sur la cuirasse de l'Archange, les reflets de la lumière qui jouent sur le métal gris. Je le lui dis.

"Oh ça, c'est encore toute une histoire."

Il s'arrête un instant comme pour ménager ses effets et prendre sa respiration. Puis il repart :

"Tu vois, ici j'ai essayé de peindre une armure. Eh bien, crois-moi, peindre des armures, ce n'est pas mon fort. C'est trop difficile. Avec des reflets changeants qu'il faut saisir... Tu comprends ? Certains de nos maîtres les ont parfaitement réussis. Je pense à Paolo Uccello, par exemple, quand il a peint par deux fois saint Georges et le dragon, ou encore à Raffaello lorsque dans la chambre d'Eliodoro, au Vatican, il a peint les soldats romains qui libèrent saint Pierre. Il y a là d'admirables éclats de lumière qui font vibrer les sombres armures. Moi, j'ai fait ce que j'ai pu. Sans prétendre à rien. Mais figure-toi qu'un jour, Vasari, oui, Vasari lui-même, le grand Vasari, celui qui sait tout, celui qui connaît tout le monde, celui qui fait la pluie et le beau temps à Florence, eh bien, Giorgio Vasari, oh... il y a bien vingt ans de cela, est venu me voir car il était bien embêté. Il s'était lancé dans un portrait particulièrement flatteur du duc Alessandro assis sur son trône et revêtu de son armure, et il ne savait plus comment s'en sortir.

— Alors ça, c'est incroyable ! Vasari embêté et qui vient vous voir pour vous demander conseil !

— Il était encore jeune, tu sais, il n'avait que vingt-trois ans. Donc, il vient me voir et il me raconte qu'il est en train de perdre la tête parce qu'il n'arrive pas à rendre le poli des armes, les éclats de la cuirasse, la luisance des jambières de son duc.

— Et qu'avez-vous répondu, vous qui ne peignez pas les armures ?

— Oh, j'ai répondu avec du bon sens. Je le lui ai bien expliqué, je lui ai dit : «Tu as certainement remarqué que le modèle qui est en train de poser a sur lui et auprès de lui des armes réelles. Eh bien, tant que ces armes resteront à côté de celles que tu as représentées dans ton tableau, tu constateras que celles du tableau, par contraste, te paraîtront toujours plus ternes et plus fades. Tu auras beau tartiner de la céruse, le métal réel sera toujours plus éclatant que le métal peint.» Alors je lui ai conseillé d'enlever l'armure véritable de son atelier. Ainsi il se rendrait compte à ce moment-là que celle qu'il avait peinte n'était pas si mauvaise que ça. C'est tout."

A bout de cire, les chandelles s'éteignent. L'une derrière l'autre, les trois Parques sortent de l'église. Nous les suivons à notre tour et nous retrouvons dehors une lumière légèrement crépusculaire en cet après-midi qui tire à sa fin. Des ombres bleutées montent des vallons, de la brume s'effiloche autour des cyprès.

"On va finir avec la nuit, tu vas voir. Tant pis, on ira au pas."

Saturé de picotin, le cheval devenu poussif n'a guère envie de se presser. L'air est léger, la campagne paisible. Je crois que nous avons nous aussi envie de flâner. Pontormo, que l'évocation de son tableau a mis en verve, est devenu bavard. Chose rare chez lui. J'en profite pour essayer de mieux connaître le peintre qu'il est. Ses débuts surtout m'intéressent, quand il avait l'âge que j'ai aujourd'hui : avec qui a-t-il appris, qui l'a aidé, comment a-t-il fait pour se faire connaître ?

“Combien de temps êtes-vous resté chez Albertinelli ?

— Pas très longtemps. Tu penses, je n'avais que quatorze ans et Albertinelli avait bien d'autres chats à fouetter, bien d'autres *aiuti* à former. A dire la vérité, je crois que j'aurais pu rester plus longtemps chez lui car il était accueillant et bonhomme, mais c'est lui qui est parti.

— Il a abandonné son atelier ?

— Exactement. A un moment, il en a eu assez de se creuser la cervelle pour élaborer Dieu sait quelles spéculations sur la peinture ; il en a eu également assez d'essuyer continuellement les sarcasmes des peintres qui se disaient ses amis. Alors, il a tout abandonné du jour au lendemain, et il a ouvert une auberge près de la porte San Gallo et un cabaret près du vieux pont du Drago. Il racontait à qui voulait l'entendre qu'il avait maintenant un métier où il n'était plus question de raccourcis ou de perspectives et où l'on n'entendait plus les critiques des chers confrères. Au lieu d'être blâmé chaque jour, il recevait sans cesse des compliments pour son bon vin. A ce moment-là, je l'ai perdu de vue. Tu sais, ça fait quarante ans qu'il est mort. Mais on raconte qu'il se serait lassé de la trivialité de son travail et se serait remis à la peinture sur le tard.

Je me souviens qu'à cette époque, pour un ami qui était tailleur, j'avais peint une petite Annonciation. Tu sais, à cet âge, on n'a pas beaucoup le sens critique, alors, bête comme je pouvais l'être, dès que quelqu'un entrait dans l'atelier, je me précipitais pour lui montrer mon œuvre. Sauf qu'un jour je suis tombé sur Raffaello. J'avais alors toutes les audaces. Je lui ai exhibé mon tableau. Il l'a regardé attentivement et il m'en a fait beaucoup de compliments. Je pensais que c'était par gentillesse, comme on le fait avec un enfant qui est fier de sa création. Malheureusement, le lendemain, il partait à Rome et je ne l'ai plus jamais revu. J'aurais tellement aimé en discuter avec lui. Avant d'aller chez Albertinelli, j'étais allé chez Leonardo, mais pas longtemps, aussi ça n'a pas eu de suite. Comment voulais-tu que le grand seigneur qu'il était s'intéresse à un petit paysan comme moi ? En revanche, j'ai été frappé par la fresque qu'il avait commencée au Palazzo Vecchio, tu sais, la *Bataille d'Anghiari*. Et puis il est parti pour Milan et il a abandonné sa fresque à peine ébauchée.

— Oui, mais en face Michelangelo était en train de peindre la sienne.

— Je vais te dire, Giambattista, ce qui m'a vraiment impressionné à cette époque, ce qui m'a vraiment marqué, ce sont deux choses : d'abord, le *David* que Michelangelo venait de terminer en 1504 et qui était installé devant le Palazzo Vecchio. Et plus encore, peut-être, sa *Bataille de Cascina* qu'il avait commencée, tu as raison, dans le grand salon du Conseil supérieur du Palazzo Vecchio et qui devait être le pendant de celle de Leonardo. Ce fut une véritable compétition entre eux, mais ça a tourné court. Michelangelo avait commencé sa fresque en 1506, et puis ça a traîné. Tu le connais ! Comme Leonardo, il a fini par l'abandonner. De son projet, il n'est resté qu'un immense carton qui, pendant un certain temps, demeura dans le grand salon du Palais. Même depuis Rome, où il était reparti, Michelangelo le surveillait jalousement. On ne pouvait obtenir la clef de la salle pour venir le contempler que sur ordre de sa main. Ensuite, vers 1512, le carton a été transféré dans la salle des Papes à Santa Maria Novella où il resta alors sans clef, et donc sans protection.

J'avais alors dix-neuf, vingt ans, j'ai pu voir de près le carton préparatoire que l'on avait sorti de la salle des Papes pour l'installer à nouveau au premier étage du Palazzo Vecchio. C'était un pur chef-d'œuvre. Après ce fut un désastre. On a découpé le carton en petits morceaux et chacun s'est servi. Heureusement que Bastiano da Sangallo en avait fait une copie. Heureusement ! Mais moi, c'est sur ce carton que j'ai commencé à apprendre le dessin en recopiant ces figures prodigieuses. Tous les grands artistes de l'époque sont venus travailler devant ce carton, tous, les Sangallo, les Ghirlandaio, Bandinelli, Andrea del Sarto, Sansovino, le Rosso Fiorentino, et tant d'autres que j'ai oubliés. Ce carton était devenu une véritable école d'artistes. Ma première formation a commencé là.

— Tout cela sans jamais sortir de Florence ? sans même faire le traditionnel voyage à Rome, ne serait-ce que pour vous imprégner de l'antique ?

— Mais si ! Qu'est-ce que tu racontes ? Je suis allé à Rome. J'ai fait comme tout le monde. J'étais encore chez Albertinelli à ce moment-là. J'y suis allé avec Andrea del Sarto et Sansovino. Je devais avoir une quinzaine d'années. Mais tu sais ce qui m'a le plus marqué à Rome ?

— Michelangelo.

— Exactement. J'ai toujours pour lui une admiration sans bornes. Même s'il a aujourd'hui soixante-dix-neuf ans, il continue à créer. Il y a quatre ans seulement, il terminait au Vatican les fresques de la chapelle Paolina et, au moment où je te parle, il vient de mettre une dernière main à une étonnante Mise au tombeau. Sous les traits de Michelangelo lui-même, on voit un robuste Joseph d'Arimathie saisir le Christ à bras-le-corps tandis que les saintes femmes croulent sous son poids. A près de quatre-vingts ans, il manie encore le marteau et le ciseau pour entailler le marbre de Carrare.

— Pourtant, quand on regarde ce que vous avez peint, on ne retrouve pas tellement le côté héroïque de Michelangelo, ni sa *terribilità*.

— Heureusement ! En réalité, je suis satisfait d'être parvenu à me délivrer de son influence écrasante. Il m'aurait étouffé.

— Si je comprends bien, la grâce, la douceur mystérieuse, l'étrangeté que l'on trouve dans vos tableaux, c'est à Leonardo que vous les devez ?

— Peut-être, peut-être. Je n'en sais rien, moi. Ce sont les autres qui peuvent le dire. Ah, tu sais, il y en a eu d'autres aussi qui m'ont marqué à cette époque.

— Qui ?

— Je pense à Piero di Cosimo. J'avais quatorze ans. En même temps que dans celle d'Albertinelli, j'avais déjà traîné dans sa *bottega*.

— Oh, celui-là, il était un peu fou.

— Comme moi.

— Et par quel hasard êtes-vous tombé chez cet excentrique ?

— C'est grâce à Leonardo. Quand il a quitté Florence pour aller à Milan, il ne m'a pas laissé tomber. Il m'a placé chez Piero di Cosimo. Il avait alors quarante-sept ans, il était dans la force de l'âge. Mais il était un peu fantasque, ça, c'est vrai.

— Et il vous a influencé en vous rendant encore un peu plus fou que lui !"

Ça m'a échappé. Que va-t-il se passer ? Il peut être violent, il peut frapper aussi. Je m'attends au pire. Finalement, il éclate de rire.

"Oh ça, c'était déjà fait. Mais lui…"

Il s'arrête de parler comme s'il hésitait à poursuivre.

“Quoi lui ?

— Lui, c’était un inquiet, un tourmenté. Il était vraiment extravagant et, à cause de sa sauvagerie, on le prenait pour un fou. Il se complaisait dans l’horreur et dans l’effroyable. Une fois, il avait terrifié Florence avec un char de la mort impressionnant où l’on voyait des squelettes vivants sortir des cercueils. Il épouvantait de la même façon ceux qui regardaient ses tableaux remplis de monstres marins affligés d’horribles difformités. Et puis il fallait voir comment il vivait ! Il vivait comme une bête. Il ne voulait pas que l’on fasse son ménage…

— Mais vous-même… A voir comment…

— Tais-toi ! Il ne voulait pas qu’on taille les arbres de son jardin, que l’on fauche l’herbe. Tout poussait dans un désordre invraisemblable. C’était un sauvage et il voulait que tout reste à l’état sauvage. Mais quel travailleur ! Quand il était pris par un tableau, il travaillait des journées sans jamais s’interrompre. Il n’était plus question de boire ou de manger. Pour ne pas perdre de temps avec les soucis ménagers, il ne se nourrissait que d’œufs qu’il faisait durcir par cinquante à la fois. Il les gardait dans un panier et il les mangeait petit à petit. A la fin de sa vie, il est devenu vraiment fou. Il peignait les crachats des malades qui éclaboussaient les murs de l’hôpital car ils lui suggéraient des scènes de batailles. Il ne supportait plus le bruit : les enfants qui pleurent, les gens qui toussent, les cloches qui sonnent, les moines qui chantent. Il ne supportait plus rien, pas même son ombre.

— Comment ça, son ombre ?

— Oui, à la fin de sa vie, même son ombre l’exaspérait. Il ne la supportait plus. Il était comme ça.

— Qui ?

— Qui, qui ? Mais Cosimo, voyons. Tu écoutes ?”

Comme je fais surtout attention au cheval qui est vieux et à la route pleine d'ornières, je n'écoute que vaguement ce qu'il raconte, si bien que par moments je ne sais plus très bien s'il parle de Piero di Cosimo ou de lui-même. Ça le vexe. Il n'ouvre plus la bouche. Il fait nuit lorsque nous arrivons à Florence. Il me fait remarquer que le temps est mou et qu'il va certainement pleuvoir. Mais il est quand même content parce que, malgré nos libations à Pontormo, il n'a pas mal au ventre ni à l'estomac.

Pendant qu'il ramène la carriole et le cheval à l'écurie, il m'envoie chercher deux fiasques de vin blanc chez les Gaddi. Les Gaddi sont une grande famille florentine qui vit de ses vignobles dans le Chianti. Des Gaddi ont été sénateurs, mais il y a également dans cette famille deux peintres que j'aime bien, et Pontormo aussi : Taddeo, et surtout son fils Agnolo. Quand je passe devant Santa Croce, il m'arrive d'entrer pour revoir les fresques de Giotto, mais aussi la belle *Légende de la Croix* qu'Agnolo a peinte dans le chœur. Ces Gaddi vendaient aux gens de Florence le vin de leurs caves. Pour ne pas être dérangés en faisant entrer les clients chez eux, ils avaient pratiqué au bas de leur *palazzo*, au ras de la rue, une ouverture par laquelle ils faisaient passer les tonneaux et les fiasques pour les acheteurs.

Je reviens via Laura avec deux fiasques d'un blanc bien frais. Pendant ce temps-là, il est rentré chez lui. Je grimpe à l'échelle, qu'il retire aussitôt. Nous voilà coupés du monde et des fâcheux. Il sort deux verres et un vieux torchon maculé qui sert de nappe. Nous nous mettons à table. Nous mangeons une petite soupe de bon mouton et une salade de laitue avec quatre sous de pain. C'est toujours frugal chez Pontormo. Il me dit qu'après ce souper, il se sent tout ragaillardi. Comme nous avons déjà fini nos fiasques du vin des Gaddi, il va dégoter derrière ses pots de peinture une chopine de vin vieux qui provient de Busino. Cela le rend tout guilleret. Il n'a plus envie de se coucher.

"Et après Cosimo ?

— Quoi, après Cosimo ? Qu'est-ce que tu veux dire ?

— Où êtes-vous allé quand vous avez quitté la *bottega* de Piero di Cosimo ?

— Ah oui ! Eh bien, ça a été une nouvelle aventure. Je suis entré chez Andrea del Sarto. C'était en 1512, j'avais alors dix-huit ans.

— Ça, c'était la bonne école et avec un grand maître.

— Un grand maître peut-être, mais quel caractère, et sa femme encore pire !

— Qu'est-ce qu'elle vous a fait, sa femme ?

— C'est toute une histoire, l'histoire de Lucrezia. Lucrezia di Baccio di Fede était une jeune femme d'une grande beauté mariée à un chapelier. Mais voilà que le malheureux Andrea en tombe amoureux ! Par bonheur, le chapelier eut la bonne idée de mourir et Andrea, qui n'attendait que cela, épousa aussitôt la belle Lucrezia malgré les avis défavorables de ses amis. En peu de temps, Andrea finit par être totalement soumis aux quatre volontés de cette femme orgueilleuse et autoritaire. Elle sut le manipuler au point de lui faire perdre tous ses amis qui déploraient sa faiblesse et sa naïveté. Elle faillit le détourner de son art. De l'atelier d'Andrea, elle renvoyait elle-même les élèves qui lui déplaisaient. Vasari fit partie du lot.

— Je crois qu'elle vit toujours.

— Mais oui. Andrea est mort de la peste il y a déjà vingt-quatre ans, et abandonné de tous par peur de la contagion, mais la belle Lucrezia est encore de ce monde. Elle ne s'est pas remariée.

— Et comment ça s'est passé pour vous avec Lucrezia ? Vous n'avez pas été chassé comme Vasari.

— Non. Mais c'était quand même une femme diablement acariâtre."

Il se met à ricaner.

"C'était une vraie mégère. Il faut toutefois reconnaître que certains d'entre nous sont quand même parvenus à entrer dans ses bonnes grâces. Tu sais, elle était méchante, mais aussi très prétentieuse et fort coquette. Entre autres choses, elle adorait qu'on lui fasse son portrait. Elle adorait servir de modèle, s'exhiber. Tu penses, elle le savait qu'elle était belle ! Si bien qu'on est quelques-uns comme ça à être restés dans de bonnes relations avec elle parce que nous l'avons peinte et repeinte. Andrea avait commencé, bien sûr, mais cela n'avait rien changé entre eux. Ensuite, il y a eu le Rosso. C'est d'ailleurs dans l'atelier d'Andrea que je l'ai rencontré pour la première fois. Il l'a représentée en Marie Madeleine. Puis Jacopino del Conte a fait son portrait et même ce voyou de Jacone y est allé de son pinceau. Quant à moi, ce fut mon tour en 1513. J'avais tout juste dix-neuf ans. Tu l'as vu, ce portrait ? Je crois qu'il est toujours chez elle.

— Bien sûr que je l'ai vu. On dirait un tableau d'Andrea.

— Je sais, on me l'a déjà dit. Et il y a même ceux qui insistent : on dirait de l'Andrea del Sarto influencé par Leonardo.

— Et tout cela avec la marque de Piero di Cosimo.

— Tu m'agaces à la fin. Tu sais que je ne peins plus du tout comme ça aujourd'hui. En revanche, je me suis bien amusé quand, avec l'aide d'autres *aiuti* de l'atelier, il a fallu décorer les chars du carnaval. A la demande des Médicis eux-mêmes, figure-toi. Tu penses, c'était leur retour à Florence après un exil de dix-huit ans, mais un retour qui avait quand même été marqué par le sac de Prato, aux portes de Florence. Ils voulaient se racheter et se faire aimer des Florentins. Alors les deux héritiers des Médicis – Giuliano, le duc de Nemours, et Lorenzo, le duc d'Urbino – ont relancé la tradition du carnaval dans le style de Lorenzo il Magnifico. Là on a bien ri. L'année suivante, c'était en 1514, la congrégation de la Zucca m'a demandé de décorer un char allégorique à l'occasion de la Saint-Jean, le char de la Monnaie. Ça m'a flatté. Je venais juste de quitter la *bottega* d'Andrea del Sarto.

— Tout compte fait, vous n'êtes pas resté longtemps chez Andrea.

— Au début tout allait bien, mais il est très vite devenu méfiant, tatillon, maniaque, et aussi jaloux que sa femme.

— Mais jaloux de qui, de quoi ?

— Jaloux de mes premiers succès. Un exemple : un jour où il était débordé de travail, il me charge de peindre à fresque, de chaque côté des armoiries du nouveau pape Médicis Leone X, deux femmes représentant la Foi et la Charité. Je n'étais pas très rassuré parce que c'était la première fois que je me lançais dans la fresque. Mais je ne pouvais pas refuser.

— Et alors ?

— Un vrai succès. Toutefois, à ce moment-là, il s'est passé quelque chose d'étrange. Andrea a été impressionné par la qualité de ma fresque, il semblait sincèrement enthousiaste, il n'a pas tari d'éloges. Mais le lendemain il m'a fait une tête incroyable, il m'a fermé la porte de son atelier et, comme j'insistais pour entrer, il m'a fait chasser par les autres apprentis.

— Il avait perdu la tête, ou quoi ?

— Non, mais il était jaloux, pire que la Lucrezia. Et puis, le clou, c'est Michelangelo qui l'a enfoncé sans s'en rendre compte, et il l'a bien enfoncé. Michelangelo, qui était venu rencontrer Andrea à la Santissima Annunziata, aperçoit en passant ma fresque des deux femmes, la Foi et la Charité. Il s'arrête, regarde plus attentivement la fresque, me regarde, se tourne vers Andrea et lui dit : «A ce qu'on peut voir, ce jeune homme sera un tel artiste que, si Dieu lui prête vie et qu'il persévère, il portera cet art à de célestes hauteurs.» Andrea a blêmi, mais n'a pas desserré les dents.

Je ne te cacherai pas que je commençais à en avoir assez de l'atmosphère détestable qui régnait dans l'atelier. J'en avais assez de Lucrezia qui écrasait son mari et qui terrorisait les apprentis, j'en avais assez d'Andrea qui la suivait comme un chien, qui manquait de caractère, qui manquait d'ambition et même de dignité. Alors, le Rosso et moi, nous avons profité du départ d'Andrea pour la France au début de l'année 1518 et nous avons pris le large. Pour respirer un peu, quoi ! A ce moment-là, Andrea avait terminé une Annonciation pour les moines de l'église de San Gallo, une église aujourd'hui en ruine d'ailleurs. Le Rosso et moi, nous nous sommes chargés de peindre la prédelle. En ce qui me concerne, j'ai peint la Vierge et un personnage nu. Quant au Rosso, il commençait déjà à partir dans ses extravagances. Mais ce jour-là nous nous sommes sentis libres. C'était comme une ivresse."

Il s'arrête, essoufflé et en sueur. Je ne l'avais jamais entendu parler aussi longtemps. Il se verse encore un grand coup de ce vin de Busino. Il ne pense même pas à m'en offrir. Maintenant il se tait, mais je le sens heureux et cela lui arrive rarement. Je voudrais aller dormir, mais je n'ose pas. Il se ressert encore un verre. Il aura pas mal bu aujourd'hui. Puis il se met à penser tout haut, pour lui seul, comme si je n'étais pas là, comme une habitude de vieux garçon chez lui :

"Sans qu'on sache ni comment ni pourquoi, de malade tout d'un coup on se sent bien…"

Il ricane. Se tait. Il remplit maintenant mon verre et le sien. Le silence de la nuit nous apaise. Il reprend :

"Comme il m'arrive à moi aujourd'hui, premier jour de la nouvelle lune, de me sentir bien comme jamais auparavant."

Elocution un peu entravée, mais idées claires. Et là il se donne une énorme claque sur la cuisse :

"Mais aujourd'hui il a fait chaud. Je me sens bien…"

Puis il ajoute cette réflexion de paysan qui connaît les ferments de la terre et les humeurs du ciel :

"Je me sens bien, peut-être parce que le temps correspond à la saison. Allez, on va se coucher !"

On y est allé.

## IV

## J'AI UNE FOLIE QUI ME RONGE ET ME DÉTRUIT

Même quand il se sent bien, Pontormo, ça ne dure jamais très longtemps et, souvent, ça finit mal. C'est comme les horizons lointains. Vous savez, lorsqu'on les voit avec netteté, lorsque le ciel est limpide et que les collines donnent l'impression de se rapprocher de vous, alors on peut être sûr que le lendemain il va pleuvoir.

Pontormo, c'est ça. En pleine santé un soir, malade le lendemain matin. D'une belle humeur au coucher du soleil, exécrable au lever du jour. C'est comme avec son corps. Il est à la fois très résistant et très fragile. Il peut rester collé à un mur, entre ciel et terre, pendant huit heures de suite à peindre à fresque, mais que passe un petit courant d'air par la fenêtre entrouverte, un léger *venticello*, il attrape une migraine, un rhume, une angine. Et je ne parle pas de ses fréquents ennuis intestinaux, dont il nous rebat les oreilles. Une vétille suffit pour que tout se déglingue chez lui. Sa santé s'effondre, son moral s'écroule. C'est une vraie débâcle, et du corps et de l'âme. Et c'est là que commence la comédie. Il se plaint, il se lamente, il pleurniche, il faut qu'on l'aide à marcher, qu'on lui prépare ses repas, qu'on lui tienne compagnie dans son lit, qu'on lui fasse la lecture et qu'on lui rapporte les potins de Florence qu'il ne peut plus aller cueillir lui-même dans la rue ou piazza della Signoria.

"Cette fois-ci, Giambattista, je crois que c'est à cause de la carriole. Si je ne me trompe, il devait faire plutôt frais sur les collines quand vous êtes rentrés de Pontormo. Il a dû attraper froid à ce moment-là. C'est ce que je pense.

— Oui, Daniello, je le pense aussi. A cela s'ajoute le fait qu'il a très mal supporté les cahots sur cette route particulièrement défoncée, surtout entre Pontormo et Romola. Il fallait l'entendre gémir à la moindre secousse.

— Quand Pontormo ne gémit-il pas ?

— Tu m'as dit qu'il s'est plaint à toi.

— Oui, il m'a dit qu'il avait éprouvé de fortes douleurs aux reins, il ne s'était pas senti bien, et, le soir, il n'avait pas soupé. «Le lendemain matin, m'a-t-il dit, j'ai eu une colique douloureuse. Je me suis levé, il faisait un vent froid, je suis retourné au lit, et j'y suis resté jusqu'à une heure. De toute la journée, je ne me suis pas senti bien du tout.» Voilà ce qu'il m'a raconté."

Daniello est un voisin. Il habite à trois rues de là. S'il ne peint pas, il est fin connaisseur. Il aime rencontrer des peintres, bavarder avec eux, leur rendre service à l'occasion. Il s'est particulièrement attaché à Pontormo qui, parfois, abusant de la timidité due à sa jeunesse, le considère un peu comme un serviteur occasionnel.

Le soir, Daniello et moi, nous avons quand même réussi à lui faire manger un peu de joue bouillie avec des blettes et du beurre. Mais Pontormo profite toujours de la circonstance pour nous attendrir et nous garder le plus longtemps possible auprès de lui. Ce solitaire a peur de se retrouver seul. Dans ces cas-là, il se désespère pour un rien. Par exemple, ce jour-là, quand il disait qu'il "restait ainsi sans savoir ce qui allait lui arriver", je crois qu'il était complètement démoralisé. Un rien le démolit.

Pontormo racontait, pour la dixième fois, qu'il avait eu bien tort de retourner au lit. En effet, il n'était pas loin de minuit quand il a sauté d'un seul coup sur ses jambes et s'est écrié : "Ça y est ! Maintenant je me sens très bien !" Et il s'est mis à rire. Avec Daniello, on s'est regardés ; c'est lui qui a souri le premier parce qu'il s'y attendait.

Comme si rien ne s'était passé, le lendemain, il est retourné à son chantier de San Lorenzo. Il a continué la tête inclinée de l'enfant. Toutefois, le mercredi suivant, quand il eut terminé de peindre le reste de l'enfant, il m'a confié qu'il s'était fatigué à rester ainsi, perché là-haut toute la journée. C'est d'ailleurs ce qu'on se disait avec Daniello : ça, il l'a bien cherché ! Il a voulu s'enfermer tout seul à San Lorenzo, il a chassé tout le monde, il a fait fuir tous ses *aiuti*. Tant pis pour lui ! Ça en a fait du bruit, le jour où il s'est barricadé dans le chœur de San Lorenzo. On en a parlé dans tout Florence.

"Que s'est-il passé exactement ? interrogea Daniello. J'ai eu des échos très différents de cette histoire.

— Comme tu le sais, il y a huit ans environ, le duc Cosimo a demandé à Pontormo de peindre à fresque le chœur de San Lorenzo pour y représenter des scènes évoquant le Jugement dernier. Ça le flattait, Pontormo, mais c'était quand même mal parti !

— Pourquoi ça, mal parti, Giambattista ?

— Depuis déjà un certain temps à Florence, on avait eu vent du projet de Cosimo. Et tout le monde pensait que le duc confierait ce travail à Francesco Salviati.

— Mais pourquoi à lui justement ?

— Pour tout le monde cela allait de soi. Ne serait-ce que par reconnaissance. Tu sais, Salviati s'était donné un mal incroyable en 1539 pour organiser tout l'apparat à l'occasion des noces de Cosimo et d'Eleonora. Tu es au courant de cela, non ? Moi, je n'avais que deux ans, mais tous les Florentins s'en souviennent et en parlent encore.

— Oui, ça, je l'ai entendu dire.

— Or, il se trouve que, six ans plus tard, Salviati avait stupéfié les Florentins, et le duc lui-même d'ailleurs, avec ses étonnantes fresques de la salle des Audiences, à l'extrémité du grand salon du Palazzo Vecchio. Là, il avait fait preuve d'une virtuosité éblouissante. Pour toutes ces raisons, mais aussi pour les excellents rapports qu'il avait toujours entretenus avec Cosimo, Salviati était certain que le duc lui confierait cette tâche. Eh bien non ! Coup de théâtre ! C'est Pontormo qui l'emporta. Vexé que Cosimo lui ait préféré ce fou de Pontormo, le lendemain, Salviati claqua la porte de Florence et s'en retourna à Rome où, par chance, si je puis dire, la mort récente de Perino del Vaga avait laissé une place vacante à la cour papale pour terminer les fresques des *stanze* du castel Sant'Angelo.

Mais j'en reviens à Pontormo, quand il commença ses fresques à San Lorenzo. Au début, il était continuellement dérangé dans son travail par des badauds, des oisifs, des curieux, et de prétendus connaisseurs qui entraient et sortaient à longueur de journée ; ils bavardaient, commentaient, critiquaient, riaient entre eux parfois. Excédé, Pontormo décida un beau jour de fermer le chœur. Il demanda à Marco Moro de maçonner un mur de pierres, puis d'y ajouter des cloisons de planches et des tentures. Personne désormais ne pourrait plus y entrer.

— Il paraît, d'après ce que j'ai entendu dire, que Cosimo lui-même a dû faire demi-tour.

— Ça ne s'est pas passé tout à fait comme ça, Daniello. Cosimo et son épouse Eleonora devaient assister, comme chaque année, à l'office du Vendredi saint. Comme le bedeau avait négligé de changer le fauteuil ducal et celui de la duchesse de leur place habituelle, Cosimo et Eleonora se sont trouvés le nez face au mur érigé par Pontormo, et ils sont restés là, comme en pénitence, pendant toute la cérémonie. A la fin de l'office, Pontormo s'est opposé à ce que le duc et la duchesse pénètrent dans le chœur, malgré le désir qu'ils avaient de voir les ébauches des fresques.

— Pontormo risquait gros. Tu le sais, le duc est irritable, et quand il est en colère il peut être violent. S'est-il énervé ?

— Pas du tout. Cosimo aime beaucoup Pontormo. Je crois que son originalité, ses lubies, ses excentricités l'amusent. Il ferme les yeux et pardonne tous ses caprices. Mais le plus beau de l'histoire, c'est qu'un jour, de jeunes apprentis peintres, occupés juste à côté à dessiner les sculptures de Michelangelo dans la nouvelle sacristie, tu sais, les tombeaux de Lorenzo et de Giuliano, eh bien, ces gamins ont pratiqué un étroit passage dans les combles de l'église, juste au-dessus du chœur. Ils ont rampé dans ce boyau et ils sont parvenus à épier Pontormo en train de peindre. Celui-ci s'en est tout de suite aperçu et, comme tu peux l'imaginer, il a très mal pris la chose. Vraiment très mal. Ses hurlements amplifiés en écho dans l'église évoquaient les roulements du tonnerre. Il a même dit qu'il se vengerait de ces jeunes gens qui n'en menaient pas large. Et puis, comme presque toujours chez lui, sa colère est retombée très vite et l'affaire en est restée là. Il s'est simplement contenté de se calfeutrer avec encore plus de soin. C'est tout.

— Voilà donc l'histoire de Pontormo qui se mure dans le chœur de San Lorenzo pour pouvoir travailler tranquillement.

— Mais ce n'est pas tout, Daniello, il s'en passe des choses à San Lorenzo, tu sais. Figure-toi qu'un jour où je m'étais bêtement apitoyé devant ce vieux Pontormo qui s'épuisait à la tâche, j'allai le retrouver dans le chœur de l'église. Histoire de l'aider. Cela me fut d'autant plus facile qu'il avait oublié de cadenasser la porte installée dans cet assemblage de murs et de cloisons. Il a commencé à brailler comme un âne parce qu'il ne s'attendait pas à me voir, parce que je profanais son espace, je violais ses secrets. Ensuite, puisque j'étais là, il me demanda de lui préparer du *verdaccio*. C'est enfantin. Il s'agit de mélanger une part de noir et deux parts d'ocre. Il en avait besoin pour peindre le manteau de Noé dans l'*Histoire de Noé*. Evidemment, la couleur que j'avais obtenue ne lui convenait pas. Il a prétendu que je m'étais trompé dans les proportions. Il s'est encore mis en colère, il m'a traité de tous les noms et il a fini par donner un grand coup de pied dans le seau. Du *verdaccio* partout. Et il m'a jeté dehors.

Le soir, on s'est retrouvés à table, l'un en face de l'autre. On a mangé du poisson mariné, des œufs et dix onces de pain. Je craignais le pire. Or il était d'une excellente humeur. C'est vrai que les colères de Pontormo retombent immédiatement. Il m'a expliqué qu'il avait eu du mal avec son enduit, l'*arriccio*, cette espèce de plâtre rugueux que l'on applique sur le mur et qui sert de support à la fresque. Moi, je pense que ce n'est pas à lui de faire ce travail. C'est un travail d'*aiuto* et même de *garzone*. Tu ne crois pas, Daniello ?

— Oui, bien sûr, mais puisqu'il a voulu tout faire tout seul, n'être aidé de personne, que veux-tu ?

— Il m'a confié qu'il avait trouvé ça très pénible et qu'il ne pensait pas que ça réussisse. Il y avait partout des cloques, des boursouflures ; on voyait les raccords parfois. Il a expliqué que, le lendemain, il serait sans doute obligé de tout recommencer. Je lui ai alors suggéré de se faire aider.

Un énorme coup de poing sur la table, les verres ont sauté et l'un d'eux a roulé à terre. Brisé. Puis il est parti."

Du temps a passé depuis ce jour-là. Il a refait tout seul son *verdaccio*, puis il s'est reposé. Il a refait tout seul son *arriccio*, puis il a attendu qu'il sèche. Avec le temps humide que nous avons en ce moment, c'est un peu long. Il reste parfois une semaine sans mettre les pieds à San Lorenzo. Il dit qu'il réfléchit. Ou qu'il récupère ses forces, car à soixante ans il se sent vieux, il se fatigue vite. Alors, dans ses moments de repos, il remonte l'échelle et s'enferme chez lui. J'ai un mal fou à la lui faire redescendre quand je reviens. Il me laisserait bien à la rue, l'animal ! Il passe des journées entières allongé sur le lit à marmonner. Quand il se lève, c'est pour dessiner des bras, des têtes, des mains, des drapés. Des formes. Des lignes. Des ombres. Je me souviens d'avoir lu un jour à ce sujet, dans *Le Livre du courtisan*, le livre de Castiglione dont on parle encore, une phrase qui m'avait frappé. Si mes souvenirs sont exacts, elle disait à peu près ceci : une simple ligne qui n'a pas du tout été réfléchie par le peintre, jetée là par sa main sans être guidée par une étude quelconque, et qui va d'elle-même, comme ça, et qui vous bouleverse, eh bien cela, il n'y a qu'un artiste exceptionnel qui soit capable de le faire. Avec lui, la ligne avance et la main suit.

L'autre jour, il a dessiné à la sanguine un garçon endormi. C'est un dessin stupéfiant. Vous l'avez peut-être déjà remarqué, parfois quand on s'endort, on ne sait pas toujours comment placer ses bras. Comme s'ils vous encombraient. Là, le garçon est allongé sur un muret, couché sur le côté droit. Il a ramené son bras droit sur son corps, autour de la ceinture, et il a laissé pendre son bras gauche, qui le gênait, le long du muret. Un bras gauche inerte, où s'entrouvre à son extrémité une main au dessin parfait, comme une fleur en train d'éclore. Ce dessin est une pure merveille.

A part ça, Pontormo ne fait rien, pas même la cuisine. C'est toujours moi qui sors pour faire les achats et qui prépare les repas.

Hier après-midi, Bronzino est venu le voir. Un Bronzino, comme d'habitude, élégant, aimable, souriant. Pontormo, tout heureux, l'a invité à venir souper avec nous le soir. Il m'a demandé d'aller acheter des anguilles et du poisson de l'Arno pour le repas. Il en a profité pour proposer à Bronzino de m'accompagner, afin de lui acheter de la colle de caséine qu'on appelle ici la *colla di cacio*. C'est une préparation que l'on trouve de moins en moins facilement à Florence car, maintenant, les menuisiers la font eux-mêmes. Elle sert surtout à ajuster les cadres des tableaux. C'est une colle à bois préparée avec du fromage trempé dans l'eau et mélangé avec un peu de chaux vive.

Nous voilà donc partis tous les deux. Je suis heureux de sortir avec Bronzino que je considère comme un grand peintre. C'est aussi un grand seigneur qui m'impressionne un peu, même s'il est d'une extrême gentillesse avec moi comme avec tout le monde.

En arrivant via Larga, j'aperçois en face de nous, de l'autre côté de la rue, une silhouette hirsute et dépenaillée. Je le reconnais. Bronzino aussi. C'est Jacone.

"Vous connaissez Jacone, je pense.

— Voyons, qui ne connaît pas Jacone ? réplique Bronzino. Mais je t'avouerai que je cherche à l'éviter chaque fois que je peux. En réalité, je ne connais pas grand-chose de lui.

— Il n'est plus très jeune, Jacone, maintenant, mais il est toujours aussi sale et débraillé. Il lui arrive de fréquenter quelquefois la *bottega* de Pontormo.

— C'est là que je l'ai effectivement croisé deux ou trois fois.

— Mais je suis comme vous, Bronzino, je n'apprécie pas du tout l'homme et je n'aime guère ce qu'il peint, à part peut-être ce *Dieu qui couronne la Vierge* qui se trouve dans l'église de la Madone del Calcinaio, vous savez, cette église de Francesco di Giorgio Martini au milieu des oliviers en bas de Cortona. C'est beau comme de l'Andrea del Sarto.

— C'est vrai, ajoute Bronzino, quand il est entre les mains de Pontormo, il peut faire du bon travail."

Ce matin-là, Jacone devait sortir de son taudis qu'il habite près d'ici, dans la via Codarimessa. Je l'interpelle d'autant plus volontiers qu'il me doit de l'argent. L'occasion était belle, qui allait me permettre de lui rafraîchir la mémoire sans en avoir l'air. Il traverse la rue en boitillant et il me jure, sur la tête de je ne sais qui, qu'avec le tableau qu'il est en train de peindre – une commande, précise-t-il pour me rassurer –, il va pouvoir me payer. Il était habillé comme un mendiant, sale, mal rasé et il sentait mauvais. Je lui fais remarquer qu'on le prendrait pour un loqueteux, de ceux qui sont avachis sous le porche de Santa Reparata et qui vivent de la charité publique. "Ah, tu ne vas quand même pas me refaire à ton tour la sortie de Vasari !" me lance-t-il, et, vexé, il tourne les talons et disparaît dans la première venelle.

Je ne comprends pas l'allusion. Je demande alors à Bronzino :

"Qu'est-ce que c'est que cette histoire avec Vasari ?

— Tu n'es pas au courant ? Ça s'est passé il y a tout juste une semaine. Vasari revenait du couvent de Monteolivetto, dans la campagne, où il avait été voir son ami Miniato Pitti, l'abbé de ce couvent. Comme à son habitude, Giorgio était vêtu avec beaucoup d'élégance et il avait, il faut bien le dire, fière allure sur son cheval bai. Enfin, tu connais Vasari.

Juste à l'angle du palais Médicis et de la via Larga, il croise Jacone qui était entouré de sa bande habituelle de voyous débraillés et gueulards. Histoire de les épater et de faire son intéressant, il décide de se moquer du maître. Il apostrophe Vasari : «Alors Giorgio, comment va Sa Seigneurie ?» et, de sa voix gouailleuse, il insiste lourdement sur ce titre qu'il a voulu outrancier et qu'il tourne en dérision. Toute la bande se met à rigoler. Vasari arrête alors son cheval auquel son serviteur fait faire un demi-tour afin de se retrouver face à face avec Jacone. Du haut de sa monture, Vasari lui sourit, puis il lui répond gentiment et calmement. Tu sais que Vasari ne se met jamais en colère. «Ma Seigneurie va bien, mon cher Jacone, lui dit-il, elle va même très bien.»

On entend encore s'esclaffer sous cape les garnements hilares et stupides. Vasari ne se laisse pas démonter pour si peu : «Autrefois, j'étais pauvre, lui dit-il, pauvre comme vous tous, et maintenant je suis riche. Vous me preniez pour un idiot, et maintenant moines et prêtres me tiennent pour un homme de bien. Autrefois, j'étais à votre service, et maintenant voici mon serviteur qui me sert et mène mon cheval. J'étais vêtu comme un pauvre peintre, et maintenant je suis vêtu de velours. J'allais à pied, et maintenant je vais à cheval. Tu vois, mon cher Jacone, Ma Seigneurie va tout à fait bien.»

Son serviteur fit faire un nouveau demi-tour au cheval et sauta en croupe. «Que Dieu te garde, Jacone !», lui dit Vasari en partant. Jacone pétrifié ne sut que répondre. Médusés, les chenapans ne riaient plus.

— Ça, c'était bien envoyé. Vasari n'est pas méchant mais il est susceptible, il ne faut pas le provoquer."

Après avoir fait nos achats de colle et de poisson, nous nous retrouvons chez Pontormo qui jette l'échelle. Nous posons nos paquets sur la table et nous lui racontons notre rencontre avec Jacone.

"Giambattista n'était pas au courant de l'altercation avec Vasari", lui dit Bronzino.

Cette histoire n'a pas l'air de l'amuser.

“En réalité, Giambattista, me dit Pontormo, Jacone n’est pas un méchant homme. Il mène une vie décousue, c’est certain, mais il ne dépend de personne, c’est un homme libre. On dit de moi que j’ai une folie qui me ronge et me détruit, lui, il a une folie expansive et joyeuse. Une folie qui respire la santé et le bonheur. Je regrette simplement qu’il ait davantage l’esprit à se donner du bon temps, à plaisanter et à festoyer avec les amis qu’à travailler. Parlant de lui, Vasari disait un jour que, plutôt qu’apprendre, il finit par désapprendre. Et c’est bien dommage car il n’est pas mauvais peintre.”

Bronzino intervient :

“Oui, bien sûr mais, sous prétexte de vivre en philosophes, lui et ses congénères se comportent comme des porcs ou des bêtes sauvages, ils ne se lavent jamais les mains, ni le visage, ni la tête, ni la barbe. Enfin ! demande à Giambattista qui vient de le voir !

— Je sais, je sais, réplique Pontormo. Certains, qui sont allés une fois dans son antre, m’ont dit qu’il ne balayait jamais son taudis, qu’il ne faisait jamais son lit…

— Oh, Pontormo, toi-même…

— Tu vas te taire ! Avec ses semblables, il se sert des cartons qui emballent leurs peintures en guise de tables. Ils boivent directement à la bouteille ou à la cruche.

— Il ne rembourse jamais ses dettes, ajoute Bronzino. Giambattista en sait quelque chose. Il ne règle jamais sa cotisation à la Compagnie de San Luca. S’il a quelquefois de quoi manger, c’est bien parce que tu subviens à ses besoins et, s’il a de quoi peindre, c’est bien parce que tu lui passes des commandes, comme, dernièrement, ce tabernacle à Montici pour la famille Capponi.

Moi, j'irais jusqu'à dire que son âme est aussi sale que son corps.

— Tu exagères, Bronzino, c'est plus un pauvre type qu'un méchant homme. Il passe le plus clair de son temps à s'amuser et à bavarder, à boire et à copuler, c'est vrai ! mais il ne nuit à personne.

— Quelquefois, il doit bien médire des autres quand même, dis-je.

— Oh ça, peut-être. Comme tout le monde d'ailleurs, rétorque Pontormo. Mais moi je vais te dire que, lorsqu'il vient travailler dans mon atelier, je n'ai rien à lui reprocher. Et puis ça suffit comme ça avec Jacone !"

D'un même mouvement, Bronzino et moi, nous décidons de redescendre l'échelle que Pontormo n'a pas encore tirée. Il vaut mieux partir au plus vite car il va se mettre en colère, et les colères de Pontormo sont noires. Tout cela parce que nous avons critiqué le pauvre Jacone dont il s'est entiché ! Lorsque nous avons vu ses lèvres commencer à trembler, ses yeux se dilater et devenir blancs, d'un simple regard nous avons préféré aller déguster un verre de montalcino à l'*osteria* de Vieri, piazza Ognissanti, sur les bords de l'Arno. Quand Pontormo se sera calmé, nous remonterons l'échelle pour dîner avec lui.

Nous voici donc attablés sur la petite place. Le vin est frais, la soirée est belle, des enfants jouent à la balle et des hommes discutent assis sur les parapets du Lungarno. Bronzino suit son idée et en revient à l'atelier de Pontormo.

"L'atelier de Pontormo, quand on y pense ! Jamais Pontormo n'aurait prétendu devenir le maître de quelqu'un. Ça ne lui ressemble pas. Il a été poussé par les événements. Il n'était qu'un disciple, le destin fit de lui un héritier.

— Vous avez raison, Bronzino, quand il est entré à la *scuola* de San Marco à l'âge de seize ans, il a eu la chance de rencontrer les derniers grands maîtres du passé, les Albertinelli, les Fra Bartolomeo, entre autres.

— Oui, mais il a aussi fréquenté très vite l'avant-garde florentine avec la *bottega* d'Andrea del Sarto, l'atelier le plus novateur de l'époque. C'est là qu'il va rencontrer cet autre fou de génie, le Rosso, un gamin comme lui. Dans ce petit monde en décrépitude, ils vont devenir des visionnaires. Je n'exagère pas en affirmant que dans l'atrium de l'église de la Santissima Annunziata, où ils avaient fait leurs premières armes, le Rosso et Pontormo avaient déjà imaginé une autre façon de peindre.

— En 1516, Pontormo avait vingt-deux ans. Dans une Florence en pleine crise, il venait de terminer son premier chef-d'œuvre, la *Visitation*, précisément dans cet atrium de la Santissima Annunziata.

— Je me souviens, Giambattista, de ce que me racontait mon grand-père : depuis la mort de Lorenzo il Magnifico, ç'avait été dans Florence une succession de désastres. Cette même année 1516, Giuliano de' Medici venait de mourir. C'est son cousin, Lorenzo, duc d'Urbino, un autre incapable, qui lui succéda. Il était détesté de toute la ville.

— Et Lorenzo mourut trois ans après, laissant Florence exsangue. On connaît la suite ! Elle est calamiteuse. De Rome, le cardinal Giulio de' Medici, le futur pape Clemente VII, gouverna Florence à distance, par l'intermédiaire du cardinal Passerini. Ce fut une catastrophe qui devait nous amener le sinistre Alessandro.

— Oui, bien sûr, dit Bronzino pensif. Tu sais, la création artistique ne se portait guère mieux.

En quelques années, tout le monde a disparu. Albertinelli meurt en 1515. Fra Bartolomeo le suit dans la tombe en octobre 1517. En 1518, Andrea del Sarto accepte l'invitation du roi de France François Ier et part pour Fontainebleau. Leonardo, qui se trouvait à Milan depuis déjà un certain temps, revient à Florence en 1503. Il commence au Palazzo Vecchio la fresque de la *Bataille d'Anghiari*, l'abandonne très vite et s'en retourne à Milan en 1506.

— Michelangelo n'a pas fait mieux quand il a abandonné à son tour la *Bataille de Cascina* dans ce même Palazzo Vecchio pour s'en aller rejoindre Giulio II qui se trouvait à Bologne et le suivre ensuite à Rome.

— As-tu remarqué, Giambattista, que juste deux ans après, lorsque Michelangelo commence à peindre le plafond de la Sixtine, eh bien, Raffaello lui aussi laisse Florence et part à son tour pour Rome, invité par le pape qui voulait décorer de fresques ses appartements du Vatican ?

— C'est une vraie débandade. Les grands maîtres meurent, ou alors ils délaissent la scène florentine. Et tout d'un coup c'est le vide, le désert.

— Si je ne me trompe, les derniers à partir pour Rome furent Salviati et Vasari.

— Oui, c'était en 1531. Après que tout le monde a déserté Florence, il ne restait plus dans la ville que deux ateliers qui étaient encore de vrais lieux de création : celui d'Andrea del Sarto et celui, dissident en quelque sorte, de Pontormo. Ce que l'on sait moins, c'est qu'à la mort d'Andrea del Sarto, en janvier 1530, bon nombre de ses disciples, Jacone en tête, sont allés frapper à la *bottega* de Pontormo, lequel leur a ouvert sa porte. Ainsi ont-ils pu continuer à pratiquer la peinture."

Bronzino se gratte la tête :

“C’est allé plus loin que ça, Giambattista. Sans même y avoir songé un seul instant, Pontormo a comme créé une école. Ah, le mot te semble exagéré ! On peut quand même dire qu’il les a tous marqués par son style un peu déconcertant. Je pense, en disant cela, à de jeunes peintres comme Francesco Foschi, ou à Jacopino del Conte, entre autres. Le modeste atelier de Pontormo est très vite devenu un lieu de création intense. On m’a raconté que, bien souvent, à partir d’un dessin que venait de faire Pontormo, ou même d’un simple croquis, d’une esquisse jetée là sur le papier, les *creati*, c’est-à-dire les disciples, mais même les simples *aiuti*, les apprentis, tout le monde se mettait à discuter, à critiquer, à débattre. Chacun donnait son avis, bien souvent personne n’était d’accord. La controverse pouvait durer des heures. Pontormo n’ouvrait pas la bouche, mais il était très attentif à ce que disaient les uns et les autres. L’exercice semblait lui plaire.

— Ce n’était pas le Pontormo que nous connaissons aujourd’hui. C’était un autre Pontormo.

— Oui, c’était un autre Pontormo effectivement.

— Mais qui se souvient de Pontormo jeune ? C’était en 1528. Je n’étais pas né, mais je suis tout à fait au courant de ses débuts car il en parle souvent. Nostalgie de vieillard peut-être. On a l’impression qu’à cette époque-là – il avait alors trente-quatre ans –, c’était un homme heureux. Il régnait dans son atelier une bonne humeur continuelle, mais aussi une exaltation créatrice intense. Le public florentin a découvert avec stupeur, quelquefois même avec une certaine réticence, cette *bottega* où l’on ressentait physiquement cette ferveur, cette frénésie dans l’invention.

Vous savez, Bronzino, ce n'est pas difficile, à Florence il ne restait plus que deux jeunes peintres aux idées révolutionnaires et au dessin provocateur : le Rosso et Pontormo. Et, si je ne me trompe, Pontormo a été très vite débordé de travail.

— Complètement. A qui s'adresser maintenant que tout le monde est mort ou a fui ? Je te donne un exemple. Après la peste de 1530 qui a ravagé la Toscane, on demande à Pontormo de peindre une Vierge entre Jacques et Sébastien, sous prétexte que ces deux-là protègent les humains de ce fléau. Cette fois-là, ils sont arrivés peut-être un peu tard. Bref. Eh bien, il ne peut pas, Pontormo, il ne sait plus où donner de la tête ! Alors, plutôt que de refuser, il va confier l'exécution de la *Vierge à la ceinture*, comme on l'appellera par la suite, aux *creati* de son atelier. Ça va devenir une œuvre collective. Jacone et moi-même surtout fûmes très présents…

— Œuvre collective peut-être, mais d'une étonnante unité de style ! Cette Vierge au corps allongé, ces couleurs acides et délavées à la fois, l'air dolent des personnages au regard absent, cette espèce d'indifférence triste qui émane de ce tableau, c'est quand même du Pontormo !

— Eh oui ! C'est ce que je te disais, Giambattista : Pontormo avait tellement marqué de son style ses disciples que, quoi qu'ils fassent, ils ne pouvaient faire que du Pontormo. Rends-toi compte que, quelquefois, on confond mes modestes peintures avec les siennes.

— Jusqu'au duc Cosimo lui-même qui s'est intéressé à un Pontormo quand même un peu contesté à Florence à cause de ses audaces et de son caractère.

— Oui, ça, ce fut la chance de Pontormo, et comme l'amorce d'une consécration. Je te l'ai dit, il n'y avait plus personne à Florence à ce moment-là. Alors le duc s'est naturellement tourné vers Pontormo. Mais il faut reconnaître que, par la suite, il l'a toujours aidé et toujours soutenu. Au début, Pontormo était plutôt réticent. Il a fallu que le duc insiste pour qu'il accepte de décorer à fresque sa villa de Careggi.

— Et pour mieux le convaincre, si mes souvenirs sont bons, Cosimo va lui fournir toute une compagnie de jeunes artistes pour lui permettre de travailler plus vite. Cosimo est toujours pressé, Pontormo jamais. Il faut dire que, pour ce qui est de la rapidité dans le travail, Pontormo n'était pas Vasari, sinon son contraire absolu.

— Ah, pour ça, oui ! Ça me rappelle qu'une fois Pontormo avait osé refuser à Cosimo de peindre un *Saint Jean-Baptiste baptisant le Christ* parce que le duc, certainement habitué aux prouesses de Vasari, ne lui avait donné que six jours pour exécuter le tableau. C'est donc à cette époque que moi-même, mais aussi Jacone, Foschi et d'autres artistes qui venaient presque tous de l'atelier d'Andrea del Sarto, nous sommes allés grossir les rangs de la petite *bottega* de Pontormo.

— Et au même moment Cosimo décide de décorer également la villa de Castello, laquelle, après l'austère villa du Trebbio, était devenue la résidence de sa mère, Maria Salviati.

— C'est ça. C'était en 1537. Cosimo venait d'être désigné, à la surprise générale, duc de Florence. Alors, le sujet retenu pour la décoration de la villa fut du genre adulateur : montrer, par le dessin et la peinture, comment les circonstances de l'accession au pouvoir de Cosimo et de l'empereur

Auguste étaient identiques. Cosimo devenait le nouvel Auguste de la Toscane, si tu préfères.

— Et l'on retrouve, à nouveau, Foschi, vous-même, et qui encore ?

— Eh bien, Jacone, évidemment ! On retrouve les mêmes, mais ils sont débordés à leur tour. En effet, deux ans après, en 1539, alors qu'ils étaient loin d'avoir terminé les fresques de Castello, ils ont dû s'occuper de réaliser l'*apparato* pour les noces de Cosimo et d'Eleonora."

Il était tard quand nous avons quitté la taverne de Vieri. La conversation aidant, nous avions bu force verres de montalcino. Peut-être est-ce pour cela que le soir qui tombait sur les quais de l'Arno nous sembla léger, paisible et chargé de ces odeurs de champignon et de bois mouillé que le fleuve ramenait du Casentino. Nous nous sentions particulièrement bien lorsque, à un moment, Bronzino m'envoya un coup de coude dans les côtes. Je regardai. Une ombre triste, au pas quelque peu hésitant, traversait la petite place Ognissanti. Avec sa cape noire qui effleurait le sol et son bonnet noir tiré jusque sur les oreilles, on aurait dit un corbeau.

"Qui est-ce ?

— Giovan' Antonio Lappoli."

Bronzino parlait à voix basse.

"Il est si vieux que ça ?

— Il a exactement l'âge de Pontormo. Soixante ans."

J'allais faire un geste. Bronzino arrêta mon bras.

"Non, ne l'appelle pas. Il est devenu triste et ennuyeux.

— Parce qu'avant…

— Avant il n'a été heureux que lorsqu'il était dans l'atelier de Pontormo.

— Parce que lui aussi…

— Le pauvre Giovan' Antonio s'est rendu célèbre parce que, pendant le sac de Rome en 1527, il a eu une telle peur des lansquenets qu'il s'est enfui entièrement nu de la ville. Mais tu ne connais pas l'histoire de Lappoli, Giambattista ?

— Pas vraiment. Qu'est-ce qu'elle a de particulier ?

— C'est l'histoire d'un coup de foudre et d'une violente passion pour l'art de Pontormo. Un beau jour, Giovan' Antonio Lappoli quitta sa campagne natale pour se rendre à Florence. Là, il fut tout de suite séduit par le style d'Andrea del Sarto aussi bien que par celui de Pontormo. Au point de ne plus savoir auprès duquel il irait travailler. Il avait du mal à trancher. Jusqu'au jour où l'on dévoila la fresque qui représentait la Foi et la Charité, que Pontormo avait peinte sur le portique de la Santissima Annunziata alors qu'il n'avait que dix-neuf ans. C'est à ce moment-là que se produisit le coup de foudre. Giovan' Antonio décida sur-le-champ d'aller chez Pontormo. C'est Vasari qui m'a raconté cela plus tard. Lappoli eut cette extraordinaire intuition : avec un style aussi maîtrisé, Pontormo, qui n'avait alors que vingt-cinq ans, pouvait espérer dépasser tous les artistes de sa génération.

C'est pour ces raisons-là que Giovan' Antonio, qui aurait été accueilli à bras ouverts chez Andrea del Sarto, n'a pas hésité une seconde à aller chez Pontormo. Ils avaient le même âge. C'est également cette année-là que moi-même, qui n'avais alors que quatorze ans, j'entrai chez Pontormo. Il fallait voir comme il travaillait, Giovan' Antonio ! Jour après jour, et la nuit souvent, à la chandelle, il cherchait la perfection dans le dessin, stimulé en cela par les *creati* et même les *aiuti* de l'atelier, dont certains y excellaient."

Il faisait déjà nuit quand nous sommes remontés chez Pontormo pour le dîner. Il eut l'air surpris et tout heureux de revoir Bronzino. Il lui fit fête, oubliant qu'en début d'après-midi il l'avait lui-même invité à venir partager son souper du soir.

## V

## JE DOIS M'EN SOUVENIR TOUTE MA VIE

Je m'appelle Naldini. Giambattista di Matteo Naldini. Je suis né l'année où Lorenzino assassina Alessandro. C'était en 1537. Il y a dix-sept ans de cela.

Tout comme Pontormo, j'ai à peine connu ma mère. Mon père, Matteo, qui ne savait trop quoi faire de moi, m'a placé à l'hôpital des Innocents. De même que Pontormo l'avait été à l'orphelinat de l'Œuvre des pupilles par sa grand-mère. C'est pour cela que, pendant des années, on m'a appelé Battista degli Innocenti. Je détestais ce surnom qui faisait de moi un bâtard, un enfant trouvé. Maintenant c'est terminé. Je suis redevenu Giambattista Naldini. Le prieur de l'hôpital des Innocents était un bénédictin, un certain Vincenzo Borghini, un vrai savant celui-là. Toujours fourré dans ses livres. Et il en avait des livres ! C'était aussi un grand ami de Pontormo. C'est grâce à ce Borghini qu'à douze ans je me suis retrouvé dans la *bottega* de Jacopo. Mais, à cela, il avait mis une condition : il fallait que je participe aux frais de logement et de nourriture. C'était l'habitude à Florence pour ceux qui entraient comme *garzoni* dans un atelier. Alors mon pauvre père, qui avait été longtemps soldat dans la marine, est devenu coursier, factotum, bricoleur, homme à tout faire de Pontormo. Pour ce qui est de la table, Pontormo avait de singulières exigences : il voulait que mon père se rende chez les meilleurs bouchers de Florence pour y faire découper, à ses frais bien entendu, jusqu'à dix sous de la plus belle viande.

C'est donc ainsi que je suis entré chez lui comme *garzone*. On commence toujours comme ça. Je faisais de tout : je broyais les couleurs, je faisais la colle, je préparais l'*imprimatura*, je tendais de la toile sur les châssis, je dressais les échelles, je montais les échafaudages. Je servais aussi de modèle. Bien des fois, j'ai posé nu pour Pontormo. Je n'aimais pas ça, surtout lorsque, sous prétexte de modifier la pose, il abandonnait un peu trop longtemps sa main sur mon épaule, sa main qui descendait ensuite avec lenteur le long de mon dos. Ses deux mains sur mes hanches, d'autres fois, pour mieux orienter mon corps dans la lumière. Ses mains avec lenteur. Et puis je m'y suis fait. Comme tant d'autres.

En échange, je logeais dans sa tanière et il m'apprenait le métier. A dire vrai, je dois reconnaître qu'il a fait plus. Il m'a élevé jusqu'à me considérer un peu comme son fils. Un père déplorable, un maître admirable. Souvent j'arrêtais de mélanger les couleurs ou de chauffer la colle et je restais tapi dans l'ombre d'un coin de l'atelier à le regarder dessiner. La ligne, d'elle-même, s'échappait de ses mains et devenait, sur la toile, d'un seul jet, le pli froissé d'une robe, le dos penché d'une femme, le visage à peine esquissé d'un enfant bouclé, un tourbillon de l'Arno, ou le simple plaisir d'une courbe. Je me souviens de l'émotion qui m'a saisi quand j'ai découvert un jour, oublié derrière un tas de toiles à peindre, appuyé contre un mur de son atelier, son tableau de la *Madone avec l'Enfant Jésus et saint Jean,* un tableau qu'il avait peint quand il avait trente-deux ans.

Pour moi, ce n'était pas la Vierge. Je m'en moquais, de la Vierge. C'était une mère qui serrait ses deux enfants contre elle, deux enfants cousins entre eux. L'Enfant Jésus échappe un peu à l'étreinte de sa mère, même si celle-ci le serre très fort contre elle de sa large main ouverte. Mais lui, il regarde ailleurs. Dans son regard, on sent une pensée qui nous échappe. Peut-être pense-t-il à ce qu'il sait déjà et nous pas encore. Son index s'écarte un peu de sa main droite. Encore un peu de temps et il va nous désigner quelque chose ou quelqu'un. Il n'appartient plus à sa mère. Mais moi, ce qui m'a bouleversé jusqu'aux larmes, c'est la tendresse infinie de Marie qui pose avec douceur son visage contre le visage de Jean. La mère aussi est ailleurs. Elle aussi pense à autre chose. C'est une mère jeune et triste. Il y a surtout le regard éperdu de Jean qui, la bouche ouverte, cherche vainement le regard de la mère. Jean est en quête de la mère et ses yeux le crient. Mais personne ne le regarde. Personne ne se regarde. Seul Jean regarde Marie. Je sais maintenant pourquoi j'ai pleuré quand j'ai découvert ce tableau et j'ai compris pourquoi Pontormo l'a peint comme ça.

Mais voici que j'entends le grincement de la poulie. Il vient de rentrer. Il est en train de remonter l'échelle. A peine a-t-il ouvert la porte qu'il se met à hurler. Ça recommence. Il hurle, il braille, il vocifère, il tempête, il beugle comme un veau, il brait comme un âne. Inutile de chercher à savoir pourquoi. Quand il rentre chez lui, Pontormo hurle toujours. Il est comme un fauve blessé qui cherche sa victime. Malheur à celui qui se trouve sur son chemin à ce moment-là. La plupart du temps, c'est moi.

"Ah, te voilà, enfin te voilà ! T'as pas honte, hein ? T'as pas honte ? M'abandonner comme tu l'as fait !"

Et il lève la main sur moi par un vieux réflexe. Mais depuis deux, trois ans – "maintenant que je suis grand" –, il ne me bat plus. Cette fois-ci, je sais bien pourquoi il est en colère. Je m'y attends. Mais moi, je ne regrette rien. Il faut s'en défendre, de Pontormo.

"Tu le sais que lundi j'ai eu une colique épouvantable qui a empiré le soir, avec beaucoup de bile sanguinolente. Tu le sais, ça !

— Mais oui, je le sais. Mais des coliques, vous en avez tout le temps. Et puis les coliques, ça arrive à tout le monde. Vous en faites chaque fois toute une histoire, vous embêtez tout le monde avec vos coliques !

— Sauf que mercredi j'allais vraiment très mal. J'y suis allé au moins dix fois dans la journée. Ça n'arrêtait pas. T'entends ? Dix fois !

— Et qu'est-ce que j'aurais bien pu y faire, à la fin ?

— Tu aurais pu me préparer de quoi manger, non ? Mais le soir, tu n'étais pas encore là. J'ai soupé d'un peu de mauvais brouet qui restait. Et puis tu n'es pas rentré. Hein ! Pourquoi tu n'es pas rentré ?

— Eh bien, parce que j'étais allé faire un tour avec Alessandra chez Rotella. On a pas mal bu, on a beaucoup bavardé, le temps a passé sans qu'on s'en soit rendu compte. A la fin, ils ont insisté pour que je reste à dîner avec eux, et comme il se faisait tard…

— Tu n'es pas rentré de la nuit alors que tu savais que j'étais mal, très mal même."

Il se tait et darde sur moi un regard où l'on peut lire autant de désespoir que de rancœur. Après un long silence où l'on n'ose plus reprendre la parole, il ajoute d'une voix dont le calme me semble terrible :

"Tu vois, ça, eh bien, je dois m'en souvenir toute ma vie !"

Moi aussi, de ce qu'il m'a dit ce jour-là, je m'en suis souvenu.

Il est homme de rancune. Colères courtes, rancunes longues. Tant pis. Il se tait maintenant et il m'observe de ce petit regard noir d'insecte, ce regard pointu, presque méchant. Et il éclate à nouveau :

"Et ce n'est pas la première fois ! La première fois, c'était le 4 juillet dernier. Je m'en souviens, c'était un jeudi, parce que ce jour-là j'avais commencé ce dessin de l'homme qui replie ses jambes. Tu te rappelles ?

— Oui, bien sûr, mais vous devez vous souvenir aussi que…

— Tu ne m'as même pas porté la viande à la maison…

— Vous devez peut-être vous souvenir que j'étais tombé d'un échafaudage, que je m'étais fait très mal à un genou, et que je boitais. Je pouvais à peine marcher.

— Je sais, mais cela n'a rien à voir ! Tu pouvais fort bien rester ici à te reposer. Tu as préféré aller coucher dehors, en boitant j'imagine. Tout ça parce qu'il y avait un lit de libre chez Rotella.

— Est-ce si grave ? Vous n'étiez pas malade ce jour-là.

— C'est ton père qui était malade, ton père ! Tu entends ? Et tu n'es même pas allé le voir. Qu'est-ce que tu faisais chez Rotella ?

— Ça, ça ne vous regarde pas. J'ai le droit de sortir et de rester chez des amis, même toute la nuit si ça me plaît."

Ce n'est pas la première fois que je le laisse tomber. Car, parfois, on n'en peut plus avec lui. L'an dernier, en plein mois d'août, Pontormo avait déjeuné avec Daniello et il avait soupé, le soir, avec Bronzino. Je savais qu'il avait un terrible mal de gorge qui l'empêchait d'avaler. Mais puisqu'il était en bonne compagnie, je n'étais pas rentré. J'en avais profité. Je me souviens que, le lendemain, je lui avais apporté le carton à partir duquel il avait commencé la draperie d'Abraham pour le sacrifice d'Isaac.

Cette histoire de carton me rappelle le jour où Maso da San Friano m'avait demandé comment Pontormo s'y prenait pour préparer ses cartons, parce que, lui, il avait un mal fou pour les fixer sur le mur.

"Oh, lui dis-je, je ne crois pas qu'il ait vraiment une recette à lui. Il découpe plusieurs feuilles en rectangle, qu'il assemble avec de la colle de farine cuite à l'eau. Ensuite, il les applique sur le mur. Quand le papier est sec…

— Mais comment fait-il pour effacer les plis du papier ?

— Il mouille le papier avec de l'eau fraîche. En séchant, les plis s'effacent. Donc, quand le papier est bien sec, il reporte dessus le tracé du dessin en respectant bien les proportions. Et puis c'est tout.

— Et comment il s'y prend pour le reporter ?

— Il fait ça avec un morceau de charbon qu'il a fixé au bout d'un roseau."

Maso avait acquiescé sans rien dire.

J'en reviens à mon histoire. Je disais donc que, le lendemain de cette dispute, je lui avais porté le carton pour la draperie d'Abraham. Il n'avait pas dit un mot. Il avait tellement mal à une dent qu'il est même resté à jeun pendant deux jours. Une autre fois, c'était en novembre, il avait été odieux. Alors, je l'avais plaqué et j'étais allé m'enfermer dans ma chambre. Tout comme ce soir de janvier où ça recommençait. J'ai préféré ne pas dîner avec lui et je l'ai laissé se débrouiller tout seul avec son porc bouilli et sa poule d'eau.

Ce qui m'agace, lorsque je me plains à Bronzino du sale caractère de Jacopo, c'est que Bronzino a toujours tendance à le défendre et à me faire la leçon : que moi aussi je n'ai pas bon caractère, que je suis jeune et impatient, qu'il n'a pas eu une vie facile, qu'il a une très mauvaise santé, ce qui explique que…

Un soir, Bronzino se trouvait chez Pontormo en compagnie d'Alessandro Allori, son élève préféré. Pontormo n'était pas encore rentré. Ils l'attendaient pour dîner. Mais lui, comme d'habitude, restait jusqu'au dernier moment à San Lorenzo, à peindre jusqu'à la tombée de la nuit, jusqu'à ce moment extrême où le crépuscule change les couleurs et où il faut savoir s'arrêter. J'avais été chargé de faire les achats pour le repas du soir. J'ai grimpé à l'échelle avec des saucisses, des endives, des figues sèches, un fromage et dix onces de pain.

La conversation entre Allori et Bronzino était tellement animée qu'ils ne m'ont pas entendu entrer. Or, à ce moment-là, Bronzino parlait justement de mon père avec beaucoup d'animation. Aussi, pour entendre la suite, je me suis caché derrière un long rideau, une espèce de tenture qui pendait du plafond à côté de la porte et dissimulait tout un bric-à-brac de réserves de peinture, de pinceaux qui trempaient dans l'eau, quelques bonbonnes de vin, des tas de chiffons. Et j'ai écouté.

Il racontait, Bronzino, que mon père Matteo était invivable. Il était bougon, grognon et querelleur. Il disait que moi, je ne valais guère mieux. J'avais un très mauvais caractère, j'étais susceptible, d'un naturel rancunier, j'avais des lubies. Tout compte fait, j'étais bizarre et lunatique. Avec mes chamailleries pour un oui ou pour un non, Pontormo lui avait dit que je l'énervais ou que je le désespérais. Mais c'était surtout mes fugues qu'il supportait très mal, parce que là, d'un seul coup, il se sentait abandonné.

Bronzino s'arrêta un instant, puis il ajouta, sous le regard amusé d'Alessandro :

“Dans cette tanière, ou plutôt cette prison – j'ai même écrit tout un poème à ce sujet –, tournent en rond trois fauves prêts à se sauter dessus. Et l'on se demande comment ils peuvent vivre ensemble. Peut-être parce que Pontormo a un ascendant très fort sur les Naldini, père et fils. Un ascendant qui n'empêche pas Giambattista de se rendre indépendant du maître sans rompre avec lui pour autant. Il rue avec éclat dans les brancards, mais rentre tous les soirs, ou presque, à l'écurie, l'oreille basse. En réalité, ils sont bien pareils tous les deux. Ils se querellent tout le temps parce qu'ils se ressemblent : deux orphelins de mère, deux enfances passées dans un orphelinat, deux abandonnés et deux sales caractères avec, pour tous les deux, un amour de la solitude plus fort que celui de la conversation et des mondanités. Ils sont le reflet l'un de l'autre, et Giambattista finit par être le double de Pontormo. On a l'impression qu'aucun des deux ne pourrait plus vivre sans l'autre. Car malgré leurs humeurs détestables et leurs biles noires, les Naldini sont tous les deux d'une grande bienveillance à l'égard du vieux Pontormo. Leur servitude, malgré les apparences, peut être attentionnée. Et qu'importent les éclats de voix qui relâchent les tensions ?

Ce que je remarque cependant dans la peinture de Giambattista, dont je suis les progrès depuis le début, c'est qu'il s'écarte peu à peu du modèle Pontormo. Mais en a-t-il conscience ? Je ne le pense pas. En réalité, il s'affranchit du maître autant par son style que par ses fugues. Un style plus apaisé. Les effets rythmiques se détendent, les couleurs retrouvent leur plénitude, les clairs-obscurs sont plus contrastés et le trait moins hardi. La carnation est plus lisse chez Giambattista. D'ailleurs je le vois changer en ce moment. On dirait qu'il est en train de terminer son apprentissage.

— A propos d'apprentissage, demanda alors Alessandro, à quel âge êtes-vous entré dans la *bottega* de Pontormo ?

— J'avais quatorze ans quand je l'ai rencontré…

— Quatorze ans ! Mais à cet âge on termine presque son apprentissage !

— Tu plaisantes, Alessandro, rétorqua Bronzino. Tu sais autant que moi qu'il faut compter une bonne dizaine d'années avant de devenir *maestro* quand on en a les capacités. En ce qui me concerne, je n'avais que dix ans quand je suis d'abord entré chez Raffaellino del Garbo. Je reconnais qu'il ne m'a pas beaucoup marqué, c'est vrai. Mais, à quatorze ans, on a encore tout à apprendre. C'est même à cet âge-là que l'on commence à apprendre vraiment. On arrête de broyer les couleurs et on se met à peindre, de *garzone* on devient *aiuto* avant de devenir *creato*. Sais-tu que Botticelli était encore modeste *garzone* à treize ans chez Filippo Lippi ?

— Peu importe jusqu'à quel âge dure l'apprentissage. Evidemment, plus il dure et mieux c'est. Ce que je trouve important, c'est l'âge auquel il est bon de commencer. Savez-vous qu'à onze ans Paolo Uccello était déjà *garzone* dans la *bottega* de Ghiberti et qu'Andrea del Sarto n'avait que sept ans quand il débuta son apprentissage auprès d'un certain Andrea di Salvi Barile que tout le monde a oublié ?

— Je sais, Sandro, je sais tout ça, répondit Bronzino. Mais je sais aussi que Leonardo avait quatorze ans quand il entra chez Verrocchio. Le même âge que moi chez Pontormo. Je disais donc que je suis entré chez Pontormo en 1517. Il n'avait pas plus de vingt-trois ans. Neuf ans seulement nous séparent. Mais lui, déjà, à cet âge-là, quel génie ! En vérité, plus que son génie, ce qui m'a tout de suite impressionné, c'est sa volonté de rompre avec une peinture qui commençait à se répéter, qui s'essoufflait avec les Fra Bartolomeo et les Albertinelli. J'ai tout de suite aimé le révolutionnaire et le provocateur qu'il était, et qu'il est resté. L'inventeur d'une autre façon de peindre.

— Quatorze ans ! Si je ne me trompe, vous êtes entré dans son atelier quand il était en train de peindre sa série de tableaux consacrés à l'histoire de Joseph.

— Exactement. Ce matin-là, quand je suis entré pour la première fois dans sa *bottega*, il s'est à peine retourné. Il était évidemment prévenu de mon arrivée. Il s'est à peine retourné car il était en train de peindre, dans le tableau consacré à

Joseph en Egypte, cet escalier qui tourne en spirale et finit dans le vide. Je me suis fait tout petit et je n'ai pas bougé de toute la matinée. Je le regardais faire. Impressionnant. Il ne m'avait pas dit un seul mot. Quand il est parti, vers une heure, pour déjeuner dans Florence, il m'avait oublié.

Le lendemain matin, je me présente à nouveau. Il m'accueille alors avec un grand sourire, il me tape sur l'épaule, bavarde avec moi, me demande si j'ai faim, puis tout d'un coup il se tait. Il se met à réfléchir en se grattant la tête, puis l'oreille, enfin le nez. «Entre, entre, j'ai quelque chose pour toi», me dit-il. Je suis déjà entré, mais je m'avance un peu plus dans son atelier. Il m'enfonce alors une espèce de toque noire sur la tête et me demande d'enfiler mon bras droit dans les anses d'un grand cabas. «Assieds-toi là et ne bouge plus. Surtout ne bouge plus.» Pendant trois heures, il me peint et me repeint, et c'est comme ça que je figure dans son tableau *Joseph en Egypte*, assis en bas de quatre marches, vêtu de marron, en train de discuter avec un page. Et je me demande encore aujourd'hui ce que je fais là.

— Et c'est à partir de ce jour-là que…"

Tout à coup, j'entendis que l'on grimpait à l'échelle. C'était Pontormo qui rentrait. Je sortis de ma cachette et posai le plus naturellement du monde sur la table mes achats pour le repas. La porte s'ouvrit. Pontormo était de belle humeur. Ça, c'était bien parce qu'il y avait Bronzino chez lui, sinon… Le voilà qui embrassa Bronzino, mit la main sur l'épaule d'Alessandro, me fit une grimace, mais je savais que c'était un sourire. Ils s'installèrent à table et se versèrent du vin de Montalcino, tandis que je préparais le repas : je fis cuire les endives et les saucisses.

Ça cuisait. Et moi je repensais à ce que racontait à l'instant Bronzino. Je repensais à cette toile de *Joseph en Egypte*, l'un des tableaux les plus déconcertants de Pontormo. La première fois que je l'ai vu, je me suis même demandé si, ce jour-là, Pontormo n'était pas devenu fou. Mais, de lui, c'est cette folie-là que j'aime. La folie du génie.

Ce tableau, je l'ai vu pour la première fois l'an dernier dans la chambre à coucher de Pierfrancesco Borgherini. On le remarque tout de suite à gauche en entrant. Toute la chambre est tapissée de petits tableaux précieux qui retracent l'histoire de Joseph. C'est un cadeau de Salvi Borgherini à l'occasion du mariage de son fils Pierfrancesco avec Margherita Acciaiuoli. Salvi a invité quatre peintres à décorer cette chambre : Andrea del Sarto et Granacci ont peint chacun deux tableaux, Bachiacca six et Pontormo quatre. Quant au lit nuptial, c'est Baccio d'Agnolo, l'architecte qui poursuivait les travaux de Santa Maria del Fiore, qui l'a fabriqué. On sait bien que, chez nous, un menuisier est déjà un architecte et qu'un architecte peut redevenir un menuisier.

Des quatorze tableaux qui racontent les tribulations de Joseph, celui de *Joseph en Egypte*, le dernier, me désoriente particulièrement. Il m'attire par son mystère, et c'est certainement parce que je ne le comprends pas qu'il me fascine. Bronzino m'a pourtant expliqué que c'est un tableau "récapitulatif", c'est-à-dire qu'on voit Joseph trois fois, dans trois situations différentes : quand il présente son père au pharaon, quand il distribue de la nourriture aux Egyptiens et quand il prend connaissance des dernières volontés de son père. Mais tout cela ne m'intéresse pas. J'aime justement ce tableau parce que je ne sais pas ce qu'il veut dire. Et que je ne veux pas le savoir. Et que j'aime m'y perdre.

En bas, dans un coin, de grands personnages vêtus de vêtements somptueux s'agenouillent avec respect devant un homme âgé, du genre patriarche ; dans une autre partie du tableau, des personnages tout aussi solennels montent un escalier sans rampe qui tourne en se vissant dans le vide et donne une sensation de vertige. Un escalier comme on en voit seulement dans les rêves. Ailleurs, et un peu partout, quelquefois à moitié cachés par un immense rocher qui encombre le chemin, fourmillent de minuscules personnages serrés les uns contre les autres, dont on se demande ce qu'ils viennent faire ici. A l'arrière, droits sur des colonnes, les bras levés au ciel, de grands éphèbes nus, tels des athlètes grecs, se dressent immobiles dans le silence du tableau. Il est difficile de savoir si ce sont des hommes pétrifiés ou de vivantes statues. Sur la droite, dans une tour ouverte comme une scène de théâtre, et avant que ne retombe le lourd rideau vert, un homme entouré des siens, vraisemblablement à l'agonie, nous offre le spectacle de sa mort. Dans le fond, le tableau est fermé par de hautes maisons en pierre aux toits en pente, aux pignons étroits comme on en trouve dans les Flandres. C'est vrai qu'à cette époque Pontormo s'intéressait aux estampes nordiques et qu'il découvrait Lucas de Leyde. Entre ces maisons, quelques arbres feuillus, lesquels, comme le reste du tableau d'ailleurs, n'ont rien à voir avec l'Egypte.

On erre dans des espaces incohérents où l'on se perd avec un très léger sentiment de curiosité inquiète. On s'égare dans une multiplicité de scènes occupées par des personnages de toutes tailles qui se côtoient en s'ignorant. Les scènes importantes sont rejetées sur les côtés. Le centre est vide. Tout est morcelé, tout est disséminé, dispersé, égaré, perdu. Tout se désagrège. Où est le tableau ? Où sommes-nous ? On se promène comme dans un rêve dont la signification nous échappe au réveil. C'en est fini des perspectives tranquilles mais rigides à la Fra Angelico, de la noblesse altière mais compassée des personnages de Piero della Francesca. C'en est fini de cette peinture chaste et sévère, morne et solennelle. C'en est fini de ces couleurs maternelles et rassurantes. J'aime ici ces couleurs qui grincent entre elles, j'aime cette acidité des tons frappés par trop de lumière.

Pontormo a peint ce tableau en 1517. Cela fait déjà trente-sept ans. Mais, quand je l'ai vu pour la première fois, j'ai compris pourquoi à ce moment-là quelque chose avait changé dans la peinture à Florence. Ce jour-là, Pontormo s'est définitivement écarté d'Andrea del Sarto, et il était temps.

“Allons, ne soyons pas mauvaise langue, Giambattista, me disait un jour Bronzino, c'est peut-être parce qu'Andrea del Sarto a perverti la peinture de son temps qu'il a permis à des Pontormo et à des Rosso d'exister.

— Ça, c'est certain, si bien que l'on peut dire que, ce jour-là, Pontormo a inventé son écriture. Il va désormais s'évader dans des mondes irréels, s'installer dans des contrées insolites, rencontrer des personnages hallucinés qui ne sont pas d'ici.”

Vasari ne s'y est pas trompé. Il s'est bien rendu compte que quelque chose était alors en train de bouger. Certains, de ceux qui le fréquentent, lui ont entendu dire qu'il avait beaucoup aimé, dans ce tableau, la vivacité des visages, l'éparpillement déconcertant des personnages, la variété des attitudes, mais surtout la richesse de l'invention. Il raconte à qui veut l'entendre que c'est là ce que Pontormo a fait de mieux. Mais on sait que Vasari, quand il aime, exagère toujours, car, après ce tableau, Pontormo n'aura pas fini de nous étonner.

VI

# UNE DERNIÈRE FOIS AVANT LA MONTÉE DE L'OMBRE

Quand je me retrouve seul dans son atelier poussiéreux au milieu de ses dessins, de ses esquisses, de ses ébauches, je repense parfois à ces tableaux qu'il a peints il y a plus de vingt ans, voire plus de trente ans pour certains. Ainsi *Joseph en Egypte*, l'ensemble de Galluzzo, la *tavola* et la fresque de Santa Felicita. Des chefs-d'œuvre que personne n'a aimés, pas plus hier que de nos jours. Ce sont des tableaux qui ne sont pas encore d'aujourd'hui, qui sont encore devant nous. Mais des tableaux qui vivent parce qu'ils continuent à nous surprendre, à nous intriguer, à nous étonner. Oui, à nous étonner.

“Ça, pour nous étonner…, me disait un jour Matteo, mon père, il n'a pas fini de nous étonner. Même dans les petites choses de tous les jours. Surtout quand il fait la tête. Et la tête, il la fait souvent ! Quel caractère !”

Mais avec mon père il faut se méfier, nous ne parlons pas toujours de la même chose alors que nous employons les mêmes mots !

“Ça, c'est bien vrai ! Pas plus tard que dimanche dernier, et c'est Pontormo lui-même qui m'a raconté l'histoire comme s'il en était fier, car je n'étais pas à la maison à ce moment-là. Donc, dimanche dernier, Bronzino, le vieux disciple devenu l'ami, avec qui il déjeune ou dîne presque tous les jours, monte à l'échelle et frappe à sa porte. Point de réponse. Il frappe à nouveau. Absent ? Il redescend. Un peu plus tard, Daniello monte à l'échelle et il frappe également à sa porte. C'est tout. Quelques jours après, Pontormo me raconte l'histoire et me dit : «Dimanche, Bronzino est venu frapper, puis le même jour Daniello. Je ne sais pas ce qu'ils voulaient.» «Ça veut dire que vous n'avez pas…» Il ne m'a pas laissé finir et il est parti en ricanant.

— Et raconte-moi le jour où il a refusé l'invitation de Bronzino ! me lance Matteo.

— Ça, ça a été la meilleure. C'était en janvier dernier. Bronzino avait invité Pontormo à dîner en compagnie d'Ottaviano qu'il aimait bien. Tous trois prirent la via del Corso et arrivèrent devant la boutique de ce barbier située au rez-de-chaussée de la maison de Bronzino. Pour des raisons que j'ignore, Pontormo déteste ce barbier. A peine l'eut-il aperçu sur le pas de sa porte, bras croisés, l'air narquois, qu'il fit immédiatement demi-tour, abandonnant sans explications ni excuses Bronzino et Ottaviano. Il est retourné chez lui, a remonté l'échelle avant de fermer la porte et s'est enfermé dans sa caverne. Dans sa «prison». C'est du Pontormo tout craché. Mais, par ailleurs, à côté de ça…

— A côté de ça, quoi ? me demande mon père, peu enclin à l'indulgence.

— Eh bien, tu vois, Pontormo peut aussi être un homme aimable, agréable même. Beaucoup de gens s'attachent à lui, tu sais. Vasari me disait un jour que c'était quelqu'un de modeste et qui parlait des gens qu'il connaissait avec beaucoup de gentillesse.

— Oh, mais Vasari, il dit du bien de tout le monde.

— Et Gelli...
— Qui ?
— Giambattista Gelli. Il a à peu près l'âge de Pontormo, et dans ses *Dialogues* qu'il a intitulés *Les Fantaisies du tonnelier*, il écrit, je l'ai lu, que Pontormo ne porte jamais un jugement défavorable sur une peinture, à moins qu'on ne l'oblige à donner son avis. Et tout fruste qu'il est, il a quand même des raffinements que beaucoup ne soupçonnent pas.
— Quoi, par exemple ?
— Eh bien, ne serait-ce que les soirées qu'il passe chez Bronzino où, de temps à autre, sont organisées des lectures de poésies. Ainsi, l'autre soir, Bronzino a lu un de ses poèmes intitulé *Eloge de la galère*. Une autre fois, ils ont lu des poèmes de Berni. Et il faut voir comment il juge et critique ! Il a ses idées, notre Jacopo ! Il a beau être invivable et déconcertant, il sait se faire des amis, et quels amis !"

Pas plus tard qu'hier matin, j'en parlais avec Daniello qui revenait du marché de la piazza San Lorenzo. Nous avons fait route ensemble avec nos poivrons et nos artichauts. Lui aussi était surpris par la qualité de ses relations, des savants et des lettrés, des érudits et des poètes :
"C'est d'autant plus surprenant, Giambattista, que Pontormo n'a jamais fait d'études.
— C'est vrai. A la différence d'un Vasari, Pontormo s'est construit tout seul. Ce n'est certainement pas son séjour à l'hôpital des Innocents qui lui a donné le savoir-vivre nécessaire et les connaissances pour s'introduire dans le cercle des lettrés qui gravitent autour de Cosimo.
— Si bien qu'il ne pourra jamais entrer à l'Accademia fiorentina. Du moins c'est ce que je pense.

— Je le pense aussi, Daniello. Mais il se débrouille quand même fort honnêtement en latin : il lit Dante avec aisance et il a une bonne connaissance de Pétrarque.

— Le plus fort, c'est que ces personnes-là, ces savants, ces lettrés, si différents de lui pourtant, semblent rechercher sa compagnie.

— Oui, c'est vrai. Un soir, mais j'ai déjà dû te le raconter, je retournai chez Pontormo alors que je n'étais pas attendu. Je devais effectivement dîner sur les hauteurs de Florence, à Impruneta, mais comme il avait plu toute la journée, «des averses mauvaises avec force tonnerre et éclairs», comme le racontait Pontormo, je suis revenu me réfugier via Laura. Je t'assure qu'il y avait là du bien beau monde. Avant d'aller manger ma soupe dans un coin, j'ai reconnu en passant l'historien Benedetto Varchi, consul de l'Accademia fiorentina. Il y avait aussi le prieur des Innocents, ce Vincenzo Borghini, ami de Pontormo et de Vasari, le poète et philosophe Giambattista Strozzi, et même Filippo del Migliore, un grand ami de Cosimo, académicien lui aussi et recteur de l'université de Pise chère au cœur du prince. Tout ce beau monde parlait à voix basse et Pontormo écoutait avec une attention extrême tout ce qui se disait.

Une autre fois, il m'avait invité à sa table où se retrouvaient l'orfèvre Pilota, le menuisier Battista del Tasso qui jouait un peu à l'architecte, le sculpteur Lorenzo Marignolli, un autre sculpteur appelé le Tribolo. Il y avait aussi un certain Pier Francesco Vernacci qui lui fournissait le vin, et Piero, un brave homme à tout faire. Sur la table, quelqu'un avait cuisiné deux poulets qui avaient été pris par une fouine, comme me l'expliqua le lendemain la Liena qui essayait de mettre un peu d'ordre dans ce foutoir. On a mangé également une langue de porc, une salade d'endives, des figues sèches et du raisin. Trois cruches de vin et une chopine de vin grec qu'avait apportée Marignolli trônaient sur la table. Ils parlaient tous très fort et riaient bruyamment parce qu'ils étaient allés voir, pendant l'après-midi, les acrobates, jongleurs et bateleurs sur la piazza Santa Croce, et qu'ils avaient déjà bien bu en regardant le spectacle. Pontormo était particulièrement excité, on ne le tenait plus. Je le vois encore pouffer, brailler, éructer, entonner verre sur verre de ce vin de Montalcino, monter sur la table, se mettre à danser, essayer de faire un discours mais devoir y renoncer. On le fit descendre parce que, par deux fois, il faillit s'étaler au milieu des assiettes et des plats. Le voilà ensuite à fouiller, farfouiller et trifouiller dans les béances des braies des invités, et lui-même d'ailleurs d'en exhiber un exemple viril.

— Je sais, il est comme ça, Pontormo. Ou il est prostré, sombre et sinistre, d'une humeur épouvantable, ou alors il est saisi d'une exubérance outrancière qui passe la mesure et consterne ses amis. Jamais serein, jamais équilibré, jamais apaisé. En fait, jamais heureux.

— Il suffit pour s'en convaincre d'observer les regards des personnages de ses tableaux, ces regards cerclés de noir, égarés, éperdus. Des regards tristes qui ne regardent jamais mais se perdent dans des lointains de solitude. Se perdent dans le vide.

— Aucun de ses tableaux n'échappe à la règle. Aucun.

— Si, un, Daniello.

— Ah bon, lequel ?

— L'étonnante fresque de *Vertumne et Pomone* qu'il a peinte, il y a une bonne trentaine d'années, dans le grand salon de la villa de Poggio a Caiano. J'y étais encore la semaine dernière d'ailleurs.

— Qu'est-ce que tu allais faire là-bas ?

— Il se trouve qu'en déménageant un énorme coffre en bois de chêne, des serviteurs maladroits ont largement éraflé le bas de la fresque d'Andrea del Sarto, *Le Tribut payé à César*, sur le mur opposé à la fresque de Pontormo. Cela n'a pas échappé à Vasari qui a l'œil à tout. Comme dans quelques jours la duchesse Eleonora doit venir se reposer dans la villa, Vasari m'a demandé de faire un raccord. Tu devrais revoir la fresque de Pontormo, tu sais, c'est un pur chef-d'œuvre de poésie, d'harmonie et de sérénité. Pontormo a peint là un moment de bonheur.

— Oh, je me la rappelle très bien. Tu as raison, cette fresque est aérée, lumineuse. J'irais jusqu'à dire que c'est une fresque champêtre.

— Mais c'est une fresque champêtre !

— Je t'avouerais que je n'en ai pas saisi toutes les allusions. Avec Pontormo, il faut parfois être un peu initié. Tu te souviens de *Joseph en Egypte* !

— Ici c'est quand même plus simple. Il te suffit de relire, dans les *Métamorphoses* d'Ovide, les tentatives amoureuses de Vertumne à l'égard de la belle Pomone. Regarde bien : sur le muret qui sépare l'étroite terrasse du grand espace à l'arrière, Vertumne est assis à gauche et Pomone à droite. Tu sais quand même que Vertumne est une divinité agraire qui protège les vergers et règle l'alternance des saisons. Quant à Pomone, elle veille à la fécondité des jardins et à l'abondance des fruits. Ils sont un peu comme l'hiver et le printemps, ils sont complémentaires, mais ne sont pas forcément faits pour s'entendre.

— Et l'homme assis près de Vertumne ?

— L'homme assis près de Vertumne avec son panier représente l'automne et, à l'autre bout, la jeune femme qui nous tourne le dos à côté de Pomone représente l'été. Je pense que Pontormo a voulu peindre ici le cycle des saisons en insistant sur la renaissance de la nature.

— J'aime beaucoup cette impression de rythme que donnent les personnages assis à droite et à gauche, ces mouvements des bras et des jambes. Toutefois, ce qui me surprend, c'est qu'ils sont habillés comme des paysans de chez nous.

— En fait, ces dieux sont travestis en paysans pour bien marquer la vocation champêtre de la villa. Tu sais, lorsque Giuliano da Sangallo a édifié cette villa, Lorenzo il Magnifico voulait absolument une maison «à l'ancienne». Il voulait s'évader de l'austère palais de Michelozzo de la via Larga et vivre ici en parfait accord avec la nature.

— Mais alors que signifient ces jeunes gens nus de part et d'autre de l'oculus central ?

— Rappelle-toi, Daniello, peu après la mort de Lorenzo il Magnifico en 1492, les Médicis ont été chassés de Florence et, à ce moment-là, les travaux de la villa ont été abandonnés. C'est le pape Leone X, le fils de Lorenzo, qui a rouvert le chantier en 1520. Mais il mourut l'année suivante. A ce moment-là, un lointain cousin, Ottaviano, un homme sage et éclairé, a pris la suite et c'est lui qui a commandé cette fresque à Pontormo. A une époque où, après pas mal d'exils et de vicissitudes, les Médicis revenaient comme des conquérants en Toscane, cette peinture symbolise le renouveau de la dynastie. C'est d'ailleurs le sens de ces lauriers qui emplissent tout l'espace du ciel : de la vieille souche un rejet vigoureux peut toujours renaître. Tu vois, cette fresque loue la sérénité de la vie à la campagne, elle évoque la renaissance de la nature au printemps, mais elle célèbre aussi l'âge d'or que Leone X a instauré durant son pontificat avec le retour de la paix en Toscane. Et pour répondre à ta question, je te dirai que ces jeunes gens nus assis sur le mur représentent certainement Ippolito et Alessandro dont on parlait alors beaucoup comme possibles recours pour une succession médicéenne après le pitoyable échec de Lorenzo, duc d'Urbino, et de Giuliano, duc de Nemours. Mais Lorenzino assassina Alessandro et c'est ainsi que nous eûmes Cosimo.

— Je t'avouerais que toute cette histoire des Médicis me touche assez peu. Ce qui me touche dans cette fresque, c'est cette impression de bonheur calme, ce moment de pur équilibre. Son pinceau rayonne. Je vois cette fresque comme un poème pictural. Les personnages symétriques se répondent comme les strophes d'une *canzone*. Il y a là une lumière et une paix que l'on rencontre rarement chez Pontormo…

— … que je n'ai rencontrées qu'une seule fois. Dans cette fresque. Tu as raison, Daniello, il faut oublier la symbolique médicéenne. D'ailleurs, par la transposition poétique qu'il effectue, Pontormo est le premier à nous la faire oublier. A nous en distraire. Il a pris toutes les libertés possibles avec l'histoire, avec les symboles, les conventions et les convenances, et il a surtout parlé de lui. Sa joie en expansion occulte le dessein du sujet. Pontormo n'existe plus que dans l'acte de peindre. Il s'est servi du sujet pour se servir lui-même. Il en a fait son histoire, l'histoire d'un homme qui n'a été heureux qu'un court moment dans sa vie. D'un homme qui n'aura jamais été heureux deux fois. Mais il y a aussi dans ce tableau, si l'on est attentif au regard désolé de Vertumne, *alias* Pontormo accroupi dans un coin, comme un adieu, l'impression d'une dernière fois avant la montée de l'ombre."

De rues en places, de carrefours en jardins, nous avons traversé tout Florence en bavardant. Sans même nous en rendre compte, nous nous sommes retrouvés via Laura devant ce couvent de religieuses de Santa Maria degli Angeli, situé juste en face de la maison de Pontormo. Or, à ce moment-là, il fermait sa porte et descendait de son échelle au risque de se rompre le cou – comme chaque fois d'ailleurs, car il rouille avec le temps, même si son travail quotidien à San Lorenzo, qui le contraint à monter sur ses échafaudages et en descendre vingt fois par jour, le maintient encore assez alerte malgré ses soixante ans. Dès qu'il nous aperçut, sa bouche édentée esquissa un désir de sourire, mais son regard ne suivait pas. Son regard vague, perdu, voire un peu éteint. Au même moment, une horde de gamins qui jouait dans le terrain vague à côté de sa maison nous entoura et se mit à hurler : *"Stregone, stregone, via stregone* !"* D'un revers de main, nous les chassâmes comme des mouches. Pontormo ne se rendit compte de rien. Ses lèvres bougeaient un peu et il marmonnait entre ses dents, laissant parfois échapper un bref soupir.

"Alors, Pontormo, interrogea Daniello, comment ça va ? Quoi de neuf aujourd'hui ?"

Il se mit à gémir. Quand il ne se met pas en colère, il commence d'abord par geindre. Puis, à un moment, quelque chose se déclenche en lui et, d'un seul coup, il a la parlotte. On n'ose

* "Sorcier, sorcier, va-t'en, sorcier !"

plus l'interrompre. Si on l'interrompt, il est perdu, comme un somnambule que l'on aurait eu la maladresse de réveiller.

Il nous regarda, hagard, et l'inquiétude altérait son visage.

“Hier je fis la tête d'Abel, j'eus un baril d'huile jusqu'aux flancs et le soir il commença à pleuvoir.”

On se taisait. Il nous regardait alternativement l'un et l'autre, et continua :

“Ce matin, une heure avant le jour, je commençai le dos qui est au-dessus de l'autre, je déjeunai d'une livre de pain d'asperges et d'œufs et il fit beau temps.”

Il s'essoufflait maintenant et s'arrêta avec un petit sourire un peu niais. Sa respiration était devenue courte. Tout s'arrêta là.

Daniello et moi, on en a reparlé plus tard. Nous sommes sidérés par l'incohérence de ses propos quand il met tout sur le même plan : le travail, la santé, le temps qu'il fait, ses repas. Dans le désordre. Ce n'est pas la première fois qu'il mélange tout, ne sait plus où il en est, ce qui est important, ce qui ne l'est pas. Il nivelle tout comme si tout était devenu essentiel ou insignifiant.

“Alors, ça va toujours l'appétit ?” hasarda Daniello désireux de casser ce gel d'une eau immobile qui se resserrait autour de lui.

Ce silence meublé de ses seules grimaces, de ses bruyantes déglutitions et autres borborygmes commençait à peser. Il continua sur le même ton monocorde :

“Hier au soir, je soupai de chicorée cuite sous un pain de quatre liards et un poisson d'œufs.

— Alors, si l'appétit est bon, ça veut dire que la santé est bonne”, hasardai-je à mon tour, tant il est difficile d'essayer la plaisanterie dans ces cas-là.

Un regard furieux me répondit, qui préparait la réplique :

"J'ai eu mal à l'estomac et aux boyaux et la lune fait son premier quartier."

Nous l'observions : le voilà qui commençait à errer dans sa nuit, se rongeant et se détruisant dans les tortures de son esprit inquiet, sa raison s'abolissant dans son regard halluciné. Dans ses obsessions, la lune revenait, lui parlant de la mort. Lunaire lui-même et lunatique, le reflet qui lui restait de lui vacillait dans le miroir noir de sa nuit. On le sentait se défaire dans le désordre de ses pensées, dans son esprit crépusculaire.

Mais Daniello trouva la bonne question :

"Comment se fait-il que ce soit Ottaviano qui vous ait commandé la fresque de la lunette de la villa de Poggio a Caiano ? Qu'avait-il à voir là-dedans ?"

A cette question, l'œil de Pontormo se mit à pétiller. La raison lui revint. Il suffit de peu, mais de tomber juste sur ce peu.

"Oh, ça, c'est toute une histoire !"

Puis un long silence. Le connaissant, je savais qu'il risquait d'être prolixe et même un peu confus. Il s'arrêta, comme pour constater sur nous l'effet produit par cette bien banale réplique. Il ricana, puis reprit :

"Vous vous souvenez que Lorenzo, le duc d'Urbino, a épousé une Française, Madeleine de La Tour d'Auvergne, en 1518…

— Il est même mort de la vérole l'année suivante, à l'âge de vingt-sept ans, crut bon d'ajouter Daniello.

— Ah ! si on m'interrompt tout le temps… Je disais quoi au juste ? Ah oui, je disais que ce mariage a donné à son oncle le pape Leone, histoire de bien montrer la puissance des Médicis, l'idée d'accrocher dans un salon du Palazzo Vecchio son propre portrait, que Raffaello venait tout juste de terminer. Puis il s'est dit aussi, le pape, que ce serait bien de faire peindre les portraits de Cosimo l'Ancien et de son fils Piero, le Goutteux, qui furent les premiers Médicis à gouverner Florence. Comme ça, on les placerait de part et d'autre du sien. Du temps passa et Leone X en resta là. Mais lorsque, le 12 juin 1519, sa nièce Maria Salviati accoucha d'un enfant mâle, le pape exigea qu'on lui donnât le nom de l'ancêtre fondateur de la dynastie, Cosimo. Alors, battant le fer tant qu'il était chaud, il voulut qu'à cette occasion on passât à l'acte et que l'on fît le portrait de Cosimo l'Ancien pour célébrer du même coup la naissance de Cosimo et la renaissance de la famille Médicis. Il chargea alors Goro Gheri de trouver le peintre qui conviendrait le mieux afin de le mettre à la tâche au plus vite.

— Qui est ce Goro Gheri ?

— C'était le secrétaire du défunt Lorenzo, celui d'Urbino. C'était aussi l'homme de compagnie du pape. De plus, il était chargé de diriger les affaires civiles à Florence. Tu imagines qu'il avait fort à faire. Aussi s'est-il empressé de se débarrasser sur Ottaviano de ce qui lui était apparu comme une corvée.

— Mais qui était cet Ottaviano dont j'ai rarement entendu parler ?"

A cette question, le visage de notre Jacopo s'illumina d'un sourire de satisfaction qu'on ne lui voit jamais, et son regard, terne d'habitude, devint brillant de plaisir.

"Ottaviano, c'est l'homme le meilleur que j'aie jamais rencontré.

— Mais il vit toujours ? demanda Daniello.

— Ça fait huit ans qu'il est mort, ignorant ! Je ne vous cacherai pas que, pour moi, c'est le plus intelligent des Médicis. Il est issu d'une troisième branche de la famille. Mais laissons tomber cela, c'est trop compliqué pour vous. A l'époque où je peignais le portrait du vieux Cosimo, il avait la quarantaine. C'était un prince élégant, fin, distingué. Il avait une vaste culture et une grande hauteur de vues. Son prestige et son autorité morale venaient de ce que, loin de la cour, il demeurait loin des intrigues, des bassesses, des jalousies qui empoisonnaient ce marécage médicéen. Aucune ambition politique ne l'agitait. Il se contentait d'être un conseiller discret qui intervenait quelquefois en politique, mais surtout dans tout ce qui touchait à l'art et aux lettres à Florence. Donc, Leone X s'est très vite déchargé sur lui du choix du peintre, à condition, avait-il toutefois précisé, de trouver, pour ce portrait commémoratif, un artiste qui ait «l'esprit florentin». Ottaviano avait bien aimé *Joseph en Egypte* et plus encore la *Pala Pucci* que je venais de terminer pour l'église San Michele Visdomini. Et puis on s'était déjà rencontrés plusieurs fois dans Florence, en particulier dans le cercle distingué des Orti Oricellari où écrivains, poètes, artistes et mécènes aimaient se retrouver. Si bien que c'est grâce à lui si le sort est tombé sur moi.

— Quand vous l'avez peint, ça faisait cinquante-cinq ans que le vieux Cosimo était mort, et vous-même vous ne l'avez jamais connu. Comment avez-vous fait pour peindre son portrait ? interrogea Daniello.

— Oh, je me suis simplement servi d'une médaille de son temps frappée à son effigie, de profil. Il se trouve que le portrait que je fis de

Cosimo fut très apprécié par la famille Médicis et, comme j'avais eu une très bonne relation avec Ottaviano, c'est lui qui a suggéré au pape Leone de me confier, par la suite, la fresque du salon de Poggio a Caiano. Ça s'est passé comme ça. Voilà."

Le hasard voulut que le lendemain je me rendis au Palazzo Vecchio. Je m'arrangeai pour aller voir le portrait de Cosimo l'Ancien. Les gardes m'ont laissé passer. Après notre bavardage d'hier, je l'ai regardé d'un œil différent. Pour la première fois, ce tableau m'a impressionné. Je ne l'avais jamais vu comme je l'ai vu ce jour-là. Ce n'est pas un portrait de famille, c'est l'image officielle de la dynastie au pouvoir. Pontormo n'a pas cherché à flatter. D'ailleurs, il ne flatte personne, dans aucun de ses portraits. Il faut voir comment il a traité Alessandro ! Cosimo est complètement enfermé dans une pourpre impériale. Son visage clos ne se livre pas. Plus que le profil d'un homme pensif, c'est un masque impassible jusqu'à en être impénétrable. On dirait un portrait taillé dans la pierre dure. Ce n'est évidemment pas à partir de ce visage hermétiquement clos que l'on va découvrir le personnage. Tout se passe dans les mains nouées, tendues, serrées. C'est dans ces mains crispées que se concentre la passion quand le visage demeure inexpressif. C'est dans le drame des mains entrelacées que l'on perçoit les tensions politiques du temps de Cosimo mais aussi l'anxiété du Médicis, une anxiété que Pontormo, parce qu'il la côtoyait au quotidien, était seul capable de rendre sensible. Dans les mains.

Cela se passait en 1519. Leone X tenait beaucoup à sa panoplie avec les pères fondateurs de chaque côté de son portrait. Toutefois, il mourut deux ans après. Lorsque Alessandro songea bien plus tard à terminer le projet de son grand-oncle, il renonça à l'autre portrait, à celui de Piero le Goutteux qui n'avait pas été un grand prince. Son choix se porta sur Lorenzo il Magnifico. En 1533, Ottaviano en parla à Vasari qui livra, l'année suivante, un portrait de Lorenzo traité de la même façon que Pontormo avait traité celui de Cosimo. Il est évident que, sans le portrait de Cosimo l'Ancien, jamais Pontormo n'aurait obtenu le privilège de peindre les chastes amours de Vertumne et Pomone.

Il m'est souvent arrivé d'y penser et même de m'en étonner : comment Pontormo a-t-il pu séduire les Médicis ? Que ce soit le duc d'Urbino ou celui de Nemours, Alessandro ou Cosimo, Leone X ou Ottaviano, ou d'autres de la famille ? Et cela, malgré lui. Je dirais presque : contre son gré. Jeune encore, entre dix-neuf et vingt et un ans, les Médicis lui avaient déjà passé plusieurs commandes : un char de carnaval, puis un autre, les armoiries de Leone X, les allégories de la Foi et de la Charité pour ce même Leone, la décoration de la chapelle des Papes, et je dois en oublier. Jacopo a tout de suite été aimé par Alessandro. Ce voyou appréciait en lui son indifférence vis-à-vis de l'argent autant que sa désinvolture à l'égard de la bourgeoisie florentine, les héritiers du *popolo grasso*. Il s'amusait aussi de ses excentricités comme de son caractère impossible. En revanche, Pontormo n'aimait guère Alessandro. Ni les Médicis en général. Il se sentait républicain, il restait un adepte de Savonarola. Aussi répugnait-il à travailler pour ceux qu'il avait combattus. Même s'il devint assez vite un peintre très sollicité par les Médicis, il était aussi le peintre maudit de Florence. Avec son caractère détestable et sa profonde mélancolie, tout le monde savait qu'il n'avait rien d'un courtisan. Pontormo ne voulait s'engager auprès de personne. Etre seul et libre. Ah, il n'était pas comme son disciple Bronzino ou comme son soi-disant ami Vasari qui aspirait à se faire une place à la cour ! L'un devint le portraitiste officiel des Médicis et l'autre l'homme à tout faire et le conseiller de Cosimo.

A propos de portrait, je sais, car il m'en a souvent parlé, qu'Alessandro avait beaucoup insisté pour que Pontormo consentît à faire son portrait. Il en avait déjà peint deux et il dut en envisager un troisième lorsque Alessandro, poussé par Charles Quint, devint duc de Florence en 1530. Et quels portraits ! On peut dire qu'il ne l'a pas gâté, Alessandro ! Il lui a vraiment fait une tête de bâtard, car il était, disait-on, le résultat des amours clandestines d'une servante mauresque dont il avait hérité les traits épais, et du pape Clemente VII, un Médicis également, qui n'était pas un Apollon. Pendant ce temps, le prudent Vasari, chargé lui aussi de la même besogne, a peint Alessandro en prince élégant, distingué, aux traits fins et nobles, au profil conquérant et de fort belle allure dans son armure étincelante. Des portraits qui reflètent plus le peintre que son modèle.

Plus intransigeant encore que Pontormo, ce fut bien l'ami Rosso qui refusa toujours de travailler pour les Médicis. Il se fit des clients parmi les républicains et les savonaroliens. Il n'était ni un plat courtisan comme Vasari, ni un homme de compromis comme Pontormo.

Quant à Pontormo, après le portrait qu'il fit de Cosimo l'Ancien, c'est bien la prestigieuse fresque de Poggio a Caiano qui lui permit, à l'âge de vingt-cinq ans, de s'intégrer au sein de la famille Médicis au point de devenir l'un de ses peintres favoris. Et cela déjà du temps d'Alessandro. Mais, à peine arrivé au pouvoir en janvier 1537, à l'âge de dix-neuf ans, Cosimo lui fit faire tout de suite son portrait et celui de sa mère, Maria Salviati. Je me souviens encore de ces petits matins frais ou de ces soirées encore chaudes, lorsque le chevalier Lorenzo Pagni, l'ami de toujours de Cosimo devenu son secrétaire particulier, traversait Florence à cheval et venait piétiner en bas de la maison de Pontormo en attendant que celui-ci lui jette l'échelle, tout cela pour lui faire part d'une nouvelle commande du duc.

C'est cela qui m'a toujours surpris : Cosimo, hautain et autoritaire, et Pontormo, ténébreux et irascible, s'entendaient bien. Il faut reconnaître que Cosimo a toujours été d'une patience et d'une tolérance admirables à l'égard de cet artiste imprévisible et irrespectueux des convenances et des usages. La plus belle preuve de confiance qu'il lui ait donnée, c'est lorsqu'il lui a confié, au détriment du fidèle Salviati, la réalisation des fresques du chœur de l'église San Lorenzo, l'église emblématique des Médicis. Dans cette église, il lui a laissé une liberté totale pour qu'il puisse peindre sa mélancolie et sa profonde détresse. La peinture la plus désolée qui soit.

## VII

## COUPABLES DES FAUTES QUE NOUS N'AVONS PAS COMMISES

Entre ses mains le livre tremble un peu. Il lit à haute voix comme les gens peu habitués à lire :

> "Dans la noble ville de Florence se déclara cette mortelle épidémie de peste. A son début, aussi bien chez les hommes que chez les femmes, on voyait apparaître à l'aine ou sous les aisselles des espèces d'enflures. Certaines avaient la grosseur d'une pomme ordinaire, d'autres celle d'un œuf. Les gens du peuple appelaient cela des bubons. En très peu de temps, ce bubon mortel vint se fixer sur l'un de ces deux endroits du corps et se mit à grossir."

Il pose le livre, glisse sa main dans ses hauts-de-chausses puis sous ses bras. Il tâte. Rassuré, il reprend sa lecture :

> "A partir de ce moment, la maladie commença à se manifester chez beaucoup par des taches noires ou bleuâtres qui apparaissaient sur les bras, sur les cuisses ou sur n'importe quelle autre partie du corps. Certaines de ces taches étaient importantes mais rares, d'autres plus petites mais nombreuses. Ni le savoir des médecins, ni la vertu des médicaments ne semblaient avoir d'effet. Si bien qu'au troisième jour de l'apparition des signes en question, sans fièvre aucune ni autre symptôme particulier, les gens mouraient."

Pontormo arrête sa lecture un instant. Le livre est posé sur ses mains ouvertes comme sur un pupitre, et son regard inquiet erre comme un papillon noir sur les murs de son atelier. Il revient à son livre. Il saute quelques pages comme s'il connaissait déjà l'histoire et avait hâte d'arriver à la fin. Il recommence à lire :

> "Il suffisait d'un simple contact pour que cette peste, telle était sa force, se communique des malades aux gens bien portants de la même façon que le feu s'attaque aux choses sèches ou huileuses quand il s'en approche trop.

Ça, je sais, ça s'appelle la contagion. Je sais qu'il suffit d'effleurer le vêtement d'un malade pour être contaminé, si bien que tout le monde fuit tout le monde : les maris fuient leurs femmes et les femmes leurs enfants." Fébrile, il tourne encore quelques pages et il en arrive là : "Ah, les funérailles ! Voyons les funérailles ! J'ai un peu oublié comment on se débarrasse des morts encombrants qui restent contagieux." Le voilà qui se concentre et se met à lire avec attention le sinistre cérémonial.

> "Les gens mouraient sans être entourés d'un grand nombre de femmes et il s'en trouvait beaucoup qui trépassaient de cette vie sans témoin aucun. Rares étaient ceux auxquels leurs proches accordaient le tribut de leurs pieux gémissements et de leurs larmes de douleur. Et rares étaient ceux dont la dépouille était accompagnée à l'église par plus de dix ou douze de leurs voisins. Et ce n'étaient pas d'honorables et respectables citoyens qui chargeaient le cercueil sur leurs épaules, mais des espèces de croque-morts venus de gens de rien. Ils se faisaient appeler fossoyeurs et ils prêtaient leurs bons offices contre argent comptant. La plupart

du temps, d'un pas pressé, ils portaient le cercueil non pas à l'église que le défunt avait désignée avant sa mort, mais à l'église la plus proche, derrière quatre ou six religieux munis de rares cierges et parfois sans cierges du tout. Et ces religieux-là, sans se fatiguer en messes trop longues ou trop solennelles, avec l'aide des fossoyeurs en question, les enterraient au plus vite dans la première sépulture qu'ils trouvaient vide. Les gens du peuple restaient le plus souvent dans leurs maisons, soit parce qu'ils gardaient bon espoir, soit parce que, à cause de leur pauvreté, ils continuaient à demeurer dans leur quartier.

Ah, c'est ce qu'il faut faire ! Il faut partir, il faut tout abandonner. Oui, il faut partir… Où en étais-je ?" Son doigt se promène sur la page et retrouve la ligne :

> "Ils tombaient malades chaque jour par milliers. N'étant ni soignés ni secourus en aucune façon, tous mouraient sans presque aucun espoir de salut. Beaucoup, de jour ou de nuit, s'éteignaient en pleine rue. Beaucoup d'autres, bien que mourant dans leur propre maison, faisaient comprendre à leurs voisins, par la puanteur de leurs corps en décomposition, qu'ils étaient trépassés.
>
> On estime qu'entre mars et juillet, soit par la violence de ce mal pestilentiel, soit par le fait que beaucoup de malades étaient mal soignés ou même abandonnés dans leurs besoins par la peur qu'avaient les gens sains, certainement plus de cent mille êtres humains furent enlevés à l'existence à l'intérieur des remparts de la ville de Florence."

Il pose le livre. Il le connaît pourtant, mais il semble abasourdi. Il calcule. "Il y a de cela cent soixante-quinze ans, et voilà que ça recommence.

Et ça recommence de la même façon, et ça va se passer de la même façon !" Il ne bouge plus, comme si bouger risquait de le contaminer. Il reprend le livre : "Où est-ce ? Il me semble qu'il en parle plus loin." Il tourne encore quelques pages : "Ah, c'est là !

> Pour certains, il n'y avait pas d'autre remède à la peste que de s'enfuir. Convaincus par cet argument, ne se souciant plus de rien d'autre que d'eux-mêmes, des hommes et des femmes en assez grand nombre abandonnèrent leur propre ville, leurs propres maisons, les endroits où se trouvaient leur famille et leurs biens, et ils cherchèrent à se réfugier dans la campagne des environs de Florence ou même dans une campagne plus éloignée."

Pontormo referme le gros livre. Il pense tout haut : "Boccace a écrit son *Décaméron* en 1348 et, depuis, rien n'a changé. Rien. Nous allons tous crever comme des chiens, les uns après les autres, dans les rues, dans les ruisseaux des rues. Et les chiens qui viendront nous arracher nos vêtements en les tirant avec leurs dents seront contaminés à leur tour."

Il replace son exemplaire du *Décaméron* sur une étagère, entre *La Divine Comédie* et les poésies du Poliziano, et à côté de l'*Histoire de Florence* de Guicciardini qu'il relit souvent. Le livre remis à sa place, il se fait du silence dans son atelier. Du silence en lui. Il prend sa tête entre ses mains, et la mort lui vient sous les yeux comme si elle dansait devant lui.

Ceci se passait en 1523. Je n'étais pas encore né. C'est lui, un jour où il n'en pouvait plus, qui m'a raconté la mort qui dansait devant lui et, ensuite, il a senti sa poitrine se resserrer au point qu'il ne pouvait même plus crier pour appeler quelqu'un. Mais qui aurait entendu les cris de cet ermite perché dans son aire ? Pontormo sentait son corps lui échapper. Plus tard, il raconta que cela s'était passé un lundi matin : il lui vint un étourdissement qui lui dura toute la journée. Et quand il se réveilla tard le soir, il avait tout oublié de son malaise, et c'est ainsi qu'il manqua un jour dans la vie de Pontormo. Par chance, il avait également oublié de remonter l'échelle, si bien que, le lendemain matin, il fut tout surpris de voir pénétrer à l'improviste dans sa chambre qui lui servait d'atelier, ou plutôt dans son atelier, tout au fond duquel on entrevoyait sa paillasse sur un lit de fer, Pier Francesco Vernacci, les bras chargés des fiasques du vin qu'il venait lui livrer ce matin-là comme il le faisait tous les mardis matin. Lorsque Pier Francesco vit le visage blême de Pontormo, il s'en émut et le lui dit :

"Non, non, je vais bien, répondit Pontormo, je vais bien, je n'ai plus d'étourdissements, je ne suis plus affaibli, et j'ai bon espoir."

Une euphorie inhabituelle chez lui, euphorie peut-être un peu forcée et que, pour une fois, ne pouvait partager Pier Francesco, trop lucide ce triste matin-là. En effet, Pier Francesco était sombre et n'avait pas du tout envie de plaisanter, lui qui d'habitude avait le rire sonore, le verbe retentissant et la blague facile, peut-être un peu lourde, mais joyeuse et réconfortante. Avec ses grosses plaisanteries, il était un des rares qui parvenaient à dérider Pontormo. Or, ce matin-là, non. A tel point que ce fut Pontormo lui-même, à peine remis pourtant de son malaise de la veille, qui lui demanda, avec une pointe d'inquiétude réelle, ce qu'il pouvait bien avoir avec ses traits tirés, son teint pâle et son regard égaré. L'homme s'assit sur un tabouret, posa ses fiasques à ses pieds, sur le carrelage de terre cuite, et du revers de sa main il essuya son front moite. Et se tut. Puis il finit par raconter :

"Eh bien, j'ai enjambé deux cadavres dans la rue en venant vous voir. Un de l'autre côté de l'Arno, en traversant la piazza Santo Spirito, et l'autre… J'hésite à vous le dire…

— Où ?

— Au début de la via Laura. A cent mètres d'ici."

Pontormo ne dit rien. Il s'assit sur un autre tabouret en face de Pier Francesco, se gratta violemment le nez, se cura une oreille, passa une main dans ses cheveux, se croisa les jambes et se tut lui aussi. Puis :

"Tu y crois, toi, à la peste à Florence ?" demanda-t-il à son marchand de vin.

L'autre ne répondit pas. Pontormo restait silencieux, comme s'il hésitait à dire la suite, et il raconta :

"Pas plus tard qu'avant-hier j'étais chez le *fornaio* pour acheter mon pain. Les gens se moquaient ouvertement de ceux qui pensaient que la peste était entrée dans nos murs. Et à la taverne de Vieri, où je me suis arrêté pour boire un verre de ce *nobile* de Montepulciano, certains étaient très excités et se mettaient en colère parce qu'ils trouvaient scandaleux que l'on s'amuse à répandre des rumeurs qui terrifient inutilement les Florentins. Il y avait parmi les clients un médecin qui expliquait sur un ton docte et calme qu'on peut mourir, comme ça, dans la rue, de mille choses qui n'ont rien à voir avec la peste et que, dans une ville comme Florence, tous les mois, on ramasse facilement un ou deux cadavres dans les rues, morts de n'importe quoi.

— Moi, rétorqua Pier Francesco, j'ai l'impression que les bonnes âmes qui nous gouvernent font tout pour éviter d'effrayer la population, pour ne pas créer de panique, de ces mouvements de masse dont elles ont si peur. En fait, c'est ce soudain silence du Palazzo Vecchio qui ne me semble pas normal. Il n'empêche qu'on commence à enjamber les cadavres dans les rues, vous comprenez ? Bon, je vous laisse. J'ai encore du vin à livrer. Je vous revois la semaine prochaine, si je suis encore là. Ou vous."

Une semaine passa. Pier Francesco revint chez Pontormo, les bras chargés de fiasques et l'humeur encore plus sombre :

"Je l'ai su par ma voisine qui le connaissait. Il s'agit d'un soldat, d'un aventurier, une espèce de condottiere, qui revenait de Dieu sait quelle expédition militaire, et qui, passant par hasard à Florence, a voulu revoir sa famille qui habite une petite échoppe de doreurs via San Frediano. A peine arrivé, il est tombé malade. Fièvre et tremblements. On l'a transporté à l'hôpital San Matteo et là on lui a découvert des bubons sous les aisselles. Il est mort avant-hier. On raconte que ceux qui l'avaient transporté et soigné sont tombés malades de la peste à leur tour. Alors on commence à prendre des précautions. On a brûlé ses vêtements et même son lit à l'hôpital. Il paraît que maintenant on cloue les portes des maisons contaminées dont les habitants sont morts.

— Mon épicier, ajouta Pontormo, m'a raconté que les gens se procurent de la menthe, de la rue, du romarin et qu'ils se promènent aussi avec une ampoule de vinaigre sur eux. Je ne pense pas que ce soit très efficace, mais, dans ces cas-là, on finit par s'accrocher à n'importe quoi."

A la fin du mois, les choses avaient empiré. Un jour, une immense procession traversa tout Florence pour aller de Santa Maria Novella à Santa Croce. Dominicains et franciscains s'étaient unis pour que cette cérémonie destinée à conjurer la peste et à implorer la pitié de Dieu soit impressionnante et qu'elle frappe la population. Or, trois jours après cette procession, on constata que le nombre des morts de la peste avait augmenté d'une façon considérable dans la ville. Alors, on accusa le clergé et tous ceux qui s'étaient agglutinés à la procession d'avoir véhiculé le mal et de l'avoir transmis aux autres. Il faut dire que ces malheureux, déjà des pestiférés qui s'ignoraient, par superstition plus que par piété, avaient touché la croix, l'ostensoir, la statue de la Madone et tous les ornements du clergé. Ils s'étaient également frottés les uns aux autres pendant le parcours. Ainsi avaient-ils amplifié la contagion. Si bien que, désormais, pour éviter des risques de ce genre, des espèces de bedeaux précédaient les convois et agitaient des clochettes devant les chars funèbres quand ceux-ci traversaient la ville afin que les gens s'écartent à leur passage.

Mais lui, Pontormo, il était terrifié par cette mise en scène de la mort, par ce lugubre théâtre de rue. Et fasciné en même temps. Un peu plus chaque jour, toujours un peu plus, Pontormo voyait la mort avancer vers lui. A présent elle le côtoyait. Il avait toujours essayé de la tenir à distance. Ne parlait jamais de la mort ni avec ses amis ni avec lui-même, jusqu'à éviter de prononcer son nom. Il n'assistait jamais aux enterrements, pas même à ceux des maîtres qu'il avait aimés ou de ses rares amis. La peste maintenant s'installait dans la ville et les gens mouraient au coin des rues. Quand il voyait apparaître, au loin, un cortège funéraire avec les frères de la Miséricorde tout encapuchonnés de noir – et deux trous pour les yeux –, il faisait demi-tour et se précipitait dans la première rue voisine. Il passait toujours au large des cimetières, mais Florence à présent n'était plus qu'un immense cimetière. On entendait toute la journée cahoter, sur les dalles disjointes des rues, les convois funèbres qui transportaient jusqu'à six ou huit cercueils empilés les uns sur les autres. Les clochettes qui invitaient les gens à s'écarter résonnaient, aigrelettes, du matin au soir sous ses fenêtres. Et, dans le silence minéral de la nuit, l'on entendait monter d'un peu partout des voix éteintes qui psalmodiaient des chants mortuaires.

Nous étions en 1523. Il n'avait encore jamais peint la mort. A l'exception, peut-être, de ce saint Quentin transpercé de broches et perforé de clous, un étendard de procession que lui avaient commandé les Frati Minori Osservanti à l'époque où ils étaient logés dans le couvent de San Francesco. Mais Quentin, coincé dans son étrange potence, survivra à son supplice. Pontormo n'avait pas peint la mort. Pas encore.

Les flaques de sang, que lèchaient les chiens, s'étalaient sur les dalles des rues, et des passants horrifiés les contournaient, tandis que d'autres, déjà, s'y étaient habitués. On voyait des enfants, avec l'insouciance et la bienheureuse ignorance de leur âge, jouer ensemble en pataugeant dedans. Les quelques survivants encore capables de marcher circulaient dans Florence avec des gestes mécaniques, des visages hagards, et on pouvait deviner, dans leurs yeux écarquillés par l'épouvante, un regard insoutenable où se mélangeaient l'effroi et la folie. Des regards que l'on trouvait déjà dans quelques-uns de ses tableaux, et que l'on retrouvera plus souvent ultérieurement. Immenses cernes noirs autour de ces yeux dilatés qui ont déjà vu la mort de près.

Et lui, pour conjurer la mort, il n'aura recours à aucun philtre d'alchimiste, ni à des pratiques de magiciens ou à des prières de religieux fanatiques. Il conjurera par le dessin : le geste précis de la main lave la forme de toute impureté. Mieux : en dessinant la mort, il la caresse et finit par la séduire. L'apprivoiser ? Car déjà, maintenant, pourquoi est-il tellement obsédé par la lune porteuse de mort, cette lune qu'il évoque si souvent sans savoir ? Un jour, il m'avait parlé de "cette maudite lune qui commença en mars et finit le 21 avril, pendant laquelle naquirent des affections pestifères qui tuèrent de nombreux hommes réglés et bons, et peut-être sans désordres, et cela leur est arrivé parce que le froid ne fut pas de janvier mais il se répandit dans cette lune de mars. On ressentait un froid empoisonné combattre sourdement contre l'air rallumé des beaux jours. C'était comme si on entendait frire le feu dans l'eau, au point que j'ai eu très peur. Il vaut mieux se tenir prêt avant l'entrée de la lune de mars."

Il a dit cela un jour, Pontormo. Il ne se disait pas, en revanche, qu'à force d'être seul, il finirait par n'avoir en face de lui que la mort comme seule compagnie, comme seule compagne. Qu'il ne pourrait plus la chasser de sa solitude, car il s'abolirait lui-même. Aussi, à partir de maintenant, va-t-il se consumer peu à peu. La peste est entrée en lui. Une peste autre.

Nous n'étions qu'en 1523 et Pontormo cherchait à fuir Florence à tout prix. Mais nous n'étions alors qu'au début d'une épidémie qui fit ses plus grands ravages en 1527, l'année du sac de

Rome. On dit que, cette année-là, cinquante mille personnes moururent à Florence. Bronzino m'a raconté un jour qu'elle se prolongea, avec plus ou moins de virulence, pendant trois bonnes années encore. Son ami le peintre Franciabigio en mourut en 1525, et notre maître à tous, Andrea del Sarto, en 1530. Du jour au lendemain, Vasari vit sa jeunesse massacrée : son père Antonio mourut de la peste à Arezzo le 31 août 1527 et, dans cette seule journée du 31 août, quarante-deux personnes furent touchées dans la seule ville d'Arezzo. Le jeune Vasari, qui n'avait alors que seize ans, se retrouva, du jour au lendemain, chef de famille avec, à sa charge, sa mère et cinq frères et sœurs, dont le plus jeune, Piero, venait tout juste de naître.

Ce matin-là, Bastiano passait par hasard sous les fenêtres de l'atelier de Pontormo. Bastiano était un jeune peintre aux yeux clairs et à la tignasse noire et frisée – un *aiuto* qui, plus tard, aida Pontormo à San Lorenzo lorsque celui-ci peignit sa mort sur les murs de l'église. Quand il vit que l'échelle était descendue, il en profita pour monter le voir. Il savait que ça lui ferait plaisir.

"Tu tombes bien, Bastiano ! Tu tombes vraiment bien, lui dit-il en l'accueillant, parce que je n'ai ni la force ni le courage de le faire moi-même, avec tous ces malades qui titubent et tombent devant vous dans la rue…

— … de faire quoi ?

— On m'a dit que don Leonardo Buonafé était descendu à Florence…

— Qui c'est celui-là ?

— Tu ne le connais pas ? C'est le prieur de la chartreuse de San Lorenzo.

— Quelle chartreuse ?

— Oh, mais tu ne connais pas grand-chose, tu es vraiment un ignorant, toi ! La chartreuse de San Lorenzo est située sur le monte a Galluzzo. Tu le connais quand même, le monte a Galluzzo ?

— Je crois le connaître. Quand on sort de Florence par la porte San Piero Gattolini, c'est bien le monastère que l'on a sur la gauche, à trois milles d'ici, un peu en hauteur, au début de la route qui mène à Sienne ? Si c'est celui-là, je le vois bien, mais je ne savais pas qu'il s'appelait San Lorenzo. Dans le coin, on l'appelle la chartreuse de Galluzzo.

— Ça, c'est vrai. Tu sais, c'est un vieux monastère qui a plus de deux cents ans. C'est Niccolò Acciaiuoli qui l'a fondé pour accueillir des chartreux.

— Et que voulez-vous que j'aille faire là-bas ?

— Je ne t'ai jamais demandé d'aller là-bas, imbécile ! Si tu écoutais un peu ! Je te disais que, d'après ce que j'ai entendu dire, le prieur de cette chartreuse, Leonardo Buonafé, doit être à Florence en ce moment. Et moi je sais que, lorsqu'il descend à Florence, il est toujours hébergé par Fra Jacopo de' Rossi, prieur de la Santissima Annunziata. Alors, écoute bien ce que je te dis : tu te rends tout de suite, tu m'entends, tout de suite, à la Santissima Annunziata, tu cherches à parler avec don Leonardo Buonafé et tu lui dis que j'aimerais bien lui parler.

— C'est entendu, Jacopo, j'y cours…

— Attends ! J'ai pas fini. Tu lui demandes quand je pourrais le rencontrer. J'aimerais bien que ce soit cet après-midi ou demain. Je suis pressé. T'as compris ? Je suis pressé. Allez, pars vite !"

Le soir commençait à tomber sur une Florence engloutie dans un silence de plomb lorsque

Bastiano siffla en bas de la maison de Pontormo pour demander l'échelle. Dans le calme inhabituel du soir, on dut entendre loin le grincement de la poulie. Bastiano se retrouva dans l'atelier.

"Eh bien, tu en auras mis du temps depuis ce matin que tu es parti ! Qu'est-ce que tu as bien pu faire ?" lui demanda Pontormo.

Bastiano se garda bien de lui dire le nombre de *bettole* dans lesquelles, seul ou en galante compagnie, il s'était arrêté pour se donner le courage de traverser Florence devenue un charnier à ciel ouvert. Ni toutes les filles qu'il avait dû consoler en se consolant avec elles par les temps qui couraient.

"Je sais, Jacopo, mais si vous saviez le mal que j'ai eu pour rencontrer don Leonardo ! Il donne un coup de main à tout le monde parce que tout le monde est débordé. Quand il ne confesse pas il enterre, quand il n'enterre pas il confesse. Et comme on commence à manquer de fossoyeurs, certains l'ont vu la pelle à la main creuser lui-même des sépultures dans la terre. J'ai réussi à lui parler et je lui ai dit que je venais de votre part, et alors…

— Et alors quoi ?

— Il m'a dit que demain, après la messe de huit heures, il serait bien content de bavarder avec vous dans le petit cloître de la Santissima Annunziata.

— Demain à huit heures ? Eh bien, ça va, Bastiano, j'y serai."

De peur de ne pas se réveiller à temps, Pontormo dormit mal. Surtout parce qu'à la veille de le rencontrer, il ne savait plus très bien pourquoi il tenait à le voir, don Leonardo, ni ce qu'il voulait exactement lui demander. Amnésique un court moment de ses désirs et de ses craintes.

Mais quand il serait devant lui, ça lui reviendrait. En réalité, ce moment de mémoire perdue venait de ce qu'il n'osait plus s'avouer ce que sa démarche avait de méprisable. En effet, au point où il en était maintenant, il allait devoir étaler devant le prieur des chartreux un mélange de peur et de lâcheté en lui avouant qu'il voulait fuir, fuir Florence, fuir la peste, fuir le mal, et tous ces gens qui agonisaient dans la rue et dont les gémissements montaient parfois jusqu'à son atelier. Des gémissements qui le gênaient pour peindre et pour créer. Mais ce qu'il craignait le plus, en bavardant avec le prélat, c'était de ne pas donner l'air d'avoir honte de sa fuite, de ne pas montrer un visage suffisamment consterné. Il avait le visage de celui qui est incapable de dissimuler sa couardise. Demain, il offrirait au prieur de San Lorenzo le spectacle avilissant d'un Pontormo saisi par la panique et transpirant de peur. Toutefois, cela ne serait que le spectacle des apparences pour jouer le jeu des conventions. Car, dans la partie la plus secrète de lui-même, là jusqu'où n'osait pas toujours aller son regard intérieur, il lui tardait de s'enfuir, et à toutes jambes de préférence, de tout laisser là, comme ça : convenances, bienséances, usages et résolutions, piété et dévotion, grimaces, scrupules et obligations. Et, même, il partirait allégé. Sa pensée s'arrêterait, peut-être en un court instant d'émotion, sur tous ces gens de toutes conditions dont la cagoule protège l'anonymat, et qui se dépensent nuit et jour, parfois jusqu'à la limite de leurs forces, pour réconforter, transporter, soigner, enterrer les malheureux pestiférés, et cela au péril de leur vie.

Et lui, pendant ce temps, il oserait sans honte ni remords demander à don Leonardo de favoriser sa fuite, de la protéger et même, pourquoi pas ? de la justifier au vu et au su de tous, en l'accueillant dans son monastère parmi les âmes pures des chartreux. Pourquoi, en restant obstinément à Florence, aurait-il couru le risque d'une mort inutile ? La sienne.

D'ailleurs, qu'avait fait Andrea del Sarto dès les premiers symptômes ? Il s'était enfui à toutes jambes avec les siens dans le Mugello, à quelques milles de Florence. Ce qui ne l'avait pas empêché de mourir de la peste en 1530. Et le Rosso, et Antonio Lappoli, et même ce grand fanfaron de Cellini, sous le fallacieux prétexte d'aller retrouver Baccio Bandinelli et Jacopo Sansovino qui s'y trouvaient déjà depuis un certain temps, ils n'avaient pas hésité un seul instant à déguerpir pour se réfugier à Rome. "Et moi, et moi, conclut-il, parce que je m'éloignerais de trois milles de la coupole de Brunelleschi… parce que… De toute façon, pour ce qui est de ma réputation, il y a belle lurette que je n'ai plus rien à perdre. Ça, je le sais. Alors, un peu plus ou un peu moins…"

Il était sur le point de s'endormir, apaisé par cet examen de non-conscience, lorsque les premiers charretons qui se rendaient, comme chaque matin, au marché aux herbes près de la via Calimala résonnèrent sur les dalles des étroites ruelles. Il se leva en colère. Son sommeil lui échappait. Il se versa un verre de ce montalcino que venait de lui livrer Pier Francesco. Puis il se mit à arpenter son atelier de long en large. Nerveux, il changeait à chaque instant les objets de place : les toiles à la place des cadres, les pots de pinceaux devant les tas de chiffons plutôt que derrière, les chevalets contre l'autre mur où les sacs de plâtre n'avaient rien à faire. Puis il s'assit et ne bougea plus. Du silence et du calme descendaient sur lui. Il appuya ses coudes sur ses cuisses, il prit sa tête dans ses mains et resta là. Dans l'indifférence de tout. Le bruit des charretons devenait tintamarre, du jour blanchissait aux fenêtres. Mais il n'entendait plus. Au bout d'un long moment, il ricana doucement. Et cela, certainement parce qu'une idée venait de surgir dans sa tête, et qu'il en était heureux. Maintenant, pour Galluzzo, il savait. Il savait ce qu'il dirait à don Leonardo. Il était juste qu'il aille à Galluzzo. On ne pourrait rien lui reprocher.

Alors, il s'allongea et s'endormit. Evidemment, il se réveilla quelques instants seulement avant l'heure que lui avait proposée le prieur. Il sauta de sa paillasse, ne se rasa pas, ne se lava pas, ne se coiffa pas. Sur ses vêtements de nuit, il enfila une vieille houppelande effilochée, de l'incertaine couleur de celle de Vertumne, et il courut comme un chien fou jusqu'à la Santissima Annunziata. Là, le sacristain, placide, le conduisit dans le cloître où don Leonardo Buonafé faisait les cent pas et lisait son bréviaire en l'attendant. Pontormo, essoufflé, se jeta à ses genoux. Don Leonardo le releva en souriant de son air grave :

“Reste calme, mon enfant, nous ne sommes plus dans le temps”, lui dit-il.

L'homme était raide, sec, le visage tailladé de rides, le nez cassé. Les lèvres, fines, restaient serrées malgré l'esquisse du sourire. Le visage, émacié, donnait l'impression d'avoir macéré dans la pénitence. Si la bouche demeurait figée dans une espèce de demi-sourire, l'œil, critique, restait froid. La bure conférait au prélat une noblesse qui humanisait son visage. Il commença par ironiser :

“Il faut donc qu'il y ait une épidémie de peste dans notre ville pour que tu viennes me voir.

Peut-être as-tu peur aujourd'hui, alors tu penses maintenant à te rapprocher de Dieu.

— Je suis plus près de Dieu que vous ne le croyez, mais peut-être pas de la même façon que vous."

On le savait, Pontormo était tout sauf nuancé. L'attaque fut sèche et directe. Elle rebondit sur la bure étriquée du prélat, mais n'altéra en rien son éternel demi-sourire. Seul son regard de pierre se durcit un peu, mais Pontormo ne remarqua point le regard de silex de l'homme offensé dans sa foi et dans sa dignité.

"Ah ! certainement pas de la même façon que moi ! Ça non ! Tu t'enfonces dans l'erreur, Jacopo, oserais-je dire dans l'hérésie à la mode, et tu prétends trouver Dieu au bout d'un chemin incertain !

— Où est mon erreur ?

— Ne fais pas l'innocent, Jacopo. Toi et tes amis, Luca Martini, Benedetto Varchi, jusqu'au prieur de l'hôpital des Innocents, le noble Vincenzo Borghini, vous lisez sous le manteau des ouvrages que Rome tolère encore, mais je sens que ça ne va pas durer longtemps. Je pense au *Sermon du Christ* de ce Varchi justement. Je pense surtout au *Bienfait du Christ* qui apporte de l'eau au moulin de Luther, et dont vous vous repaissez en cachette."

Le *Bienfait du Christ* était un petit traité anonyme et confidentiel, très lu à Florence dans les milieux de la réforme catholique. Il faut reconnaître que l'auteur de ce petit opuscule s'était quelque peu inspiré des idées de la réforme protestante. Beaucoup de catholiques sincères, désespérés par la corruption de l'Eglise et par son incapacité à se régénérer, pour ne pas dire à se réformer, l'avaient adopté pour tenter de résorber en les minimisant, voire en les élucidant, les théories de Luther. Ils pensaient refaire ainsi l'unité malmenée de la religion catholique en cherchant une espèce de dénominateur commun doctrinal. Pontormo était très influencé par ce mouvement. Il avait toujours été fidèle aux idées de Savonarola qui, déjà en son temps, prêchait un retour à la pureté originelle de la religion. C'est avec lui que s'était fait jour pour la première fois, il y a vingt-cinq ans de cela, l'idée de réformer l'Eglise. Cependant, dans les convulsions religieuses du moment, se réclamer ouvertement de Savonarola, c'était s'exposer aux pires châtiments, parce que, en plus d'hérétique, c'était s'avouer républicain, et être républicain, c'était se revendiquer comme un adversaire, sinon un ennemi des Médicis. Position risquée en cette saison où valsaient la dague et le poison. Ces dangers, toutefois, ne troublaient guère Jacopo, dont le sens politique était assez mince, et totale son inconscience devant les périls qu'il aurait pu encourir. Ce qui scandalisait Pontormo et le jetait dans de noires colères, c'était l'incroyable corruption de l'Eglise et la médiocrité, voire l'ignorance sans fond, du clergé.

"S'il n'y avait pas eu cette crapule de Sisto IV qui faisait commerce de tous les biens de l'Eglise et dont on disait qu'il aurait vendu Dieu lui-même, s'il n'y avait pas eu non plus le sinistre Alessandro VI qui navigua toute sa vie entre l'inceste et le poison, eh bien, il n'y aurait pas eu de Luther ! Alors, à qui la faute ? Que venez-vous nous reprocher ? Qui l'a inventé, Luther ?"

Le voici tout rouge, hurlant dans le cloître. Un sourire de pierre dure figé sur ses lèvres closes, les mains enfoncées dans les vastes manches croisées de sa bure, don Leonardo le laissait vociférer tout son saoul. Le sacristain intervint pour lui dire qu'il troublait l'office religieux à côté. Pontormo n'en eut cure et continua de plus belle :

"Vos curés ne savent même plus le latin. Ils ne comprennent pas ce qu'ils disent quand ils célèbrent la messe. Dans leurs campagnes, pour conserver leur petit troupeau d'ouailles, ils tolèrent la sorcellerie, ils encouragent la superstition, ils ferment les yeux sur les rites magiques. Ils sont plus ignorants et plus frustes que le dernier des culs-terreux de nos campagnes. Et les papes, et les papes ?

— Quoi, les papes ?

— Les papes, ils trafiquent, ils s'enrichissent, les papes sont corrompus jusqu'à la moelle des os. Aujourd'hui, ils s'engagent dans des guerres sans fin pour agrandir leur territoire et consolider leur pouvoir. «Mon royaume n'est pas de ce monde», disait Jésus. Ah, vous l'avez bien oublié, ça ! Les taxes imposées par la curie romaine, car il faut bien les payer leurs guerres, écrasent une population misérable. Alors pourquoi accuser, jusqu'à les excommunier, ceux qui veulent arrêter cette décadence vertigineuse ? Hein ? Pourquoi nous accuser alors que c'est vous qui portez tout le poids du péché, de la corruption, de l'incompétence, de l'ignorance, de la décadence, de la déchéance, de… de…"

Il s'étouffait presque, Jacopo, il en bafouillait, il en transpirait. Il dut s'arrêter pour reprendre son souffle. Don Leonardo s'engouffra dans cette brèche :

"Crois-tu, mon cher Jacopo, que nous n'avons pas conscience de cela ? Crois-tu que nous restons indifférents et inertes ?

— Non ! Je ne vous crois pas ! Vous n'avez pas senti la détresse morale et religieuse de ceux que vous avez égarés par votre comportement : le népotisme, les cardinaux incapables et indignes, l'avidité fiscale des papes, la simonie, la corruption. Ne le niez pas, mon révérend, les papes se sont détournés de leur mission religieuse. Vous nous avez abandonnés. Et vous criez à l'hérésie !

— Non, Jacopo, non, tu ne peux pas dire cela. Déjà le bon pape Médicis Leone X avait compris qu'il fallait arrêter au plus vite le déclin de l'Eglise. C'est pour cela qu'il a créé l'Oratorio dell'amore divino. Mais c'est surtout son successeur, Adriano VI, que cet avilissement de l'Eglise alarma le plus. Tu vois, nous n'avons pas besoin que des moines allemands excités s'occupent de réformer l'Eglise, au risque de trahir le dogme. Nous en avons nous-mêmes conscience et nous nous y employons en respectant la règle. Il se trouve que ce pape Adriano était justement proche des *piagnoni*, de ceux qui furent jadis les partisans de Savonarola dont tu es entiché. Malheureusement, tu le sais, il vient de mourir. Son règne a été trop bref pour qu'il ait pu entreprendre une action d'envergure. Mais j'ai une grande confiance dans son successeur Clemente VII, un autre Médicis, le cousin de Leone X. Quand il n'était, à Florence, que le cardinal Giulio, il m'a dit un jour qu'il envisageait de créer des ordres religieux nouveaux pour rétablir une vie spirituelle profonde et la diffuser dans le peuple.

— Au point où l'on en est aujourd'hui, ajouta Pontormo, je me demande si, plus que les institutions, ce ne sont pas les âmes qu'il faudrait réformer. Mais je pense que cela dépasse la bonne volonté de l'Eglise et sa compétence. Je ne crois plus en cette Eglise."

Ce qu'il ne disait pas, don Leonardo, c'est que l'intention profonde et bien cachée de Rome, c'était, avant toute chose, de restaurer la domination ecclésiastique que l'Eglise avait exercée durant tout le Moyen Age et qu'elle avait perdue avec les idées nouvelles de gens comme Pico della Mirandola, Erasme, et tant d'autres. Il aurait fallu créer une nouvelle échelle de valeurs théologiques. Mais l'Eglise ne pouvait pas tolérer le droit de l'individu à régler ses problèmes selon le jugement de sa seule raison personnelle. Elle considérait comme une hérésie ce mouvement profond de la conscience intime.

"Ce qui me touche aujourd'hui, reprit Pontormo, ce ne sont ni la Bible qu'on ne lit plus, ni les Pères de l'Eglise bien oubliés, c'est la poésie de Michelangelo.

— Ah ! celui-là !

— Quoi, celui-là ? C'est un grand mystique comme il n'en existe plus actuellement. C'est un artiste d'une grande rigueur spirituelle. Pour lui la religion est quelque chose de redoutable. Il ne reçoit aucune douceur ni aucun réconfort de la foi. Il vit une religion ardente qui le consume. Dans ses poésies il évoque un Dieu qu'il aime mais qu'il craint, auquel il s'adresse personnellement, au risque d'encourir de sévères condamnations, puisque l'Eglise interdit cette démarche.

— Il ne faut pas forcément voir les choses comme ça.

— Combien sont-ils dans vos rangs, ceux qui ont une conscience aussi inquiète et une âme aussi troublée que la sienne ? Il porte en lui un remords permanent car il se reproche sa vie dissolue, mais il se reproche aussi son art qui l'aurait trop éloigné de Dieu : *«L'arte e la morte non va bene insieme**», écrit-il. Mais connaissez-vous seulement sa poésie ?

— Je dois avouer que…

— Ecoutez ceci :

*Gl'infiniti pensieri mie d'error pieni*
*Negli ultim'anni della vita mia*
*Ristringer si dovrien 'n sol che sia*
*Guida agli eterni suo giorni sereni***.

Connaissez-vous quelqu'un chez vous qui serait capable d'écrire ceci ?"

Il y eut un long silence. Tout ému d'avoir évoqué Michelangelo, Pontormo gardait la tête baissée et don Leonardo semblait lui-même ébranlé. Il avait les traits un peu plus tirés, la bouche un peu plus amère. Ils continuèrent à marcher en silence, faisant peut-être pour la vingtième fois le tour du cloître. Quelquefois ils changeaient de sens. Les dalles résonnaient sous leurs pas. Des pigeons cisaillaient l'espace bleu du cloître pour venir un instant se rafraîchir à la fontaine du jardin, puis ils repartaient dans l'air libre du ciel. On entendait dans l'église des voix chanter l'Agnus Dei, la messe allait se terminer. Fatigués de marcher, ils s'assirent sur un banc de pierre encastré dans l'épaisseur du mur et continuèrent leur silence.

C'est Pontormo le premier qui le rompit. Il parlait avec lenteur comme s'il pensait tout haut,

* "L'art et la mort ne vont pas bien ensemble."

** "Mes pensées infinies toutes pleines d'erreurs, / Dans les dernières années de ma vie, / Devraient se resserrer en une seule / Qui me guide vers les jours sereins de l'éternité."

jusqu'à en oublier la présence du père chartreux à ses côtés :

"Je n'ai devant le monde que peur et désespoir. Nous sommes toujours coupables des fautes que nous n'avons pas commises et nous sommes ici-bas pour expier. Seulement pour expier. Nous sommes nés dans la seule intention d'expier une damnation que nous ne comprenons pas. La peste qui accable Florence et qui ne tue que des innocents en est la preuve. Alors, qu'on ne me parle plus de la bonté infinie de Dieu, je ne le tolérerai pas. Je le sens, d'autres cataclysmes viendront, l'humanité n'est pas au bout de châtiments qu'elle ne comprend pas et que Dieu, «dans sa bonté infinie», lui fera encore subir. Et cela jusqu'à la fin des temps. Ses yeux d'aveugle levés vers le ciel, l'homme se demandera toujours pour quelle faute qu'il ignore il est persécuté toute sa vie. Et personne n'a encore jamais répondu d'une façon convaincante à toutes ces questions."

Puis il se tourna vers don Leonardo, imaginant que ce dernier avait entendu son monologue intérieur :

"Hier, un prêtre me racontait qu'un enfant gravement touché par la peste, et qui agonisait sur ses genoux, ne demandait pas s'il allait mourir, mais il demandait pourquoi il était né. Vous ne trouvez pas que c'est terrible, ça, cette condamnation de Dieu dans une bouche innocente ? Voyez-vous, don Leonardo, l'homme est damné parce qu'un jour, il a voulu savoir." Il hurle : "Savoir ! La voilà, la faute impardonnable : vouloir savoir. Il ne fallait pas qu'il touche aux fruits de l'arbre de la connaissance. La tragédie imposée à l'homme me terrifie."

Il se tut. Comme dans un souffle à peine perceptible, il crut entendre à côté de lui la voix ténue du chartreux qui murmurait à peine : "Je sais, je sais", comme l'aurait dit un homme accablé.

Maintenant Pontormo parlait tout seul et dévidait sa pensée. La tête inclinée, don Leonardo l'écoutait en silence.

"Seule la peinture me sauve et me donne l'espace nécessaire pour dire mes angoisses. Je ne peins pas dans la logique du pouvoir ni de la religion. C'est pour répondre à un appel plus profond en moi que j'ai interrogé la religion. Mais ma voix s'est perdue dans le vide et s'est éteinte. Alors, j'ai peint au-delà des impératifs et des poncifs, des modes et des attentes, des croyances et des conventions. J'ai peint parce que, moi, hors de ma peinture, je ne suis plus rien, je suis vide, et je deviens fou. Oui, on le sait bien autour de moi, je deviens fou."

## VIII

## EFFRAYÉ DE CE QU'IL VENAIT DE PEINDRE

Don Leonardo se leva, secoua les longs plis blancs de sa bure, fit trois pas sur les dalles du cloître et vint se planter devant Pontormo qui était resté assis sur le banc de pierre encastré dans l'épaisseur du mur.

"Dis donc, Jacopo, tu ne vas pas me faire croire que tu as demandé à me rencontrer uniquement pour m'entretenir des difficultés que connaît notre Eglise en ce moment. Tu es quand même venu pour autre chose, non ?"

Son visage sec de pierre lisse avait repris sa dureté inquisitoriale. A son tour, Jacopo se leva et s'approcha du moine. Tous deux maintenant immobiles l'un en face de l'autre, ne sachant plus trop quoi se dire. Alors Pontormo s'embarqua dans une longue explication confuse, car il n'était point orateur et ne savait guère convaincre. Tant bien que mal, il avança les arguments qu'il avait essayé d'affiner pendant toute une nuit d'insomnie. Il dit à don Leonardo qu'il savait que le projet de l'agrandissement du monastère, et surtout celui du cloître, avait été entrepris, sans grande conviction toutefois, par son prédécesseur en 1491. Mais, ajouta-t-il, c'est bien à don Leonardo que revenait le mérite d'avoir accéléré les travaux, de les avoir dirigés, surveillés. Et si le cloître était enfin terminé depuis quelques jours seulement, c'était bien à l'autorité et à la vigilance du prieur qu'on le devait.

"Alors pourquoi – et là, le malheureux Pontormo avait bien du mal à sortir ses mots car il craignait d'importuner le prieur, voire de l'agacer, et, de ce fait, de le retourner contre lui –, alors pourquoi ne pas faire ici ce qu'a fait autrefois Fra Angelico pour le monastère de San Marco ?"

Il se tut. Il n'était pas tout à fait sûr que le prieur ait saisi où il voulait en venir. Don Leonardo ne l'aidait pas : il restait silencieux et attendait la suite.

"Vous voyez ce que je veux dire ?" hasarda Jacopo qui perdait pied.

Don Leonardo voyait parfaitement ce qu'il voulait dire. Il y avait même longtemps qu'il l'avait vu venir, mais il laissait le pauvre Jacopo se dépatouiller.

"Ce serait une bien belle chose si l'on pouvait peindre une petite fresque dans chaque cellule de moine, comme l'a fait Fra Angelico à San Marco. Ça changerait complètement le monastère, il y aurait comme une présence divine dans chaque cellule. Vous voyez, moi, j'aurais quitté Florence pour fuir la peste. Ça tomberait bien. Alors si vous vouliez…

— Tais-toi !"

Don Leonardo se remit à marcher d'un pas vif dans le cloître et Jacopo semblait trottiner derrière lui comme un petit chien.

"C'est tout ce que tu as trouvé pour fuir Florence ?

— Mais, mon révérend, je voudrais que vous compreniez que…

— Tais-toi !"

Le moine s'enveloppa de silence, s'assit sur le petit muret du cloître et se mit à réfléchir. Pontormo restait debout un peu à l'écart. Le moine semblait l'avoir complètement oublié, tant avait duré ce temps de réflexion et de silence.

"Dis-moi un peu, Jacopo, tu as bien une carriole et un cheval à Florence, si je ne me trompe ?

— Oui, mon révérend.

— Bon, eh bien, tu te débrouilles comme tu peux, mais dans les jours qui viennent tu amènes quelqu'un de ta *bottega* avec toi et vous montez tous les deux à Galluzzo pour midi. Nous déjeunerons ensemble."

Pontormo n'osait trop se réjouir, car il pouvait s'agir là d'une simple rencontre pour bavarder un peu ou, au mieux, pour évoquer des projets plus lointains, quand la peste serait enfin terminée. N'y tenant plus d'impatiente curiosité, il hasarda :

"Pour peindre des fresques dans les cellules des moines ?

— Certainement pas. Les cellules ne sont pas des salons décorés de peintures pour égayer la vie des moines.

— Alors…

— Alors, tu peindras dans le cloître cinq scènes de la Passion du Christ. Voilà !"

Il aurait bien gambadé dans les rues de Florence, Pontormo, tellement il était fou de joie, mais on ne gambade pas dans les rues quand elles sont encombrées par les morts, par les mourants et par ceux qui leur viennent en aide avant de mourir à leur tour.

Cette petite scène s'était passée il y a plus de trente ans, mais l'événement fut d'une telle importance que ces souvenirs étaient restés intacts dans sa mémoire. Quand il m'en parlait, je voyais son visage, ordinairement taciturne sinon renfrogné, s'éclairer comme s'il vivait encore ces instants-là. Il est vrai que la période de Galluzzo fut un moment primordial dans sa vie. Je ne dirais pas un moment heureux, comme à l'époque de *Vertumne et Pomone*, mais ce fut un moment d'une grande intensité spirituelle. Au cours de ces deux années 1522 et 1523, les événements et des émotions de toute nature se sont enchaînés : la peste, le monastère, la vie à la campagne, les fresques et, plus tard, la méchanceté de Vasari. C'est après Galluzzo, et peut-être à cause de Galluzzo, que les choses ont commencé à flancher dans sa tête. Mais ce soir, où nous n'étions que tous les deux à dîner d'un bon petit rognon d'agneau bouilli dans son atelier aux fenêtres ouvertes sur la via Laura, il a commencé à dévider la pelote des souvenirs. Rarement je l'ai entendu se raconter aussi longtemps et avec une telle fougue. Cette nuit et d'autres nuits auraient été trop courtes pour l'écouter raconter Galluzzo et après Galluzzo.

Nous étions donc parvenus à ce tournant de son histoire où il venait de se passer quelque chose qu'il n'aurait jamais espéré : don Leonardo l'invitait à quitter au plus vite une Florence agonisante pour venir peindre dans le cloître tout neuf de la chartreuse des scènes de la Passion du Christ. Pontormo, dans le délire de sa joie, gambadait en rêve dans la ville en sautant pardessus les cadavres.

"Ce soir-là, je soupais chez Bronzino. J'en ai profité pour lui parler du projet de Galluzzo. Il avait l'air de trouver cela intéressant. Il venait tout juste d'avoir vingt ans cette année-là, et il était gourmand de tout. Quand je lui ai dit ensuite que j'avais l'intention de l'emmener avec moi à la chartreuse, et lui seul, pour m'aider à peindre des fresques sur les murs du nouveau cloître, il s'est mis à hurler de joie et à sautiller comme un enfant. Jusqu'alors, dans mon atelier, il n'avait encore rien fait de bien intéressant. En réalité, c'est moi qui l'avais peint dans mon tableau de *Joseph en Egypte*, la première fois que je l'ai vu. Je crois t'en avoir déjà parlé, Giambattista.

— Oui, oui, je m'en souviens. C'est lui, ce *monello*, ce gamin assis au bas des quatre marches du premier plan du tableau. Il était jeune à cette époque-là.

— Il avait quatorze ans et il était très beau. Je te le disais : ce fut le jour où il entra pour la première fois dans mon atelier. Mais le soir où je lui ai parlé du projet, cela faisait déjà six ans qu'il travaillait avec moi. Je reconnais que je l'ai un peu négligé. Je l'ai trop longtemps laissé broyer des couleurs, passer l'*imprimatura*, préparer les murs, monter les échafaudages. Il s'exerçait parfois tout seul à dessiner en cachette dans son coin, et il montrait timidement ses essais à ses compagnons de la *bottega*. Les *aiuti* étaient admiratifs, les *creati* l'encourageaient. A cette époque-là, je ne me suis pas assez intéressé à lui parce que moi, quand je peins, et ça, tu le sais, il m'est impossible de voir d'autres peintures, de m'intéresser à des élèves, à des apprentis, même à d'autres peintres. Si je sors de l'univers dans lequel la peinture m'enferme, je m'écroule. On ne réveille pas un somnambule. Mais j'ai vite soupçonné du talent chez lui. C'est pour cela que j'ai eu l'idée de l'amener avec moi à Galluzzo. Pour le connaître mieux et l'aider plus. Mais je savais que, lorsque je peindrais, je ne pourrais plus rien pour lui. Et ça, il devait le savoir, sinon il l'apprendrait."

C'est vrai, tous les garçons de son atelier savaient que Pontormo n'avait pas l'habitude de se faire aider par ses élèves. Il ne leur permettait jamais d'intervenir là où il entendait créer de sa propre main. Lorsqu'il commençait à s'intéresser à l'un d'entre nous, au bout de peu de temps il le laissait travailler seul, puis il finissait par l'oublier. Il nous renvoyait de là où il nous avait mis pour faire le travail à notre place. Quand il ne défaisait pas lui-même ce qu'avait fait son élève. En revanche, pour Bronzino, il a fait une exception notable. C'est Bronzino qui me l'a raconté un jour où il évoquait pour moi ses débuts dans l'atelier de Pontormo. Il me disait que c'est à la chartreuse qu'ils se sont vraiment rencontrés, que sont nées leur amitié et cette longue collaboration qui dure encore. Séduit par ce jeune talent prometteur, Pontormo l'a tout de suite aidé. Il a même esquissé à son intention quelques dessins préparatoires pour les travaux qu'il désirait lui confier. Aidé par ces dessins, Bronzino a peint un *San Lorenzo* sur la lunette au-dessus de la porte qui mène à la salle capitulaire. Sur une autre lunette, il a peint un *Christ aux outrages*. Je crois que sa participation à Galluzzo s'est arrêtée là.

Mais revenons à notre conversation de tout à l'heure. J'étais justement en train de demander à Pontormo s'ils avaient festoyé ensemble pour fêter l'événement.

"Oh, tu sais, je ne faisais que passer chez lui, juste pour lui parler de Galluzzo. Il n'était pas très riche à l'époque et, comme c'était un vendredi, nous nous sommes contentés d'un poisson, d'un œuf chacun avec du sucre et de huit onces de pain. Après le repas, Alessandra, une amie de Bronzino que j'avais déjà aperçue une fois ou deux chez lui, est venue nous retrouver. C'était une femme desséchée comme un vieux hareng, avec d'énormes yeux protubérants et un teint blême. Ses cheveux noirs, collés entre eux, tombaient raides sur ses oreilles. A côté d'elle, Bronzino était la grâce même, la légèreté, l'élégance des gestes, la finesse du visage, avec ces petits éclats dorés comme des pépites que l'on pouvait apercevoir dans l'ombre de ses yeux. Elle est restée longtemps à nous parler de je ne sais plus quoi et elle commençait à nous ennuyer, mais c'est quand elle est partie que mes ennuis ont commencé. Il devait être à peu près neuf heures du soir quand j'ai quitté Bronzino. Je rentrais me coucher. En bas de chez moi, la porte était fermée. Cadenassée. Le portier n'était pas là et…

— Parce que vous aviez un portier ?

— Oh, ça n'a pas duré longtemps. C'était un malheureux garçon qui mendiait dans les rues de Florence et que j'avais recueilli par pitié. Il vivait dans une petite pièce du rez-de-chaussée, où est venue le rejoindre un jour une certaine Clelia que je n'avais pas demandée. Plutôt que portier, il était chargé de répondre aux visiteurs quand j'étais absent et surtout de faire mes courses, acheter ma nourriture, une besogne qui m'ennuyait beaucoup et me prenait du temps. Clelia faisait le pain. Le soir il fermait à clef la porte donnant sur la rue, comme ça personne ne pouvait accéder à l'échelle. J'ai découvert assez vite qu'il avait un caractère épouvantable et qu'au lieu de m'être reconnaissant de l'avoir recueilli et hébergé, il ne me pardonnait pas ma charité.

Ce soir-là, donc, alors que je rentrais chez moi, je restai seul à l'attendre dans la nuit, et cela a duré jusqu'à onze heures. Pendant ce temps, j'ai vidé mes poches et j'ai mangé ce que j'y trouvai : une noix, trois figues sèches et deux pommes flétries. Quand il est enfin arrivé, nous nous sommes disputés. Quelques jours après, c'était un dimanche matin, je déjeunai avec Bronzino et le soir j'ai encore dû attendre le portier qui était allé à Legnaia. Il m'avait dit qu'il rentrerait de bonne heure mais il ne rentra pas. Je soupai d'une grappe de raisin et de rien d'autre. Je suis reparti dormir chez Bronzino. Le lendemain matin, il était revenu. Je me suis mis dans une colère épouvantable après lui. Il était en train de faire du pain avec Clelia. Comme je lui demandais d'aller me chercher une fiasque de vin, il s'est retourné vers moi avec un visage hargneux : il m'a dit de ne plus lui donner d'ordres et que je fasse désormais mes provisions moi-même, ou bien que je prenne quelqu'un d'autre. Voilà ce qu'il m'a dit. Tout ça tombait mal parce que ce jeudi matin, justement, j'avais invité à déjeuner le prieur de l'hôpital des Innocents, Vincenzo Borghini, que tu connais bien.

— Vous pensez si je le connais ! C'est lui qui m'a accueilli quand j'étais enfant. Je suis resté aux Innocents jusqu'à ce que j'entre dans votre atelier.

— Je sais. Mais, ce jour-là, il a fallu que j'improvise un repas. On a mangé du porc bouilli, un peu de chou qui me restait de la veille, du pain au romarin et neuf onces de pain de froment. Borghini, homme sobre, était ravi du repas. Tant mieux, car, en ce qui me concernait, j'avais l'esprit ailleurs. L'après-midi, je tombai sur Bastiano. Comme à son habitude, il était de très mauvaise humeur. Puisque le portier ne voulait plus travailler pour moi, je lui ai demandé de me faire quelques provisions. J'ai bien vu qu'il acceptait en rechignant. Le soir, je soupai d'un peu de bœuf que Bastiano m'avait acheté et qu'un chien n'aurait pas mangé. Lui non plus ne vaut pas mieux que les autres. Il sait fort bien s'arranger en prenant le meilleur pour lui.

Il fallait quand même que je songe à faire mes préparatifs pour partir à Galluzzo. C'est curieux, et je ne me l'expliquais pas très bien, car, malgré la peste qui proliférait et la peur que j'en avais, je prenais tout mon temps pour préparer mes affaires, comme si j'avais voulu retarder mon départ, comme si je n'étais pas pressé alors que j'avais hâte de quitter Florence. Il est vrai que ce n'était pas simple de choisir les pinceaux, de rassembler la poudre et les colorants, la colle et le plâtre, la céruse et le cinabre, réunir les seaux, apporter les échelles, déménager les échafaudages, bref, tout ce qu'il fallait pour peindre des fresques, car je savais que je ne trouverais rien au monastère. Comme j'oubliais toujours quelque chose, chaque jour mon départ pour Galluzzo se trouvait retardé."

De mon côté, je pense que, sans bien s'en rendre compte, Pontormo trouvait chaque fois de bonnes raisons pour remettre au lendemain son départ pour la chartreuse. Entre nous, les colorants à se procurer ou les pinceaux à nettoyer n'étaient que prétextes. Pontormo prenait tout son temps comme si le remords de quitter sa ville malade lui faisait traîner les pieds, entretenait chez lui ce désir inavoué de tarder à partir.

"Le lendemain midi, qui était le dimanche de la Madone, Daniello est venu me voir et nous avons passé un bon moment ensemble. Nous avons mangé des couilles, du foie et un quartier de rôti. Le soir, je soupai avec Bronzino, mais j'avais un grand mal de dents qui m'a gâché la soirée. Le lundi, je me suis encore disputé avec Bastiano. A cause de tout ça, je n'ai pas pu travailler de la journée. Je suis resté chez moi et je me suis contenté de dessiner. C'est à ce moment-là que j'ai décidé de partir au plus vite pour Galluzzo. D'abord, j'étais excédé de passer mon temps à me quereller tous les jours avec mes gens. Mais, surtout, je me suis rendu compte que, si je tardais trop à partir, l'envie m'en passerait et je n'aurais plus la capacité d'invention nécessaire pour peindre les scènes de la Passion du Christ. Et si je n'avais plus l'imagination qu'il me fallait, alors j'exécuterais des scènes de la Passion comme tous les peintres l'avaient fait jusqu'à aujourd'hui. Et j'en sais, de nos jours, qui les peignent encore comme on les a toujours peintes. Et c'est ça que je ne veux pas faire. A nous, les artistes, on nous demande de peindre toujours les mêmes choses : ou ce sont les grands moments de la religion catholique, ou ce sont les portraits des grands de ce monde. Je veux bien redire ce qui a déjà été dit tant de fois, parce qu'on ne peut pas y échapper, mais je me refuse à répéter la manière de le dire, et encore plus à me répéter moi-même. Je n'en veux plus, de la grâce lumineuse d'un Fra Angelico, des extases charnelles d'un Botticelli, des formes sculpturales d'Andrea del Sarto, de cette trop lourde présence des choses. Je veux peindre autrement. Je veux aller au-delà de ce qui a déjà été fait et je veux surtout aller au-delà de moi-même.

Le lendemain, je déjeunai avec Bronzino de poulet et de veau. Pour la première fois depuis longtemps je me suis senti bien. Reposé. Peut-être parce que j'avais décidé de partir et que, maintenant, j'étais pressé. Or, j'avais beau être pressé, lorsqu'il est venu me prendre à la maison, j'étais encore au lit. Il était déjà tard. Il faisait beau. Je suis allé chercher le cheval et la carriole. Nous avons chargé tout le matériel et nous sommes enfin partis pour Galluzzo. Bronzino était très gai et il chantonnait à côté de moi qui tenais les rênes du cheval. Le soleil faisait briller les feuilles des oliviers à peine agitées par le vent et les moutons qui paissaient nous regardaient avec des yeux stupides mais pleins de tendresse. L'air avait une odeur de foin séché. A ce moment-là, j'ai eu l'impression qu'au-delà de la porte San Piero Gattolini, que nous venions de franchir, la vie recommençait."

Juché sur la carriole plutôt branlante tirée par sa haridelle, Pontormo laissait derrière lui une Florence exsangue sur laquelle flottait l'odeur de la mort. Aussi se réjouissait-il d'aller respirer pendant quelques semaines, trois à quatre mois tout au plus, un air salubre. Il ne se doutait pourtant pas que, ce jour-là, il quittait la via Laura et la coupole de Brunelleschi pour trois bonnes années, même si, à intervalles réguliers, il descendrait quand même à Florence où il avait toujours quelque chose à faire. Ainsi fut-il dispensé d'une improbable nostalgie.

Ils arrivèrent à la chartreuse une heure après. Bronzino se chargea de débarrasser tout le matériel qu'ils avaient apporté de l'atelier. Pontormo fut tout de suite saisi par la légèreté de l'air. Un air transparent qui ramenait en effluves soudains des senteurs mêlées de feux de bois et d'herbes sèches. Il admirait ce vaste paysage de collines recouvertes d'oliviers jusqu'au plus lointain horizon et qui se couvraient à l'heure du crépuscule d'une pâleur mauve. Le soir, la quiétude des moines, la sérénité qui régnait en ces lieux et la qualité presque surnaturelle du silence l'impressionnèrent également. Il découvrit ce soir-là des émotions dont il ne soupçonnait pas qu'elles puissent naître en lui jusqu'à troubler l'homme fruste qu'il se sentait être.

Un jour, mais bien plus tard – car, lorsqu'il m'a raconté son histoire, il était revenu à Florence depuis déjà longtemps –, le rencontrant alors qu'il sortait du Palazzo Vecchio, Pontormo avait parlé à Vasari de cette émotion qui l'avait si fortement ébranlé le soir de son arrivée à Galluzzo, de cet état d'âme privilégié qui demeura en lui tout le temps de son séjour au monastère comme un état de grâce dont il savait qu'il s'éteindrait quand il redescendrait chez les hommes. Alors Vasari lui confia qu'il avait, lui aussi, vécu une expérience analogue.

C'était en 1537, à l'époque des jours les plus sombres de Florence. Alessandro venait d'être assassiné et, dans cette ville où régnait un épouvantable chaos, Cosimo avait bien du mal à asseoir sa jeune autorité. Vasari supportait très mal ce climat d'anarchie, de même que la violence quotidienne dans les rues : "Poussé par la mélancolie, expliqua-t-il à Pontormo, je m'étais enfermé dans ma chambre, ne faisant rien d'autre que travailler. Je consumais au travail mon esprit et toute ma jeunesse."

Inquiet, son vieux maître le Pollastra l'avait invité à passer quelques jours de retraite dans l'ermitage de Camaldoli, dans le Casentino. Il se trouvait justement qu'à cette époque, les moines réfléchissaient à la décoration de la chapelle du monastère. Ils désiraient faire peindre un tableau représentant une Descente de croix pour orner le chœur derrière le maître-autel. A Camaldoli, Vasari s'était senti comme transfiguré par ce climat de béatitude qu'il devait à la sérénité des lieux, à la solitude dans une nature paisible et à la salutaire méditation. C'était la même expérience spirituelle qu'avait connue Pontormo tout le temps qu'avait duré son séjour à la chartreuse.

Toutefois, Jacopo, qui n'avait pas encore commencé à peindre, sortait volontiers du monastère pour découvrir la campagne environnante et rencontrer les paysans. Ici les enfants ne se moquaient pas de lui. Certains l'abordaient avec respect, parce que tout le monde savait, dans le pays, qu'il était un grand peintre, mais un peu farouche.

Des enfants, devenus adultes aujourd'hui, se souviennent encore. Ils racontent qu'ils étaient impressionnés par ce peintre aux allures de mendiant qu'ils rencontraient souvent sur les chemins de campagne où il errait en habits de Vertumne et parlait tout seul en faisant de grands gestes. Peut-être parce qu'il redécouvrait à ce moment-là une vie champêtre qu'il avait trop peu connue quand il était enfant à Pontormo, et peut-être aussi parce qu'il désirait retrouver tel quel ce court moment d'un bonheur trop vite perdu, avant qu'on ne l'enferme tout jeune dans un orphelinat à la ville. Il était maintenant comme un homme assoiffé qui vagabondait partout, dans les champs, dans les vignes, sous les oliviers ; il entrait dans les fermes, s'introduisait dans les chais. On le retrouvait souvent avec les hommes attablés à l'auberge du pays. On l'a vu couper le raisin au moment des vendanges, porter des seaux de lait de brebis au fermier qui faisait le pecorino et courir avec les gens du village après un cochon qui s'était échappé de la ferme de Giuseppino, on l'a vu charger le foin sur des charrettes peintes, on l'a vu aider les paysans à ramasser les olives sur des toiles tendues entre les troncs des oliviers. Un jour, il a fait rire tout le monde. Des chiens s'étaient mis à lui courir après. Alors, à un moment, il s'est retourné d'un seul coup et c'est lui qui s'est mis à courir après eux ; effrayés, les chiens se sont sauvés à toutes pattes en couinant. Il arrivait que, lorsque ses promenades l'avaient mené très loin, au moment de rentrer, il se trompât de village et se perdît dans les collines. Revenu au monastère, il riait bruyamment en racontant sa mésaventure aux moines qui l'écoutaient les yeux baissés et les mains jointes.

Du temps a passé. Et puis, un beau matin, avec l'aide de Bronzino, il a déballé au beau milieu du cloître ses échelles et ses échafaudages, ses pigments et ses pinceaux, et il est resté là, seul, toute la journée, sans rien faire d'autre. Le lendemain, il est encore resté toute la journée, chassant sans ménagement les moines qui s'aventuraient dans le cloître. Il regardait les murs à longueur de temps. Parfois, il gribouillait de l'informe sur un cahier. Le jour suivant, le troisième jour, il a arpenté le cloître du matin au soir. Puis, un matin, il a dressé un échafaudage dans un angle du cloître à la hauteur de la lunette sous la voûte. Il a préparé le mur, puis il a commencé à peindre. De ce jour, il n'est plus jamais ressorti du couvent. Il n'est plus jamais revenu parcourir les collines couvertes d'oliviers qui deviennent mauves le soir. Enfermé dans le cloître du monastère, tout comme dans sa création dont il sentait qu'elle commençait à l'écraser, il n'a plus été tout à fait le même. Il s'effrayait parfois de ce qu'il venait de peindre, consterné par son audace de devoir imaginer pour le Christ un visage de souffrance. Il se sentait incapable d'inventer la douleur du Christ. Il essayait d'imaginer de la douleur, ce que serait pour lui la plus grande douleur. Et la peindre ! Sa main, parfois, sur l'*intonaco*, jetait la ligne, qui d'elle-même devenait forme. Et du sens venait après.

Ainsi, moine parmi les moines, il n'existait plus que dans l'acte de peindre, et cet acte devenait sa prière. La seule qu'il savait dire. Il peignait toute la journée. Pour son repas de midi, il demandait au frère cuisinier de lui préparer simplement une *bruschetta*, c'est-à-dire du pain grillé frotté à l'ail et imprégné de jus de tomate. Il acceptait quelquefois un morceau de pecorino, le fromage de brebis du village. Il peignait tout le jour et souvent jusqu'au soir. La nuit, il avançait son dessin. Quand il était fatigué de peindre, on le voyait agenouillé dans la chapelle du monastère, à tierce, à none, à complies.

A genoux dans l'ombre de la chapelle, dans des senteurs de cire et d'encens, dans le tremblement de quelques lumières de bougies, sa tête entre les mains et les yeux clos, Pontormo retrouvait pour la première fois depuis longtemps une solitude féconde. La solitude nécessaire à la création. Il n'avait nul besoin ici de se protéger des hommes, il n'avait pas besoin d'utiliser une échelle escamotable en guise de pont-levis. Il ne lui servait plus à rien de chercher la caverne, la prison, le nid d'aigle ou la tour d'ivoire. Il avait trouvé la Thébaïde. Il savait maintenant que l'image de la souffrance du Christ naîtrait de ce silence.

A l'époque où Pontormo peignait ses fresques à Galluzzo, je n'étais pas né. On avait beaucoup parlé de l'événement à Florence. D'un seul coup, grâce à ces fresques, il était devenu célèbre à l'âge de trente ans. Et dire que je ne les avais encore jamais vues jusqu'à ces derniers temps ! De toute façon, il était inutile de lui en parler, sinon préférable d'éviter ce sujet. Il les reniait. Comme il reniait tout ce qu'il avait peint avant ce qu'il était en train de peindre au moment où il parlait et qu'il renierait de la même façon aussitôt qu'il passerait au tableau suivant.

S'il n'est pas allé jusqu'à la destruction matérielle, physique, des fresques et tableaux antérieurs avec marteau et burin – quoique, on en reparlera –, il reste quand même, d'une certaine façon, le destructeur de son œuvre. Avec cette conséquence paradoxale que, chaque fois qu'il entreprend un nouveau tableau, il se donne l'impression de découvrir la peinture comme s'il peignait pour la première fois. C'est ainsi qu'aucune nouvelle création ne ressemble jamais à la précédente. Il est perpétuellement l'apprenti de lui-même.

A l'heure où il se battait contre le *Déluge* à San Lorenzo, il ne voulait pas entendre parler des scènes de la Passion, peintes voilà plus de trente ans. Et moi, je brûlais du désir de les voir un jour. Mais j'étais son caniche et je ne pouvais pas prendre la liberté de quitter son refuge de la via Laura pour aller, sous Dieu sait quel prétexte, me promener sur la route de Sienne. Les rares fois où j'avais découché parce que je ne supportais plus le bonhomme, ça avait été un drame et un vacarme dont les voisins se souviennent encore.

Cependant, le hasard fit bien les choses. En effet, des paysans qui venaient au marché à Florence nous ont appris la mort de Niccolò qui habitait à Femminamorta, un village à quelques lieues de Pistoia. C'est lui qui fournissait à Pontormo le bois pour nous chauffer. Mort en plein hiver évidemment. Il fallait trouver très vite quelqu'un d'autre. A ce moment-là, Pontormo s'est souvenu d'un jeune paysan qu'il avait connu jadis à Galluzzo quand il courait la campagne avant de commencer ses fresques. Agostino avait maintenant une bonne cinquantaine d'années. Il était devenu bûcheron et vendait son bois.

"Demain tu iras à Galluzzo avec la carriole et tu iras voir Agostino pour qu'il te vende du bois. Il se souviendra certainement de moi.

— Avec les fresques du monastère, tout le monde à Galluzzo se souvient de vous.

— Il s'en moque des fresques, tout autant que moi. Tout le monde s'en moque. Il se souviendra de moi surtout parce qu'il nous est arrivé plus d'une fois de monter dans les arbres pour dénicher des œufs de perdrix ou encore de rester à l'affût pendant des heures pour surprendre les faisans. Ah, on ne s'ennuyait pas dans les arbres !"

Il se mit à glousser.

Le lendemain matin, j'attelai donc le cheval à la carriole et je fis la route jusqu'à Galluzzo. Avant même d'aller trouver Agostino, je me présentai à la porte du monastère San Lorenzo. J'expliquai tout au portier. Celui-ci me sourit amicalement et me dit qu'au couvent tout le monde se souvenait de Pontormo. Et il ajouta, avec un sourire malicieux qui lui fit plisser les yeux :

"Il était assez particulier !"

Il n'en dit pas plus et je me gardai bien de lui demander en quoi il le trouvait "particulier".

"Je vais te confier à Fra Amadeo. C'est lui qui s'occupe de la bibliothèque. C'est un passionné de peinture et un grand érudit. Il venait tout juste d'entrer au couvent quand Pontormo commençait à peindre ses fresques. Il l'a bien connu et ils ont souvent bavardé ensemble."

J'en conclus que je ne pourrais visiter seul le grand cloître. J'aurais toujours quelqu'un sur les talons. Je détestais parler devant un tableau. Tant pis ! J'y serais contraint.

Le frère portier agita la cloche de l'entrée : trois coups, un temps mort, puis deux coups. Un moment de silence entre nous. Puis je vis arriver, trottinant vers moi, un petit homme rond, au visage plein et souriant, dont le crâne rasé était entouré à la base d'une petite collerette de cheveux courts qui faisait penser aux moines peints par Giotto dans le chœur de Santa Croce. Le frère portier lui expliqua la raison de ma venue. Fra Amadeo s'étonna que je n'eusse encore jamais vu ces fresques et loua mon initiative. Il me fit à nouveau un grand sourire puis, me prenant par le bras, il m'entraîna dans le grand cloître.

"Tu le sais ou tu ne le sais pas, peu importe, mais sache que ton maître a peint cinq fresques dans les lunettes d'angle du nouveau cloître."

Et, en cicérone consciencieux, il énuméra, depuis l'entrée du cloître où nous nous trouvions, en les pointant chaque fois de son doigt, les cinq fresques de Pontormo :

"Ici, tu as *Le Christ au jardin des Oliviers*, là *Le Christ devant Pilate*, à côté *La Montée au calvaire*. Tourne-toi un peu. A côté de toi, c'est *La Lamentation sur le Christ mort* et juste après, derrière toi, *La Résurrection*.

— Mais… Ce qui est quand même bizarre…

— Qu'est-ce qu'il y a de bizarre ?

— Je ne vois pas la scène de la crucifixion. Dans une série de peintures sur la Passion du Christ, il n'y a pas une représentation de la crucifixion !

— C'est vrai ! Il manque la Crucifixion ainsi que la Lamentation sur le Christ mort. Il faut que tu saches que Pontormo n'a pas peint ses fresques selon la succession chronologique des événements de la Passion, il a peint en fonction de ses humeurs. Et Dieu sait… Bref ! De l'idée de Crucifixion, il est passé à l'idée d'une Descente de croix. Il avait déjà fait beaucoup de dessins préparatoires pour cette Descente de croix et il allait commencer la fresque lorsqu'on lui a proposé, au même moment, de décorer la chapelle Capponi dans l'église Santa Felicita. Alors notre homme a tout plaqué. Il a remballé sans traîner ses échafaudages et ses pots de peinture et il est redescendu à Florence. Il n'est jamais revenu ici pour terminer les scènes de la Passion. Il est vrai, ajouta le moine un tantinet pervers, que, la peste étant terminée, il n'avait plus aucune raison de rester chez nous.

— Si je comprends bien, pour les sujets des fresques, c'est Pontormo qui décidait.

— Pas exactement. Le père Leonardo Buonafé est intervenu plus d'une fois, et Pontormo le respectait beaucoup. Mais, à dire vrai, l'un et l'autre se sont inspirés du texte d'un des nôtres, un chartreux nommé Ludolph de Saxe, qui écrivit une *Vita Christi.* Ce petit ouvrage fut publié en 1474 et nos moines de San Lorenzo l'acquirent en 1483. Je le conserve précieusement derrière une vitrine de notre bibliothèque. Je pense que Leonardo et Jacopo se sont inspirés de la seconde partie de ce livre où l'on trouve une fort belle méditation sur la Passion. Mais pour en revenir à cette Crucifixion qui manque évidemment ici, et pour ça tu as raison, je pense que, si Pontormo avait été plus aidé, il aurait pu la peindre.

— Mais il avait Bronzino avec lui !

— Ah, laisse-moi rire !"

Effectivement, Fra Amadeo, toutes bajoues flottantes, se mit à rire au point d'en devenir écrevisse.

"Bien sûr, il y avait Bronzino ! Il y en eut même d'autres qui montèrent de Florence, presque tous des élèves de l'atelier d'Andrea del Sarto. J'ai un peu oublié leur nom. Je crois me souvenir d'un Jacone et d'un Foschi. De temps en temps, on voyait apparaître un certain Battista qui venait de Florence avec des couleurs broyées, des pinceaux, de l'huile.

— C'est bien ce que je disais. Il était aidé.

— Ah, tu crois ça, toi ! Je vais t'expliquer. A peine les *creati* d'Andrea del Sarto avaient le dos tourné que Pontormo défaisait consciencieusement le soir ce qu'ils avaient peint dans la journée. Quand il ne défaisait pas ce qu'il avait fait lui-même. Je me souviens, un certain jour, ça m'avait tellement frappé que – Dieu me pardonne ce péché véniel –, poussé par la curiosité, je me suis caché pour l'observer. Tu ne me croiras pas, mais je l'ai vu arriver devant la fresque, aujourd'hui je ne me rappelle plus laquelle, vers le milieu de la matinée. Il est resté debout, immobile, devant sa fresque à la regarder sans rien faire d'autre que de se gratter la tête de temps en temps, jusque vers midi, midi et demi. Au réfectoire, où il est arrivé après le bénédicité, il a à peine touché à la nourriture. Quand il a quitté le réfectoire, il avait l'air soucieux. Je l'ai suivi discrètement. Arrivé devant la fresque, il a dressé une échelle, il a pris un burin et un marteau et il l'a entièrement détruite. A la fin, ce n'était plus qu'un petit tas de gravats colorés sur les dalles grises du cloître.

— Ça ne m'étonne pas de lui ! Vous savez, je le connais, depuis le temps que je suis avec lui. C'est quand il efface qu'il a l'impression de progresser. Le dessin efface le dessin. Chaque trait remet en question le trait précédent. Jamais satisfait de lui-même, il recommence toujours. Et il recommencera toujours. Comme s'il désirait ainsi se recommencer lui-même.

— C'est possible, mais en plus de ça il ne voulait à aucun prix avoir les *creati* dans les jambes. Il les renvoyait tous. Il voulait être seul. Alors, tu vois que, dans ces conditions, le travail ne pouvait guère avancer."

Pendant que le moine parlait, je pensais à ce Pontormo que je n'avais pas connu et que je reconnaissais quand même. Je prenais conscience qu'il était comme ça il y a trente ans quand il avait à peine trente ans.

Pontormo ! Il a toujours construit des murs entre lui et les autres, comme à San Lorenzo à Florence. Il a toujours enlevé des échelles pour qu'on ne vienne pas le déranger dans son aire. On comprend mieux qu'avec le temps, il soit passé de la solitude à l'isolement et qu'aujourd'hui, comme depuis toujours, il avance seul et nu vers la vieillesse et la mort.

## IX

## AINSI A-T-IL FINI PAR SE PEINDRE LUI-MÊME

Nous sommes restés un moment, Fra Amadeo et moi, perdus dans nos pensées, sans rien dire, en ce matin de février où un soleil éteint jetait des lueurs froides sur les chapiteaux sculptés de bêtes fantastiques et sur les dalles de pierres grises. Au milieu de l'enclos de rosiers desséchés et d'herbes rabougries par le gel, la fontaine, qui remplaçait depuis peu une croix à moitié en ruine, semblait tarie. Le ciel était d'une pureté de silex que rayaient de furtifs oiseaux noirs aux ailes coupantes.

En me tournant vers le moine, je me suis trouvé par hasard en face de la fresque qui représentait *La Lamentation sur le Christ mort.* Quoi que j'aie pu penser et dire de lui peu auparavant, à ce moment-là j'ai découvert un Pontormo que je ne connaissais pas.

Je regardais cette fresque et je ne savais plus. "Où sommes-nous ?" me suis-je demandé en considérant le chœur figé de la *Lamentation* : des personnages fantomatiques aux yeux morts. Dans ce tableau, il n'y a plus de paysage, il n'y a plus d'arrière-plan. Au fond, les quelques taches vertes et brunes qui évoquent vaguement quatre silhouettes d'arbres soulignent en réalité, par leur rareté, un retrait de la nature en ce lieu de drame absolu. La disparition d'un espace ouvert, d'un espace où il y aurait de la vie, confère à cette fresque un caractère désincarné. Sans profondeur ni perspective. La scène se réduit en effet à un ensemble de grandes verticales : des échelles dressées, des fûts de croix dont nous ne voyons même pas le sommet, des personnages droits, hagards, immobiles dans leur stupeur. Ils sont là, muets et solitaires, étrangers les uns aux autres. A jamais. Là, dans un temps d'attente de quoi, alors que tout est consommé ?

Cet espace plat est lacéré par ces lignes verticales. La souffrance est là. En contrepoint. De même que le thème mélodique d'une sonate rivalise et lutte avec le thème rythmique, ici une unique oblique se détache sur ce fond de verticales serrées comme des hallebardes : c'est le corps frêle et disloqué du Christ étendu tout en bas du tableau. Si bas, si près de nous que nous entrons dans le drame comme si, de spectateurs, nous devenions témoins et, pourquoi pas ? acteurs. Il a fallu cette ligne musicale pathétique, en opposition avec les hautes verticales, pour donner du sens. Pour nous faire saisir que, dans cette masse indifférenciée de fidèles accablés et prostrés, tremble en filigrane la douleur retenue. Et l'absence au monde des personnages. Ils ne sont plus dans le réel, ces personnages fantomatiques, mais dans leurs lointains où nous ne pouvons plus les rejoindre. Ils sont là, ils ne bougeront plus jamais de là, désincarnés, pétrifiés. Ils n'ont pas, ils n'ont plus de regards. Ont-ils seulement des visages ? La lumière blafarde qui glisse sur leurs faces éteintes les abolit. On ne voit plus d'eux que de grands voiles blancs et des tuniques vertes, brunes, violettes, dans lesquelles ils s'engloutissent et disparaissent.

Pendant que le moine parlait, je repensais aux solides Crucifixions de Piero della Francesca, ainsi qu'aux robustes Vierges de ses Maternités, aux rudes visages des paysans de Masaccio à la chapelle Brancacci. Je pensais aussi aux lances croisées dans le ciel et aux chevaux de couleur de Paolo Uccello. Ici, tout est simplifié. Spiritualisé. Pontormo n'a pas peint des personnages qui pleurent la mort du Christ, il a peint de la douleur.

J'étais là, fasciné, et je ne parvenais pas à sortir de cette fascination. Pendant ce temps, Fra Amadeo tripotait son chapelet aux énormes grains de buis en attendant que j'en eusse fini avec ce ravissement qui provoquait en moi un trouble inconnu. Déjà, à trente ans, Pontormo, déjà ! Je sentais le moine s'agiter à côté de moi. Il avait envie de parler.

"Tu vois, ce qui me frappe ici, c'est que, à la différence des peintres d'avant lui, Pontormo ne raconte pas des anecdotes, des petites histoires, des légendes ou des croyances. Au contraire, Pontormo supprime le fait historique, il se débarrasse des circonstances. Il écarte également le côté solennel de l'événement. Il épure. En épurant, il simplifie. Il conserve seulement l'essence des choses, il réduit tout au seul fait tragique."

Fra Amadeo se remit à marcher et m'entraîna un peu plus loin dans le cloître. Puis il reprit :

"Tu sais, Pontormo nous surprendra toujours. Tiens, regarde cette fresque, là-bas devant toi, regarde cette scène du *Christ au jardin des Oliviers*. Le centre du tableau est vide. Ce tableau représente un espace vide. On devine dans le fond des maisons à peine esquissées pour nous rappeler que nous ne sommes pas dans la ville. Nous sommes hors de la ville, hors des lieux civilisés. Tu le sais, à cette époque, les châtiments et la mort avaient toujours lieu hors de la ville. Dans l'espace sauvage. Sur la droite et sur la gauche, un peu vers le bas également, tu remarqueras que des silhouettes humaines se sont entassées et deviennent masses. Les lignes se sont fondues les unes dans les autres et elles ont disparu dans l'épaisseur des formes. Il n'y a plus de lignes, mais un magma de formes. L'ensemble n'est qu'un terne camaïeu de beiges et de bruns. Il n'y a plus de couleurs. Nous sommes dans l'absence des lignes et le silence des formes. Les couleurs aussi ont disparu. La peinture est à la limite de son abolition. Il fallait que Pontormo, tout pénétré de sa frayeur de la mort, allât jusque-là pour aborder aux rives nocturnes de l'âme.

— Et ici, regardez cette *Montée au calvaire*. J'ai l'impression qu'ici, c'est tout le contraire. C'est un enchevêtrement, un fatras général, une agglutination humaine, tout le peuple de Jérusalem est là et se bouscule. Au beau milieu, tombée à terre comme un objet dérisoire, la croix disparaît dans une foule informe. Le linge de Véronique et la douleur de la Vierge deviennent désuets. Il suffit que le Christ tombe et l'espace lui-même s'écroule. La scène est éclatée. Nous sommes ici dans un espace saturé, dans un mouvement d'étouffement. On ne peut plus respirer. On suffoque. L'agonie est proche.

— Avec Pontormo, tu as déjà dû t'en rendre compte, c'est la fin de la sérénité dans l'art.

— Il n'y a plus d'éternité.

— Regarde, en revanche, cette *Résurrection* que l'on aperçoit au fond. Le jaillissement lumineux du Christ précipite à terre les soldats négligents qui gardaient son tombeau. L'Evangile raconte que ces hommes dormaient au lieu de surveiller le sépulcre. Pontormo a représenté le Christ comme une fulgurance surgie de la terre. Il y a quelque chose d'incandescent dans cette figure jaillissante du Christ ressuscité qui, par la seule force de sa lumière, refoule, en les entassant sur les côtés, les inutiles gardiens du sépulcre.

— Si je ne me trompe, il nous reste à voir maintenant *Le Christ devant Pilate*.

— C'est exact. C'est la seconde des fresques si nous rétablissons la succession réelle des moments de la Passion. Nous avons effectué ce parcours à l'envers. Mais tu sais, je crois te l'avoir dit, Pontormo lui-même a peint les cinq fresques dans le plus grand désordre.

— Je ne la vois pas.

— Elle est de l'autre côté. Elle fait l'angle avec *Le Christ au jardin des Oliviers*. Viens, on va faire le tour."

A ce moment-là, nous aperçûmes, traversant le jardin du cloître en boitillant sur la terre gelée, au risque de se prendre les pieds dans sa bure, le vieux Fra Innocenzo habituellement chargé de l'hôtellerie. Il s'adressa à Fra Amadeo en lui disant que le père Leonardo voulait le voir tout de suite. Des moines dominicains, qui arrivaient de Vérone, auraient voulu consulter les incunables du monastère.

"Il faut que j'y aille, me lança Fra Amadeo, mais je n'en ai pas pour longtemps. Je leur ouvre la vitrine et je reviens. Pendant ce temps-là, regarde la fresque du *Christ devant Pilate*. Tu me diras ce que tu en penses. On pourra en parler longuement."

Heureux d'être seul, je me suis dirigé vers cette fresque avec l'inexplicable pressentiment que j'allais maintenant vers une révélation. En effet, à peine mon regard s'est-il posé sur cette scène qu'elle m'a tout de suite bouleversé, beaucoup plus que les fresques précédentes. Non pas le bouleversement émotif d'une scène poignante, mais le bouleversement plus profond qui prélude à toute transformation de soi. J'ai senti ce jour-là que cette peinture me changerait et que je ne pourrais plus peindre comme j'avais peint auparavant. Ni les autres non plus. C'était le jour où, d'une certaine façon, même si j'en avais déjà passé l'âge depuis longtemps, j'abandonnai, blanche bordée de pourpre, la robe prétexte de mon enfance.

Devant la balustrade haute qui occulte tout l'espace, je me suis confondu un instant avec le candide échanson portant sur un plateau l'aiguière d'eau claire qui laverait les mains et les consciences, et je me voyais descendre vers la fosse où l'on allait condamner l'homme juste. Il est là, droit dans sa longue tunique, les épaules tombantes et la tête à la longue chevelure inclinée par respect, par crainte, par modestie, par timidité. On ne saura jamais. A droite et à gauche, au fur et à mesure que l'on descend les marches, se rapprochent de lui jusqu'à l'enserrer les lignes obliques et convergentes des hommes d'armes et des notables de la ville. Devant lui, Ponce Pilate, que l'affaire ne concerne pas. Il n'est pas celui qui a la vérité. Le peuple en veut à cet homme nommé Jésus parce qu'il dit qu'il sait, qu'il a la vérité. Lui, il dit même qu'il est la vérité. Ponce Pilate n'a pas à entrer dans ces exégèses. Il est préfet de Judée et il administre en Orient une lointaine colonie de Rome. Cet homme-là lui est indifférent. Pilate tend une main vers le Christ. Peut-être pour l'inviter à parler, à s'expliquer. A se défendre ? Peut-être que lui aussi voudrait comprendre. Savoir même. Pourquoi châtier l'innocence ? Au-dessus, la balustrade enferme la scène et l'échanson qui en descend porte l'eau qui efface les doutes.

Mais où sommes-nous ? Qui sont ces personnages ? Leurs silhouettes flottent dans un espace sans profondeur, un espace irréel. Longues, étroites, étirées, elles sont immatérielles. Ces personnages hagards, incorporels, font naître, quand on regarde cette scène, un étrange sentiment d'inquiétude. Une oppression.

Le sens du tragique nous est donné par ce poème de lignes qui, depuis le rythme redoublé de la balustrade jusqu'aux gardes du bas, se répètent et se reprennent d'une façon obsessionnelle. Toute une spiritualité se dégage de cet étirement des lignes et des formes. Mais pourquoi une angoisse aussi ? Peut-être à cause du silence qui émane de ce tableau. De son effacement. Le véritable pathétique, c'est le pathétique qui ne se livre pas, qui occulte l'expression des visages, qui supprime les jeux des mains et des regards, qui sait réprimer la douleur.

De quel événement s'agit-il ? D'un événement insignifiant, d'une vieille histoire que Pontormo a peinte parce que don Leonardo la lui avait demandée et que l'Eglise en parle quelquefois. Mais il n'a pas cherché à reconstituer. Ce qu'il a trouvé en peignant, il l'a trouvé au bout de sa solitude. Et c'est de la solitude qu'il a voulu peindre. Le Christ abandonné au jardin des Oliviers, le Christ tombant sous sa croix qui l'écrase, le Christ oublié par ceux qui gardaient son tombeau, le Christ mort accablé par de trop tardives lamentations, le Christ seul devant Pilate. Le cycle de la chartreuse, c'est le cycle de l'abandon.

Au moment de son arrivée au monastère, avant de commencer à prendre ses pinceaux, Pontormo avait connu avec bonheur la solitude féconde au cours de laquelle mûrit le projet de l'œuvre future. Si Pontormo n'avait pas connu cette période de recueillement qui l'avait isolé du monde, mais aussi du petit monde clos des artistes de Florence, peut-être n'aurait-il jamais peint la Passion de cette façon.

A peine a-t-il touché à ses pinceaux qu'il redevient ce qu'il est. Il retrouve aussi ce que fut toujours la solitude pour lui, cette solitude désespérée qu'il traîne après lui comme une maladie, comme une tare, dans Florence au milieu de la foule, avec ses amis dans son antre, en compagnie de Cosimo et de sa cour au Palazzo Vecchio. Aussi ce face-à-face avec le mur du cloître, sur lequel il va devoir écrire et raconter, ne sera-t-il en réalité qu'un tête-à-tête avec lui-même. Il est devenu ce qu'il peignait pour finir par se peindre lui-même. Il lui a fallu peindre le Christ pour que se révèle et éclate au grand jour l'image de sa solitude. Et c'est sa propre solitude qu'il a peinte dans cet espace lacéré, dans ce magma humain sans visage, avec cette chute dans le gouffre et cet étouffement blanc. Et la solitude plus grande encore du juste devant l'équité qui se dérobe et la foule hostile.

Ainsi le sujet qu'il peint l'aura-t-il modifié. Pontormo ne sera plus jamais celui d'avant, celui que je ne connaîtrai jamais. Ici, le Christ est seul, isolé, épuré. Il est dans l'attente de ce qu'il sait. Il est dans cette ascèse qui fait de sa solitude le lieu de la grâce et de la vérité. Je me souviens qu'un jour Pontormo me l'avait expliqué : pour Savonarola, l'ascétisme était le chemin qui conduisait à l'absolution.

Seul devant les fresques, j'étais bouleversé par la fragilité du Christ et son abandon. Quand Pontormo s'était écrié un jour devant moi : "J'ai peint d'être toujours seul", il n'avait fait que répéter ce cri du Christ : *"Eli, Eli, lamma sabacthani"*, "Mon père, mon père, pourquoi m'as-tu abandonné ?"

Le Christ aussi. L'abandon et le doute. Au moment ultime de sa Passion, Dieu abandonne son fils et le fils commence à douter. Le moment le plus fort du Golgotha correspond à l'aveu d'un échec. Faudra-t-il donc tout recommencer ? Pontormo l'a dit un jour : "J'ai peint la solitude, l'abandon." Ainsi, le Christ avoue qu'il n'est qu'un homme, *ecce homo*, simplement un homme abandonné de Dieu et des hommes. Comme tous les hommes. Et Pontormo se retrouve seul et isolé, abandonné dès l'enfance, ce qui l'amènera à peindre, comme son Evangile, tous les tourments du corps et de l'âme, mais qui n'ira pas jusqu'à peindre sa propre crucifixion.

## X

## SA COLÈRE PASSÉE, IL SE RÉVEILLE TRISTE

Je restai là, immobile, abasourdi, pétrifié. Au bout d'un long moment, je me surpris à marcher et mes pas résonnèrent en écho sur les dalles. Sans même m'en rendre compte, je quittai le cloître, puis le couvent. Don Amadeo, certainement retardé, n'était pas réapparu. Tant mieux, il m'eût été impossible de parler, surtout de cette dernière fresque. C'eût été comme se confesser au moine, et cela non ! Je retrouvai mon cheval impatient qui frappait du sabot les cailloux du chemin. Au pas ralenti de l'animal, et lui-même d'ailleurs peu pressé de redescendre à Florence, je passai chez Agostino qui prit grand plaisir à parler du Pontormo de sa jeunesse :

“Il était un peu fêlé, mais on ne s'ennuyait pas avec lui. Ah ça non ! On a passé de sacrés bons moments ensemble.”

“Encore un autre Pontormo”, pensai-je. J'avais du mal à imaginer le Pontormo qu'Agostino avait connu. Le bûcheron chargea la carriole d'un bon stère de bois de châtaignier et, une heure après, j'arrivai via Laura au moment où le jour commençait à tomber. J'arrêtai l'attelage devant la maison de Pontormo. Daniello descendit de l'échelle et m'accueillit.

“Pontormo est encore à San Lorenzo. Je vais t'aider à décharger. Mais, avant, il faut que je te raconte la dernière.

— La dernière de qui ?

— La dernière de Pontormo."

Nous nous assîmes à même le trottoir et Daniello raconta :

"Ça s'est passé cet après-midi, tu venais juste de partir.

— Mais il s'est passé quoi ?

— Tu connais Rossino ?

— Si je connais Rossino ! Ça fait un moment que je le connais ! Et il y a encore plus longtemps que Pontormo le connaît. Tu vois cette maison, Daniello, eh bien, Pontormo l'a fait construire il y a une vingtaine d'années avec l'argent que lui avait versé le duc Alessandro. Pour la somme de cent florins, Pontormo avait acheté à l'hôpital des Innocents deux lopins de terre pour y construire une maison et un atelier. A ce moment-là, il fit la connaissance d'un jeune maçon qui s'appelait Rossino et il lui confia la construction de sa maison. Mais il est radin, Pontormo. Il lui fit faire le minimum : des murs et un toit. Avec cette conséquence que chaque fois qu'il y a une rentrée d'argent, quelque tableau qui s'est bien vendu, Rossino réapparaît pour réparer, pour modifier, perfectionner, ajouter ce qui n'avait pu être fait au début. Si bien que Rossino, on le voit régulièrement débarquer ici avec marteaux, pinces, tournevis, scies et tout le reste.

— Je vois que tu es très au courant, mais ce que tu ne sais certainement pas, c'est de quelle façon Pontormo l'a payé pour les cloisons qu'il vient de lui faire faire.

— Comment veux-tu que je le sache !

— Bon ! Tu connais son dernier tableau, la *Vierge à l'Enfant*, qui lui a demandé un travail fou ces six derniers mois.

— Bien sûr que je le connais, voyons ! Il l'a tellement mal accroché que je me cogne dessus chaque fois que j'ouvre la porte pour descendre ; et je te dirais même que j'ai une certaine tendresse pour ce tableau.

— Eh bien, il l'a donné à Rossino.

— Quoi ?

— Comme je te le dis. Il l'a donné à Rossino en paiement de ses derniers travaux. Et comme si cela ne suffisait pas, parce que Rossino est très malin et qu'il sait attendrir Pontormo, ce dernier a rajouté un magnifique portrait du cardinal Giulio de' Medici qu'il avait peint juste avant que son modèle devienne pape."

Atterré, je ne savais quoi répondre. Je posai un instant ma tête sur mes bras croisés sur les genoux. Daniello regardait le cheval qui tapait du sabot et considérait tout le bois qu'il allait falloir décharger.

"Il devient fou, repris-je, je t'assure qu'il devient fou. Il donne ses œuvres à un maçon ignorant qui va, bien sûr, se hâter de les vendre, alors que, plusieurs fois, des gentilshommes de Florence, et jusqu'à Ottaviano de' Medici lui-même, voulaient lui acheter quelques tableaux pour un bon prix. Il s'y est toujours refusé. Comment comprendre ça, Daniello ? Tu comprends, toi ?

— N'oublie pas que Pontormo est à la fois radin et généreux. Radin pour lui. Regarde cette maison faite à l'économie. Généreux avec les autres. Je prends l'exemple de Jacone : s'il parvient à subvenir à ses besoins, c'est bien grâce à l'aide de Pontormo. Moi, je pense qu'il voulait faire plaisir à Rossino qu'il connaît depuis longtemps et qu'il aime bien. Je me souviens qu'une fois où j'avais rencontré par hasard Vasari qui sortait de chez lui, via Borgo Santa Croce, je lui avais parlé de Pontormo que je trouvais de plus en plus déconcertant, et tu sais ce qu'il m'a répondu, Vasari ?

— Oui, tu me l'as déjà raconté ! Que c'était quelqu'un de très indépendant qui ne travaillait que quand il voulait et pour qui il voulait. C'est pas ça ?

— Et selon son caprice, avait-il ajouté. Et il racontait qu'il arrivait souvent que Pontormo refuse une offre très intéressante et qu'à côté de ça il travaille pour un prix dérisoire. Comme pour montrer qu'il est un homme libre. Fais attention, il arrive."

Tel un clochard vêtu de haillons et à la démarche incertaine, Pontormo descendait la via Laura. L'œil éteint par la fatigue, les vêtements couverts de taches de toutes les couleurs, les cheveux en bataille. Arrivé devant les deux jeunes gens assis dans la rue, il se mit aussitôt en colère. Comme par réflexe.

"Qu'est-ce que vous attendez pour décharger le bois au lieu de bavarder avachis sur le trottoir ?"

Nous déchargeâmes donc le bois, Daniello, Pontormo et moi. Même quelques gamins du voisinage, qui se moquaient de lui en le traitant de sorcier, vinrent nous aider. C'est comme ça à Florence : on critique, on nargue, on se moque, mais on est toujours là pour aider quand il le faut. On rangea le bois dans la pièce du rez-de-chaussée qu'avaient occupée, il n'y a guère, le "portier" et sa boulangère Clelia. Puis on monta à l'échelle. Généreux, Pontormo déboucha une bouteille de vieux chianti, une bouteille qui venait de Tavernelle, dans le Val di Pesa, d'une ferme, précisa-t-il, appelée Poggio al Chiuso. Tout excité, il en ouvrit une seconde, puis une troisième. L'ambiance était chaleureuse, on plaisantait, on riait, on parlait fort. Les rasades succédaient aux rasades.

"J'ai encore quatre bouteilles du même vin", déclara-t-il en ouvrant une bouche édentée et en se tapant d'abord sur une cuisse, puis en donnant une bourrade sur l'épaule de Daniello qui vacilla, son verre à la main.

"Vous savez, dis-je, en allant chercher le bois chez Agostino, j'en ai profité pour entrer dans la chartreuse de San Lorenzo, et là je suis resté deux bonnes heures à regarder vos fresques de la Passion du Christ, et je dois vous avouer que jamais…

— Ne me parle jamais plus de ces fresques, jamais plus, tu entends ?"

Il roulait des yeux effrayants. Puis le voilà qui s'effondra sur une chaise comme s'il allait pleurer. Il y eut alors entre nous un moment de silence atterré. Mais il fallait qu'il en parle. C'était plus fort que lui. On le savait, les colères de Pontormo étaient volatiles, elles s'évaporaient vite. Sa colère passée, il se réveilla triste.

"Tu sais, Giambattista, d'ailleurs tu pourras en parler à Bronzino, ces fresques-là, pour moi aussi ça a été une passion. Je n'ai vécu que pour elles pendant des semaines et même pendant des mois. Je les ai peintes avec ma sueur et avec mon sang. Je me suis complètement immergé dans ma peinture. Je crois que, depuis, je n'ai rien fait de meilleur. Alors, il a fallu que ce sinistre Vasari casse toute ma joie d'un seul coup, qu'il déconsidère mon travail et ruine ma réputation.

— Vasari ? Comment ça, Vasari ? Qu'est-ce qu'il vous a donc fait ?

— Oh, il ne m'a rien fait. Il parle, c'est tout, il faut qu'il parle, qu'il montre qu'il sait, qu'il connaît tout et que ça l'autorise à juger, à critiquer, à condamner aussi. Il cancane dans tous les coins de Florence comme une vieille commère, sauf que ses interlocuteurs s'appellent Acciaiuoli, Corsini, Ricasoli, Ruccellai, Ginori, Aldobrandini, mais aussi Cosimo de' Medici, Leone X ou Clemente VII. Des échos m'en sont revenus. Certains m'ont rapporté ses propos me concernant. Et, comme tu le sais, les propos de Vasari ont du poids dans la ville.

— Mais qu'est-ce qu'il a bien pu reprocher à ce qui est peut-être ce que vous avez réalisé de plus beau jusqu'à aujourd'hui ?

— Il a dit que j'avais imité Dürer. Tu le connais, ce peintre allemand ? Il est mort lorsque j'avais une trentaine d'années, quelques mois seulement après ma dernière fresque à Galluzzo.

— Bien sûr que je le connais. Et c'est parce que je le connais que je trouve que vos fresques n'ont rien de commun avec les gravures de Dürer, et là, je trouve que Vasari dit n'importe quoi.

— Eh bien, lui, il prétend le contraire. Il est allé raconter que, dans la fresque du *Christ au jardin des Oliviers*, les apôtres que j'y ai peints, Pierre, Jacques, Jean, ressemblent à s'y méprendre aux personnages de Dürer. Il dit que mon Christ devant Pilate a la rigidité, la sécheresse, la ligne dure de ses personnages. Quant au Christ que j'ai peint dans la fresque de *La Résurrection*, j'aurais eu, paraît-il, la révélation lumineuse du personnage à partir d'une xylographie de la Résurrection du Christ que Dürer grava en 1510 et qui fait partie de sa série de la *Petite Passion*. Et Vasari en conclut que ma naïveté lui fait pitié. En effet, à ce qu'il prétend, je chercherais à acquérir aujourd'hui un style devenu obsolète, un style que les autres peintres préfèrent oublier. Et il a même ajouté, car c'est une sacrée mauvaise langue ce Vasari, que, si je me suis intéressé de trop près aux compositions de Dürer, c'était parce que je voulais plaire aux artistes florentins qui admiraient la beauté de ses gravures, de ses tableaux, et l'étonnante maîtrise de son art, même si, depuis, l'on est passé à autre chose.

— Ce qui est en contradiction avec ce que vous disiez juste avant, quand Vasari prétendait que vous vous intéresseriez à une peinture que les peintres d'aujourd'hui préfèrent oublier.

— Oh, mais ça, ça ne le gêne pas ! Tu sais, Vasari, il faut qu'il parle, qu'il parle, qu'il parle…

— Mais il écrit aussi.

— Dieu merci, ni moi, ni les autres peintres d'aujourd'hui ne figurons dans son livre qui est paru il y a quatre ans. Il paraît qu'il veut le reprendre et le compléter en y ajoutant les portraits des artistes contemporains. Alors là, je te le dis, il faudra s'attendre à tout.

— Mais, pour le moment, qu'est-ce que vous répondez à cette prétendue imitation de Dürer ?

— Eh bien, je dirais d'abord que Dürer est, sans conteste, un très grand peintre allemand et qu'il nous a tous séduits quand nous étions jeunes. Je me souviens d'avoir vu un jour le docte Fra Bartolomeo esquisser une copie du paysage que Dürer avait gravé en arrière-plan d'*Hercule à la croisée des chemins*. Ce pauvre Vasari, il semble faire une découverte ! Mais il n'est pas honnête. Je vais t'expliquer : lorsque, en 1511, Andrea a peint le *Voyage des Mages*, on sent qu'il a voulu rassembler dans son tableau toutes les inventions nouvelles de la peinture de l'époque. Il est parti de Piero di Cosimo, il a ramassé au passage des découvertes de Michelangelo et, pour finir, il a ajouté des effets originaux qui venaient tout droit des peintures nordiques. Et c'est précisément dans son atelier que j'ai découvert pour la première fois toute la nouveauté des gravures flamandes.

Il faut que tu saches que toute l'Italie admirait Dürer à cette époque. Lorsque Andrea del Sarto couvrit de fresques le cloître des Scalzi, il s'est ouvertement inspiré de Dürer. Et même – je m'en souviens bien parce que j'étais dans son atelier à ce moment-là –, Andrea faisait étudier aux *creati* que nous étions les gravures de Dürer et de Lucas de Leyde. Un jour, Andrea del Sarto lui-même m'a dit que Vasari, qui ne pouvait s'empêcher de parler de tout et de tous, et quelquefois à tort et à travers, Vasari est allé raconter que, si Andrea empruntait à Dürer certains de ses personnages pour les adapter à sa «manière», c'est qu'il manquait d'invention. Délicat, non ? En revanche, quitte à se contredire une fois de plus – c'est ce qui arrive quand on parle trop –, il ajoutait qu'il n'y avait rien de répréhensible à chercher à imiter les réussites des autres, à condition de le faire habilement. En ce qui me concerne, je n'ai jamais eu droit à sa compréhension. Ou alors je manque d'habileté.

— Je pense tout à coup à Piero di Cosimo, dis-je. Lui aussi fut très influencé par les maîtres nordiques, et il ne l'a pas caché.

— Mais bien sûr ! Ça se voit dans sa peinture, non ? Et il s'intéressait non seulement à Dürer, mais aussi à Hugo Van der Goes, à Cranach et à bien d'autres. A cette époque-là, on découvrait la peinture nordique avec enthousiasme. Et elle nous impressionnait ! Et Dürer de son côté, juste avant que je ne commence mes fresques à Galluzzo, est tombé en admiration à Bruges devant la sculpture de la *Vierge à l'Enfant* de Michelangelo. Les idées circulaient, et c'était bien. Mais Vasari, qui se croit autorisé à faire la leçon à tout le monde, eh bien, Vasari lui-même s'est fait rabrouer par Vincenzo Borghini.

— Parce que Vasari aussi, les peintres flamands, il aurait…

— C'est Borghini lui-même qui me l'a raconté. Vasari peignait alors un Saint Georges. Borghini lui fit remarquer que son personnage avait un petit air un peu trop flamand. Et il ajouta qu'avec quelques coups de pinceau, il pourrait le ramener à un style plus italien. Vasari n'a rien répliqué. Mais il n'en a rien fait.

— Mais comment expliquer cette hargne à votre égard ? Parce que, par ailleurs, je suis persuadé que Vasari est un homme bon.

— Je le pense aussi, et en plus je crois qu'il m'aime bien. Et moi, j'aime beaucoup bavarder avec lui. Il sait tout. On apprend toujours quelque chose à son contact. Il est devenu une personnalité qui compte, et je crois que ça l'a changé. Maintenant qu'il est le conseiller de Cosimo et l'ordonnateur de l'art à Florence, il faut qu'il se mêle de tout, qu'il juge et critique, qu'il approuve ou condamne, qu'il décide ou interdise. En réalité, Vasari est quelqu'un de très conventionnel, il est rigide, il est moralisant, il est fermé à toute fantaisie. Rends-toi compte qu'il est allé jusqu'à raconter que Giorgione avait un bon coup de pinceau mais qu'«il ne savait pas dessiner» ! Il a dit pis que pendre du Sodoma, le traitant de personnage licencieux, expliquant que son épouse s'était lassée de sa bestialité, qu'elle ne supportait plus sa brutalité. De quoi se mêle-t-il ? Ce qu'on attend de lui, c'est son point de vue sur la peinture, mais il n'a pas à juger la vie personnelle du peintre. Une autre fois, il raconta à qui voulait l'entendre que Garofalo aurait mieux fait de travailler davantage plutôt que de jouer du luth et de se laisser aller aux plaisirs de l'amour. Mais qu'est-ce que ça peut lui faire ? Et s'il veut jouer du luth, Garofalo ! Est-ce que ça le regarde ? Et la femme de Vasari, la triste Cosina qu'il abandonne de plus en plus pour aller se pavaner et parader devant les papes et les princes, est-ce que je suis allé le lui dire, moi, qu'il devrait changer de conduite et rester un peu plus souvent avec elle ?

Voilà pourquoi Vincenzo Borghini, homme sage qui le conseille toujours, ne l'a pas raté, et ça, ça m'a bien fait plaisir. C'est lui qui me l'a raconté. Un jour, il avait écrit à Vasari pour lui parler d'un tas de choses : d'un *apparato* à San Lorenzo, d'un projet pour peindre une Judith, du grand salon du Conseil supérieur au Palazzo Vecchio, de sa lecture de Pline, de la nouvelle édition des *Vite*, et il en avait profité pour terminer sa lettre non point par des conseils mais par un véritable ordre : *Le but de votre travail n'est point tant d'écrire la vie des peintres, ni de qui ils furent les enfants, ni ce qu'ils firent aux jours ordinaires de leur vie, mais seulement les œuvres des peintres, sculpteurs et architectes. Car, en dehors de ça, peu nous importe de connaître la vie de Baccio d'Agnolo ou de Pontormo.* Malheureusement, l'avertissement n'a pas servi à grand-chose.

Il fallait vraiment qu'il fourre son nez partout, qu'il distribue blâmes, compliments et conseils à droite et à gauche, qu'il affirme qu'on ne peut devenir un honnête artiste sans la crainte de Dieu, que le plaisir chez les jeunes gens est ennemi de la vertu, et que sais-je encore ?

Mais, dis-moi un peu, Giambattista, qu'en penses-tu, toi ? Est-ce que cela a quelque chose à voir avec la peinture ?

— Pas trop, non. Mais moi j'y vois autre chose. Vasari ne peut pas tolérer qu'on aille imiter des peintres qui ne sont pas toscans, voire florentins. Et encore moins des peintres «tudesques», comme il les appelle. Le seul Flamand qui ait trouvé grâce devant lui, c'est Jan Van der Straet. Vasari raconte à qui veut l'entendre que, si ce Flamand est devenu un grand peintre, c'est bien parce qu'il a parfaitement assimilé le style florentin. A tel point que, maintenant, il s'appelle Stradano. Vous savez, Vasari est terriblement attaché au clocher de son village, il est ècampaniliste», comme on dit. Il est incapable de sortir du petit monde clos de la peinture toscane. A partir de là, on peut le comprendre et même l'excuser un peu pour ses excès.

— L'excuser ! Quoi, l'excuser ?"

Interloqué, Pontormo s'arrêta de parler et nous foudroya du regard.

"Bon ! C'est très bien ! Je vais me coucher. Bonsoir ! L'excuser, l'excuser !"

Et il partit en claquant la porte.

Avec Daniello, nous nous sommes regardés décontenancés, mais on a vite compris. Comme Pontormo n'avait pas encore remonté l'échelle, nous en avons profité pour descendre car nous ne souhaitions plus du tout rester avec lui à l'entendre grommeler, gémir et rouspéter. Daniello avait envie de rentrer chez lui, et moi de faire un tour en ville, ne serait-ce que pour manger quelque chose car je n'avais pas encore dîné. Je quittai donc Daniello et décidai d'aller chez

Vieri, piazza Ognissanti, où il y avait toujours quelque chose à se mettre sous la dent. Il me fallut traverser tout Florence, mais ce n'était pas pour me déplaire. Après les émotions de la journée, je pensais que ça me ferait du bien de marcher un peu et de croiser des gens. Arrivé devant Santa Maria del Fiore, je me dirigeai vers Santa Maria Novella et, au moment de prendre la via della Porcellana, je rencontrai Bronzino qui me demanda ce que je faisais là. Je lui retournai sa question.

Il arrivait de Pise où il était resté plusieurs jours à la demande de Cosimo, venu se reposer loin de l'agitation et des tracas de Florence. Le duc lui avait demandé de peindre pour son ami et intendant Luca Martini, qui est également un ami de Pontormo, un tableau représentant la Vierge. Or, comme ce Luca Martini avait ramené la prospérité dans la campagne pisane pour avoir asséché tous les marais insalubres qui entouraient la ville, le duc avait demandé à Bronzino d'ajouter, à côté de la Vierge, le portrait de Luca avec une corbeille de fruits, image symbolisant le renouveau de la nature dans cette région.

“Peindre la Vierge et le portrait de Luca avec sa corbeille de fruits représente déjà un certain travail. Mais le pire consiste à supporter Cosimo, qui s'ennuie à Pise dans son trop grand palais des bords de l'Arno. Alors, toutes les cinq minutes, il vient voir ce que je fais, il critique, il donne son avis, il me demande même parfois de modifier quelque chose qu'il n'aime pas, d'ajouter ceci, de retrancher cela. Et moi, de rester docile et respectueux. Voilà. Et toi ? Où vas-tu comme ça ?

— J'ai fui Pontormo qui s'est mis en colère. Une fois de plus.

— Ah bon ! Voilà qui est surprenant."
Et de rire.
"Oui. Alors je suis parti et je viens voir s'il y a quelque chose à manger chez Vieri.
— Je t'accompagne. Moi non plus je n'ai pas encore mangé. J'arrive juste."
Pendant que nous faisions route ensemble, je racontai à Bronzino ma visite à la chartreuse de Galluzzo. Je lui fis partager mon éblouissement devant ces fresques que je n'avais encore jamais vues. Encore sous le coup de la stupeur, je lui parlai aussi de la réaction violente de Pontormo au sujet du jugement presque méchant de Vasari, et puis de toute cette histoire de Dürer qui n'en finissait pas. Tout en bavardant ainsi, nous arrivâmes chez Vieri.
"Ce soir ce sera *spaghetti alla carrettiera* et *involtini*. Ça vous va ?
— Parfait. Qu'est-ce que vous proposez à boire ?
— Je viens de recevoir un chianti dont vous me donnerez des nouvelles. Il vient de la *fattoria* Montellori. Vous connaissez ?
— Non !
— Non !
— C'est un joli petit vignoble à côté de Cerreto Guidi. Une fiasque ?
— Allons-y pour une fiasque, Vieri !"
L'aubergiste retourna dans sa cuisine et on l'entendit hurler : *"Un fiasco di Montellori per il maestro Bronzino !"*
"Je vais te dire, Giambattista, cette méchanceté de Vasari, elle est la manifestation d'une grande déception. Tu sais, Vasari a beaucoup d'estime pour Pontormo. Sache, par exemple, qu'en 1524, alors que les fresques de Galluzzo n'étaient pas encore sèches et certaines inachevées, le

jeune Vasari, qui n'avait alors que treize ans, est monté à la chartreuse pour les copier. Vasari a longtemps admiré Pontormo. Et je crois qu'il l'admire toujours, malgré tout. Je lui ai entendu dire, parlant de Jacopo, qu'il était on ne peut plus extravagant, mais qu'il possédait au fond la grâce et la beauté de la peinture moderne. Il ajoutait même que, fidèle à son propre génie, il était parvenu à un résultat merveilleux. Oui, c'est ce qu'il a dit, «un résultat merveilleux». Et puis il y eut Galluzzo. A Galluzzo, Pontormo a changé sa manière. C'est vrai. D'ailleurs, tu le sais, Pontormo change toujours de manière. Quand il commence à peindre un nouveau tableau, il fait comme s'il n'avait jamais peint. A Galluzzo, Dürer ou pas Dürer, Pontormo changea une nouvelle fois de style.

— Et moi, je pense que, s'il a changé de style, c'est aussi pour échapper à l'influence écrasante de Michelangelo, qu'il idolâtrait mais qui l'empêchait d'être lui-même. On a l'impression qu'il a cherché un autre modèle à imiter pour s'en libérer.

— Ça, je le crois volontiers. N'empêche que Vasari était déconcerté. Quand Vasari aime quelque chose dans ce que Pontormo peint aujourd'hui, il l'aime dans la mesure où il conserve encore une trace de son ancien style. Vasari pense qu'en imitant le style de Dürer, Pontormo a perdu ce qu'il appelle «son premier style». C'est vrai, Vasari peut être sévère. Pas méchant, mais sévère. Il estime, avec un peu de mépris, que cette «fantaisie» nordique n'est qu'un caprice qui prouve que l'esprit de Pontormo manque de «fermeté». Et ce qui le navre, Vasari, c'est de constater que des Allemands et des Flamands font le voyage en Italie pour s'imprégner du style italien, alors que Pontormo veut s'en défaire comme s'il était détestable.

— J'y repense ! Je sais que Titien, Andrea del Sarto et bien d'autres ont relevé plusieurs fois dans les gravures ou les tableaux de Dürer certains détails originaux qui les séduisaient et qu'ils ont ensuite introduits dans leurs compositions. Cela n'a scandalisé personne, et Vasari n'a jamais protesté.

— Pas du tout ! Et tu sais même ce qu'il a dit, Vasari, à propos d'Andrea del Sarto qui s'inspire parfois de Dürer ? Il a dit qu'on ne peut pas reprocher à quelqu'un d'utiliser habilement les inventions des autres. Mais, attention, *in cauda venenum* : Vasari estime que, si Andrea est allé jusque-là, c'est tout simplement parce qu'il était dépourvu d'imagination. Mais moi, je vais te dire autre chose, Giambattista, quitte à prendre la défense de Vasari : en réalité, Vasari n'est pas tellement opposé à des emprunts, quelques petits emprunts à Dürer ou même à d'autres. Il va jusqu'à penser que l'utilisation de bonnes trouvailles chez les uns ou chez les autres est légitime. Mais il refuse une imitation totale qui dénaturerait complètement le style d'un peintre déjà confirmé, qui le rendrait infidèle à lui-même et ferait de son œuvre une œuvre artificielle. Il conçoit volontiers une imitation de surface, à condition qu'il n'y ait aucune imprégnation. Je vais même te confesser un secret : un jour que nous parlions, avec Vasari, de Pontormo et d'imitation de la peinture flamande, nous en sommes naturellement venus à évoquer les fresques de Galluzzo et Vasari m'a expliqué que personne ne doit croire qu'il faut critiquer Jacopo parce qu'il a imité certaines inventions des œuvres de Dürer. Oui, il m'a dit cela, Giambattista, et il a même ajouté que beaucoup de peintres ne se gênent pas pour le faire. Ce n'est pas ça le plus grave. Ce qu'il reproche à Pontormo, c'est d'avoir embrassé le style allemand dans son ensemble, alors qu'il aurait dû se contenter de quelques détails particuliers. Tout est là.

— Si je comprends bien, pour Vasari, cette imitation de Dürer remet en question quelque chose de très profond, c'est-à-dire la grande tradition de la peinture toscane.

— Exactement. Vasari pense que Pontormo est en train d'ébranler les fondements mêmes de la peinture toscane, voire de la peinture italienne. Pour s'en être fait l'historien, il se sent un peu le conservateur de cette histoire.

— Peut-être, mais il faut quand même reconnaître que, d'un autre côté, des peintres comme Pontormo, le Rosso ou le Siennois Beccafumi ont redonné une vie nouvelle à une peinture qui finissait par se scléroser. A Florence, ces dernières années, l'art devenait froid, artificiel, sans vie. Comme si les peintres n'avaient plus rien à dire, sinon répéter ce qui avait déjà été dit. Je pense à ce Franciabigio, lui aussi *creato* d'Andrea del Sarto, et qui avait quarante ans à l'époque des fresques de Galluzzo, eh bien, il est resté dans la tradition florentine du Quattrocento et il n'en sort pas.

— C'est vrai, le sens du tragique qui caractérise aujourd'hui Pontormo l'éloigne à jamais des élégances des épigones et des nostalgiques d'un Ghirlandaio, d'un Pollaiuolo, d'un Perugino, d'un Pinturicchio, d'un Botticelli, d'un Lippi, qu'il soit Filippo ou Filippino. Tiens, par exemple, peu de temps avant sa mort, Raffaello avait peint sa fameuse *Transfiguration*, et c'était déjà le moins raphaélesque de ses tableaux. Trois ans plus tard,

Pontormo commençait ses fresques à Galluzzo. On peut comprendre que Vasari ait été saisi par l'abîme qui sépare les deux œuvres. Nous aussi, d'ailleurs, mais pas de la même façon. L'héritage d'Andrea del Sarto, je veux parler de ses couleurs pleines, de la grâce de la ligne, des formes sculpturales des corps et de cet espace solidement construit, eh bien, avec Pontormo, tout cela va disparaître : la forme devient schématique, la ligne est tendue, l'espace vide ou saturé, les couleurs acides ou délavées. En simplifiant, Pontormo dramatise la scène et intensifie l'idée. Vasari est persuadé que ce sont des artistes comme lui qui ont donné à la peinture d'aujourd'hui ce caractère tourmenté, ce côté crépusculaire. Il est également persuadé que, par rapport à un art aussi équilibré et aussi parfait que l'art du Quattrocento, Pontormo semblait revenir en arrière. Régresser. En réalité, c'est Vasari qui revenait en arrière. Vasari est un homme du passé. Pour lui, même s'il leur reconnaît des qualités, les Pontormo, les Rosso, les Beccafumi ont dénaturé l'art des pères fondateurs.

— Je me demande quand même si la réaction de Vasari n'a pas été plus «campaniliste» qu'esthétique.

— Je finis par le croire aussi. Non seulement Vasari condamne lourdement toute imitation de la peinture «tudesque», mais il condamne Pontormo parce qu'il ruine et fait disparaître tout ce que la peinture en Toscane a produit jusqu'ici de plus beau et de plus équilibré.

— Je me souviens de Vasari en train de dire que c'est en Toscane, plus que dans toute autre région d'Italie et peut-être d'Europe, que les hommes se sont plus particulièrement adonnés à l'art du dessin.

— Il raconte aussi que le maître de Piero Vannucci – tu sais, le Perugino ! – disait à son élève que c'était seulement à Florence que l'on parvenait au sommet de tous les arts. Dans ces conditions, il est évident que, pour Vasari, Pontormo devient le destructeur de la perfection de la création artistique qui est née en Toscane.

— En même temps qu'il travaillait à ses fresques, Pontormo peignit en 1522, pour la chambre du prieur, une étonnante *Nativité* où l'on devine saint Joseph qui, au milieu des ténèbres, éclaire Jésus avec une lanterne. Vasari raconte à qui veut l'entendre que, pour cette scène nocturne – la première du genre, dit-il –, Pontormo s'est inspiré de l'*Adoration des Mages* de Dürer. Il oublie quand même que, quelques années auparavant, en 1514 exactement, Raffaello avait peint, dans les chambres du Vatican, une magnifique scène nocturne avec la *Libération de saint Pierre*.

— Et presque un siècle avant, en 1455, Piero della Francesca nous avait déjà donné une surprenante scène nocturne avec le *Songe de Constantin* dans l'église San Francesco d'Arezzo. Et là, on ne peut pas dire que Piero della Francesca se soit laissé influencer par des peintres flamands ! Mais c'est une mauvaise querelle de la part de Vasari. J'en reviens à Galluzzo, la splendide clôture de son cycle de fresques, ce fut bien cette scène des *Pèlerins d'Emmaüs* que Pontormo peignit en 1525 pour l'hôtellerie du couvent.

— Est-ce que Vasari l'a critiquée ?

— Pas du tout. Un jour que je parlais avec lui de ce tableau que j'aime bien, il m'a dit que, pour cette composition, Pontormo n'avait pas forcé son talent, que les portraits des moines et des serviteurs étaient merveilleusement bien rendus car ils étaient vivants et même, ajoutait-il, saisissants. Il est vrai que ce tableau est admirable par la façon dont Pontormo a su reconstituer avec bonheur un moment simple de la vie quotidienne, comme un repas que l'on partagerait avec des amis. Sur la nappe blanche sont disposés, dans un désordre naturel, les assiettes et les couteaux, la carafe et les verres, et deux miches de pain. Entre les jambes de Cléophas et de Luc passent les chats de la maison. L'un des pèlerins emplit son verre, l'autre écoute attentivement ce que dit le Christ. Nous avons là comme l'illustration de la vie simple que Pontormo a connue entre les murs de ce monastère.

— Je comprends, mais pourquoi dites-vous que ce tableau représente la clôture des fresques de Galluzzo ?

— Pour la bonne raison que le moine que l'on aperçoit au deuxième plan à gauche est le portrait de don Leonardo Buonafé. On reconnaît bien son visage de pierre lisse, entaillé toutefois de quelques rides, ses lèvres minces et serrées, son regard perçant. On sait le rôle important qu'a joué le prieur dans l'élaboration du programme des fresques et dans leur suivi. Pontormo, qui avait beaucoup d'estime pour don Leonardo, a voulu, avant de partir, lui rendre ce dernier hommage.

— Voilà un geste délicat.

— Dont Pontormo est tout à fait capable."

## XI

## CE RIEN À TRAVERS LES JOURS QUI PASSENT

Même si l'histoire que je vais raconter maintenant est arrivée il y a déjà quelques années, elle m'a tellement impressionné que je m'en souviens comme si c'était hier. Un autre, encore un autre Pontormo que je ne connaissais pas m'est apparu ce jour-là, qui m'a bouleversé. On ne me croira peut-être pas si je le dis, mais c'est pourtant ce que j'ai ressenti : un Pontormo qui m'a effrayé.

La veille du jour où je fis cette découverte, Pontormo avait été, à la fois, d'une humeur agréable et manifestement inquiet. Nerveux. D'une humeur agréable, car il avait passé une bonne soirée avec des amis qu'il aimait bien, parmi lesquels se trouvaient Giambattista Gelli, Luca Martini, Cosimo Bartoli, Giambattista Strozzi et, même, Benedetto Varchi. Maintenant que Varchi le républicain était revenu en grâce auprès du grand-duc Cosimo qui l'avait chargé d'écrire l'histoire officielle du duché de Florence, il faisait partie de l'élite de la ville. Aussi Pontormo était-il très flatté de le compter parmi ses amis proches et de l'avoir quelquefois à sa table. Bien entendu, il y avait aussi Bronzino qui devait, dans la semaine, porter à Pise la *Nativité* que lui avait commandée le grand-duc. Luca Martini était justement chargé de l'accompagner dans cette entreprise.

Ce soir-là, on mangea abondamment viande et poisson, avec une once de tourte pour finir, le tout arrosé de vin grec. La conversation battait son plein et Varchi, qui nous rapportait avec sa verve habituelle tous les potins de Florence, était intarissable. Seul Pontormo restait sombre, ne buvait pas et se taisait. Les amis savaient que, dans ces cas-là, il était préférable de n'y point prêter attention, en sorte d'éviter une de ses colères aussi violentes qu'imprévisibles. Moi, je savais ce qui le préoccupait. Le matin, il avait porté à San Lorenzo un carton du *Déluge*. Avant de l'installer sur le mur afin de le reproduire, il avait demandé à Marco Moro de déplacer l'échafaudage de quelques mètres pour fixer son dessin juste à côté de la fresque interrompue, qu'il se proposait maintenant de continuer, aidé par ce carton. En faisant les trous pour fixer l'échafaudage, le malheureux Marco avait fait voler un énorme éclat du mur, qui avait atteint la fresque voisine en cours. Je ne sais plus quel saint ou quel martyr eut ainsi la tête à moitié emportée par l'éclat. Les hurlements de Pontormo avaient ameuté, devant la porte de l'église San Lorenzo, les badauds qui passaient par là. Une fresque à repeindre en partie, car on ne faisait pas de raccords. Pontormo n'avait pu s'y résoudre. Et il avait hurlé longtemps au milieu des échos qui répercutaient sa colère sous les voûtes de l'église.

Le matin suivant, obsédé par ce dommage, le voilà qui se lève très tôt. Des lambeaux de nuit traînent encore dans les rues étroites de Florence. Je ne sais même pas s'il a pris son café et sa *focaccia* habituelle. Il vient me réveiller sans ménagement. Il me demande de laver la vaisselle de la veille et, surtout, de ranger la maison qui est dans un désordre incroyable. Guère plus que d'habitude, toutefois. Comme si, sous prétexte que ça se passe mal à San Lorenzo, Pontormo voulait que, chez lui, cela ressemble quand même à quelque chose. Qu'il y ait de l'ordre quelque part. Tout au moins, c'est comme ça que je me l'explique. J'entreprends donc de ranger, et c'est là que tout commence.

Contre le mur de la partie atelier de la maison, il y a – et je l'ai toujours vue là – une caisse assez lourde dans laquelle Pontormo entrepose les gros pots où je prépare ses peintures. Afin d'enlever quelques toiles d'araignée amoncelées par-derrière, je déplace la caisse. Je découvre alors une légère anfractuosité, creusée dans le mur et fermée par une petite porte en bois. En bougeant la caisse, la porte, mal fermée, s'entrebâille un peu plus. Par la mince ouverture, j'aperçois quelque chose de rouge dans la niche. J'ouvre complètement la porte et découvre un cahier, dont la couverture rougeâtre est un peu tachée par l'humidité et sur laquelle je reconnais l'écriture de Pontormo qui a inscrit : *Il libro mio*. Je ne résiste pas à la curiosité de regarder ce qu'il y a à l'intérieur du cahier. Je compte une quinzaine de feuillets, mesurant à peine une paume de hauteur sur une demi-paume de large. Ceux-ci sont recouverts d'une belle écriture, aux lettres agréablement arrondies mais très serrées. Dans les marges, à droite comme à gauche, mais surtout à droite, apparaissent plein de petits dessins. Des gribouillis, à vrai dire. A peine ai-je jeté un coup d'œil aux premières lignes que je comprends qu'il s'agit d'un journal intime : un *diario*. Ainsi, Pontormo se cache pour écrire sa vie !

Ce jour-là, il est à San Lorenzo, occupé à boucher des trous et à rattraper sa fresque. Je peux être tranquille jusqu'au soir. Je m'assieds donc à même le sol, le dos appuyé au mur blanc de l'atelier, et je commence à lire. Et là, je n'en crois pas mes yeux. Ainsi, je lis :

*Jeudi soir je soupai des œufs en bas avec le portier*

*Vendredi soir des œufs au plat samedi soir des œufs au plat*

Cela se passe quelques jours après le 1er janvier. Nous n'en saurons pas davantage sur la façon dont il a occupé ces deux journées. Peut-être ne s'est-il rien passé d'autre, mais j'en doute. Ces œufs au plat n'ont quand même pas rempli tout son temps ! Ce qui est bizarre, c'est lorsqu'il écrit quelques jours plus tard :

*Lundi je soupai à la maison mardi je soupai à la maison*

Et c'est tout. Je trouve ça étrange, parce qu'en réalité il soupe tous les soirs à la maison et qu'il ne le mentionne pas chaque fois. Là, pourquoi l'écrit-il et le consigne-t-il à nouveau ?

Je tourne les pages à la recherche d'un événement un peu plus important dans sa vie quotidienne. J'aime son écriture fine, très soignée, bien serrée. Un soir de juin, il inscrit :

*Lundi grand mal de ventre*

Le lendemain, il répète encore :

*Mardi grand mal de ventre*

Peut-être que, ce jour-là, il souffrait beaucoup et que le reste ne comptait plus pour lui. Mais pourquoi écrire ça deux fois de suite ? On a l'impression qu'il aime répéter ce qui n'est pas intéressant. Quatre jours après, il marque :

*Samedi je ne soupai pas*

Peut-être avait-il encore mal au ventre : fort possible. Mais à quoi ça lui servait de consigner qu'il ne soupait pas ? En revanche, il nous raconte que le jeudi précédent il a soupé pour quinze onces de pain et le lendemain pour quatorze onces de pain, comme si c'était l'événement, mais il ne dit pas ce qu'il a fait pendant ces deux jours. Il n'a pas uniquement mangé du pain ?

C'est comme pour son travail. Je lis qu'en avril, un certain jeudi :

*Jeudi je fis un bras vendredi l'autre bras*

C'est vrai qu'il travaille lentement, mais il n'a pas fait qu'un bras par jour ! Et puis là il ne nous dit pas ce qu'il a mangé. En revanche, ce que je trouve étonnant, ce qui me trouble même, c'est qu'il mélange tout : ce qu'il mange, ce qu'il peint, ses petits problèmes de santé et l'état du ciel. Comme ce matin où il écrit pêle-mêle :

*Je commençai cette figure et le soir je soupai d'un peu de mauvaise viande qui ne m'a guère réussi*

Je tombe aussi sur un lundi de juillet où il dit :

*Lundi j'écrivis des lettres je ne sais plus lesquelles et la colique commença mardi je fis une cuisse jeudi je fis l'autre jambe et je me suis un peu remis de mes malaises*

Puis il ajoute :

*Je suis allé quatre fois*

Mais ce n'est pas sa vie ça, je la connais, moi, sa vie ! Il écrit là ce qui n'est pas sa vie. A moins qu'il n'écrive que ce qu'il retient de sa vie au jour le jour, ce qui lui paraît le plus important. S'il écrit son journal, c'est pour que d'autres le lisent, non ? Est-ce réellement pour lire ça ? Et c'est là qu'il commence à me faire peur.

Le pire, ce sont encore ces longues journées vides où il ne se passe rien, où il n'a rien à écrire. Mais où il écrit quand même ce vide, ce rien, comme un appel :

*Mardi*
*Mercredi*

*Jeudi*
*Vendredi*

C'est tout. Et là, la page reste blanche. Ouverte. Comme s'il avait attendu quelque chose qui n'est pas venu. Ou comme s'il devait encore attendre longtemps. L'attente d'on ne sait quoi. Qu'est-ce qu'il attend, Pontormo, au-delà de ses maigres repas, de ses coliques, de la pluie qui tombe et de ses dessins qui donnent l'impression qu'il ne finira jamais ses fresques de San Lorenzo ? C'est le vide après les mots qui me fait mal : "Mardi. Mercredi. Jeudi. Vendredi." Et puis après, plus rien. Des notations sèches sur des événements inexistants.

Je lis le cahier. Je le replace dans sa niche. Je remets la caisse devant et je sors dans Florence avec comme une envie de pleurer. Lui, là-bas, il s'escrime contre une muraille, il se bat avec de la peinture, jurant et tempêtant ; ici, dans le secret d'un mur, il raconte sa mort. Il écrit un journal pour conjurer la mort.

Machinalement, je me dirige vers San Lorenzo comme si je voulais, par ma seule présence silencieuse, faire comprendre à Pontormo que je suis là, que je ne l'abandonnerai pas, qu'il peut compter sur moi. Ce qui est évidemment une erreur. Par chance, après avoir traversé la place de la Santissima Annunziata, en direction du jardin de San Marco, je rencontre Bronzino, tout occupé à empaqueter sa *Nativité* pour l'envoyer à Pise le lendemain en même temps qu'il met une dernière main à la *Descente du Christ dans les limbes* pour l'église Santa Croce. J'aime bien ce tableau, parce que, dans la foule des saints, Bronzino s'est amusé à peindre quelques amis comme Giambattista Gelli, Camilla Tebaldi, le peintre Bachiacca et Pontormo lui-même.

Pris par son sujet, il n'en finit pas de me parler de son tableau, des nus en trop grand nombre, dont il craint qu'ils choquent dans une scène religieuse, assurant qu'éventuellement il pourra toujours le reprendre. Bref, à un moment, je lui coupe la parole parce que je veux revenir sur ce cahier intime de Pontormo, ce *diario* que je viens de découvrir et qui m'a tellement bouleversé. Et lui en parler.

"Tu sais, Giambattista, pour ce qui est de ce *diario*, il y a déjà un certain temps que je m'en doute. Je l'aperçois quelquefois en train de griffonner le soir alors qu'il se croit seul, pensant que je suis déjà parti.

— Ah, vous saviez qu'il se raconte !

— Oui, je le pense, mais je n'ai encore jamais vu ni lu son *diario*."

Au milieu du silence qui s'ensuit, je comprends le désir qu'il n'ose exprimer. Il est sensible, je crois, au fait que la proposition vienne de moi.

"Vous voyez, Angelo, Pontormo est cloué sur son échafaudage à San Lorenzo jusqu'à ce soir. Si vous voulez venir voir le cahier, c'est facile."

Il sourit comme sourit un enfant qui vient d'obtenir la friandise qu'il désirait.

"Eh bien, allons-y, Giambattista !"

On fait demi-tour. Chemin faisant, à défaut de comprendre, je raconte ce que j'ai lu, ce peu qu'il y a à lire, ce dénuement des mots, ce vide de la pensée. J'exprime mon étonnement autant que ma tristesse. Des pages entières pour dire ce qu'il mange, des pages entières couvertes de ses bobos, des pages entières sur le temps qu'il fait. Mais de lui, rien. Il apparaît comme quelqu'un qui n'a pas d'idées, qui ne juge pas, qui ne pense pas, qui est privé d'émotions. On ne trouve dans ces pages aucune remarque sur la vie politique, pourtant bien confuse à Florence en ce moment, ni sur la société florentine, ni sur les troubles religieux qui commencent à se manifester. Aucune notation non plus sur l'art, la seule chose florissante dans la ville, pas même sur la peinture qui lui est quotidienne. Il note les faits et garde ses réflexions pour lui. Comme s'il refusait de se dire. On est sidéré par la pauvreté des mots. Le vide de la pensée est total. C'est un texte décharné. Quand on tourne la dernière page écrite de ce cahier, on se rend compte qu'on ne sait rien de lui. Bien pis, ce qu'il écrit nous éloigne de lui. Ne reste, lorsque le cahier est refermé, qu'une image consternante, funeste.

Je déplace la lourde caisse. Assis côte à côte, appuyés tous deux contre le mur blanc, je laisse Bronzino tourner les pages, lire et murmurer à mi-voix :

"*Vendredi je mangeai un poisson d'œufs et m'endormis tout habillé*

Il ne s'est donc rien passé d'autre de tout ce vendredi-là que son «poisson d'œufs» ?

— Peut-être que… Je ne sais pas, mais le fait de s'être couché tout habillé a dû l'étonner lui-même…

— Au point de l'écrire dans son *diario* ? Tu crois ? Tiens, tu me disais tout à l'heure que, parfois, il mélangeait tout. Regarde sur quoi je tombe :

*Jeudi vendredi je fis le torse et le soir je ne soupai pas samedi les jambes je soupai d'une livre de pain*

Et le mercredi suivant, regarde, Giambattista !

*Je commençai cet enfant avec le calice et je soupai de huit onces de pain.*"

Je lui prends le cahier des mains et je lis à mon tour :

"*Jeudi de l'Ascension je dînai avec Bronzino et le soir avec Daniello…*

— Ah oui, je m'en souviens, poursuit Bronzino, c'était l'an dernier. On avait mangé une soupe de bon mouton et une salade de betteraves.

— Ça y est. Vous aussi, vous êtes comme lui maintenant, vous êtes obsédé par ce que vous mangez et ça devient l'unique souvenir de toute une journée."

Bronzino se met à rire.

"Je continue, dis-je, voyons, où en étais-je ? Ah oui !

*... et le soir avec Daniello vendredi la cuisse dix onces de pain un poisson d'œufs et je finis la figure*

— Quel mélange ! Quelle confusion de tout ! s'exclame Bronzino. La cuisse, le pain, l'omelette, comme ailleurs la colique, la jambe, son ventre, l'agneau, son bras et la pluie qui ne cesse de tomber. Tout est nivelé, tout est aplati, banalisé.

— Jusqu'à la mort elle-même ! Oui, la mort est engloutie au milieu du fatras des petits événements de la journée, au cœur de cette chronique du rien. La mort devient un non-événement parmi une suite de non-événements. Tiens ! Voilà encore ce qu'il écrit pendant la semaine des Rameaux :

*Le soir je soupai d'une demi-tête de chevreau mercredi deux œufs et le soir Cecco le boulanger fut frappé d'apoplexie jeudi l'autre moitié frite*

Lorsque c'est dit ainsi, comment éprouver la moindre tristesse à la mort du boulanger Cecco ?

— Pauvre Cecco, entre les œufs et la demi-tête de chevreau !

— Et le Tasso ? Il faut voir comment il expédie la mort du malheureux Giovan Battista del Tasso !

*Mardi soir je soupai d'un cœur d'agneau de viande séchée bouillie et de dix onces de pain et je commençai le bras de cette figure qui est ainsi mercredi le Tasso mourut jeudi je la finis et le soir j'allai souper avec Daniello de chevreau rôti et de poisson*

Et voilà qui aura tenu lieu d'oraison funèbre au menuisier et architecte du Palazzo Vecchio.

— Alors, on finit par se demander ce qui est important et ce qui ne l'est pas pour Pontormo.

— On a l'impression qu'il ne se passe rien et c'est ce rien qui passe dans son récit. Ce rien à travers les jours qui passent.

— Tu as raison, Giambattista, c'est l'écriture du rien, c'est l'écriture des choses infimes de la vie.

— Comme si rien ne l'intéressait, comme si la vie l'ennuyait.

— Mais je crois sérieusement que la vie l'ennuie.

— Il y a quelque chose de désespéré dans cet aplatissement de tout, oui vraiment, de désespéré."

Bronzino me reprend le cahier et le feuillette à nouveau. Comme moi tout à l'heure, il tombe lui aussi sur de grands espaces vides.

"Regarde :

*Samedi*

*Dimanche*

*Lundi*

*Mardi je commençai la figure...*

Comment tu comprends ça ?

— Ah, vous aussi, ça vous frappe ! Qu'en pensez-vous ?

— C'est très étrange car cela revient plusieurs fois. Comme si on sautait dans le vide."

Je reprends le cahier et je lis à mon tour un autre passage :

"*Jeudi*

*Vendredi*

*Samedi*

*Dimanche je dînai chez Bronzino et n'entendis pas la messe...*"

Bronzino se gratte la tête, perplexe, puis avance une explication :

“Pour moi, ce qui n’est pas dit, ce qui reste en blanc, c’est tout son monde intérieur. Les humeurs du corps et les menus de chaque jour, l’état du ciel et les esquisses pour ses fresques sont autant de bagatelles, babioles et broutilles qui lui servent à la fois de repères dans sa vie et de jalons dans ses journées, mais surtout, Giambattista, surtout, ce sont autant de portes bien closes sur la montée de l’angoisse. Elles font obstacle à l’idée de la mort, qui l’épouvante, et celle-ci reste ainsi contenue et barricadée par le futile et l’accessoire. Au moment où il aurait pu dire plus, le voilà qui se tait. Il crée de la rumeur de pacotille pour mieux s’enfermer dans son silence et sa peur de vivre. Le *diario*, Giambattista, est un lieu de silence. De préservation du silence.

— Autrement dit, d’après vous, si l’on veut découvrir l’intimité de Pontormo, ses sentiments les plus engloutis…

— Et sa sensibilité malade, eh bien, il suffit de regarder longuement ses tableaux et ses fresques. Le *diario* est un rempart derrière lequel il se dissimule. C’est dans sa peinture qu’il se livre et se dévoile. Il peint pour se détourner de sa tristesse.

— Croyez-vous cela ? Je n’en suis pas si sûr. Regardez, Angelo, ses Vierges tristes, regardez les grands yeux effarés dans leurs cernes noirs de ses personnages solitaires. Non, je ne crois pas. Dans le *diario*, il essaie maladroitement de dissimuler sa tristesse, dans sa peinture il croit exprimer la tristesse des autres, la douleur de la Vierge, la souffrance du Christ, celle des martyrs, le désarroi des apôtres, mais c’est encore de lui qu'il parle. A son insu, évidemment, sinon peindrait-il ?

— Bon, je te laisse, car Luca Martini m'attend pour finir d'empaqueter cette *Nativité* que j'apporte à Pise demain matin."

Bronzino descend l'échelle avec la souplesse d'un jeune chat, malgré ses cinquante et un ans. Je reste dans l'atelier, le *diario* ouvert entre les mains comme un évangile des mauvais jours que j'ai envie de relire. Ma stupeur n'est pas dissipée et je veux réfléchir à tout ce que nous venons de dire, à la recherche de ce Pontormo qui nous échappe.

Déjà lus pourtant, mais je lis et relis des passages qui me déconcertent :

*Je mangeai du porc bouilli dans du vin ce 11 janvier vendredi soir onze onces de pain endives un poisson d'œufs le 12 je soupai un poisson d'œufs salade d'endives douze onces de pain*

Je saute quelques pages et, un peu plus loin, je lis :

*Dimanche il fit grand froid et grand vent et de la pluie je dînai avec Bronzino six onces de pain et le soir je ne soupai pas lundi encore plus froid et vent et pluie et le soir je soupai chez Daniello six onces de pain*

Ou encore :

*Le soir je ne soupai pas ce fut une bonne chose car j'avais trop mangé lundi soir je mangeai de la viande du jeudi cuite qui ne me réussit pas dix onces de pain*

Et la suite un peu plus loin :

*Non que je pense aller bien car toutes les trois heures me vient la diarrhée vendredi soir je soupai avec Piero et je crois que les douleurs de ces coliques sont passées*

Et voici que le livre me tombe des mains. Ainsi, son régime alimentaire, les phases de la lune, l'obsession de son corps et ses petites indispositions constituent la matière même du *diario* ; ils deviennent un combat de chaque instant, comme une lutte quotidienne contre la mort. Son journal intime, c'est l'histoire d'un combat de chaque jour, ou plutôt c'est l'histoire d'un naufrage dans la tristesse des jours. Fièvres, refroidissements, maux de dents, d'estomac, d'intestin, de tête, d'épaule, de coude, de pied, que sais-je encore ? Les petites douleurs de Pontormo scandent son existence, elles reviennent avec une régularité attendue, elles s'accumulent, s'empilent et se totalisent. Ce recensement de petits faits inintéressants devient pathétique. En les écrivant, Pontormo redit sa souffrance, la divulgue et l'amplifie. Il la rejoue une seconde fois comme pour mieux préparer sa mort. Ainsi, son livre intime, *Il libro mio*, n'est-il pas autre chose que le miroir de sa triste vie, d'une vie désolée. Il est la mise en scène de son néant.

Je me prends la tête entre les mains. Je suis abattu. Qu'on me redonne les saines colères de Pontormo car ce *diario* est un document désespéré. On a l'impression que ce journal a été écrit pour conjurer la mort. Aussi, pour cette raison-là, est-il d'une tristesse sans fond. C'est un texte troublant, qui est émouvant et décevant à la fois. Il met en scène la médiocrité des rapports humains, le poids écrasant de la solitude, l'ineptie de la vie, la souffrance quotidienne d'un corps qui se défait. Surtout, il dit une souffrance morale infinie. Pontormo a porté au plus haut niveau d'incandescence l'écriture du néant, c'est-à-dire celle de l'événement inexistant, de l'inessentiel, du vide et du rien.

Je n'aurais pas dû le lire, mais je pense que j'ai bien fait de le lire.

# XII

# LA RUMEUR DES SOUFFRANCES MUETTES

Tant bien que mal, même si j'y pensais toujours, j'essayais d'oublier ce *diario* qui ne cessait de me hanter. En plus de ce trouble indéfinissable, je me sentais coupable d'avoir fouillé dans ce qu'il y avait de plus intime chez ce vieil homme. Et j'en éprouvais du remords, même si, à bien y réfléchir, le *diario* ne nous apprenait pas grand-chose sur cette prétendue intimité !

En plus de ce sentiment de culpabilité, un étrange malaise, provenant de cette lecture illicite, demeurait intact en moi, parce que j'avais découvert un Pontormo plus inquiet et plus inquiétant qu'il ne m'était jusqu'alors apparu. Sans doute n'avais-je pas suffisamment interrogé ses tableaux, qui en disait plus que ce que j'avais pu y lire. En effet, il faut parfois rester des heures devant un tableau pour remonter jusqu'à l'illumination initiale qui a mis en branle toute la gestation de l'œuvre. En revanche, je devais reconnaître, peut-être parce que je m'étais cette fois-là très longuement arrêté devant elles, que les fresques de Galluzzo m'avaient quand même bouleversé. Je n'étais pas sorti indemne de la chartreuse.

C'est cela que je confiai peu de temps après à Bronzino lorsque je le retrouvai à son retour de Pise.

“Cette anxiété de Pontormo qui lui ronge l’âme et même le corps, cette difficulté qu’il a à vivre chaque longue journée que le bon Dieu fait, moi, je suis persuadé que ça a commencé à se manifester avec les fresques de Galluzzo. Je ne pourrai jamais oublier la détresse du Christ devant Pilate, la solitude du juste.

— Oh, ça a commencé bien avant. Va donc revoir dans l’église San Michele Visdomini, à deux pas d’ici, la *Pala Pucci*, qu’il peignit cinq ans avant Galluzzo, et tu me diras ce que tu en penses. Je te dirai même, Giambattista, que, chez lui, ça a commencé depuis toujours.”

Je ne connaissais pas, pour ainsi dire, la *Pala Pucci* que j’avais vue il y a fort longtemps et que je n’avais jamais eu l’occasion de revoir car la petite église octogonale de San Michele Visdomini était presque toujours fermée. Je passais pourtant devant elle, chaque fois que j’empruntais la via dei Servi pour me rendre de la piazza de la Santissima Annunziata à Santa Maria del Fiore. Poussé par Bronzino, je tentai donc, une fois de plus, ma chance ce matin-là et, miracle, le petit oratoire était ouvert. Ainsi, je parvenais enfin à revoir ce tableau qu’un Pontormo de vingt-quatre ans avait peint pour la chapelle funéraire de Francesco di Giovanni di Antonio Pucci. A peine avais-je entrouvert la porte de l’église qu’un chat furieux, certainement pour s’être laissé enfermer depuis la veille au soir dans le lieu saint, me fila entre les jambes en sifflant. Le souvenir de la *tavola* me revint immédiatement et je me dirigeai sans hésiter vers le second autel sur la droite.

“A première vue le tableau est rassurant, m’avait expliqué une fois Luca Martini qui le connaissait bien. Des forces triangulaires organisent un espace que viennent étayer deux grandes diagonales qui le traversent en entier. Entre ces deux traits, une rivière nocturne passe au milieu du tableau. Comme pour une Sainte Conversation, ils sont tous là : la Vierge Marie, l'Enfant Jésus, saint Joseph, saint Jean l'Evangéliste, saint François, saint Jacques et trois putti, deux en haut qui écartent un rideau théâtral, un en bas, à moins que celui-ci ne soit le cousin Baptiste. Au sommet du triangle, qui embrasse la totalité de la *tavola* en s'ouvrant largement à la base, domine le visage de Marie. Sur ce fond d'architecture classique qui émerge à peine de l'ombre, nous avons là une belle construction pyramidale qui nous donne l'impression de revenir aux temps paisibles d'Albertinelli et de Fra Bartolomeo."

Toutefois, après avoir longtemps contemplé cette scène, un malaise commença à me prendre. A bien observer ce tableau, quelque chose avait bougé. Je me rendis compte alors que la sainte Famille, Marie, Joseph et Jésus, n'occupaient plus le centre de la représentation, comme on nous y avait depuis si longtemps habitués, mais qu'ils avaient été repoussés vers la gauche. Tout comme avaient été repoussés vers la droite un saint François en adoration devant Jésus, un saint Jacques raide et solennel et un putto rieur, ou presque. Voici que le tableau n'est pas centré. Fra Angelico était mort depuis soixante-trois ans. L'espace était aujourd'hui saturé par ces personnages serrés entre eux, alors que le centre du tableau restait vide.

"Tu vois, me disait toujours Luca Martini, plus on essaie d'entrer dans le tableau et plus on se perd dans des enchevêtrements géométriques complexes. Des diagonales secondaires et des inclusions de triangles ouvrent de nouvelles perspectives qui tournent court. On s'égare dans le creux de ces ombres profondes, qu'effleure sans les atteindre la lumière rasante de la surface, formant des cavités qui dramatisent la scène et sont là comme des questions ouvertes.

Les personnages sont agités et fébriles. Toutefois un mouvement précis du pinceau a stoppé leur agitation et les voici un instant immobiles, le temps d'une pose, d'un temps suspendu. Certains sont raides et s'étirent en hauteur, d'autres sont saisis par des mouvements de torsion de leurs corps. Pendant cette brève immobilisation des gestes et des souffles, on finit par ressentir cette tension des corps et des âmes jusqu'au plus fragile de soi-même. La crispation des visages fait remonter en nous des frayeurs que l'on croyait éteintes."

Les visages, en effet, me déconcertèrent. Tous sont tournés dans des directions différentes. Comme s'ils cherchaient à s'éviter. Dans ce tableau où l'on compte neuf personnages, personne ne se regarde. Et aucun, non plus, ne regarde dans la même direction qu'un autre. Ils se fuient les uns les autres. Ils sont tous enfermés au centre d'eux-mêmes. Chacun est isolé dans sa pensée, dans son histoire personnelle, dans sa nostalgie ou son désir. Comme s'ils se trouvaient réunis là par hasard, mais aucun ne se sent concerné par la scène dans laquelle figurent les autres et à laquelle il se sent étranger.

Maintenant le tableau se défait. Toutes les lignes se brisent, tout est segmenté, rompu, disloqué. Le parcours du regard à chaque instant interrompu crée une angoisse chez celui qui cherche à lire. Les multiples angles aigus que forment les coudes et les genoux pliés communiquent un sentiment d'agressivité. La surface du tableau est ainsi parcourue par une sorte de tension nerveuse. Mais ce qui m'impressionna le plus, c'est lorsque je me rendis compte que la Vierge Marie rejetait son enfant. Elle ne le tient plus, câlin, entre ses bras refermés ; il ne repose plus, confiant, sur ses genoux. Parce que c'est ainsi qu'à Florence, en Toscane et même ailleurs, nous pouvions admirer la Vierge depuis la nuit des temps, ainsi que l'ont admirée et vénérée nos parents et les parents de nos parents et tous nos ancêtres. Aujourd'hui, les bras écartés de la Vierge sont vides. L'Enfant est abandonné. Saint Joseph, que le doigt de Marie désigne avec autorité, l'a pris entre ses mains. Et Marie regarde ailleurs. Mais l'orphelin a été recueilli. Les bras de la Vierge retombent maintenant le long de son corps, et à l'extrémité de ses bras raides, du bout de ses mains, saint Joseph tient l'Enfant.

Cela me rappela ce que me disait un jour Pontormo :

"Tu sais, Giambattista, je suis un enfant vers lequel les bras ne se sont jamais tendus."

Rejet, abandon, tension, dispersion, c'est en ne sachant pas qu'il se racontait lui-même que Pontormo a inauguré ce jour-là une nouvelle manière de peindre.

Je sortis abasourdi de la petite église octogonale. Au moment où j'allais refermer la porte de chêne sculptée, le chat vint se frotter à mes jambes puis, juste avant que je ferme, il se faufila dans l'église. Allez donc comprendre quelque chose des chats et des hommes !

Mes pas m'ont tout naturellement reconduit chez Pontormo, tout autant que chez moi. L'échelle était restée descendue. La maison était froide et sentait le renfermé. Je profitai de ce qu'il était à San Lorenzo pour ouvrir largement toutes les fenêtres. Aérer ce taudis. Ainsi protestations, gémissements, soupirs et hurlements me seraient épargnés. Ce matin, avant que je descende de la maison pour aller à San Michele Visdomini, Pontormo m'avait demandé de lui porter dès mon retour quelques feuilles de dessins à San Lorenzo parce que, lorsqu'il s'y rendrait, il serait trop chargé de cartons pour prendre également ces feuilles sans les abîmer.

Je n'aimais pas aller à San Lorenzo. On avait l'impression d'entrer dans une prison glaciale. Quand on lui portait quelque chose qu'il avait oublié, il entrebâillait avec méfiance la porte de la clôture qu'il avait installée, se saisissait de l'objet d'une main rapace et vous claquait immédiatement la porte au nez. Quelquefois, on l'entendait ricaner par-derrière comme s'il vous avait joué un bon tour.

Au moment où je m'apprêtais à partir après avoir rassemblé ses dessins, je vis Daniello qui grimpait quatre à quatre les barreaux de l'échelle.

“Ah, j'avais peur que tu ne sois déjà parti !

— Pourquoi ça ?

— Quand tu es parti ce matin, Pontormo était encore chez lui…

— Oui, je sais, il m'a même dit de lui porter…

— C'est justement pour ça que je viens te voir. A peine venais-tu de partir que Pontormo m'aperçoit dans la rue. Il m'appelle. Je monte et il me dit : «Tu diras à Giambattista de ne pas venir à San Lorenzo. Je me sens fatigué ce matin. Je n'irai pas travailler aux fresques. Je vais aller au Boboli voir comment avancent les travaux.»

Pontormo allait volontiers se détendre dans le vallon du Boboli. C'était encore un chantier qu'avait dirigé de main de maître cet architecte des jardins qu'était Niccolò Pericoli, que tout le monde ici appelait le Tribolo. Il ne déplaisait pas à Pontormo de le rencontrer et de bavarder avec lui. L'homme était simple et amical. Il était mort voilà quatre ans et, depuis, Pontormo errait comme une âme en peine dans ce vallonnement au milieu des vignes et des cyprès. Il avait alors l'impression d'être loin, très loin de Florence, et plus loin encore de San Lorenzo qui devenait son calvaire. Quand le temps était beau, il montait jusqu'au fort du Belvédère qui sortait tout juste de terre. C'était encore la campagne, et les vignobles descendaient alors jusqu'aux rives de l'Arno.

Ainsi, à mon grand soulagement, je fus dispensé ce matin-là d'aller porter ses feuilles de dessins à San Lorenzo. Moi aussi, je serais bien allé prendre un peu l'air frais de la campagne. On étouffait parfois à Florence, le soir surtout. Il suffisait pour cela de prendre le ponte alla Carraia et de continuer tout droit jusqu'à la porte San Piero Gattolini, et l'on se trouvait tout de suite au milieu des pins et des cyprès, des meules de foin qui sentaient si bon et des charrettes, des vignobles et des prairies où paissaient, en agitant leurs clochettes, des troupeaux de brebis. Dans aucune *cascina*, dans aucune ferme, un paysan ne vous refuserait un verre de vin et un morceau de pecorino. D'autant plus que la fille du fermier s'arrangerait toujours pour venir vous servir elle-même. Mais je rentrais tout juste de ma visite à San Michele et j'avais à faire. Je voulais absolument terminer mon esquisse de cette femme assise, vêtue d'une longue robe à petits plis serrés, en train de se baisser. Un sujet impossible. J'avais commencé avec un modèle, mais je ne pouvais pas me le payer tous les jours. Il me fallait la terminer dans la journée car Pontormo m'avait promis de la corriger ce soir. Pour une fois !

Je venais à peine de m'installer à sa table lorsqu'on frappa avec conviction à la porte. Je n'avais pas entendu monter à l'échelle. J'allai ouvrir et je tombai nez à nez avec Benedetto Varchi. Je restai paralysé autant par l'émotion de me trouver en face d'un si grand personnage que par la surprise, inattendue, de sa visite en ce lieu. Il entra d'un pas décidé, me prit dans ses bras et commença à m'embrasser en me serrant contre lui. Le grand personnage avait certaines faiblesses avec les jeunes gens, faiblesses qui lui avaient procuré naguère, sinon aujourd'hui encore, quelques ennuis sérieux. Je me dégageai à grand-peine de son étreinte. Mes contorsions pour me débarrasser de lui l'amusaient et l'excitaient. Mais il en resta là. Pour le moment. D'une voix de stentor, il appela Jacopo. Je rajustai mes vêtements et lui expliquai que Pontormo n'était pas là et que je ne savais pas exactement où il se trouvait car, ce matin, il avait décidé de ne pas aller à San Lorenzo.

"Oh, ce n'est pas la première fois qu'il n'a pas envie d'aller travailler. A ce rythme-là, je parierais qu'il va mettre au moins dix ans à peindre ses fresques là où, raisonnablement, ce travail peut se faire en deux ou trois ans.

— Et si c'était Vasari…

— Oh, si c'était Giorgio, *Giorgino fa presto*, comme on l'appelle, il vous bâclerait ça en une année ! Il a bien recouvert en cent jours les quatre murs du grand salon de la Chancellerie à Rome. Sais-tu seulement où il est allé ?

— Qui, Vasari ?

— Mais non, Jacopo, imbécile !

— Je ne sais pas.”

Il avait l’air déçu, ce qui le refroidit, donc le calma. Il se laissa tomber sur une chaise et contempla les dessins accrochés par-ci, par-là, et trois toiles qui traînaient contre un mur.

J’avais toujours été impressionné par Varchi. Il occupait des charges de plus en plus importantes à Florence, et il intervenait souvent dans les activités artistiques et la production littéraire de la ville. Il avait cinquante et un ans, mais il était encore bel homme. Et il le savait. Et il en jouait. Il n’avait guère changé depuis le portrait que Titien avait fait de lui voilà déjà une petite dizaine d’années. Il s’était alors réfugié à Padoue auprès de la famille Strozzi à un moment où les sbires de Florence le pourchassaient pour des raisons relatives à de trop tendres amours que les parents de trop jeunes amants n’appréciaient pas du tout. Ce fut sa période républicaine et anti-médicéenne avec le clan des Strozzi, que le jeune Cosimo, âgé de seulement dix-neuf ans, avait totalement exterminé un soir du mois d’août sur les collines de Montemurlo. Depuis ce jour funeste, les Strozzi et tous les *fuorusciti*, les exilés volontaires, incarnaient la hargne et la haine contre les Médicis.

Grâce à ses talents de diplomate et au charme de sa personne, Benedetto Varchi avait su retomber sur ses pieds et se faire, si j’ose dire, une nouvelle vertu, en revenant à Florence où Cosimo l’avait appelé. C’était il y a dix ans. Depuis, les honneurs lui sont tombés dessus comme des feuilles d’automne sur les allées des Cascine. Il entra alors à l’Accademia fiorentina que Cosimo venait tout juste de créer, et là il s’occupa de l’étude des langues et de critique littéraire, également d'esthétique et de philosophie, mais aussi d'alchimie et de botanique.

“Un touche-à-tout de génie, en somme, disais-je un jour à Bronzino qui ne l'aime pas beaucoup.

— On peut le voir comme ça, m'avait-il répondu. Il a écrit l'*Hercolano*, un ouvrage où il traite de tout et maltraite tout. Mais surtout, à la demande expresse de Cosimo, il rédige en ce moment une histoire de la Florence contemporaine. *Ad majorem Cosmi gloriam*, bien entendu. Un jour Varchi me confiait qu'il est à la création littéraire à Florence ce que Vasari est à la création artistique : inévitable, indispensable, omniprésent, universel. Et despotique. Et redoutablement influent.”

“Alors tu ne sais vraiment pas où il est ?”

Varchi me sortit de ma rêverie.

“Je n'en ai pas la moindre idée, sinon vous pensez bien que je vous le dirais.”

Et moi, je me disais qu'il fallait protéger Pontormo malgré lui.

“Je reviendrai. Mais pas avant une dizaine de jours car je pars demain pour Rome. Ce fripon de pape Giulio III veut absolument me voir, paraît-il. Mais il ne m'a pas dit pourquoi. Tu diras à ton maître que j'ai des choses importantes à lui dire et qui peuvent l'intéresser. Tu y penseras, jeune oison ?

— Bien sûr !”

Il essaya de me coincer dans la porte avant de descendre l'échelle. Mais je me faufilai comme une anguille. Il sauva la face en éclatant de rire et disparut.

La rue était calme ce jour-là et je n'avais pas Pontormo dans les jambes, si bien que je pus travailler jusqu'au soir. Juste un peu de *schiacciata*, cette galette à l'huile cuite sous la braise dont raffolaient les Florentins, et un bon verre de vin à l'heure de midi. Je m'acharnai sur mon dessin car je ne voulais pas démériter aux yeux de Pontormo pour une fois qu'il voulait bien corriger mon travail. Du moins, c'est ce qu'il avait dit. Le ferait-il ? Je le connaissais.

En revanche, dessiner les plis enchevêtrés de la robe d'une femme qui se retourne sur sa chaise en un joli mouvement de torsion, en même temps qu'elle se baisse pour ramasser un livre tombé à terre, ça avait de quoi rendre fou. Les plis de la robe qui se tordent et se gonflent à l'endroit de la ceinture me donnèrent un mal incroyable. Mais comme je songeais plus ou moins à me lancer dans une Crucifixion sur bois, je voulais croire que c'était là un bon exercice. Je pensais à une Madeleine effondrée au pied de la croix, les cheveux en désordre sur sa robe rouge aux longs plis. J'adorais dessiner à la plume avec de l'encre brune et j'aurais bien aimé posséder la technique du lavis brun sur pierre noire.

Ils sont entrés d'un seul coup dans la pièce. Absorbé par mon travail, je ne les ai pas entendus monter à l'échelle. Bien que je le connaisse assez peu, j'ai tout de suite reconnu Bartolomeo Ammannati qui portait presque Pontormo dans ses bras. Je me suis même demandé comment ils avaient fait pour monter à l'échelle dans ces conditions. Pontormo était livide, son visage s'était creusé et il gardait les yeux fermés. Ammannati m'a fait un signe de la tête, comme pour me signifier qu'il ne fallait pas que je pose de questions. Je me suis avancé pour le seconder. Nous avons aidé Pontormo à s'asseoir sur une chaise et je lui ai jeté une couverture sur les épaules. A ce moment-là, il a ouvert les yeux, qui sont restés fixes, sans expression. Des yeux qui semblaient regarder au-delà du mur blanc de l'atelier. Il ne desserrait pas les dents. Il a cependant accepté le verre de vin que lui a présenté l'Ammannati. Avec son aide et la mienne, il est allé se coucher sans faire d'histoires.

J'avais rarement eu l'occasion de rencontrer Bartolomeo Ammannati, l'architecte du pont Santa Trinità. D'après ce que j'avais entendu dire, il préparait actuellement le projet d'une fontaine pour le grand salon du Conseil supérieur, au Palazzo Vecchio. A la réflexion, je n'étais pas tellement étonné qu'il raccompagne Pontormo chez lui. Depuis la mort du Tribolo, Cosimo avait confié la direction des travaux des jardin Boboli à l'Ammannati et à Giambologna. Pontormo aimait beaucoup se promener dans cet espace de verdure en dehors de Florence, et c'est là qu'il avait rencontré l'architecte.

En revanche, j'avais rarement vu Pontormo dans cet état.

“Qu'est-ce qui lui est arrivé ?

— Rien. Il a parlé, c'est tout, il a beaucoup parlé. Il n'a jamais autant parlé.

— Enfin, Bartolomeo, vous plaisantez. Pontormo est quand même quelqu'un qui parle et qui peut même être très bavard. Je ne comprends pas. Vous me cachez quelque chose.

— Pas du tout. Quand je l'ai rencontré, il était assis sur un banc, perdu dans ses pensées. Il ne m'a pas vu tout de suite. J'ai bien remarqué, à son regard, qu'il était même dans un état de réflexion profonde. Il méditait. Il tenait dans sa main un petit carnet aux feuillets roses où il note habituellement des détails anatomiques, des mouvements de draperies, des schémas, des croquis. Mais il ne s'en servait pas, son esprit était ailleurs. Il semblait serein toutefois. Quand il m'a aperçu, il s'est levé, il est venu vers moi, il m'a salué très gentiment. Nous sommes allés nous asseoir sur le banc. Il avait un petit air mélancolique, mais il semblait heureux de me rencontrer. Ce qui a tout déclenché, c'est un vol de corbeaux.

— Un vol de corbeaux ? Comment ça ?

— Oui, des corbeaux aux cris âcres et gutturaux ont longuement tourné dans le ciel, puis ils sont peu à peu descendus vers nous. Ils nous encerclaient. Ça a eu l'air de l'effrayer. Il levait les bras au-dessus de sa tête comme pour se protéger. Les corbeaux, comme une chape noire, se sont abattus devant nous en croassant. Ils étaient nombreux. Aussi cela faisait un vacarme assourdissant et assez sinistre. Puis, à un moment, ils sont repartis d'un seul coup, emportant avec eux leur chant funèbre. Pontormo avait l'air accablé. Il s'est tourné vers moi et il s'est mis à parler comme quelqu'un qui aurait bu ou qui aurait une forte fièvre. «Ils ont l'odeur du temps, m'a-t-il dit, ils sont la chanson de la mort.» Puis il s'est tu. Je n'osais plus rien dire. Au bout d'un certain temps, il s'est mis à me parler du Rosso Fiorentino, qui avait été un de ses meilleurs amis.

— Certainement le seul ami qu'il ait jamais eu. Vous savez, ou peut-être que vous ne savez pas, mais Pontormo ne s'est jamais remis du suicide du Rosso. Jamais. Le Rosso était alors à Fontainebleau, près de Paris, invité par le roi François I^er^ qui l'aimait beaucoup. Il mourut en quelques heures après avoir avalé un produit très violent qui sert à diluer les couleurs et les vernis. Le roi lui-même en fut très affecté. On n'a jamais compris la raison de son suicide. Il avait l'air tellement heureux à Fontainebleau ! Le roi était tombé en admiration en voyant la somptueuse décoration qu'il avait conçue pour la salle de bal du château.

Ce jour-là, le spectre de la mort, qui s'était quelque peu éloigné de lui, est venu hanter à nouveau l'esprit de Pontormo et ne l'a plus jamais quitté. Cela fait quatorze ans cette année. Il en parle comme si c'était hier. Chaque fois les larmes lui montent aux yeux. Mais il y a des fois où je me demande s'il ne se complaît quand même pas un peu dans cette évocation qui le fait souffrir.

— Il n'y aurait pas eu ce vol de corbeaux, ces corbeaux qui venaient le cerner de toutes parts, il n'aurait pas pensé au Rosso. Quand Pontormo se sent mal, et cela lui arrive souvent, il voit partout des signes de mort. Dans ces cas-là, son esprit bat la campagne, il se met à délirer, il tient des propos incohérents, incohérents pour moi tout au moins.

— Vous souvenez-vous quand même un peu de ce qu'il disait à ce moment-là ? J'aimerais savoir.

— Je m'en souviens assez bien car cela m'a frappé. Mais ce n'était que des bribes de phrases qu'il lâchait de temps en temps, entre des intervalles de rémission. A pas de silence, donc, je suis entré dans son intimité et je me suis senti comme un étranger, un intrus. Après un long silence il a dit : «J'ai eu le courage de regarder en arrière, mais tous les vieux jours sont morts.» Un autre long silence a suivi, puis il a encore dit, et sa voix tremblait alors un peu : «Je suis au fond de ma vie, au plus bas de mon être. Je pense à tous mes rêves qui sont restés des rêves.» Là, il s'est arrêté parce que des jardiniers passaient devant nous. L'un poussait une brouette chargée de terre, l'autre portait un petit cyprès sur son épaule. Puis il a repris : «Qu'est-ce que je disais ? Est-ce que seulement je disais quelque chose ? Je ne sais plus.» «Oui, vous parliez de vos rêves qui n'étaient restés que rêves», lui ai-je répondu. «Ah, les rêves ! Et la malédiction des aurores dont on ne se méfie pas assez. Il ne faut jamais sortir de ses rêves, sinon on n'est plus capable de créer. Mais ils vont revenir. J'attends, j'attends, même si je n'ai plus rien à attendre du temps.» Il semblait réfléchir, puis il a continué : «Ma tête est pleine de la rumeur des souffrances muettes. Je n'en peux plus d'écouter ce qui bourdonne dans ma tête, ce qui danse en moi quand je peins. Sur l'autre rive, là-bas, tous les chants se sont taris.» Il a encore ajouté : «Avec mes désirs d'automne, toutes les saisons se ressemblent. Nous sommes délivrés des étés.»

Il s'est encore arrêté longtemps. Il soupirait parfois. Je n'osais le regarder, mais j'ai eu l'impression qu'il transpirait. Il passait de temps à autre sa main sur son front, sur ses yeux. A un moment, dans un souffle à peine audible, il a parlé, je crois, d'un de ses tableaux, mais je n'ai pas bien compris lequel : «Trop de regards, beaucoup trop de regards se détournent et s'évitent pour ne pas rencontrer le regard de l'autre porteur de la sentence. Les yeux s'effraient et le regard se vide dans le cercle noir de la terreur. Lorsque les mains s'ouvrent, la vie s'enfuit. Car, dis-moi, qu'est-ce que protègent les yeux clos, qu'est-ce que renferment les mains repliées sur elles-mêmes sinon le dernier secret ?»

Il respirait avec difficulté. Je sentais qu'il était oppressé, il était mal. Je voulais le faire marcher un peu. Mais il ne savait plus que j'étais là. Il a dit encore : «Je suis fatigué de me servir des autres pour me peindre moi-même.» Il s'est tu, s'est gratté une oreille, puis une narine, et il a ajouté : «Le coup de pinceau, c'est toujours une blessure, comme l'aile aiguë du corbeau noir qui déchire la toile bleue du ciel.»

De lui-même il s'est levé, m'a reconnu, a accroché mon bras car il se sentait fatigué. Il marchait avec difficulté parce qu'il ne s'était pas encore retrouvé. «Allons, dit-il, allons, il faut fermer la porte du jardin. Je sais où sont les clefs.» Et nous sommes partis. C'est surtout la traversée de Florence depuis le palazzo Pitti jusqu'à San Marco qui l'a épuisé."

Ce soir-là, j'ai compris que Pontormo avait déjà commencé à nous quitter.

## XIII

## L'INVENTAIRE DE L'INSIGNIFIANT

On ne peut rien y faire, plus il va mal, plus il hurle. Et ces jours-ci il va vraiment mal. Bien que… Je me pose toujours la question : il se plaint tout le temps, et bruyamment, mais va-t-il si mal que ça, finalement ? Moi, je pense qu'il a peur d'aller mal. C'est l'angoisse qui le fait geindre et se plaindre, hurler et rouspéter. Il doit avoir peur d'une douleur imaginaire, d'une douleur dont il sait qu'elle va lui arriver un jour. Je crois surtout que quand il hurle, Pontormo, il hurle à sa mort.

L'autre jour, c'était un samedi, il souffrait beaucoup en se levant. Disait-il. Mais de quoi souffrait-il au juste ? Il ne l'a pas dit. Il faut qu'il souffre, c'est tout. Je sais que, la veille au soir, il avait soupé avec Piero, mais sans appétit. La nuit, m'a-t-il expliqué le lendemain, il eut une poussée de fièvre et il n'a pas fermé l'œil. Si bien que, dimanche, il s'est contenté de dix onces de pain pour tout repas. Toute la journée, il a traîné triste et maussade, à geindre et se lamenter. Ce matin, il est venu me voir.

“Je ne sais pas pourquoi, mais j'ai l'estomac tout irrité. Hier au soir, j'ai soupé avec Bronzino d'un melon et d'un pigeonneau, mais ce matin ça ne va pas bien du tout. Je dois avoir de la fièvre. Déjà lundi dernier, j'avais de la fièvre, l'estomac irrité, et rien ne me plaisait."

Et moi je suis resté coi, ne sachant ni que dire ni que faire. Ce qu'il ne supporte pas. Il faudrait devenir le chantre de ce qu'il dit. Mais moi, *zitto*.

La litanie de ses douleurs ne s'arrête jamais. Il n'a jamais rien de grave, mais il cumule plein de petits ennuis, il les collectionne et les additionne, il les énumère et les récite comme si cela pouvait conjurer la mort qu'il sent tapie derrière le moindre mal. Il vit sa peur tous les jours et à chaque instant de chaque jour. C'est une accumulation de petites souffrances, de petites douleurs. Le moindre dérèglement de son organisme, si infime soit-il, devient le signe avant-coureur d'une agonie attendue.

"Mardi j'étais tout enroué, mercredi j'avais la bouche sèche, vendredi j'ai eu la tête qui me tournait, samedi j'eus la fièvre et l'estomac me brûlait, et ce 4 mars, c'était hier, je souffris du froid…, me dit-il, en m'agrippant le bras parce qu'il voyait bien que je ne l'écoutais plus, je souffris du froid et du vent, si bien que cette nuit je fus enroué.

— Et alors ? Enroué, enroué ! On s'en remet, non ?"

Il fit un effort pour retenir sa violence parce que, sur ce terrain-là, il devait me craindre maintenant. Alors, il courut se coucher. Il resta cinq jours entiers sur sa paillasse. Je ne saurai jamais s'il boudait, s'il souffrait, s'il voulait se faire plaindre, s'il désirait se couper du monde, s'il était fatigué, s'il voulait méditer. Avec lui, on ne pouvait jamais savoir. Mais surtout ne jamais demander, car lui-même ne sait pas. Pendant cinq jours, il a fallu que je prépare les repas qu'il me commandait et que je les lui serve sur son grabat. Et il faut voir comme il mange quand ce n'est pas lui qui cuisine ! Si tant est qu'il cuisine !

Ce soir-là, je lui avais préparé un "poisson d'œufs", comme il dit, avec du pain bouilli, du beurre et deux onces de tourte. Trop pour un soir. Le lendemain midi, je lui ai simplement préparé une soupe de mouton bouilli qu'il a mangée avec deux pommes cuites et dix onces de pain. C'était déjà mieux, mais je ne saurai jamais si ça lui a plu. Le soir, il s'est contenté d'une salade de bourrache, d'un poisson d'œufs avec treize onces de pain. Le mercredi, il a fait un bon petit repas avec de l'échine, une salade d'endives, du fromage et des figues sèches. C'était presque trop. Mais le soir il a exagéré car il a mangé un poisson de l'Arno, des œufs et des artichauts, et aussi beaucoup de ricotta, ce laitage de brebis qu'il aime tant, sans compter le pain et le vin en abondance. Il me l'a dit :

"J'ai trop mangé, et surtout trop de ricotta."

En de telles circonstances, il se navre. Il se culpabilise et se morfond. Il estime que la nourriture lui est dangereuse. Il se reproche l'intérêt gourmand qu'il éprouve pour la bonne chère. Le voilà qui se méfie de la viande et surtout de celle du porc. Alors, à intervalles plus ou moins réguliers, il sombre dans le jeûne, et ce, quelquefois pendant plusieurs jours de suite. Comme ce samedi. Il avait pourtant travaillé dur toute la journée à San Lorenzo, mais il s'est mis à jeûner jusqu'au dimanche soir où il s'est rattrapé avec un peu de viande rôtie.

C'est son obsession : se racheter de ses prétendus excès en jeûnant, comme pour être en accord aussi bien avec l'Eglise qu'avec la Faculté. Je me souviens qu'un jour de fin décembre nous étions allés à l'Impruneta avec les amis habituels. Il y avait là Varchi, Cosimo Bartoli, Giambattista Gelli, le fidèle Borghini, l'ami Daniello, et Bronzino bien sûr. J'avais l'honneur d'en être. Comme nous avions fait un bon petit repas à l'auberge du village, le soir il n'a pas voulu manger. Le lendemain, qui était un dimanche, il n'a pas voulu dîner non plus. Il est allé passer la soirée chez Daniello le ventre vide.

Il y a encore quelques jours nous dînions chez Bronzino. Il faut reconnaître que Bronzino ne fait jamais les choses à moitié. De quoi torturer le malheureux Pontormo. Le soir il n'a pas soupé parce que, m'a-t-il dit, "je me trouve très plein".

Quand ça le prend, il reste parfois une semaine entière à ne jamais manger le soir. Et si peu à midi ! On ne se gêne pas pour se moquer de ses lubies devant lui. Si bien qu'un jour, piqué au vif, il nous a sorti toute une théorie. Jouant à l'Hippocrate de village, il a pris un ton solennel, qui ne lui allait pas :

"Si j'ai quelque embarras d'estomac ou de tête, ou des douleurs continuelles aux flancs, aux jambes, aux bras ou aux dents, il ne faut pas que je fasse comme avant, mais qu'aussitôt j'y remédie en mangeant peu ou en restant à jeun."

Ces histoires nous faisaient d'autant plus sourire que les bons vivants que nous étions ne se sentaient guère concernés, et, par conséquent, peu convaincus. Alors il haussa le ton :

"S'il arrive parfois que je me sente plein après manger, alourdi de sommeil et de nourritures, comme si j'étais gonflé, dans ces cas-là, il faut se surveiller."

Peut-être a-t-il deviné qu'on se retenait de rire car il nous a tous regardés les uns après les autres d'un œil froid, puis il a ajouté :

"Si tu te trouves déréglé dans l'excès de nourriture, cela peut en quelques jours te tuer ou te faire du mal, aussi faut-il être prudent."

Parce que, pour lui, le jeûne remédie à toutes les maladies et peut-être même à la mort. En ces jours de tristesse où il peint le Jugement dernier sur les murs de San Lorenzo, peut-être qu'en se châtiant avec ses jeûnes prolongés, il pense exorciser sa mort. Peut-être un jour racontera-t-il tout ça dans son *diario*.

Nous y voilà ! Son *diario* ! Maintenant que je savais, je le surveillais. Le soir, quand tout redevenait calme, quand les derniers charretons étaient remisés et ne sautaient plus bruyamment sur les dalles disjointes de la rue, et que les derniers braillards de la nuit, lourds de *grappa* ou de ce petit vin sec de *trebbiano*, étaient rentrés chez eux s'effondrer sur leurs paillasses, je laissais à peine entrebâillée la porte du cagibi qui me servait de chambre et je l'observais. Un soir, alors qu'il était déjà couché, il se releva. Il déplaça le lourd coffre, se saisit du *diario* qu'il posa sur la table de son atelier à côté d'une chandelle allumée. Il n'écrivait pas. La plume tournait entre ses doigts. Il était là, pensif, le regard perdu dans le vague. L'autre main, nerveuse, tapotait sur la table. Il avait un air grave que je ne lui connaissais pas. Il s'était installé dans le silence et dans la nuit. A Santa Croce, on entendait tomber du campanile les coups de l'horloge indiquant qu'il était deux heures de la nuit. Ce bruit du temps qui passe sembla le ramener à la réalité des choses. Je le vis arrêter dans sa main le manège de sa plume. Il écrivit trois lignes, seulement trois lignes, resta encore en attente d'on ne sait quoi, puis replaça le cahier dans sa cachette, repoussa le coffre et alla se coucher. Quelques instants après, il ronflait à faire trembler les vitres. Le lendemain matin, je dormais encore quand il partit pour San Lorenzo en même temps que les carrioles qui, croulant sous les légumes et les volailles, se rendaient au marché.

Ce matin-là, que croyez-vous que je fis ? Ce que tout le monde aurait fait ! Je m'assurai d'abord qu'il n'était plus là. Dans un demi-sommeil, je l'avais entendu partir et je ne l'avais pas entendu revenir. Tout était calme et silencieux. Je poussai l'énorme coffre et ouvris la petite porte de la niche où je trouvai le *diario*, que je pris et posai comme un Evangile sur la table de l'atelier devant laquelle je m'assis. Le cœur me battait de mon méfait et de ce que me dirait le cahier. Ce qu'il me dit ce jour-là, je ne suis pas près de l'oublier. Sur la page blanche il n'avait écrit que trois lignes que j'ose à peine relire. Relisons-les quand même. Passé les larmes, il me faudra comprendre.

*Jeudi matin, je chiai deux étrons secs et de l'intérieur il en sortait des espèces de longues mèches de coton, comme du gras blanc, et je soupai très bien*

Je ne sais pas pourquoi, mais je me suis mis à pleurer. Devant ce qui se détache de son corps, serait-ce effroi ou complaisance ? Pour en relever dans son *diario* l'insignifiance et la trivialité, j'imagine ce que dut être son épouvante. Il faudra que j'en parle à Bronzino. J'ai tout refermé, tout rangé et je suis parti dans Florence. Je suis allé d'abord piazza della Signoria, mais je n'ai rencontré personne. J'ai pris par le Lungarno.

Personne de connaissance non plus au Ponte Vecchio. C'était bizarre parce que j'avais envie de rencontrer quelqu'un pour parler, pour parler de tout et de n'importe quoi, mais pas de ça, surtout pas de ça. J'arrivai chez Vieri sans même m'en rendre compte. Personne non plus, sauf lui. Sauf lui qui me harcelait. Et comment va Pontormo ? A quoi travaille-t-il en ce moment (comme s'il ne le savait pas) ? et Pontormo par-ci et Pontormo par-là. Je lui répondis que Pontormo allait très bien, que Pontormo travaillait et lui demandai de me laisser tranquille. Sur ce, je me levai d'un seul coup et quittai la table sans même lui payer le verre de *vernaccia* qu'il m'avait servi et que je n'avais pas bu. Une autre fois. Je traversai la piazza Ognissanti. Comme chaque matin, le *pizzicagnolo* ouvrait sa boutique de fromages, de *pasta* et de jambons. Les enfants s'en allaient à l'école par petits groupes bavards et, comme tous les jours, le mendiant venait s'avachir au pied de l'église et commençait à psalmodier : *"La limosina, la limosina, per carità*."* Venues de Bocca d'Arno, les mouettes éraflaient de leurs ailes coupantes les tourbillons du fleuve autour du ponte alla Carraia, en jetant leurs ricanements aigus. Et Pontormo n'allait pas bien.

Du coup, j'allai tout droit à San Lorenzo. J'avais envie de le retrouver. En arrivant sur la place, je vis, arrêtée devant l'église, une élégante voiture à cheval en même temps que j'entendis retentir des clameurs. Je m'approchai et je vis Pontormo en train de se disputer avec le cocher. Tous deux levaient les bras, serraient les poings et étaient prêts à en venir aux mains. Un

* "La charité, la charité, par pitié."

attroupement commença à se former. A ce moment-là, Pontormo m'aperçut. Il abandonna son interlocuteur écarlate de colère et, lui, tout blême, se dirigea vers moi et m'interpella :

"Giambattista, Giambattista, cet individu veut m'enlever."

Les badauds se mirent à rire et je restai perplexe. Complètement décontenancé, ne sachant plus à quel saint se vouer, le visage encore congestionné et la sueur au front, le cocher à son tour m'apostropha :

"Ce n'est pas de ma faute si le tableau est tombé.

— Et c'est de la mienne, peut-être ? répliqua Pontormo écumant et postillonnant.

— Mais quel tableau, de quoi s'agit-il ? Je n'y suis pas."

A vociférer comme il le faisait, Pontormo empêchait tout le monde de parler.

"Ce n'est pas mon travail ! Je ne suis quand même pas menuisier ! Le comte n'avait qu'à faire attention ! C'est son affaire ! Débrouillez-vous comme vous voulez, mais laissez-moi tranquille. Il n'est pas question que je quitte San Lorenzo. Et puis je ne suis pas votre serviteur, je ne suis pas à votre disposition. On ne me commande pas comme ça. Vous n'allez certainement pas m'emmener dans votre trou de campagne au milieu des dindons, des vaches et des cochons.

— Mais que vais-je dire au comte ?" hasarda le cocher en ce moment où l'inquiétude se substituait à la colère et à l'indignation.

Il n'est peut-être pas nécessaire de rapporter ici la cargaison de mots orduriers, voire d'injures grossières que Pontormo déversa sur le cocher à l'intention de ce mystérieux comte. En revanche, pendant que l'homme essayait de reprendre son souffle et ses esprits, et de prendre également à témoin les badauds qui n'y comprenaient rien, je parvins à le calmer quelque peu car je voulais lui demander les raisons d'une aussi violente altercation. Pendant ce temps, Pontormo, dont on peut se demander s'il s'était seulement rendu compte que son adversaire s'était éloigné de lui pour venir me parler, le malheureux Pontormo levait les poings au ciel et continuait de plus belle sa diatribe. Il était là, suant et soufflant, comme un lutteur de foire au milieu d'un cercle de badauds, grotesque et pathétique.

Le cocher avait du mal à émerger de son indignation. Sous le coup de la colère et de l'émotion entremêlées, homme simple, il parvenait difficilement à mettre de l'ordre dans ses pensées. Aussi me fit-il un discours assez confus. Voici ce que j'ai cru comprendre et ce que j'en ai retenu.

Il y a une bonne vingtaine d'années de cela, sinon vingt-cinq ans, le comte Alessandro Bonaccorsi Pinadori, homme richissime s'il en fut, demanda à Pontormo de lui peindre un tableau pour le petit oratoire privé de son château de Carmignano. Carmignano est un bourg agricole au milieu des collines, entre Empoli et Prato, à quatorze milles de Florence, où je ne suis jamais allé.

Alessandro venait de rencontrer Pontormo à Florence. C'était au moment où celui-ci venait tout juste de terminer la Descente de croix et l'Annonciation dans l'église Santa Felicita, à l'autre bout du Ponte Vecchio. Le jeune comte avait été profondément impressionné autant par la *tavola* que par la fresque. C'était un homme de goût, chaleureux, passionné par l'art de la peinture et qui payait plutôt bien. Il demanda à Pontormo de lui peindre une Visitation. Les choses se passèrent bien. Avec cette heureuse conséquence que, quelques années plus tard, Bronzino, le fidèle disciple de Pontormo, fit le portrait du comte Alessandro. Pour son malheur, toutefois, le jeune comte était un farouche ennemi des Médicis. S'il n'eut pas trop d'ennuis du temps où Alessandro présidait de la triste façon que l'on sait aux destinées de Florence, il n'en alla pas de même avec l'inflexible Cosimo. Peu de temps après que ce dernier eut pris le pouvoir en 1537, les choses s'envenimèrent entre les deux hommes à un point tel que Cosimo condamna en 1540 le comte Alessandro Bonaccorsi Pinadori à la pendaison. Du temps passa. Les descendants du comte Alessandro se réconcilièrent avec les Médicis, tandis que, dans la chapelle du château, la Visitation de Pontormo suscitait une admiration inattendue auprès de tous les amis, les hôtes et les visiteurs de marque que les Bonaccorsi Pinadori invitaient au château.

Jusqu'à ce malheureux jour de l'année 1554 où, parce que le clou était certainement rouillé, le tableau se décrocha du mur du petit oratoire et tomba sur les dalles d'une hauteur de trois mètres. Le bas du cadre se fracassa et, dit-on, un peu de peinture fut endommagée à cet endroit. C'est pour cette raison qu'un descendant des Bonaccorsi Pinadori, qui était loin d'avoir la gentillesse et la diplomatie du comte Alessandro, dépêcha son cocher pour que celui-ci intimât à Pontormo l'ordre de se rendre immédiatement au château de Carmignano afin de réparer les dommages.

On sait comment s'est terminée l'embarrassante mission du malheureux cocher. Cependant, à l'instar des Parthes qui tiraient leurs flèches en fuyant, tout benêt qu'il était, le cocher eut la présence d'esprit d'assener à Pontormo, au tout dernier moment, l'argument suprême :

“Vous savez ce qui va se passer maintenant ? Vous savez que le comte Bonaccorsi Pinadori est devenu un grand ami de Cosimo. Eh bien, je suis certain, car je le connais bien, que le comte va tout lui raconter, depuis votre colère jusqu'à votre refus de venir réparer chez lui votre propre tableau. Et les réactions de Cosimo sont toujours imprévisibles. Vous savez tout comme moi qu'il vaut mieux ne pas s'en faire un ennemi.”

Pontormo resta bouche bée, les yeux écarquillés, le visage pétrifié, les bras ballants. Cela ne dura que quelques secondes. Puis il partit dans un énorme éclat de rire qui traversa la piazza San Lorenzo et fit s'envoler un nuage de pigeons. Il assena sur son épaule une gigantesque bourrade qui fit chanceler le cocher, et il se mit à rire :

“Allez, on y va ? et tout de suite !”

Il se tourna vers moi :

“Avant de partir, Giambattista, viens avec moi dans l'église.”

Il regarda le cocher, qui n'y comprenait plus rien :

“Je reviens tout de suite”, lui lança-t-il en le voyant de nouveau désemparé.

Nous traversâmes dans toute sa longueur l'église déserte, et nos pas résonnaient sur les dalles. Il ouvrit le cadenas de la chaîne qui maintenait fermée la porte prise dans sa muraille de moellons, de briques et de bois. Mais il ne voulut pas que j'entre :

“Attends-moi ici.”

Il fit quelques navettes, les bras chargés de pots de peinture et de pinceaux. On mit tout cela dans une caisse en carton qu'il fourra à l'arrière de la voiture à cheval.

"On part ! A propos, Giambattista, tu viendras me chercher dimanche à Carmignano avec la carriole. C'est dans deux jours. Ça suffira bien. Sinon ils seraient capables de me séquestrer Dieu sait combien de temps encore. Et n'oublie pas surtout ! Allez, hue ! Mais qu'est-ce qu'on attend ?"

Nouvelle bourrade sur l'épaule du cocher. Les deux hommes se regardèrent un instant et éclatèrent de rire, copains comme cochons et larrons en foire. La voiture partit et ses roues sur les pavés allumèrent des gerbes d'étincelles.

Moi, je savais que cette joie forcée, cette pauvre joie factice, ne durerait pas. La pirouette avait été habile, mais la gaieté serait sans lendemain. Qu'allait-il faire là-bas où il n'avait peut-être rien à faire ? Le caprice d'un comte et la crainte d'un duc. Je revins tête basse, marchant le long des échoppes dans ces rues grouillant de gens, et je me sentais seul. Comme si je devais supporter tout le poids de ses incartades et de ses infortunes. Finalement, je me décidai à revenir piazza Ognissanti, histoire de régler à Vieri mon verre de ce vin blanc de *vernaccia* un peu amer. Il me sourit sans rancune et refusa que je le paie. Alors je m'installai sur une table qu'il avait sortie sur la place, je lui commandai un verre de *vernaccia* et je posai mes trois deniers. D'autres enfants, ou les mêmes, jouaient à la balle, des fillettes d'une école religieuse, toutes habillées de la même façon, faisaient des rondes avec l'air de s'ennuyer, le mendiant somnolait devant sa sébile vide et des paysans revenaient du marché sur des ânes dont les bâts ne contenaient plus rien à l'exception de trois bottes de poireaux et de deux poulets braillards attachés par les pattes.

Bronzino vint à passer. D'une certaine façon je l'attendais. C'est pour cela que, sans même y réfléchir, j'étais revenu piazza Ognissanti et que je m'étais arrêté chez Vieri. Je lui fis signe de s'asseoir à ma table.

"Un autre verre de *vernaccia* ?

— Laquelle ? demanda cet homme raffiné qui ne buvait pas n'importe quoi.

— De la *vernaccia* de San Gimignano.

— Alors là, c'est d'accord."

Et l'on se tut. Moi surtout. Bronzino n'osait interrompre le silence comme s'il se doutait. Comme s'il se doutait que j'avais quelque chose de lourd à dire. Cela se devine parfois sur le visage des gens, mais aussi à une certaine retenue du silence. Il buvait sa *vernaccia* à petits coups en attendant que je parle. Alors je lui racontai le *diario*. Je lui dis cette page blanche traversée par ces trois lignes qui me hantaient encore. Il sourit un peu. A peine. Comme si, devant mon trouble, il voulait, avant de me répondre, déjà me rassurer. Puis il dit à voix basse, comme s'il se parlait à lui-même :

"Oui, je sais, je sais. Souvent, il me raconte. Et il ne me fait grâce de rien. J'ai droit à tout. Le mois dernier, nous sommes allés voir Alessandro Allori. Pendant toute la route, il m'a expliqué que ses coliques augmentaient, qu'il avait beaucoup de bile sanguinolente et blanchâtre. La semaine dernière, je l'ai entendu dire à Ottaviano que, pendant tout le temps où il a plu et venté à Florence, il a eu «mal à l'estomac et aux boyaux». Pas plus tard qu'hier matin, il m'a attiré dans un coin de son atelier pour me chuchoter, sur un ton confidentiel, alors que nous étions seuls, que jeudi dernier, «tandis qu'il peignait l'autre jambe (de quelque saint à San Lorenzo, j'imagine), il s'était un peu remis de ses maux de ventre et qu'il n'y était plus allé que quatre fois». Mais, ce matin, au moment où il écrivait quelques lettres, la colique lui est revenue, m'a-t-il dit.

— Mais comment expliquer cette complaisance…

— Pontormo est quelqu'un qui surveille son corps à chaque instant. Il l'ausculte en permanence, il écoute ses viscères, il vérifie ses humeurs, il contrôle ses transits. Il nous raconte, mais il écrit aussi, et ça, tu le sais, ses obsessions de chaque jour, il recense minutieusement les choses les plus banales. Il nous fait scrupuleusement l'inventaire de l'insignifiant. A en perdre la raison.

— Je sais. Il se plaint sans cesse. Il faut l'entendre !

— Il se plaint de tout. La saison est trop froide ou la saison est trop pluvieuse, l'été est trop brûlant et l'automne trop humide. Et la lune est toujours maléfique. Alors, il interroge ses poumons, son foie, ses intestins, son épigastre. Et il note. Il note tout. Tout ce qui sue, transpire, exsude, sécrète, dégoutte, s'écoule, suinte, s'exhale. Il note aussi ses rhumes, ses maux de reins, ses maux d'estomac, la tête qui lui tourne, une fièvre qui l'empêche de dormir. Et il a trop froid et il a trop chaud, et il se cogne l'épaule et il se cogne le pied. Alors il se lamente à n'en plus finir.

— Je crois que notre Pontormo est devenu vieux d'un seul coup. Peut-être à cause de San

Lorenzo. C'est maintenant un vieil homme mélancolique, solitaire, maniaque et, surtout, épouvantablement tourmenté.

— Moi, je dirais que c'est une bonne chose qu'il écrive tout cela dans son *diario*. Ecrire ses malaises, qu'ils soient réels ou imaginaires, c'est les conjurer. Les exorciser si tu préfères. Il s'accroche aux plus infimes défaillances de son corps comme s'il voulait l'arracher à une mort qu'il imagine toujours imminente. Ses obsessions sont un barrage contre la mort.

— En surveillant comme il le fait sa lente dégradation, je pense que Pontormo se détruit lui-même petit à petit alors qu'il croit se préserver. Il multiplie les soins et les peurs pour remédier aux faiblesses de son corps, mais, ce faisant, au lieu d'éloigner la mort, il l'invoque, il l'interpelle, il l'apprivoise et il la séduit. Pire, en l'épiant à chaque instant dans les plis et les replis de sa chair, il se familiarise avec elle. A quand le désir ? Ainsi va-t-il se consumer jusqu'à guérir en elle. Je me suis souvent demandé : Pourquoi est-il comme ça ? Comment en est-il arrivé là ? Aussi désespéré, aussi seul et un peu fou. Je sais bien, son enfance, sa vie…

— Oui, bien sûr, son enfance, sa vie ! mais il n'y a pas que cela. Il faut voir aussi dans quelle époque il a vécu. Toi, tu ne peux pas t'en rendre compte, tu es trop jeune. Moi-même, et j'ai pourtant cinquante et un ans, je suis venu après. Mais les artistes de la génération de Pontormo, la génération d'avant moi, ils ont connu la pire des époques de l'histoire de notre pays, une incroyable époque d'anarchie politique et de violences permanentes. Tu sais, Giambattista, ils n'en pouvaient plus, nos ancêtres, au temps de leur jeunesse, des guerres, des massacres, des pillages, des dévastations, des ravages. Et c'est Charles VIII qui descend en Italie, et c'est le sac de Prato, et puis c'est le sac de Rome, et puis c'est le siège de Florence, et puis on assassine Alessandro. Bref, après cette avalanche de calamités qui laisse l'Italie exsangue, il pèse alors sur notre pays, et sur la Toscane, un climat de catastrophe permanente. Comme elles sont brusquement devenues irréelles, les prestigieuses années de Lorenzo il Magnifico ! Aujourd'hui, on subit l'oppression, on vit dans une terreur constante, on a peur de penser et de dire ce qu'on pense. Et ça finit toujours par arriver, la geôle, la question, la mort. Il ne fallait évidemment pas, nostalgiques, se tourner vers le passé ; il fallait, bien sûr, comme Pontormo, comme le Rosso, comme Beccafumi, inventer autre chose. Mais, on l'a bien compris, ceux qui ont voulu se maintenir en dehors des événements sont restés isolés, incompris, méprisés quelquefois. Alors, il ne faut pas s'étonner si, parmi des gens aussi fragiles, aussi démunis que le sont les peintres et les poètes, certains sont devenus fous."

## XIV

## IL DIT AUTRE CHOSE QUE CE QUE DIT LE TABLEAU

La petite place Ognissanti s'était vidée d'un seul coup. Le *pizzicagnolo* avait rangé ses fromages, ses cannelloni et ses jambons, et il avait rabattu son auvent. Les enfants avaient ramassé leurs balles et leurs cahiers et étaient rentrés chez eux. Le mendiant avait également disparu. C'était l'heure de midi. Par les fenêtres ouvertes on sentait s'échapper sur la place l'odeur un peu fade de la *pastasciutta*. Bien alignées le long du trottoir, les charrettes à bras dressaient leurs brancards vers le ciel et, tout au fond de la place, un âne somnolait, le museau enfoncé dans son picotin. A terre, les pigeons tourniquaient sur eux-mêmes et roucoulaient en picorant par-ci par-là des grains de blé, des grains d'orge ou de maïs. Un moment de paix venait de descendre sur la place, un moment de silence. La trêve de midi.

C'est alors que je les vis arriver les uns après les autres, et je m'en étonnai car je ne savais pas. Varchi marchait en tête. Il pérorait comme toujours en agitant les bras à côté de Giambattista Gelli, notre cordonnier inspiré qui acquiesçait en dodelinant du chef. Juste derrière eux, curieux de ce qu'ils pouvaient bien se dire, trottait sur ses courtes jambes Luca Martini, le grand ami de Varchi et de Bronzino. Plus loin derrière, tout seul, isolé dans sa timidité, suivait le jeune Alessandro Allori, le disciple préféré de Bronzino, qui avait deux ans de plus que moi. Exclamations sonores et théâtrales salutations. Varchi se précipita pour m'embrasser, Bronzino serrait des mains. Parce qu'il avait remarqué ma surprise et deviné mon embarras, Bronzino m'expliqua que, la veille, ils s'étaient tous donné rendez-vous chez Vieri, histoire de déjeuner ensemble sur les bords de l'Arno où passe toujours un peu de fraîcheur. Au geste que je fis, Bronzino protesta :

"Non, reste, reste, tout le monde sera content de t'avoir avec nous."

Je restai. Vieri les attendait. Il arriva avec une table, qu'il ajouta à celle que j'occupais déjà avec Bronzino. Il étendit de ses larges mains de paysan une nappe d'un blanc parfait. Puis il revint avec les assiettes, les verres et les couverts, qu'il disposa avec beaucoup d'application. Quand il eut fini, il se planta devant nous, les poings sur les hanches, et nous regarda attentivement l'un après l'autre en souriant. Sans attendre nos questions, il anticipa sa réponse.

"Aujourd'hui, c'est risotto aux asperges avec petits pois et basilic. Ensuite, comme *secondo*, je peux vous faire une escalope de veau aux épinards et mozzarella. Ça vous va ?

— Et comme dessert ?" hasarda Alessandro Allori.

Toute la table éclata de rire. Vieri nous expliqua que, ce matin même, Flavia, sa femme, avait préparé un *zuccotto* comme elle seule sait les faire.

"Le vrai *zuccotto* toscan avec crème et chocolat, et pas trop glacé.

— Et pour boire ? lança Giambattista Gelli qui n'avait pas écrit pour rien *Les Fantaisies du tonnelier*.

— Ah, pour boire, je viens de faire une découverte !"

Chaque fois qu'on venait le voir, Vieri venait toujours de faire une découverte. Aussi tout le monde se mit à rire.

"C'est quoi, ta découverte d'aujourd'hui ?

— Ah, je crois que cette fois-ci j'ai trouvé quelque chose de pas mal et de pas cher.

— Tu dis ça chaque fois", répliqua Gelli.

Vieri ne releva pas et continua.

"Vous connaissez Montespertoli ? Trente maisons entre Galluzzo et Castelfiorentino. A deux pas de Montespertoli, tout en haut des collines, se trouve la ferme de Lucardo, à côté de ruines dont on dit qu'elles sont celles d'un château fondé par Charlemagne. Là, on vous fait un petit chianti léger, limpide, d'une jolie couleur, avec une saveur pleine. Un vin raisonnable. Ça vous va ?

— D'accord, d'accord. Tu nous en portes trois bouteilles pour commencer", conclut Varchi.

Vieri s'en alla. La conversation repartit en bruissements et murmures lorsque, tout à coup, la voix sonore de Gelli écrasa les bavardages.

"Mais où donc est Pontormo ?

— C'est vrai, où est-il ? Il ne devait pas venir avec nous ?" s'enquit Luca Martini.

A ce moment-là, tous les regards convergèrent vers moi. Je me sentis rougir. Je regardai Bronzino qui comprit mon embarras. Il répondit à ma place :

"Il est à Carmignano.

— A Carmignano ! Qu'est-ce qu'il est allé faire là-bas ? Il devait déjeuner avec nous !" reprit Luca Martini.

Cette fois-ci, je me sentis obligé de répondre car Bronzino n'avait pas été témoin de la scène.

Je racontai l'algarade avec le cocher, le tableau abîmé, la fuite à Carmignano. Je ne parlai pas du *diario*.

"Quel tableau ? demanda Alessandro Allori, toujours un peu perdu.

— Une Visitation, répondis-je.

— Ah oui ! Oh, il y a bien longtemps que je l'ai vue, répliqua Varchi. Je me souviens de l'avoir découverte là-bas, chez le comte Bonaccorsi Pinadori, l'année où je suis parti à Venise. Il venait juste de terminer ce tableau. C'était donc en 1529. Ça fait déjà vingt-cinq ans !

— Et alors, c'est quoi, ce tableau ? demanda Allori avec sa maladresse habituelle.

— Ce tableau est là comme une question, répondit Luca Martini qui avait eu l'occasion de le revoir récemment. Les deux personnages du fond qui te regardent fixement t'empêchent de voir les deux autres personnages qui se regardent entre eux et ne veulent pas que tu les regardes.

— Je n'ai rien compris, assena Gelli.

— Tu sais, Giambattista, lui répondit Bronzino, ce qu'il y a souvent de plus intéressant chez Pontormo, c'est ce qu'on ne comprend pas.

— C'est vrai, répliqua Luca Martini, mais autant sa première Visitation, celle de la Santissima Annunziata, est simple, limpide, bien construite, autant celle de Carmignano me semble énigmatique.

— C'est parce qu'elle est énigmatique que je l'aime, lança Varchi. Tu sais, quand il a peint celle de la Santissima Annunziata, il avait entre vingt et vingt-deux ans. Et là, il avait fait de l'Andrea del Sarto. C'est tout.

— S'il t'entendait, s'amusa Bronzino, il apprécierait !

— Je ne le trouve pas tellement bien en ce moment, s'inquiéta Luca Martini. L'autre jour, il m'a semblé bizarre, mais vraiment bizarre. D'abord, il ne m'a pas reconnu tout de suite. Dès qu'il m'a reconnu, il a commencé par me dire ce qu'il avait mangé la veille, puis l'avant-veille. Il ne m'a pas laissé le temps de répondre et, pendant une demi-heure, il m'a parlé en long et en large de ses douleurs aux jambes, de ses maux d'estomac, de ses coliques. Je le trouve inquiet et inquiétant.

— Moi, je trouve qu'il devient fou, intervint Gelli qui n'a jamais été très doué pour la nuance.

— Dans ce cas-là, nous sommes tous fous, conclut Bronzino. C'est vrai, je vous l'accorde, Pontormo est déconcertant, il nous surprend, il nous inquiète, il nous agace. Mais il n'est pas fou. Il est malade, tourmenté, mélancolique, maniaque, obsédé, misanthrope…

— C'est déjà pas mal, affirma Allori qui, pour une fois, tombait juste.

— … mais la folie, c'est quand même autre chose.

— Un qui était fou, mais vraiment fou, c'était bien Gianfrancesco Rustici, répliqua Gelli, histoire de donner un exemple.

— Ah bon, pourquoi ? demanda Bronzino qui l'avait connu.

— Il vivait au milieu d'animaux qui grouillaient dans sa maison. Il avait apprivoisé un porc-épic qui se tenait sous la table comme un chien et se frottait parfois aux jambes des convives qui n'appréciaient guère. Il possédait un aigle qui volait partout dans les pièces et un corbeau capable de dire une grande quantité de mots si clairement qu'on aurait cru entendre parler un homme à la voix enrouée. Dans une pièce qui lui servait de vivier, il avait enfermé des couleuvres et il prenait grand plaisir à contempler, surtout l'été, leurs folies amoureuses.

— Ça, c'est pas méchant, rétorqua Luca Martini. Notre ami le Rosso – Dieu ait son âme – faisait des choses plus inquiétantes. On raconte que, pour satisfaire sa passion pour les études anatomiques, la nuit, il allait déterrer les cadavres de l'évêché près duquel il habitait, et ensuite il les disséquait.

— Est-ce qu'il les remettait au moins en place après sa dissection ? interrogea Varchi. Voilà au moins des morts qui servent à quelque chose !

— Folie, folie ? Est-ce de la folie cela ? s'enquit Allori.

— Vasari m'a raconté un jour, reprit Luca Martini, qu'un certain Bartolomeo Torri que personne ne connaît – ça, c'est le talent de Vasari que de dénicher des peintres inconnus de tous –, bref ! Vasari m'a raconté ce que Silvano Razzi lui avait rapporté au sujet de ce Torri, à savoir qu'il conservait chez lui et jusque sous son lit des membres et d'autres morceaux humains qui infestaient toute la maison. Tout ça pour pouvoir assouvir sa passion de la dissection.

— Ça devient intéressant, répliqua Varchi qui aimait bien nous provoquer, mais personne ne releva.

— Au point où nous en sommes, j'ai encore mieux à vous raconter, intervint Bronzino. Il s'agit d'Andrea da Fiesole. Il était sculpteur, mais aussi membre de la confrérie de la Miséricorde, laquelle, comme vous le savez, a pour mission d'accompagner les condamnés à mort jusqu'au lieu de leur supplice. Un jour, il lui vint une fantaisie des plus étranges. Comme il était également sacristain, il s'arrangea pour retirer de son cercueil le corps d'un pendu de la veille et, dans son désir de s'instruire, il le disséqua. Puis, saisi d'une étrange impulsion, il l'écorcha entièrement, tanna la peau et, parce qu'il était persuadé qu'elle possédait une vertu bénéfique, il s'en fit un pourpoint. Il le porta quelque temps sous sa chemise à l'insu de tous. Mais, un jour, il s'en confessa à un religieux qui le réprimanda, lui ordonna d'enlever ce pourpoint et de l'ensevelir.

— Et l'on pourrait encore parler des excentricités de tant d'autres. Je pense au Sodoma ou à Piero di Cosimo, ajouta Gelli.

— Vous voyez bien que, comparé à tous ces chrétiens, notre Pontormo n'est pas tellement fou, avança Allori.

— Je vous ferais remarquer, dit sentencieusement Varchi, que, selon Marsile Ficin, tous les grands hommes sont mélancoliques et que, selon Platon, l'inspiration est considérée comme une "divine folie".

— Oui, oui, je confirme, insista Gelli. De nos jours, une habitude est prise dans l'esprit des gens : il leur paraît tout à fait évident que, pour être excellent, un peintre doit être nécessairement doté d'une humeur fantasque, voire excentrique. Il faut reconnaître qu'aujourd'hui la plupart des peintres sont devenus extravagants.

— Ce sont souvent des personnages misanthropes, sauvages, à l'écart de la société, ajouta Luca Martini.

— Ils sont victimes d'une folie lucide, commenta Allori.

— Ils sont surtout décalés entre leur désir exalté de tout changer, comme une espèce de révolte permanente retenue, et un système politique conservateur et répressif, reprit Gelli.

— Il faut quand même reconnaître que Pontormo est particulièrement décalé", se crut obligé d'ajouter Allori.

Je sentis une pointe d'irritation chez Gelli qui lui cloua le bec :

"Ecoute-moi, Alessandro, au lieu de critiquer notre cher Pontormo, tu ferais mieux de suivre son exemple. Alors qu'il n'y a certainement personne à notre époque qui lui soit supérieur dans l'art de la peinture, eh bien, lui, dans ce domaine qui est le sien, il ne blâme rien ni personne s'il n'y est obligé. Alors, fais comme lui, mets un peu de modération dans tes jugements pour ne pas provoquer non plus la colère des autres peintres qui n'obtiendraient pas de louanges de ta part."

J'aimais bien Giambattista Gelli. Même s'il m'intimidait un peu, je me sentais proche de lui. Peut-être parce que c'était un artisan comme moi et cela nous rapprochait. Lui, il était cordonnier. Tantôt il maniait l'alène et le tranchet, tantôt, de ses gros doigts encore enduits de poix, il tournait les pages de *La Divine Comédie* de Dante ou du *Canzoniere* de Pétrarque, ou encore il lisait les philosophes de l'Antiquité. Il détestait le savoir qui restait enfermé dans un petit cabinet, un savoir coupé du monde. Son savoir à lui était cordial et communicatif, il aimait le partager avec les gens de la rue, les gens de la vie. J'adorais son livre *Les Fantaisies du tonnelier*, écrit six ans auparavant. C'est drôle. C'est l'histoire d'un vieux tonnelier qui bavarde avec son âme. A la fin, il conclut que, tout compte fait, pour le bonheur de l'homme, il est préférable que ce soit la raison qui domine les sens.

A ce moment-là, la conversation commença à s'enliser : le vin, la fatigue, le soleil en étaient certainement la cause. Après le café, après la *grappa*, je quittai la table. J'avais une raison valable pour ne pas m'attarder avec eux. Pourquoi la dire ? On ne m'aurait pas cru. La raison, c'est que je voulais finir à tout prix avant dimanche, avant le retour de Pontormo que je devais aller chercher à Carmignano, cet impossible dessin qu'il m'avait promis de corriger, ce dessin d'une femme vêtue d'une robe ample, assise sur une chaise, qui se retourne en même temps qu'elle se baisse pour ramasser un livre tombé à terre. J'ai recommencé au moins une dizaine de fois le mouvement des plis de la robe qui s'ouvrent et se dilatent au-dessus et au-dessous de la ceinture. Pour m'aider, j'ai copié et recopié je ne sais combien de fois certains personnages des dessins préparatoires de son tableau des *Pèlerins d'Emmaüs*, qui traînaient dans son atelier. Ils présentent de beaux drapés plissés. Comme je suis encore loin de la simple vraisemblance des choses !

Et puis dimanche est arrivé. Trop vite. La Lia est venue me voir. Plusieurs fois. Petite souris quand le chat n'est pas là. Je l'ai également dessinée. On était là comme si on était mariés. Je crois qu'elle voudrait bien. Elle ne m'en parle jamais parce qu'elle me connaît déjà un peu. Elle a compris qu'il ne valait mieux pas. Mais je sens qu'elle le désire. Je lui sais gré de ne pas m'en parler parce que, comme ça, on peut continuer à se voir. Mais dimanche était déjà là. Pour aller à Carmignano avec sa haridelle efflanquée, j'en avais bien pour trois heures. J'ai attelé la carriole au lever du jour et j'ai traversé une Florence déserte.

Quand j'arrivai au château du comte Bonaccorsi Pinadori, je fus d'abord accueilli par une meute de chiens hurlants, puis survint un valet qui me posa tout un tas de questions et me confia à un intendant, lequel me dit d'attendre là car il allait prévenir le comte de ma venue. Et j'attendis là un temps très long, assis sur ma carriole, le fouet entre les jambes, en compagnie d'un cheval qui s'ébrouait d'impatience. L'intendant revint, me dit d'attacher mon cheval et de le suivre. Il me fit entrer par une petite porte à l'arrière du château, une porte qui ouvrait sur une entrée exiguë donnant sur les cuisines. Si Pontormo était considéré comme un domestique, moi j'étais évidemment le domestique du domestique.

Le comte arriva enfin. C'était un homme de taille médiocre, à courtes pattes, encombré dans sa marche par une lourde bedaine, chauve par plaques comme si quelque pelade dessinait, çà et là, des clairières clairsemées dans sa chevelure poivre et sel. Le nez était gros et les joues flasques. Je remarquai qu'il claudiquait un tantinet. Il se dirigea vers moi et manifesta à mon égard cette courtoisie froide qui est le masque mondain de la condescendance et du mépris. Il coupa net les quelques paroles que je commençais à prononcer pour le saluer respectueusement.

"Pontormo est au lit, me dit-il. Ça fait trois jours qu'il est au lit.

— Ça veut dire qu'il est malade.

— Pas du tout. Il boude. Messire Pontormo boude ! Il fait seulement quelques pas l'après-midi dans le parc. En revanche, il ne manque aucun repas. Le reste du temps, il se séquestre dans sa chambre.

— Je le connais ! Il ne doit quand même pas aller très bien.

— Je n'en sais rien ! Avec lui, on ne peut jamais savoir. Il ne desserre pas les dents. Il était temps que tu viennes le chercher. Vous partirez avant midi."

Un valet me conduisit à la chambre de Pontormo. J'appréhendais. Il était effectivement allongé sur un immense lit à baldaquin jonché d'une quantité de feuilles de papier qu'il avait couvertes de ses dessins, croquis, ébauches, esquisses.

"Tu vois, je travaille."

Il était détendu et souriant. Il se leva pour venir me saluer. Comme il se reposait là depuis trois jours, je le trouvai beau et rajeuni. Dans ce château décadent, la noblesse était de son côté. Toutefois, et là je le retrouvais bien, au fur et à mesure qu'il me racontait son histoire, il s'animait, il s'énervait. Je m'attendais à une forte montée de colère.

"Ce comte est un imbécile et un dégénéré. Ah, qu'on me rende Alessandro ! Cet abruti ne connaît rien à la peinture. Il sait qu'il a un Pontormo chez lui. Il en est fier et c'est tout.

— Oui, mais le tableau était-il abîmé ?

— Rien ! Le tableau n'a rien du tout. C'est effectivement un bon panneau de bois, une *tavola* épaisse et solide. Seul le cadre a volé en éclats. Il faut le refaire complètement. Le tableau, lui, n'a aucune égratignure. Si je ne suis plus sorti de ma chambre, c'est parce que je me suis disputé avec ce crétin. Il exigeait de moi que je répare le cadre : «Tu es artisan, c'est ton travail !», me disait-il. Je lui ai répondu qu'il ne connaissait pas encore la différence entre un artisan et un artiste et qu'il n'avait qu'à se débrouiller avec le menuisier de son village, que je n'avais rien à faire ici et que j'allais attendre enfermé dans ma chambre jusqu'à dimanche. J'ai tourné les talons et j'ai quitté le salon. Je me souviens que je suis parti sans claquer la porte.

— Il m'a dit que vous ne sortiez de votre chambre que pour vous promener dans le parc et venir aux repas. Comment ça se passe d'ailleurs pour les repas en sa compagnie ?

— Les repas ? Ça s'est réglé tout seul. Je mange à la cuisine avec les domestiques. Et comme je ne suis pas de leur monde, ils me font la tête. En plus, on mange mal et le vin est infect. Quand part-on ?

— Il veut qu'on parte avant midi. Mais je voudrais voir le tableau. Je ne l'ai jamais vu. Où se trouve-t-il ?

— Dans la chapelle. Tu redescends le grand escalier de pierre et, en bas, tu tournes deux fois à gauche. Pendant ce temps, je vais me préparer. Va, mais fais vite !"

Je descendis l'escalier de pierre, je tournai deux fois à gauche et je suivis dans la pénombre un long corridor humide et froid. Au fond, je poussai la porte d'un petit oratoire. Le tableau de Pontormo avait été posé sur une chaise, appuyé au dossier. Je regardai cette Visitation et retrouvai la vieille histoire bien connue que, depuis tant et tant de décennies, on voyait dans toutes nos églises et au fond de tous nos monastères, peinte à fresque ou sur *tavola* : Elisabeth, l'épouse stérile du vieux prêtre Zacharie, se trouve, sur le tard, miraculeusement enceinte de celui qui sera Jean et qu'on appellera le Baptiste. Tout heureuse de l'événement, elle va rendre visite à la jeune Marie, la fille d'Anne et de Joachim, de vagues cousins à elle. Marie aussi semble heureuse d'être enceinte de celui qui sera Jésus et qu'on appellera le Christ. Toutes ces fresques et tous ces tableaux nous montrent la rencontre de ces deux femmes. On les voit aller l'une vers l'autre et s'étreindre en partageant leur bonheur de futures mères. Je connais bien cette histoire. Je poussai donc la porte du petit oratoire, regardai cette Visitation et me trouvai devant un tableau que je ne compris pas.

Bien sûr, je reconnus l'histoire, cette image qui remonte à la plus lointaine tradition toscane, je retrouvai le moment le plus intime de cette rencontre lorsque les deux femmes s'étreignent. Au premier plan, la jeune Marie et la vieille Elisabeth s'embrassent. Ce qui est nouveau ici, et que je n'ai pas bien saisi, ce sont ces deux personnages à l'arrière, droits, immobiles, figés. Ils semblent absents de la scène qui se déroule pourtant sous leurs yeux. A bien les observer, ils regardent ailleurs, ils regardent droit devant eux, et leurs regards vont loin. Et leurs visages sont impassibles. C'est bizarre, on a l'impression que les femmes se dédoublent : derrière Marie une autre Marie, jeune encore comme elle, et derrière Elisabeth une autre Elisabeth vieille aussi, mais toutes deux graves, lointaines, indifférentes. Ce ne sont plus des femmes qui attendent d'être mères, mais comme le retour de ce qu'elles étaient avant ou, mieux encore, comme une partie d'elles-mêmes qui resterait indifférente à ce qu'elles sont devenues.

Je savais, avant de voir le tableau, j'avais entendu dire, car parfois on en parlait à Florence et j'écoutais – je me disais que cela m'aiderait à comprendre –, je savais que chaque personne qui regardait ce tableau de Pontormo avait sa petite idée. J'avais donc entendu dire, par certains qui s'y connaissaient, que la vieille Elisabeth représentait l'Ancien Testament et la jeune Marie le Nouveau Testament, et que cette visite figurait un peu le passage de l'un à l'autre. Ou alors, d'autres disaient que la vieille Eglise romaine embrassait la future Eglise catholique. Mais quelle future Eglise ? Là, on m'expliquait que dans la situation du moment, si Elisabeth représentait effectivement l'Eglise romaine traditionnelle, Marie était la nouvelle Eglise qui avait bien besoin de réformes. Ça, c'était vrai. Ça ne m'étonnait pas de Pontormo qui, à défaut de Luther, aurait bien fourré du Savonarola dans son tableau. Mais tout le monde savait qu'on ne pouvait pas lui demander d'explication là-dessus. De toute façon, c'est bien connu, tout ne s'explique pas chez Pontormo. Par exemple, et ça, c'était la question que se posait Annibale Caro, qui pourrait expliquer la déliquescence des corps et leurs glissements vertigineux dans les fresques de San Lorenzo ? On ne savait jamais exactement ce que Pontormo voulait dire, mais le savait-il lui-même ? On ne pouvait pas le questionner là-dessus.

Et qui pourrait expliquer pourquoi la Vierge a rejeté son enfant dans la *Pala Pucci* à San Michele Visdomini ? Et que signifient ces géants nus et incongrus perchés sur leurs colonnes dans le panneau de *Joseph en Egypte* ? Oh, ça, je le savais ! Il avait pris l'idée, et le modèle, à Piero di Cosimo qui fut l'un de ses nombreux maîtres.

Seul devant cette *tavola*, je me souvins de cette conversation avec Daniello. Il m'avait parlé de cette Visitation que je ne connaissais pas encore. En réalité, ce qu'il disait, et les questions dont nous discutions ce jour-là, valait pour n'importe quelle invention de Pontormo. Parler de ses tableaux, c'était toujours parler de lui.

“Dans les années 1520, Piero di Cosimo a peint deux dossiers de lit qui illustrent le mythe de Prométhée, m'expliquait Daniello. Sur chaque panneau, on voit un Prométhée nu, plus beau qu'un Apollon, droit sur son socle et un bras levé vers le ciel dans un geste prophétique un peu à la Leonardo, tu sais, son saint Jean-Baptiste. Ce sont ces deux images de Prométhée que Pontormo a introduites, presque telles quelles, dans son tableau de *Joseph en Egypte*.

— Mais même si c'est un emprunt, ça n'explique rien et on ne comprend toujours pas ce que ces géants font là. Il y a tant d'autres choses de lui que l'on ne comprend pas et dont on peut se demander s'il savait lui-même avec précision où il voulait aller, lui dis-je.

— Certainement. Moi, je te disais que, dans tous ses tableaux, Pontormo dit autre chose que ce que dit le tableau. Il va toujours un peu plus loin, mais il ne sait pas nous y conduire. Ou il ne veut pas. C'est comme s'il imaginait déjà un tableau futur en train de germer dans le tableau présent.

— Ou comme s'il était à l'étroit dans ce qu'il représente, dans ce qu'on lui demande de représenter et qu'il s'inventait une ouverture que personne ne comprend ni même ne voit.

— C'est vrai ça, je l'ai remarqué, le sujet de son tableau recule toujours. Comme s'il y avait un sujet derrière le sujet. Aucun tableau ne peut contenir tout ce qu'il veut dire, précisa Daniello.

— J'irais plus loin. Parfois, quand je regarde ses tableaux, ses fresques, me viennent des idées auxquelles je suis certain qu'il n'a pas pensé. Il se dégage presque toujours de ses œuvres des émotions qu'il ne soupçonnait pas.

— Son pinceau court librement sur la *tavola* ou sur le mur, qui ne suit pas forcément son idée, mais une impulsion, un moment de lui. Libre à chacun de nous d'imaginer ce que l'on veut et de nous y retrouver. Ou de nous y perdre. Existe-t-il une vérité de Pontormo ? Ce qu'il faut chercher, c'est la vérité du tableau. Celle d'un moment. On comprend pourquoi Pontormo ne peint jamais deux fois de la même façon.

— Ou la vérité de soi quand le tableau nous provoque", avais-je ajouté pour conclure.

Mais là, j'étais seul face à son tableau, un tableau qui m'échappait. Au premier regard, tout ce qui est surface éclate, explose et se diffracte. Dans l'instant même, on reste fasciné par le flamboiement des tuniques, par les étoffes amples et somptueuses dont les deux femmes, et les deux autres qui sont ou ne sont pas autres qu'elles, semblent avoir échangé les couleurs.

"Tu vois, m'expliquait un jour Bronzino, ici la *tavola* tout entière n'est que ce frémissement de flammes colorées qui resplendissent et se fragmentent et puis, par moments, par endroits, pâlissent et se ternissent sous l'effet de la trop forte lumière qui les frappe de front. Elisabeth vient tout juste d'arriver. Son pied ne s'est pas encore posé à terre, elle appuie à peine sur l'extrémité de ses orteils. Marie, immobile et grave, plus qu'elle resserrée dans sa robe vert foncé, semble l'attendre. Leurs bras se croisent mais l'étreinte reste nonchalante. De peu de conviction. Si la main de Marie se pose en glissant sur l'épaule d'Elisabeth, la main de celle-ci se trouve un instant appuyée sur le dos de Marie et se perd dans le foisonnement vert des étoffes aux plis profonds. Elles se regardent, mais sans chaleur, sans émotion vraie. Les visages sont banals. Elisabeth esquisse, comme si elle hésitait, un très léger sourire, heureuse peut-être d'être enfin mère, mais Marie, déjà lointaine, la regarde de ses grands yeux étonnés, sans sourire. Elle ne sourit pas,

Marie. Son regard résigné ne répond pas à la joie retenue d'Elisabeth. Dans leur silence, elles ne parlent pas de la même chose. Et même leur regard évite la question. Parce que Marie a déjà répondu. Elle a dit : *"Fiat"*, qu'il en soit ainsi. Devant Elisabeth, elle est déjà résignée. Elle ne peut être que résignée parce que, déjà, elle sait. Qu'il en soit ainsi."

J'écoutais Bronzino bouche bée, et j'essayais de comprendre ce qu'il me disait. Mais j'avais quand même du mal à "entrer" dans le tableau, comme on dit maintenant. Beaucoup plus tard, j'en ai reparlé avec Bronzino qui savait tout sur Pontormo. Je ne sais si j'ai bien compris ce qu'il m'a expliqué ce jour-là, mais j'en ai retenu que ces deux personnages à l'arrière étaient un peu comme les veilleurs de la nuit de ces femmes, les veilleurs de leur conscience nocturne en quelque sorte. Bronzino m'interpellait pour s'assurer que je suivais :

"Côte à côte, immobiles, impassibles, ils dardent leurs regards froids sur qui regarde. Ils sont comme les veilleurs de la conscience profonde des deux visiteuses, comme si leur conscience désincarnée existait en dehors d'elles. Leurs regards de mémoire abolissent leurs regards convenus. Tu m'écoutes, au moins ? Si bien que les regards parallèles et bien droits de ces deux personnages qui nous regardent en train de regarder ces deux femmes qui se regardent détournent le nôtre comme s'ils voulaient que nous délaissions Elisabeth et Marie à leur éphémère rencontre. Et tout ce bruissement de robes aux longs plis et tout ce chatoiement de couleurs acides et violentes, aussi bien que pâles et délavées, ne seraient, sous le pinceau de Pontormo, que le leurre qui occulte la question.

— Pour moi, disais-je à Bronzino, de ce tableau, il ne me reste que de l'étonnement.

— Oui, c'est un étonnement qui se transforme en question muette, à soi-même inaudible. Une question que ne se posent plus les femmes, mais toujours les veilleurs de la nuit dont les regards croisent les leurs, la question que nous nous posons toujours depuis ce moment-là : la question de l'Incarnation. Pontormo a peint cette question. Puis il est reparti dans sa nuit. Il a laissé ce flamboiement se propager jusqu'à couvrir toute la surface de la *tavola*. Il sait que, dans le fond du tableau, les hautes murailles sombres vont l'accueillir parce que cette ville obscure, c'est lui. Pontormo a peint le noir car il s'est peint lui-même de l'intérieur."

Ceci se passait bien longtemps après ma visite à Carmignano. Mais pour en revenir à mon escapade de ce jour-là, je peux dire que j'avais été ébloui sans comprendre. Alors, je refermai doucement derrière moi la porte du petit oratoire. Je m'avançai dans le corridor sombre et humide et, pendant que je marchais dans l'ombre, je pensais. Je pensais à cette première Visitation qu'il avait peinte à fresque à la Santissima Annunziata treize ans avant celle-ci. Il n'avait alors que vingt-deux ans. Pas plus tard que le mardi précédent, je m'y étais rendu afin de remettre au prieur une lettre de Pontormo. Chaque fois que je devais aller à la Santissima Annunziata, je faisais le pèlerinage des fresques du *chiostrino*, le petit cloître, l'atrium qui précède l'entrée dans l'église. Et chaque fois je regardais, et je ne pouvais m'en détacher, la *Nativité* de Baldovinetti, l'*Assomption* du Rosso, le *Mariage de la Vierge* de Franciabigio, la *Naissance de la Vierge* d'Andrea del Sarto. Et, bien sûr, les deux fresques de Pontormo, la *Sacra conversazione* et la Visitation.

Dans cette fresque de la Visitation, on trouve, difficile à imaginer aujourd'hui, toute la fraîcheur d'un Pontormo qui a été jeune. Il a voulu rivaliser avec son maître Andrea del Sarto dont la *Naissance de la Vierge* se trouve à côté. La leçon du maître est encore là, tout comme l'exemple proche de Fra Bartolomeo. Cette première Visitation a beaucoup de grandeur et l'escalier, qui descend des colonnes antiques du fond de la scène jusqu'au bord du tableau, confère une certaine solennité à la rencontre des deux femmes. Les proportions sont généreuses, les volumes et les drapés des nombreux personnages se développent avec ampleur. Il existe un bel équilibre entre les masses et les couleurs.

Avec une construction aussi étudiée, on sent qu'Albertinelli n'est pas loin. Je me souviens de ce que m'avait raconté là-dessus Luca Martini. La tête de la Vierge, m'avait-il expliqué, occupe le sommet d'une pyramide qui inclut elle-même deux autres pyramides plus petites : la position de cette femme, qui nous fixe du regard, assise sur les marches du côté gauche, et la posture de l'enfant assis à droite, tout occupé de lui-même et que nous retrouverons plus tard assis sur un muret dans *Vertumne et Pomone*. La jambe allongée de l'enfant amorce une diagonale qui traverse le tableau après avoir effleuré le corps tout entier d'Elisabeth. A gauche et à droite, des personnages raides et cambrés semblent prolonger le hiératisme des colonnes antiques du fond. Derniers sursauts d'une écriture encore classique. Mais déjà, dans cette solennité compassée, perce le Pontormo d'aujourd'hui. Déjà les couleurs commencent à se décomposer et tendent vers l'acidité, la lumière s'y désagrège en grands aplats. Déjà inquiets, les regards étonnés et cernés de noir sont dispersés, on évite de se regarder, et les visages restent rêveurs. Les torsions des corps autant que les cambrures communiquent à l'ensemble de la scène une nervosité inquiète.

Pontormo m'attendait en haut des marches. Nous partîmes dans un désert d'indifférence. Personne ne vint nous saluer. Seul notre vieux canasson, quand il nous aperçut, se mit à battre le sol de son sabot ferré en signe de joie. Trois heures après, nous étions chez Vieri et, au milieu des bouteilles de chianti qui s'accumulaient, Pontormo nous racontait son aventure en riant comme rarement je le voyais rire. Le rire de celui qui a joué un bon tour à la bêtise et à la vulgarité.

## XV

## JE PEINS
## CE QUI N'EXISTE DÉJÀ PLUS

Il porte à grand-peine un baquet rempli à ras bord d'un tas de linge mouillé. Il n'en peut plus.

"Aide-moi donc, imbécile, au lieu de me regarder avec des yeux ronds !"

Pontormo vient de faire sa lessive. C'est loin d'être un événement. Toutefois, peu soucieux de la propreté de son linge tout comme de l'élégance de son corps, Pontormo se contente de faire sa lessive une fois par mois. Au mieux. Il monte la faire sécher dans le petit *solaio* au-dessus de son atelier, dans lequel on trouve aussi bien des piments et des poivrons enfilés sur des ficelles suspendues d'une poutre à l'autre comme des guirlandes de couleur que de vieux chevalets cassés ou des chaises à rempailler et qu'il ne rempaillera jamais.

Il est nerveux ce matin-là, le visage fermé.

"Dépêche-toi donc, il faut que je me rende au palazzo Pitti et je ne veux pas être en retard.

— Qu'est-ce que vous allez faire au palazzo Pitti d'aussi bonne heure ?

— Cosimo veut absolument me voir. C'est Bastiano qui est venu me prévenir hier au soir. Et tu n'étais pas là, une fois de plus ! Tu devais encore traîner comme un voyou dans les vieilles rues sordides entre le Palazzo Vecchio et l'Arno, là où les prostituées sont les moins chères. Tu te complais dans les bas-fonds de Florence, hein ?"

Là, il lâche un gros juron à mon adresse, puis ajoute :

“Il paraît que le duc est d’une humeur épouvantable. Je ne sais pas ce qu’il me veut.”

Moi, je m’en doute de ce qu’il lui veut, le duc, mais connaissant Pontormo, il n’est pas question que je le lui dise. C’est certainement au sujet des fresques de San Lorenzo : le Jugement dernier et les quelques scènes de l’Ancien Testament. Cosimo est à bout de patience. Cela fait déjà huit ans que Pontormo a commencé. Huit ans ! Et c’est loin d’être fini. En huit ans, Pontormo a peint, si je ne me trompe, la *Création d’Eve*, le *Péché originel*, *Caïn et Abel*, le *Sacrifice d’Abraham* et les histoires de Moïse et de Noé. C’est à peu près tout. A part quelques esquisses et de vagues dessins, il n’a pas encore commencé le *Déluge* ni *La Résurrection des morts*, le sujet principal en quelque sorte.

Je ne sais pas, mais je me demande parfois si Cosimo ne va pas regretter de lui avoir confié les fresques du chœur de l’église des Médicis. Dans un premier temps, on avait pensé à Michelangelo, mais il y a longtemps de cela. Pontormo n’avait alors qu’une trentaine d’années et n’était pas encore très connu. C’était l’ami Varchi et surtout Pier Francesco Riccio, le secrétaire particulier de Cosimo, qui avaient lourdement influencé le duc de Florence. Il faut savoir qu’avant d’être l’important majordome du Palazzo Vecchio, en même temps que le prieur de San Lorenzo, Pier Francesco Riccio avait été le précepteur de Cosimo.

Le hasard des choses et des rencontres ! J’ai justement parlé de tout cela à Daniello ces jours derniers.

“Il paraît que Francesco Salviati était tout désigné pour peindre ces fresques, lui disais-je.

— C'est vrai. Fort du succès qu'il avait obtenu avec les fresques de la salle des Audiences au Palazzo Vecchio, il pensait qu'entre estime et reconnaissance, Cosimo lui aurait attribué la commande de San Lorenzo. Tout le monde s'y attendait d'ailleurs.

— Que s'est-il donc passé, Daniello ?

— Un vilain tour de Pier Francesco Riccio. A ce qu'on dit. Mais tu sais, Giambattista, on a dit beaucoup de choses sur cette histoire, donc, à ce qu'on dit, Salviati aurait confié au majordome Riccio un dessin à l'intention de Cosimo, comme une espèce de projet d'ensemble pour le chœur de l'église, et, toujours d'après Salviati, le majordome ne l'aurait jamais montré au duc de Florence, si bien que Cosimo, qui aimait bien Pontormo, ne s'est pas embarrassé d'un long débat intérieur ni d'une querelle de peintres, et c'est donc à lui qu'il a confié le projet.

— Et il doit le regretter aujourd'hui !

— Il ne m'a pas fait de confidences là-dessus.

— Tu sais, Daniello, je le connais notre Pontormo, il veut faire de ces fresques son chef-d'œuvre. A Rome, Michelangelo a peint le Jugement dernier à la chapelle Sixtine. Alors Pontormo tout comme Cosimo voudraient bien avoir leur Sixtine à Florence. Aussi, pour toutes ces raisons, Pontormo prend son temps. Il ne veut en rien bâcler l'ouvrage de sa vie. Il travaille seul, sans assistants, dans le plus grand secret. Il peint lentement, calmement, comme il l'a toujours fait d'ailleurs. Mais moi je pense qu'il y a quand même autre chose qui explique sa lenteur au travail.

— Et c'est quoi ?

— Il est vieux, Pontormo, maintenant, il est vieux ! Et il est souvent malade. Il a des fièvres, des maux de reins, des nuits entières d'insomnies, des souffrances dans tout son corps. Alors il s'arrête quand bon lui semble. Pour un oui, pour un non. Il refuse de travailler en décembre et en janvier à cause du froid. Et puis c'est un esprit inquiet, jamais satisfait. Il passe son temps à défaire ce qu'il a fait, si bien que, effectivement, ça n'avance pas."

Voilà ce qu'on se disait avec Daniello, il y a deux ou trois jours de cela.

Nous redescendons du *solaio*. Le linge ruisselle et claque au vent qui passe entre les colonnes de bois qui soutiennent l'auvent. La lumière de novembre est belle sur les toits rouge sombre de la ville, sur les collines bleutées dans les lointains de Fiesole, sur les petits bois d'oliviers aux feuilles argentées qui descendent jusqu'à l'Arno.

"Tu vas m'accompagner, Giambattista. De toute façon, il va falloir que tu passes chez Borracini prendre les pinceaux que je lui ai commandés."

Nous descendons le long des échelles. Arrivé en bas, Pontormo tire sur une corde, l'échelle remonte et se bloque par un mécanisme ingénieux. Nous partons dans la petite fraîcheur revigorante de ce matin clair.

"Je me demande ce qu'il me veut. Tu sais, j'appréhende les colères de Cosimo. Il peut être violent.

— Oh, il ne va pas vous tuer !

— Tu ne crois pas si bien dire.

— Quoi ? Il veut vous tuer ?

— Non, non. Il ne veut certainement pas me tuer, mais il est capable de tuer.

— Ça, je le crois.

— Tu connais quand même la triste histoire de Sforza Almeni.

— Vaguement. J'en ai entendu parler mais il y a longtemps de cela et j'ai oublié.

— Sforza Almeni était son ami de toujours et son secrétaire depuis de longues années. Or, voilà qu'un jour Cosimo apprend que Sforza avait révélé à son fils, Francesco, que lui, son père Cosimo, avait une relation intime avec Eleonora degli Albizzi, et qu'il avait même l'intention de l'épouser. Ce qui pouvait se concevoir puisque l'autre Eleonora, son épouse aux yeux tristes, était morte depuis quelques années déjà. Mais Cosimo fut hors de lui quand il apprit que Sforza Almeni avait trahi un secret auquel il tenait beaucoup. Quand il le rencontra par hasard quelques jours plus tard dans un des corridors du Palazzo Vecchio, sa fureur se raviva à un point tel qu'il perdit tout contrôle de lui-même. Comme il se trouvait à ce moment-là devant une panoplie, sans réfléchir un seul instant à son geste, il se saisit d'une hallebarde et tua net le vieux serviteur et l'ami de toujours.

— Mais vous, vous n'avez rien à vous reprocher et vous n'avez rien à craindre.

— Non, bien sûr. Mais il est habile dans l'art de laisser planer longtemps d'obscures menaces sur votre tête."

Il est encore tôt. Nous parcourons une Florence presque déserte, à l'exception des charretons de volailles, de fruits et de légumes qui se rendent au marché et d'étudiants vêtus de capes noires qui se dirigent par petits groupes vers le Studio, avant que ne sonne la cloche du *campano* annonçant le début de la "leçon". Il n'y a personne sur le Ponte Vecchio. Seuls quelques orfèvres matinaux commencent à relever les volets de leur boutique. A l'autre extrémité du pont, au bas de la tour de la famille Manelli, un homme abondamment barbu et chevelu, coiffé d'un drôle de chapeau à plumes, fait danser deux singes en agitant, sur un rythme douteux, un tambourin de Sicile. Pontormo jette deux sous dans sa sébile. Les singes remercient en montrant leur derrière.

Nous traversons, au bout du pont, la via dei Bardi et nous nous trouvons sur la petite place Santa Felicita. Je me tourne vers lui.

"Pontormo… il est encore de bonne heure. Pour le palazzo Pitti, je crois que vous êtes très en avance. Comme vous m'aviez dit un jour que vous me raconteriez Marie, je vous en prie, puisque nous sommes maintenant devant l'église et que nous avons le temps, entrons et racontez-moi Marie."

A ma grande surprise, il ne grinche ni ne grogne. Il me prend par le bras comme s'il avait eu lui aussi le désir de m'en parler. Nous entrons dans l'église aux odeurs de cierges éteints et de relents d'encens, puis, tout de suite à droite, dans la chapelle Capponi. Là, il se met à parler.

"Marie ! Elle était toute petite, toute menue. C'était une paysanne de mon pays. Je l'avais déjà croisée plusieurs fois…

— Où ? A Pontormo ?

— Je l'avais déjà croisée plusieurs fois dans le regard des gens qui l'avaient regardée. Une fois, je l'ai appelée. Elle était chez elle. Elle montait l'escalier qui conduit à sa chambre. Par la fenêtre ouverte, je l'ai interpellée : Marie ! Elle s'est retournée, tout son corps a pivoté sur lui-même dans un beau mouvement de torsion. Sa main gauche était encore posée sur la rampe creusée dans le mur de *pietra serena*, sa jambe droite hésitait sur la marche à monter, mais ses épaules se tournaient vers l'arrière et sa tête vers moi qui l'avais appelée : Marie ! Alors j'ai su, ce jour-là, qu'un jour elle referait ce geste. Et moi, je serais là qui peindrais son visage et son regard étonné, et la spirale déroulée de son corps dans l'escalier.

Ça s'est passé exactement de cette façon. La petite paysanne de mon village monte dans sa chambre lorsqu'elle entend derrière elle un bruissement étrange. Elle se retourne. Tout son corps se tord et sa tête, un peu plus, se tourne vers l'arrière. Sa main ne quitte pas la rampe de pierre grise, sa jambe s'apprête à monter la marche, elle l'a presque montée, mais son pied, à l'endroit du gros orteil, repose un court instant sur l'arête de la marche. Je l'ai saisie dans cet instant. Elle ne peut rester qu'un très court moment dans cet équilibre instable lorsqu'elle suspend le mouvement qui l'entraîne vers l'escalier, pour se retourner et chercher à comprendre ce frémissement derrière elle. Son pied va bientôt quitter l'angle de la marche. J'aurai peint cet instant où, derrière Marie, une nébuleuse de voiles en expansion, un visage tourné vers une autre lumière, aura dit : *Ave Maria, gratia plena, Dominis tecum.* Et elle aura un enfant qui sera le fils de Dieu. La boule de vent, de flammes, de voiles et de couleurs aura disparu. J'aurai peint cet instant. Seulement ce si court instant. Je ne peins pas l'éternité. Nous n'avons plus de temps pour l'éternité. Nos révélations et nos émotions naissent et meurent dans l'instant. Je peins la vie qui s'écoule, le moment qui passe. Je peins ce qui n'existe déjà plus.

Ne restent que les grands yeux de Marie qui aura répondu : *Ecce ancilla Domini*, je suis la servante du Seigneur, sans peut-être bien comprendre ce qui lui arrivait, ce qui allait lui arriver.

Elle enfantera sans même avoir fait l'amour avec un homme. Dans beaucoup d'Annonciations, et Dieu sait si j'en ai vu, Marie a bien souvent un visage triste ou étonné, voire accablé. Et même, quelquefois, son visage se détourne de l'ange. Son destin s'est refermé sur elle en cet instant, car en cet infime instant de soumission l'Incarnation vient de s'accomplir. L'Incarnation est au cœur même de l'Annonciation comme la Crucifixion sera au cœur de l'Incarnation. L'Annonciation est ce moment où le Créateur entre dans sa création, l'infini résumé dans le corps d'une femme et l'éternité dans le temps. L'escalier est le lieu de cette ascension qui conduit aux mystères. Et puis je l'ai peinte une deuxième fois sur le mur à côté, le cadavre de son enfant devant elle. Mais le jour où je l'ai peinte pour la première fois était un très beau jour de début de printemps. Ce fut aussi le dernier jour où cette fille de la campagne a été heureuse.

Un imbécile un jour m'a demandé si j'avais été amoureux de la petite Marie. Je lui ai répondu que c'était mal me connaître. Et puis cet idiot m'a obligé à revenir loin dans ma mémoire. Peut-être, peut-être ! Mais si j'ai été amoureux, c'est bien du portrait que je fis d'elle. L'étreinte, c'est en peignant son corps que je l'ai accomplie, que je l'ai consommée. Sa tête se tourne et se penche. Vers qui ? Vers l'ange ? Vers moi ? Mais son regard, son immense regard effaré se dirige vers moi qui la peins. Depuis, son regard ne m'a plus jamais quitté."

Il s'arrête de parler. Il s'assied sur une chaise, pose sa tête entre ses mains et ses coudes sur les cuisses, et reste là. Je n'ose bouger. Il ne prie pas, non, je sais que Pontormo ne prie pas. A moins que ne soit prière, pour lui comme pour nous, cette immensité de choses que l'on porte en soi et que l'on sublime, parfois, à l'occasion, par exemple dans le silence d'une église de campagne le matin ou devant une fresque qui vous dit plus de choses que le peintre n'en a mis. Il se lève avec lenteur. Son visage est étonnamment détendu. J'en profite pour lui demander de rester encore quelques instants pour me parler de la grande *tavola* qu'il a peinte à côté et dont on ne sait pas très bien si elle représente une Descente de croix ou une Pietà. Il saura me le dire.

"Non, non, Giambattista, ce n'est pas possible. Je ne veux surtout pas faire attendre Cosimo. Et puis toi, tu as autre chose à faire. Je veux que tu ailles chercher mes pinceaux chez Borracini. Ces pinceaux, il faudra ensuite que tu me les portes à San Lorenzo avant midi car j'en aurai besoin à ce moment-là. Et elle est loin, tu sais, la boutique de Borracini, loin derrière Santa Croce, là où Florence commence à redevenir campagne. Allez, dépêche-toi, file ! Qu'est-ce que tu attends ?"

Il dit, mais c'est lui qui part le premier. Alors, moi, je reste pour revoir Marie encore une fois. Avant d'aller chercher les pinceaux. Plus je la regarde et plus cette fresque me trouble. Le corps de Marie est tout étiré en hauteur et, en même temps, il est soumis à une invraisemblable torsion : les genoux devant elle, qui est en train de monter l'escalier, mais sa tête complètement tournée vers l'arrière. Tout diverge dans tous les sens. Son corps, qui s'allonge et se tord dans ce mouvement de rotation, devient insaisissable, impalpable, inexistant. Marie, tout entière tournée vers l'annonce qui lui est faite, nous échappe. Elle devient immatérielle. Pontormo a peint l'arabesque de son corps. Autre maintenant, arrachée à elle-même.

Il lui suffit alors de tourner encore un tout petit peu la tête vers le tableau voisin pour se reconnaître et voir ce qu'elle deviendra dans trente-trois ans. Ce que l'ange lui annonce aussi, sans le lui dire, c'est la mort sous les outrages et les tourments de celui qui va lui naître. Et Marie, sidérée par la nouvelle, se regarde elle-même éplorée. Sa mission remplie, la nébuleuse frémissante s'est déjà dissipée dans les airs. Il ne restera sur cet escalier sans fin que Marie toute seule, son regard éperdu et son corps étiré. La tragédie va pouvoir commencer.

Le soir est très vite arrivé. Je suis allé chercher les pinceaux à l'autre bout de Florence et je les ai portés à San Lorenzo. Je suis allé acheter de l'agneau que j'ai fait bouillir, de la salade que j'ai fait cuire, et du fromage. C'est ce qu'il voulait manger ce soir-là. J'ai balayé l'atelier et rangé les pots de peinture en les classant par couleurs. Ça faisait un joli dégradé dans l'atelier, insensibles glissements de *chiaroscuri*, des effets de camaïeu, en quelque sorte. A un moment, je me trouvais tout près de la cachette du *diario*, mais je n'ai pas osé. A cette heure-ci, il pouvait rentrer d'un moment à l'autre. Finalement, il est rentré très tard.

Ainsi, des journées entières sur les échafaudages de San Lorenzo pour un travail qui n'avance pas. Il va de moins en moins souvent déjeuner chez Vieri à midi. Pétrifié devant les esquisses qu'il a peintes sur le mur, il grignote du pain avec du fromage, quelquefois des noix et des figues sèches, dans l'église déserte. Un jour, il finira par y passer ses nuits.

Ce soir-là, il avait l'air épuisé, mais satisfait de lui :

"Aujourd'hui, j'ai fait la main et la moitié du bras de la grande figure, puis le genou et même un morceau de la jambe sur laquelle est posée la main."

De quelle grande figure s'agissait-il ? Autant éviter de lui poser la question. Soit il se met dans une colère épouvantable parce qu'il n'admet pas que j'ignore ce qu'il est en train de peindre, soit, s'il l'admet, il se lance alors dans des explications qui n'en finissent plus et empiètent largement sur la nuit. Mais ce soir, fatigué, il est allé se coucher la dernière bouchée avalée. Toutefois, alors que j'avais débarrassé la table et que je commençais à laver la vaisselle, j'ai remarqué qu'il ne s'était pas tout de suite couché. Dans l'espèce de cagibi qui lui sert de chambre, au fond de son atelier, je le voyais, accroupi sur sa paillasse, en train de griffonner quelque chose. Je pensai tout de suite au *diario*. Peut-être écrivait-il ce qui s'était passé entre Cosimo et lui, dont il ne m'avait pas du tout parlé.

Le lendemain matin, à peine eut-il tourné les talons pour se rendre à San Lorenzo que je me précipitai pour extraire le cahier de sa cachette. Et, là encore, une nouvelle déconvenue m'attendait. La grande page était blanche, traversée seulement par une unique ligne de quelques mots, que je cite tels qu'il les a écrits :

*Le 20, on fit la lessive...*

Et c'est tout. Le 20, c'était hier, nous étions allés à San Lorenzo et il m'avait longuement parlé de sa fresque de l'Annonciation et de la petite Marie. Ce même jour, il avait été convoqué par Cosimo et il ne m'avait pas caché ses craintes. En fait – ça, je l'ai su bien après –, Cosimo, qui s'était jadis chargé de la décoration de la villa de Castello, la résidence de sa mère, Maria Salviati, était désespéré de voir que les fresques que Pontormo avait peintes sur la voûte de la loggia étaient presque effacées car l'huile sur le plâtre n'avait pas résisté aux intempéries. C'est donc pour reprendre ce travail avec une technique plus assurée que Cosimo l'avait convoqué.

Je disais donc que, ce jeudi 20, il y avait eu la visite à Santa Felicita, le rendez-vous avec Cosimo, une livraison de pinceaux neufs, la peinture d'une partie de "la grande figure", l'agneau bouilli dont il était gourmand… il y en avait eu, des choses, dans une seule journée ! Mais il avait noté ce qu'il y avait de moins intéressant et qui, en plus, se répétait régulièrement chaque mois. Comme si cette lessive bouillie avait été exceptionnelle. Moi, je pense que faire sa lessive n'a rien d'extraordinaire, même pour lui. Ce qui est bizarre, c'est qu'il l'ait écrit, qu'il ait mentionné celle de ce jour-là. Pourquoi la lessive de ce jeudi 20 plutôt que n'importe quelle autre lessive ? Et même, pourquoi donc écrire qu'il a fait sa lessive ? Donner, en l'écrivant, de l'importance à un événement aussi infime a quelque chose d'angoissant.

Ce qui me frappe chaque fois que je lis son *diario*, c'est qu'il note toujours ce qu'il y a de moins intéressant dans la journée, ce qu'il y a de moins intéressant dans sa vie. Il note une foule de toutes petites choses sans intérêt, des détails du quotidien, futiles, insipides : ce qu'il mange, le temps qu'il fait, là où il a mal, ce qu'il peint. Et puis il mélange tout ça quand il l'écrit. Mais il n'explique jamais, il ne juge jamais, il ne commente pas. Comme s'il ne pensait pas. Il écrit de l'insignifiant, de l'inessentiel. A travers ce *diario*, il se reconstitue une vie sans événements. Il enregistre du rien. Il abolit le monde pour n'écrire que sa seule solitude. Il remplit du vide en attendant la mort.

## XVI

## IL SE PEINT
## EN TRAIN DE SE DÉFAIRE

C'était comme si j'avais voulu connaître la fin de l'histoire. Je n'avais de cesse que je ne revoie Marie. Que je ne voie ce qu'il avait fait de Marie après tant d'années, après tant de souffrances. Je ne lui en parlais pas. Mais je me promettais de m'échapper à la première occasion. Ce n'est pas tous les jours qu'il était aussi disert que la dernière fois. Encore moins aujourd'hui où il avait son humeur des mauvais jours. Allez donc savoir pourquoi. Une humeur qui, maintenant, lui devenait habituelle.

Je m'étais promis de revenir seul à Santa Felicita. Mais, ce matin-là, il ne voulait pas me lâcher.

"Je me suis levé de bonne heure, tu sais, Giambattista, mais j'ai vu qu'il faisait un si mauvais temps avec un vent si froid que je ne travaille pas et que je reste à la maison."

Dans ces cas-là, quand "il reste à la maison", et ça lui arrive de plus en plus souvent, je suis complètement à sa merci. Il voulait que je fasse l'*imprimatura* sur deux *tavole*, que je lui prépare de l'indigo et du jaune, et que, pour midi, j'aille acheter dix onces de pain, deux œufs et une salade de bourrache. Mais moi, je voulais retourner à Santa Felicita. Alors, on a coupé la poire en deux. Ce matin, j'irai donc acheter de quoi manger pour midi et, en fin d'après-midi, je ferai ses couleurs et je préparerai ses *tavole*. Mais, après le repas, lui ai-je dit, je m'en irai dans Florence où j'ai à faire. C'est le "où j'ai à faire" qui ne lui a pas plu. Il m'a regardé de ses petits yeux jaunes de colère retenue. Mais il savait qu'il ne fallait pas me pousser à bout, sinon je le quittais, je m'en allais, je disparaissais, et il craignait ça par-dessus tout. Et moi, ainsi, je le tenais un peu.

Alors, je suis sorti acheter le pain, les œufs et la bourrache, et, l'après-midi, j'ai profité du moment de la sieste pour me rendre à Santa Felicita. En passant devant le baptistère, j'ai rencontré Bronzino qui se dirigeait vers San Frediano. Nous avons fait route ensemble. Nous parlions de tout et de rien, du temps qu'il faisait dans le ciel et des gens qui passaient dans la rue, lorsque, tout d'un coup, il m'a demandé si j'allais souvent lire ce que Pontormo écrivait dans son *diario*. J'ai pris sa question pour un reproche. Je me suis senti rougir et j'ai bégayé je ne sais quoi pour retarder une mauvaise réponse qui ne me venait pas à l'esprit. En voyant ma gêne, il a compris que, en effet, je lisais bel et bien en cachette le journal secret de Pontormo. Il a voulu me rassurer :

"Tu n'as pas à avoir honte, tu sais, ce n'est même pas de l'indiscrétion. Moi, je pense que tu as raison de le faire. Ça nous permet de mieux le comprendre quand il nous déconcerte et de ne pas le déstabiliser par nos réactions qui pourraient ne pas toujours être bien appropriées. Sincèrement, je pense que la connaissance de son *diario* peut nous aider à l'aider."

Tout à la fois sceptique et convaincu par ses arguments, je lui parlai de ce "jour de lessive" que Pontormo avait noté récemment. Je lui racontai la liste sans fin de ses menus et l'énumération de tous les plats qu'il avait mangés. Et j'ajoutai que, pas plus tard que la veille, j'étais tombé sur deux lignes qui m'avaient autant bouleversé que "la lessive" de la dernière fois. Il avait écrit, je me le rappelle très bien :

*Le 20, le matin, j'eus un boisseau de grain et le soir je me lavai les pieds*

"Moi, disais-je à Bronzino, je pense que l'on trouve là les obsessions d'un vieillard solitaire et maniaque qui n'a plus rien ni plus personne dans sa vie, sinon un corps de souffrance qui l'obsède et qu'il maintient à bout de bras dans une lutte quotidienne pour l'arracher à la mort qui le talonne. Alors, se laver les pieds devient un acte qui le raccroche à la vie, tout comme faire sa lessive."

Bronzino se taisait et continuait à se taire. Nous marchions côte à côte en silence. A un moment, il s'arrêta, il me mit une main sur l'épaule et dit en me regardant dans les yeux :

"Crois-moi, Giambattista, pour en arriver là, il faut être complètement désespéré."

Nous continuâmes à marcher, en silence, longtemps.

Comme nous approchions de Santa Felicita, j'en profitai pour parler d'autre chose et je lui demandai ce que Pontormo était venu faire dans cette petite église un peu oubliée des Florentins. Bronzino m'expliqua :

"Après de nombreuses années passées à Rome, le noble Lodovico Capponi revint à Florence en 1521. Comme il cherchait alors un endroit vénérable pour en faire le lieu de sa sépulture, le 22 mai 1525, il fit l'acquisition, dans l'église Santa Felicita, d'une petite chapelle que Brunelleschi avait dessinée dans les années 1420. Après l'avoir complètement remise à neuf, Capponi chercha un peintre pour la décorer. A ce moment-là, Niccolò Vespucci, dont la maison avait été construite, d'après Vasari, «sur la culée du Ponte Vecchio», alla convaincre Lodovico Capponi de confier la décoration de sa chapelle à Pontormo, un jeune peintre qu'il venait de découvrir.

— A propos de Vasari, n'est-ce pas ce Niccolò Vespucci qui avait recueilli, en 1524 ou en 1525, le jeune Vasari qui sortait de sa campagne ?

— Exactement ! Et figure-toi qu'en mai 1525, au moment où Vasari âgé de quatorze ans découvrait Florence et commençait son parcours initiatique dans l'atelier de Michelangelo avant d'aller chez Andrea del Sarto, et chez bien d'autres ensuite, au même moment Pontormo commençait à peindre sa Pietà dans la chapelle de Lodovico Capponi.

— Pourquoi une Pietà dans une chapelle funéraire ?

— Parce que Lodovico avait placé sa chapelle sous les auspices de la Pietà.

— Et Pontormo a commencé à peindre la Pietà avant l'Annonciation ?

— La première chose que Pontormo commença à faire ici, c'est ce qu'il fit plus tard à San Lorenzo : il édifia un mur destiné à écarter les curieux et les bavards. Ainsi, il a pu travailler dans le plus grand secret, mais aussi dans le calme et la sérénité. Toutefois, Pontormo devait bien être le seul à Florence à se trouver dans cet état de grâce. Figure-toi que, pendant qu'il s'était enfermé dans la chapelle Capponi, l'armée des lansquenets du connétable de Bourbon, qui était passé dans le camp de Charles Quint, cette horde soldatesque, donc, se dirigeait à marche forcée vers Rome qu'elle allait mettre à sac le 6 mai 1527.

A tel point que le pape Médicis Clemente VII devrait se réfugier au castel Sant'Angelo. A Florence, le tumulte était à son comble. Les Médicis, violemment contestés par la population, prirent à nouveau le chemin de l'exil. Le gouvernement républicain fut restauré, et c'est Niccolò Capponi, un cousin de Lodovico, qui en sera le gonfalonier. Tout cela pour te dire qu'indifférent aux événements qui ont bouleversé Florence et ensanglanté Rome, Pontormo interdira l'accès de sa chapelle à Lodovico Capponi qui devra attendre 1528, lorsque notre Jacopo l'ouvrira après trois ans de travail, pour découvrir avec stupeur la fresque et le tableau."

Nous étions arrivés sur la petite place Santa Felicita. Même si, en me levant ce matin, j'avais désiré être seul pour revoir Marie, il ne me déplaisait pas cependant de me trouver en compagnie de Bronzino devant la grande *tavola* de Pontormo.

"Entrons !

— Non, Giambattista, je n'ai pas le temps. Je dois voir mon imprimeur, via del Tegolaro, ce matin.

— Votre imprimeur ? Parce que vous avez un imprimeur maintenant ?

— Je voudrais publier assez vite mes dernières poésies."

Je me mordis les doigts. J'avais oublié que Bronzino écrivait des poèmes très appréciés dans les milieux florentins, mais que je n'avais encore jamais lus. Il est vrai qu'il était très secret sur ce qui concernait son activité poétique, qu'il appelait modestement "sa cornemuse des champs", dont il jouait parce que, disait-il, il avait "quelques dons naturels". Il négligeait de préciser que ses poésies faisaient l'admiration des artistes et des membres de l'Accademia fiorentina, et celle de ses nombreux amis comme Varchi, Luca Martini,

Vasari, et même de l'irascible Cellini, et jusque des Médicis eux-mêmes. Je me promis de réparer au plus vite ma négligence car je savais que ça ferait plaisir à Bronzino si je lui en parlais, lui qui était si gentil avec moi. Il me quitta en marchant à grands pas, l'esprit ailleurs.

Je traversai la petite place et me dirigeai vers l'église. A peine avais-je poussé la lourde porte de chêne que j'entendis déferler jusqu'à moi la rumeur d'une conversation animée. Plusieurs personnes devaient parler ensemble en un aimable brouhaha. Mais, dès que je fus entré dans la petite chapelle Capponi, les chuchotements cessèrent d'un seul coup et, d'un même mouvement, quatre visages graves se tournèrent vers moi. Je me sentis l'intrus, l'indiscret, l'indésirable. J'étais le corps étranger dans ce minuscule consistoire. De ces quatre visages, un seul m'accueillit d'un sourire. Je le connaissais à peine, mais je le reconnus. C'était Mirabello Cavalori, un peintre qui était à la fois un élève de Ridolfo del Ghirlandaio, un disciple de Vasari et un admirateur de Pontormo. Il devait avoir dépassé la quarantaine de peu. Je l'avais croisé quelquefois dans des ateliers florentins. C'était un homme fort aimable et d'une grande douceur. D'un petit geste de la main je répondis à son sourire.

A côté de lui, toute barbe dressée, gesticulait un homme d'une cinquantaine d'années, à l'œil roublard. Il avait, je m'en suis très vite rendu compte, le verbe haut et le geste emphatique. J'ai compris par la suite que cet homme volubile n'était autre qu'Annibale Caro. Je savais qui était Annibale Caro, je l'avais déjà lu, mais je ne l'avais jamais rencontré. C'était un fort aimable poète qui avait du succès et un grand érudit. Il vivait la plupart du temps à Rome où il était le secrétaire du cardinal Alessandro Farnese, mais venait très souvent à Florence retrouver son cher ami Vasari. C'était lui qui, un jour, au palazzo Farnese, avec la complicité de quelques autres compères, avait poussé Vasari à écrire les vies des artistes et qui l'avait bien aidé au moment de la relecture de son texte, il y a quatre ans de cela. Près de lui, raide, se dressait un grand spectre dégingandé, au visage émacié, au cheveu plat, tout de noir vêtu. Quand il parlait, il assenait d'un ton cassant sa petite vérité personnelle qu'il présumait universelle. Je ne le connaissais pas, mais, à le voir et à l'entendre, je supposais que ce devait être quelque clerc de justice. Derrière ces trois hommes se cachait un prélat dont la soutane noire était rehaussée de petits boutons violets. Le visage était plein, la main onctueuse et le geste arrondi. Quand il intervenait, l'index dressé vers le ciel, il disait sur un ton docte de savantes banalités.

Mais, me demandais-je, que pouvaient bien faire ici, à bavarder, discourir et jacasser, ces quatre personnages ? Une fois de plus, c'est Bronzino, quelques jours plus tard, qui m'apporta la réponse. Il m'expliqua que ce tableau de Pontormo, la Pietà, avait, en son temps, tellement surpris et tellement décontenancé les Florentins que, même vingt-cinq ans après qu'il eut été peint, il continuait encore à susciter des réactions d'admiration ou de rejet. Aussi n'était-il pas rare que des savants, des érudits, des artistes et des écrivains se retrouvent dans la chapelle Capponi et cherchent à comprendre pourquoi Pontormo avait bien pu le peindre de cette manière. Et quel était, s'il y en avait un, le sens caché de ce tableau. Si bien que cette petite chapelle se transformait, à l'occasion, en un lieu de rencontres et de débats. Un lieu de séminaires improvisés.

La surprise passée et toute curiosité satisfaite, les quatre compères se retournèrent, avec un beau mouvement d'ensemble, vers le tableau de Pontormo et reprirent leur discussion là où mon entrée intempestive l'avait interrompue. Je me fis tout petit, tapi dans un coin, ne perdant rien ni de l'œil ni de l'oreille.

"Je disais donc que ce qui me frappe le plus, reprit le chanoine, ce sont ces regards dilatés, ces yeux cernés de noir qui ne regardent rien. Des regards sans expression qui s'égarent dans le vide. Avez-vous seulement remarqué que tous ces regards divergent et se perdent ? Personne ne regarde personne. Comme dans la plupart de ses tableaux, et de plus en plus maintenant, Pontormo place côte à côte des personnages qui s'ignorent. Ils se frôlent et ils s'ignorent. C'est ça, aussi, la solitude, quand les gens sont ensemble et que personne ne se regarde. Ils s'effleurent et ils ne se voient pas. On a l'impression, dans ce tableau, d'un ensemble de solitudes qui se côtoient.

— Ils sont ensemble, ça, c'est vrai, mais j'irais jusqu'à dire qu'ils étouffent ensemble, ajouta Annibale Caro. Tous ces personnages sont serrés les uns contre les autres dans un espace étroit. C'est un espace saturé. A regarder ce tableau, on ressent comme une oppression. Vous ne trouvez pas ?

— On ne sait même plus dans quel espace on se trouve, dit le clerc tout de noir vêtu qui ne devait pas aimer le tableau. Fallait-il donc cet entassement de corps pour créer de l'espace ? Seul un petit nuage en haut à gauche nous laisse penser que nous sommes dehors.

— Mon cher Orazio, répliqua Mirabello Cavalori d'un ton un peu sec – le clerc s'appelait donc Orazio –, la descente de la croix du corps de Notre-Seigneur ne s'est pas faite dans une chambre à coucher ! Nous sommes donc bien à l'extérieur, avec ou sans petit nuage. Toutefois, je serais assez d'accord avec vous pour dire que nous avons là un espace immatériel, impalpable, inconsistant. Ces personnages semblent évoluer dans une atmosphère raréfiée, dans un autre univers qui n'est déjà plus la terre et pas encore le ciel.

— Vous disiez tout à l'heure, maître Orazio, reprit Annibale Caro, que, selon vous, l'espace serait constitué par cet entassement confus de corps. Je suis de cet avis. Toutefois, plutôt que de parler d'espace, je dirais que c'est l'organisation même du tableau qui est réalisée par cet amoncellement de corps. Des corps superposés dans un équilibre incertain, tout à fait précaire. Le moment est fugace. Nous sommes dans l'instant. Encore un peu de temps et cet enchevêtrement humain va s'écrouler.

— Avez-vous remarqué, lui répondit Orazio, que cet échafaudage humain se maintient, si l'on peut dire, par le seul rythme des lignes et des couleurs, et qu'il repose sur seulement trois doigts du pied droit du porteur accroupi ?

— Ce sont des corps sans poids qui habitent un endroit vague, un endroit indéfinissable, ça c'est bien vrai", crut bon de reprendre le chanoine qui avait un certain talent pour se faire l'écho des propos des autres.

Cavalori intervint et lui coupa la parole :

"Tout est irréel ici. Il faut que notre regard et plus encore notre imagination aillent au-delà d'une simple Descente de croix. Vous, vous appelez cela une Pietà, il peut s'agir aussi bien d'une Descente de croix. Tout ce tableau crie la souffrance et chaque personnage l'exprime à sa manière. Les figures n'ont pas de poids, les couleurs n'ont pas d'ombre, les mouvements sont suspendus, évanescents. Les mains s'effleurent en des gestes inachevés, des gestes vains. C'est une peinture sans passion, une peinture de déliquescence et d'abandon.

— Regardez cette main qui flotte au milieu du tableau, intervint Annibale Caro. Pontormo a peint ce frémissement.

— Oui, renchérit Cavalori, nous assistons à un lent glissement de corps exsangues dans une atmosphère raréfiée. Les corps sont immatériels, diaphanes, transparents sous des couleurs déteintes. Existent-ils seulement ?

— N'exagérons pas, rouspéta Orazio, ils existent bel et bien, mais moi je trouve que les gestes sont quand même un peu mous et les regards un peu trop alanguis.

— Il faut tout simplement admettre, corrigea Annibale Caro, que Pontormo a plongé cette scène dans une lumière irréelle. Nous sommes ici dans un climat onirique. Finalement j'irais jusqu'à dire qu'il ne s'agit même pas d'une Descente de croix ou d'une Pietà. Ce tableau est ce que nous ressentons, ce qu'il nous provoque à dire sur nous. Nous nous trouvons en ces lieux indifférenciés, et bien souvent confus, que sont nos états intérieurs et les tourments de nos âmes. A ce moment-là, nos doutes et nos angoisses se transforment en prière, ou en poésie, ou en peinture. Ils deviennent ce tableau. Mieux qu'une simple prière, nous donnons à ces doutes et à ces angoisses un contenu et même une forme pour mieux les appréhender. Les imaginer pour mieux les connaître. Dans cette scène d'une humanité qui se défait, à travers cette désolation sans fin de l'homme, Pontormo a représenté ses doutes et ses peurs, et peu importe qu'il ait peint une Pietà ou une Descente de croix. Pour moi, ces visages hagards et douloureux expriment une tristesse désespérée qui va bien au-delà de la douleur chrétienne.

— Ah, non, non, non, non, non ! La question est d'importance, tempêta le chanoine qui avait éprouvé quelque difficulté à suivre les considérations métaphysiques d'Annibale Caro et désirait en revenir tout simplement au sujet brut du tableau, car c'est surtout cela qui le préoccupait. Non, non ! Il faudrait quand même savoir s'il s'agit d'une Descente de croix ou d'une Pietà. Moi, j'ai mon idée.

— Et quelle est-elle, votre idée ? ironisa Orazio.

— La Vierge soutenue par saint Jean…

— … mais où est-il, Jean ?

— Ah, laissez-moi parler à la fin. Je disais donc que la Vierge, soutenue par saint Jean et les saintes femmes, tombe en pâmoison devant le cadavre de son fils que l'on vient de décrocher de la croix. Nous sommes d'accord ? Ce cauchemar de la nuit, cette fièvre dont vous parliez, Annibale, ce sont bien les arrachements d'une Descente de croix.

— A moins que ce ne soit cette scène pathétique où le corps du Christ est arraché à sa mère pour être amené au tombeau, répliqua Annibale Caro.

— Rien ne permet de savoir s'ils apportent le corps du Christ à sa mère ou s'ils le lui retirent pour le conduire à son tombeau", commenta Orazio narquois.

Le chanoine fut visiblement ébranlé par tous ces arguments contradictoires. Il ne comprenait pas que l'on puisse trouver des significations différentes à ce tableau dont le sujet lui semblait évident. Mais on sentait qu'il cherchait à transiger pour éviter de se perdre.

"On peut effectivement penser, concéda-t-il, que cette scène correspond au bref laps de temps qui s'est écoulé entre la mort du Christ et sa mise au tombeau, cet intervalle dramatique entre mort et sépulture, lorsque l'être que l'on a aimé est arraché à jamais aux vivants. Pontormo a certainement voulu exprimer ici ce battement du temps où se condense la douleur."

Conciliant, de sa voix calme aux belles intonations graves, Mirabello Cavalori intervint :

"Oui, bien sûr, on peut voir les choses comme ça. Cependant, entre la descente de la croix et la mise au tombeau, vous sautez, mon révérend père, un moment important. Réfléchissez. On vient de déclouer Jésus de la croix, mais avant de le porter au tombeau on va le poser sur les genoux de sa mère. C'est le fameux instant de la Pietà. Toutefois, ici, à ce moment-là, ce n'est pas encore fait. Regardez bien : on se prépare à l'étendre sur les genoux de Marie.

— Ou à le lui retirer, précisa Orazio, toujours aussi agaçant.

— Non, poursuivit Mirabello. La femme qui se trouve tout à fait à gauche, un peu en hauteur, tient le Christ par les épaules pour le déposer sur les genoux de sa mère. D'autre part, les deux jeunes gens qui soutiennent Jésus ne sont pas, comme quelqu'un l'a dit tout à l'heure, des porteurs qui vont le transporter jusqu'au tombeau procuré par Joseph d'Arimathie, mais des amis, ou des parents, ou des témoins, ou des fidèles. Les porteurs de métier n'ont pas cet aspect angélique ni ces vêtements délicats. Enfin, en étendant sa main, la Vierge anticipe le moment où elle pourra serrer contre elle le corps de son fils. Alors, voyez-vous, cela ressemble bien à Pontormo qui peint l'instant qui n'est plus ou celui qui n'est pas encore.

Jamais celui qui est. Ici nous sommes entre la descente de la croix et le moment de la Pietà et, de ce fait, nous ne sommes ni dans l'une ni dans l'autre. On a l'impression que Pontormo a surtout voulu peindre un intense moment de souffrance intérieure.

— Jusqu'à présent, personne n'a encore parlé des étranges couleurs de ce tableau, intervint le chanoine qui désirait nettement changer de sujet.

— Je n'ai jamais vu de pareilles couleurs, si seulement on peut appeler cela des couleurs, dit Orazio saisissant la balle au bond.

— Qu'est-ce que vous racontez là ? coupa Mirabello choqué.

— Vous appelez ça des couleurs, vous ? reprit Orazio. Mais regardez : tout est pâle et décoloré, les teintes sont délayées et affadies, le peu de couleurs que l'on y trouve est acide. On dirait de l'herbe écrasée, du jus de citron, des coulures de vinaigre.

— Et moi, répliqua Mirabello, j'y vois les teintes des roses et des violettes, des pervenches et des lilas. Pontormo a montré ici son génie des nuances avec les ocres, les jaunes, l'orange, le vermillon et surtout le génie des demi-teintes : l'ocre-rouge, le vert-bleu, le gris-mauve. Aucun peintre, à ma connaissance, n'a restitué les couleurs avec autant de subtilité.

— Michelangelo peut-être, hasarda Annibale Caro, avec le *Tondo Doni* et le plafond de la Sixtine.

— C'est vrai, lui répondit Cavalori, vous avez raison. On sait combien Michelangelo a influencé Pontormo. Et Pontormo a poussé à l'extrême les innovations de Michelangelo.

— Dois-je vous rappeler que Pontormo ne peut exister que dans l'extrême ? insista Annibale Caro. Toutefois, plus que celles de Michelangelo, ses couleurs ici semblent fluides, liquides, elles glissent, oui, elles glissent et se décolorent en glissant.

— Elles changent, se contredisent et s'opposent. Ici l'ombre se repose et là se précipite, ajouta Orazio devenu sensé.

— C'est un peu comme le sujet incertain du tableau…

— Je ne comprends pas.

— Oui, dit Mirabello qu'Orazio venait d'interrompre, nous sommes dans l'indéfinissable et dans l'incertain. Tout comme pour les formes du corps et les expressions du visage, Pontormo arrache la couleur à toute volonté de représentation du réel. Ces couleurs sont vraiment surnaturelles. Ce tableau nous transporte au plus profond de nous-mêmes et en même temps dans un univers irréel et fantastique que nous ne pouvons qu'imaginer. Pontormo a peint ici le spectacle de l'invisible."

Silence de tous et chacun dans sa réflexion, car la parole de Cavalori avait été forte. Un silence de quelques instants rompu par le chanoine :

"Excusez-moi, murmura-t-il, il faut maintenant que je parte. J'ai un baptême à l'église de Santa Maddalena dei Pazzi et je vais être en retard."

La dérobade n'échappa à personne. Du coup, le petit groupe se défit. Des sourires s'échangèrent et des mains se serrèrent. Le chanoine s'en alla trottinant, Annibale Caro et Orazio devisant. Mirabello s'attarda un instant avec moi. J'avais été ébranlé par la *tavola* de Pontormo mais tout autant par les commentaires de Cavalori. J'étais déconcerté et dans le bonheur de l'être. Je le lui dis.

"Tu vois, Giambattista, ce tableau sera toujours un tableau mal-aimé. Il y a ceux qui ne le comprennent pas, comme le chanoine, et ceux qui ne l'aiment pas, comme le clerc Orazio. L'étrangeté dérange, mais aussi cette atmosphère de stupeur. Un peu comme si ce tableau vous mettait face à vous-même quand on est mal à l'aise avec soi.

— Je pense – et là je me hasardai à donner mon point de vue –, je pense que ce qui m'a le plus troublé, ce sont bien ces personnages languissants qui semblent plongés dans une douleur désespérée, une douleur sans fin. Ce qui m'a mis mal à l'aise, c'est peut-être ce climat de déliquescence, cette désespérance qui nous gagne en regardant le tableau. Cela me fait penser à ce que certains ont reproché au Jugement dernier de Michelangelo à la Sixtine, c'est-à-dire d'avoir représenté une humanité damnée. Nous sommes tous damnés, il n'y a aucune espérance. Je contemple longuement et je sens et je sais que quelque chose se défait en nous.

— Tu as raison, Giambattista, plus que de la douleur, Pontormo peint du désenchantement, un désespoir qui ne cessera jamais.

— Quand même, comment, en si peu de temps, en seulement six ans, Pontormo a-t-il pu passer de paysans toscans dans une campagne idyllique à ces personnages fantomatiques aux regards éteints ?

— Tu le sais, Pontormo ne peint jamais deux fois la même chose. Il est attiré par ce qu'il n'a jamais fait, que personne n'a jamais fait. Il peint et se contredit, il défait plus qu'il ne fait. Il se peint en train de se défaire.

— Mais, avec cette *tavola*, personne n'a jamais peint comme ça !

— Et, crois-moi, on ne peindra plus jamais comme ça."

## XVII

## QU'Y A-T-IL AU-DELÀ DE LA PERFECTION ?

Là, comme ça, largement étalé et bien ouvert au beau milieu de la table de son atelier, comme une provocation à ce que je le lise, alors que ce n'est évidemment pas son intention, mais oublié là, parce que Pontormo vieillit mal et qu'il devient de plus en plus distrait, abandonné au milieu des pinceaux et des chiffons, son *diario*, son pauvre journal intime dans lequel il répète sans cesse le peu de choses qu'il a à dire.

Puisque, sans qu'il l'ait voulu, à moins qu'il ne l'ait désiré sans le vouloir, je me sens obligé de lire les pages offertes à mon attente impatiente, pourquoi me gêner ? Mais je m'arrangerai pour ne pas me trouver dans son atelier quand il va revenir de San Lorenzo. A lui de se débrouiller avec ses oublis et ses doutes. Mais surtout qu'il ne me soupçonne pas.

Alors, je m'installe et commence à déchiffrer sa petite écriture fine et régulière, les pages aux lignes serrées presque sans ratures, avec, assez souvent, de drôles de vilains petits dessins quand il veut évoquer ce qu'il peint à San Lorenzo.

Je tourne quelques pages et reviens en arrière, là où j'ai dû en arrêter la lecture, cela fait déjà quelques semaines. Je lis :

*Jeudi 20* – ce devait être en février dernier – *je fis la tête qui crie et soupai le soir de veau*

Il mélange tout, et la tête et le veau. Il débite tout n'importe comment, dans le désordre de sa raison, et il aligne n'importe quoi comme ça lui vient, ce qui est important et ce qui ne l'est pas, on ne sait plus. Alors je me dis que, pour lui, peut-être, tout est important ou rien ne l'est.

C'est comme ce qu'il raconte dans les pages qui suivent :

*Le soir à vingt-trois heures, nous soupâmes de ce gros poisson et de plusieurs petits frits, je dépensai douze sous, il y avait Ottaviano et lundi je fis le bras de la figure qui est devant et qui lève le bras*

Il s'agit de s'y retrouver dans son fatras ! Juste après, il raconte comment Bronzino l'a envoyé promener. De ça, je me souviens. Bronzino m'en avait parlé car il avait été vexé. Pontormo ne m'en a jamais soufflé mot, évidemment :

*Bronzino me voulait à dîner et se fâchant il me dit on dirait que vous allez chez un ennemi, à vous, et il me laissa partir*

Et c'était bien fait ! Pourtant, il est gentil et patient avec lui, Bronzino !

Je continue à lire :

*Dimanche 5 octobre, Battista alla à Poggio...*

C'est exact, il y a bien deux mois de cela, je suis allé à Poggio a Caiano pour vérifier si, à cause des fenêtres que le gardien s'obstine à laisser ouvertes et de la quantité de pluie tombée à ce moment-là, l'humidité n'avait pas endommagé sa fresque de *Vertumne et Pomone*.

Je reprends :

*... Battista alla à Poggio et le soir je mangeai un tas de saletés mais avec appétit et le mal de dents m'est resté et je soupai d'un bon chou cuit de ma main et la nuit je m'ôtai un éclat d'une dent et je mange un peu mieux*

Qu'est-ce qu'il a pu nous rebattre les oreilles avec son éclat de dent ! Pendant une semaine, ça a été l'événement. Il en parlait à tout le monde. Dès qu'il avait le dos tourné, les gens se mettaient à sourire.

Je tourne la page et là je tombe, une fois de plus, sur ce qu'il mange. Quand ça le prend d'en parler, il devient intarissable :

*Vendredi soir salade de betteraves et deux œufs en poisson d'œufs samedi jeûne dimanche soir, qui était le soir des Rameaux, je soupai d'un peu de mouton bouilli et je mangeai un peu de salade et je dus manger pour trois sous de pain mardi soir je mangeai une salade de laitue et un poisson d'œufs Mercredi saint le soir deux sous d'amandes et un poisson d'œufs et des noix et je fis cette figure qui est au-dessus de la citrouille jeudi soir une salade de laitue et du caviar et un œuf vendredi soir et un poisson d'œufs des fèves et un peu de caviar et quatre sous de pain samedi soir et je mangeai deux œufs*

Ouf ! Quand il écrit tout ça, on se demande s'il prend la peine de respirer. A moi, ça me coupe l'appétit. D'autres fois, c'est le mauvais temps qui l'obsède, et ça peut l'obséder autant que ce qu'il mange :

*Lundi soir vers les deux heures vint un orage avec tonnerre et éclairs, pluie et froid, et jusqu'à aujourd'hui mercredi il a continué à pleuvoir tous les jours*

Il aime beaucoup Pier Francesco Vernacci qui lui fournit son vin, alors quand il parle de lui on a l'impression qu'il ne va plus le lâcher :

*Le 23 au soir, je soupai avec Piero je mangeai neuf onces de pain, il y avait là le paysan le 24 au soir je soupai avec Piero d'asperges et d'œufs le 25 je soupai à la maison un petit rognon d'agneau le 26 je soupai avec Piero le 27 je soupai avec Piero, et pendant la journée je finis la jambe seule*

Page suivante, il nous offre à nouveau tout un couplet sur le temps qu'il fait :

*Le temps commença à s'éclaircir avec un bon vent et à se calmer et ceci a duré huit jours entiers, et avant il y avait eu tout un mois où il avait plu ou moins plu tous les jours avec les portes qui se gonflaient et des murs humides et il y a bien longtemps que je me souviens d'avoir vu cela, si bien que ce beau temps a provoqué des catarrhes épouvantables qui tuent rapidement*

Ainsi, le beau temps amène des catarrhes qui tuent ! Avec Pontormo, que le temps soit beau ou qu'il soit mauvais, on a l'impression que, de toute façon, la mort l'attend au bout du chemin, un chemin aux ornières pleines de l'eau noire du dernier orage.

Je tourne la dernière page qu'il vient juste d'écrire :

*Samedi, Battista est venu porter toutes les couleurs broyées et les pinceaux et l'huile et le soir je soupai de deux œufs, des poires et une chopine de vin raisins et fromage*

Ça, c'était avant-hier, qui était jeudi, sauf que l'huile je la lui avais portée la veille. Mais quelle importance cela peut-il avoir ? Pourquoi écrire tout cela, ses omelettes et ses diarrhées, ses chopines de vin et ses murs qui suintent, alors qu'il ne nous dit jamais rien sur lui, sur ce qu'il pense, sur ce qu'il aime ? Un grand espace vide, puis sur une seule ligne :

*Samedi, ce fut la Saint-Matthieu*

Et rien d'autre. Et alors ? Ça, à Florence, tout le monde le sait. Ecrit-il cela parce qu'il n'a rien à dire ? Mais il n'a jamais rien à dire. C'est comme les dernières lignes écrites la veille au soir, quand il a oublié son *diario* sur la table :

*Mercredi...*

*Jeudi...*

*Vendredi...*

*Samedi...*

Anéanti par le temps qui n'en finit pas de passer, il rappelle à sa mémoire ces quatre jours vides, comme s'il ne devait jamais finir la semaine.

J'en suis là de mes réflexions lorsque je l'entends brailler comme un âne. Il est encore dehors. Il revient de San Lorenzo et il est certainement en train de grimper à l'échelle. Que Pontormo hurle, braille et tempête, la chose n'a rien de surprenant. L'habitude. Mais voilà qu'il se remet à crier encore un peu plus fort, tandis que j'entends une autre voix, pondérée celle-là, qui essaie de le calmer. Intrigué, je traverse l'atelier, je cours ouvrir la porte qui donne sur l'échelle et la rue et, là, j'assiste à un spectacle peu ordinaire. Ils sont trois accrochés à l'échelle. Presque parvenu en haut, courbé en deux, un homme que je ne connais pas tire à grand-peine Pontormo par les épaules. Au-dessous, un autre homme, que je ne connais pas davantage, a installé sur ses épaules et de chaque côté de sa tête les jambes de Pontormo pour mieux le hisser. On dirait que, dans cette posture, ils cherchent à reconstituer la Descente de croix du Rosso. Entre ces deux hommes qui s'évertuent à le hisser jusque chez lui, il y a notre Pontormo qui hurle, jure, beugle et tempête. Quelques badauds se sont arrêtés dans la rue et, le nez en l'air, s'esclaffent devant l'incongruité de la scène.

A bout de forces, plus qu'ils ne le déposent, les deux hommes le laissent choir sur son grabat, ce qui déclenche une nouvelle série d'imprécations, malédictions, vociférations et autres exécrations. L'homme du dessus m'explique :

“Vous connaissez certainement cet angle aigu que font, quand elles se rejoignent, la via della Vigna Nuova avec la via della Spada. Pontormo se trouvait justement là, à la pointe de l'angle, lorsqu'un chariot attelé à un cheval fou et conduit par un cocher encore plus fou prit ce tournant à toute allure. Pour ne pas être déporté à cause de la vitesse, le paysan, qui maîtrisait difficilement son attelage, prit le virage très serré et il fallut que *sior* Pontormo se trouvât justement là, à l'extrémité de l'angle des deux rues, là où une maison a son jardin clos par un mur en pointe. Le cocher le coinça de si près que le moyeu du chariot comprima son genou contre le mur. *Sior* Pontormo poussa un gigantesque cri qui n'était pas de comédie. Il a gueulé comme un putois…

— Oh, les putois ! On dit ça, mais en réalité les putois…

— … il a gueulé comme un putois car la douleur a dû être intense, mais il a surtout eu peur d'avoir le genou broyé. J'étais là par hasard avec mon frère Aurelio. Nous avons pu le ramener chez lui car il était incapable de marcher. Je ne vous raconte pas les injures dont il nous a abreuvés en chemin."

Pendant ce temps, le malheureux Pontormo geint sur sa paillasse en insultant Dieu, le Christ, la Vierge et tous les saints du paradis. Aurelio et son frère Tiberio, l'un menuisier, l'autre maçon, repartent avec une chopine de montalcino que je leur passe discrètement. Je vais chercher un médecin, qui monte voir Pontormo. Il fait jouer plusieurs fois l'articulation du genou. Puisque celui-ci fonctionne parfaitement, il en conclut qu'il n'y a aucune fracture mais une énorme contusion qui se résorbera d'elle-même à condition que le malade reste allongé sans bouger sa jambe pendant une bonne semaine.

Ce verdict sans appel de la Faculté aurait pu être le début d'un drame. Je m'attendais à devoir assister à une déflagration de colères à rebondissements. Curieusement, il n'en est rien car la douleur est la plus forte et, comme ses vociférations véhémentes se répercutent jusque dans son genou, il est contraint à un intolérable apaisement. Il faut dire aussi que, chez Pontormo, aux hurlements succède habituellement une période de prostration. On y arrive. Le voici maintenant tout pantelant et gémissant. Si bien que la question qui me taraude depuis un certain temps, je vais essayer de la faufiler après sa série de hurlements et juste avant sa phase de prostration. On verra bien.

Là, tout de suite, il a l'air détendu. J'en profite.

"Je voulais vous demander, la peinture qu'on fait aujourd'hui, eh bien, je vous avoue que très souvent j'ai du mal à la comprendre. Ça part quelquefois dans tous les sens. Pas toutes, bien sûr, et pas toujours. Mais il y a certains tableaux qui me déconcertent, et même que… qui… oui, autant le dire, qui ne me plaisent pas. Des fois je me dis qu'il y a des peintres qui sont un peu fous, non ?"

Ça, c'est la gaffe. Je m'attends au pire. Son œil devient jaune, ses poings se serrent.

"Non, non, il ne s'agit pas de vous ! Vous, c'est autre chose. L'autre jour, j'étais à Sienne. Vous vous rappelez peut-être que je suis allé à Sienne chercher l'agneau pour Pâques. J'en ai profité pour aller voir dans je ne sais plus quelle église *La Chute des anges* de Domenico Beccafumi. On n'y comprend rien. Mais rien. Je ne sais pas si vous la connaissez, mais il y a, en plein milieu de la toile, un grand trou noir. Comme si tout ce barbouillis de noir était le sujet du tableau. Au premier plan, à droite et à gauche, bien plaqués sur les côtés, se dressent d'immenses jeunes gens qui s'étirent et se tordent avec des airs hallucinés. Et puis, dans la pénombre du fond, c'est toute une agitation, un véritable grouillement. On devine, çà et là, des têtes, des membres, des voiles qui émergent de l'ombre. Mais il n'y a ni relief, ni profondeur. On est dans un abîme sans espace. Ni couleurs non plus. Tout le tableau est peint d'une unique couleur, une espèce de brun délavé qui aurait dégouliné un peu partout."

Pontormo sourit sans rien dire. Puis il m'interrompt pour me demander de lui apporter un verre de vin. Je le lui apporte. Il se tait comme s'il attendait que je continue. Je continue :

"C'est comme le Rosso."

Il dresse les sourcils et plisse le front, devenu très attentif.

"Et pourtant, lui, je l'aime bien. Vous avez vu son tableau, cette histoire de Moïse qui défend les filles de Jéthro ?"

Il cligne des yeux comme pour m'inviter à poursuivre.

"C'est très simple, là, il n'y a plus d'espace du tout, plus de profondeur, plus de perspective. Toute la surface du tableau est remplie par un entassement de dos, de cuisses, de bras, d'épaules. On se sent écrasé sous cette masse de corps qui tombent et s'accumulent en tombant. On ne respire plus. On étouffe."

Tout à coup, le voilà qui se met à hurler. Il a oublié son genou meurtri et s'est fait mal en bougeant sa jambe. Il se calme après deux ou trois jurons qui n'épargnent ni Dieu ni la Vierge. Et me regarde, à nouveau souriant, un peu comme s'il se moquait de moi. Si ça continue, il va ricaner. Au contraire, d'une voix tranquille, il se met à parler :

"Voyons, Giambattista, réfléchis un peu. On ne va quand même pas faire du Perugino toute notre vie, ni recommencer Fra Angelico à chaque instant. C'est fini, ça, c'est bien fini. Ces peintres-là, et tant d'autres avec eux, ont posé des questions et ils nous ont laissé le soin d'y répondre. Mais tout est à recommencer parce que leurs questions ne sont plus celles que nous nous posons aujourd'hui et, si nous proposons des réponses, elles ne correspondent pas aux questions qu'ils n'ont pas posées.

— Alors là, je ne vous suis plus du tout, je ne comprends rien à ce que vous dites.

— Tu sais, Giambattista, en quelques années, le monde a complètement changé. La peinture du siècle dernier est parvenue à un équilibre exceptionnel. Elle a exprimé l'ordre et la raison, mais aussi la spiritualité de l'époque ainsi que tout un mysticisme diffus. On peut dire que cette peinture a atteint la perfection absolue. Le moment crucial, je dirais même le drame, c'est lorsque cette perfection a été atteinte, lorsque les peintres se sont rendu compte qu'ils ne pouvaient aller plus loin, faire mieux, dire plus. Car qu'y a-t-il au-delà de la perfection ? A ce moment-là, il y eut comme une dépression dans l'art de peindre à Florence. On s'est rendu compte que les derniers peintres du siècle n'avaient plus rien à dire. Comme tout avait déjà été dit, alors ils ont répété. Si bien que, dans les toutes dernières années du Quattrocento, la peinture est devenue froide, bavarde, ennuyeuse. Figés dans leur formalisme, les Albertinelli et les Fra Bartolomeo, entre autres, étaient tout à fait incapables de traduire les tumultes de l'âme, de dire l'angoisse de notre époque. Alors nous autres, ceux de la nouvelle génération, la mienne, nous ne pouvions plus nous satisfaire de la beauté sereine et lointaine des Pollaiuolo, des Pinturicchio, des Ghirlandaio et autres Lippi, père et fils. Nous avons été quelques-uns à nous dire que la complexité d'un tableau, son désordre, ses maladresses voulues et son impertinence étaient infiniment plus satisfaisants que l'ordre, l'équilibre et la froide raison, parce qu'ils correspondaient davantage à ce que nous étions devenus. Trop de choses se sont passées entre-temps. Tu comprends ?

— Oui, oui, je comprends, ou je crois comprendre. Ce que je ne comprends quand même pas, c'est lorsque vous parlez de l'angoisse de notre époque. De quelle angoisse voulez-vous parler ? Et que s'est-il donc passé depuis… depuis quoi, depuis quand ?

— Ah, toi ! On peut dire que tu passes à côté de tout sans te rendre compte de rien. En fait, tu es né trop tard et les convulsions de notre époque te semblent être dans l'ordre normal des choses.

— Quelles convulsions ?

— Je me demande parfois si tu es candide ou si tu es idiot. Rien de tel que de naître dedans pour ne se rendre compte de rien. Réveille-toi enfin ! Nous subissons depuis le début de ce siècle un enchaînement de catastrophes et de révolutions en tous genres. Conséquences de cela : les mentalités changent, l'homme n'est plus le même, ce qu'il disait hier n'a plus aucun sens aujourd'hui. Quant à ce qu'il peignait à la fin du Quattrocento, c'est déjà de l'histoire ancienne, une époque révolue. De nos jours, il faut dire autrement.

— Mais de quelles catastrophes et de quelles révolutions voulez-vous parler ?

— Les guerres ! D'abord, les guerres, les guerres sans fin, de plus en plus fréquentes, à des échelles de plus en plus vastes, entre des souverains de plus en plus désargentés et de moins en moins capables de rembourser les banques qu'ils mettent en faillite. Ça, c'est vraiment une catastrophe. Tout le reste n'est que révolution.

— C'est-à-dire ?

— Par exemple, tous ces grands voyageurs qui ont découvert des mondes inconnus. Christophe Colomb, bien sûr, mais tous les Cortez, les Magellan, les Pizarro, les Vasco de Gama qui ont découvert les Amériques, les Aztèques, les Incas et les Indes, ces gens-là ont peut-être apporté l'or des Amériques, mais ils nous ont surtout révélé l'existence de peuplades très anciennes que l'on aurait pu croire barbares. Or il se trouve que ce sont des civilisations très évoluées, alors même qu'elles ne sont pas chrétiennes. Ces païens, qui occupent de vastes continents, sont des gens intelligents et raffinés, ils ont une culture, un art, une réflexion. Ils ont aussi leurs croyances. Et cela peut exister sans même connaître l'Eglise catholique, ce qui a troublé beaucoup d'esprits. Et puisque nous en sommes à ces révolutions qui sont autant de révélations, j'ajouterai qu'il y a eu aussi la découverte de l'imprimerie.

— Oh, mais ça, ça a quand même été une bonne chose, non ?

— Oui, bien sûr, on ne peut pas le nier, ce fut une découverte considérable, mais elle a eu des conséquences tout à fait inattendues. Ça s'est même un peu retourné contre nous.

— Moi, j'ai trouvé que c'était absolument extraordinaire de pouvoir lire chez soi la totalité de ce que l'homme a pensé et a écrit. Vous n'allez quand même pas regretter le temps des parchemins et des moines copistes.

— Evidemment non, mais il faut que tu réalises que d'un seul coup, en très peu d'années, l'homme a été accablé par tout le poids du savoir. Il a été submergé par ce brusque encombrement des acquisitions qu'il ne maîtrisait plus. Le savoir était devenu universel et il se répandait, se propageait, se divulguait partout, depuis la chaire du savant jusqu'à la table de l'écolier. Ce jour-là, l'homme a compris qu'il lui serait désormais impossible d'assimiler, d'organiser, de simplement classer la totalité du savoir. Et cette peur de l'esprit a été à l'origine d'une angoisse nouvelle. Elles sont loin, les neuf cents thèses de Pico della Mirandola qui prétendait faire contenir en elles la totalité du savoir humain. Mais ce que certains appellent les progrès de notre époque ne s'arrête pas là. La révolution peut-être la plus importante, celle qui a le plus bouleversé les hommes d'aujourd'hui, c'est bien la grande découverte de Copernic. Tu en as quand même entendu parler, ce n'est pas si vieux, ça remonte à dix ou douze ans.

— Oui, c'est l'histoire de la terre qui tourne, et nous avec. Vous y croyez, vous ?

— C'est vrai, Copernic a prouvé que la terre tourne autour du soleil. La terre n'est plus, comme on l'a toujours cru dans la Bible et depuis les Grecs, le centre immobile de l'univers, mais elle est comme un objet errant dans l'espace. L'image que nos ancêtres se faisaient du monde et de l'univers, tous ces systèmes de sphères concentriques avec l'homme au centre, cette image aujourd'hui ne signifie plus rien. C'est fini ! L'homme n'est plus au centre de la création. Il a beau écarter bras et jambes, l'univers ne gravite plus autour de son nombril. Pour nous, les perspectives bien centrées des tableaux de Piero della Francesca n'ont plus le sens que ce peintre y mettait. Moi, je comprends parfaitement qu'au centre de son tableau, Beccafumi ait laissé un grand trou noir, je comprends qu'il ait rejeté l'homme sur les côtés.

— Mais alors, vous, dans vos tableaux… Je pense justement à…

— On parlera de moi une autre fois. Il existe encore de nos jours une autre catastrophe. L'Eglise, aujourd'hui, est déchirée, éclatée, littéralement coupée en deux. Le schisme ! comme ils disent. Luther a dénoncé la corruption de l'Eglise, l'argent et les mœurs, mais aussi sa décadence morale. Malgré cette forte semonce et ce péril à sa porte, on se rend compte que l'Eglise est incapable de se réformer. Au lieu d'écouter les suggestions de ce petit groupe de sages qui proposent une réforme catholique qui réduirait à néant les tentatives hérétiques de Luther tout en retenant les points forts de ses critiques, la curie romaine impose à ses fidèles une obéissance aveugle et absolue, elle excommunie, condamne, enferme, brûle les livres et les personnes qui ne pensent pas comme elle, et le disent. Mais pas l'ombre d'une réforme. Elle ne se soucie en rien de la détresse morale de ses fidèles. Alors, la belle unité chrétienne qui avait prévalu jusqu'au début de notre siècle est brisée, et je crains que ce concile actuellement réuni dans la ville de Trente n'apporte aucune solution apaisante. Au contraire.

Alors, tu vois, des guerres qui n'en finissent pas, des civilisations inconnues qui surgissent, une cosmologie nouvelle qui transforme l'univers et rejette l'homme, la religion chrétienne en décomposition, tu vois dans quel monde nous vivons aujourd'hui.

Et j'ajouterai encore ceci : des génies comme Raffaello, comme Leonardo, comme Michelangelo, ont tout dit. Tout. On ne peut pas les dépasser, on ne peut rien ajouter. Ils ont été des créateurs sublimes, nous ne sommes que leurs héritiers, et nous resterons toujours des disciples. Nous sommes destinés à l'échec. Comprends-tu maintenant notre désarroi et notre angoisse dans ce monde en crise, dans cet univers qui chancelle, où tout ce en quoi nous avons cru depuis l'origine des temps disparaît en trois décennies ? Nos certitudes sont abolies, nos espérances sont mortes. Et tu veux qu'après ça on peigne comme si rien ne s'était passé ? Je vais te dire une chose, Giambattista : les années du Quattrocento ont été les années des plus grandes espérances de l'homme. Mais nos pères ne savaient pas qu'ils vivaient dans l'utopie. Aujourd'hui nous prenons conscience que nous vivons un gigantesque échec. Dans ce climat général de catastrophes successives et de révolutions multiples, nous avons perdu toutes nos certitudes et toutes nos illusions. Nous avançons seuls dans une nuit inconnue. C'est vrai, nous ne sommes plus que des points errants dans un espace qui recule toujours. Tiens, porte-moi encore un verre de vin."

Je devine que, ce soir, cloué comme il l'est sur sa paillasse, avec sa pensée qui n'a certainement pas fini de naviguer dans de vastes considérations, il se consolera à sa façon jusqu'à perdre le sens de l'écoulement du temps et des lancinements de la douleur. Il se consolera donc, jubilatoire, avec le vin de Colenzano, avec le vin de Montepulciano, et celui de Montalcino. Il se trouve que, la semaine dernière, il a mis en bouteilles trois barils et demi de ce vin de Colenzano qu'un ami lui a offert. Un véritable pactole pour ces jours d'immobilisation, en attendant la prochaine livraison de Pier Francesco qui se tient régulièrement au courant de l'écoulement des réserves de Pontormo. Il ricane quand il me voit revenir avec le verre plein, mais aussi avec une nouvelle bouteille qu'il n'a pas réclamée.

Ah, tu m'as donné soif, tu sais !

— Moi ?

— Oui, toi ! Avec toutes les explications qu'il a fallu que je te donne ! Tu m'as trop fait parler, je n'en ai plus l'habitude, d'ailleurs je crois que je ne l'ai jamais eue, l'habitude. Mais toi, tu ne connais vraiment rien. Dis donc, et si on mangeait un morceau ! Va donc voir un peu ce qui traîne."

Oh ça, pour traîner, ça traîne ! Sur un coin de l'évier en *macigno*, cette jolie pierre grise que l'on trouve sur la rive droite de l'Arno, sur cet évier, au fond d'une marmite dans laquelle s'est figée une sauce brunâtre, traînent justement un reste de ragoût et un morceau d'échine de porc qui remontent à jeudi dernier. Nous sommes samedi, ça peut aller.

"Fais-moi réchauffer ça et apporte-le avec la bourrache cuite.

— Mais où est-elle, la bourrache cuite ?

— Sur l'étagère au-dessus de l'évier. Apporte aussi, tant que tu y es, du pain et ce qu'il reste aussi de pain au romarin."

Bizarrement, ce qui m'inquiète maintenant chez Pontormo, c'est qu'il devient aimable et patient. Presque gentil. Il hurle de plus en plus rarement. En revanche, il reste souvent prostré dans de longs silences. J'ai bien deviné qu'il ne faut pas que je le trouble en lui parlant ou même en faisant trop de bruit lorsque je nettoie l'atelier. Son regard, fixe dans ces moments-là, ne quitte plus le plancher de la pièce comme s'il le découvrait. Je l'observe, je pourrais même dire que je le surveille du coin de l'œil car, parfois, il m'inquiète. Et puis son visage se creuse et se rapproche de plus en plus du portrait décharné de Vertumne qu'il a fait jadis. En peu de temps, ce visage s'est flétri et a jauni comme un vieux coing. La joue est pendante et le cou flasque. Il halète un peu en marchant. Quand il va se coucher, je le vois traverser l'atelier en s'agrippant aux meubles. Pas toujours, mais souvent quand même. Je me demande s'il pourra grimper encore longtemps à ses échafaudages. Une autre nouveauté : il se plaint de moins en moins à moi ou à ses amis, mais de plus en plus dans son *diario*, dont je continue la lecture en cachette. Comme si écrire ses malaises l'aidait à les surmonter. Maintenant, il a une nouvelle obsession : il se sent gonfler. Il y a déjà un certain temps, il a écrit :

*Dimanche matin je dînai avec Bronzino et je me trouvais très plein si bien que le soir je ne soupai pas*

Et la semaine dernière, je crois :

*Il arrive parfois que je me sente plein d'avoir mangé, alourdi de sommeil et de nourriture, comme si j'étais gonflé*

Son corps plein, son corps gonflé, ce sont ses nouvelles expressions, comme s'il se sentait, m'a-t-il confié un jour, oppressé par des poches d'eau qu'il n'arrivait pas à éliminer. "Tu peux mourir en éclatant", m'a-t-il également dit une fois, mais cette fois-là il plaisantait. Plaisantait-il ?

Sur des braises encore chaudes, je fais réchauffer l'échine et le ragoût. Le temps que j'installe le plat sur un tabouret près de sa paillasse, je constate qu'il a pratiquement terminé la bouteille de calenzano que je viens de lui apporter. Son œil s'allume quand il voit mon regard consterné.

"Si tu allais m'en chercher une autre ? Tu ne vas quand même pas rester sans boire", me lance-t-il un peu hypocritement.

Ce que je fais. Il boit encore un bon petit verre en faisant claquer sa langue de plaisir.

“Sers-toi”, me dit-il en me tendant la bouteille.

Je ne me fais pas prier. Nous buvons, et du silence s’installe entre nous que je sais devoir respecter. Pendant qu’il boit, je l’observe discrètement. Je vois ses yeux se faire tout petits, les rides de son front se resserrent et il pince les lèvres. D’un seul coup, il paraît très concentré, et comme si rien ne s’était passé, le vin, le ragoût, encore le vin, comme s’il n’avait ni bu ni mangé, il reprend, là où il l’a laissé, son récit d’il y a quelques instants, ses longues explications qui veulent m’apprendre tant de choses à moi qui ignore tout, et que j’ai parfois du mal à comprendre. Le voici donc qui se remet à parler.

“Comment te faire comprendre ça ? Nous sommes condamnés à faire autre chose. Je te le disais tout à l’heure : sans même s’en rendre compte, avec leur génie sidéral, ils ont exprimé l’absolu. De ce fait, ils ont tari toute possibilité de création nouvelle, d’invention future. Nous sommes victimes de leur génie qui a tout stérilisé autour d’eux. Nous sommes condamnés ou bien à imiter, et j’en connais qui ne s’en privent pas : on fait du sous-Leonardo, du sous-Michelangelo. Mais je ne veux pas te donner de noms, j’ai assez d’ennemis comme ça. Imiter donc, ce que je refuse, ce que le Rosso refuse, ce que Bronzino refuse, mais lui, c’est encore différent. Ou bien nous sommes condamnés à inventer du nouveau, peindre comme on n’a jamais peint. Mais les gens n’aiment pas ça, ne nous aiment pas, ils ne sont pas prêts. Ils disent qu’on provoque, qu’on est des subversifs, ou des fous, ou des ratés.

— Il est vrai que ce que vous faites est quand même assez nouveau et c’est plutôt déconcertant. Il faut s’habituer. C’est pas vrai ?

— D'une certaine façon, il nous a fallu défaire ce qui existait, refuser les règles traditionnelles du dessin et de la peinture. Ainsi, on a fragmenté les compositions, on a morcelé la représentation de la nature, on a cassé tous les équilibres formels. Je prends la ligne, par exemple. C'est fondamental, la ligne dans le dessin mais aussi dans la peinture. Vasari disait que le dessin, c'est-à-dire la ligne, est le père des trois arts, peinture, sculpture, architecture. Eh bien, nous avons tiré sur la ligne, nous l'avons allongée, nous avons distendu nos personnages, en même temps que nous les avons amincis. Et puis, quand on les eut bien étiolés, on les a tordus, on a comprimé leurs corps dans des rotations invraisemblables. Michelangelo en a même fait toute une théorie, celle de la *linea serpentinata*. Et comme si cela ne suffisait pas, on a brisé la ligne pour créer des arêtes, des saillies, des angulosités. On a fait frissonner la toile, on lui a communiqué une nervosité, une tension, de la fièvre. Sacrilège suprême : on a aboli le culte de la perspective. Je ne te parlerai pas de l'espace que nous avons tout simplement fait disparaître soit par une recherche exacerbée de la profondeur, soit en saturant le tableau, soit en désagrégeant complètement la composition, avec des effets de morcellement, d'éclatement, de fragmentation. Jusqu'à nier l'existence même de l'espace.

— Ah ! là, je pourrais donner des noms de tableaux.

— N'en fais surtout rien, cela nous amènerait trop loin. Mais j'en reviens à la ligne. Pourquoi, dis-moi, pourquoi la ligne enfermerait-elle pour toujours les mêmes formes ? Une ligne qui s'élève, tourne et danse dans l'espace, s'évade des règles et des lois de la perspective et de la raison. Des visages bleus, des jambes rouges, des épaules vertes et des dos de la couleur que prennent les vignes de mon pays au moment des vendanges d'octobre et, d'un seul coup, afflue jusqu'à nous toute une liberté nouvelle de voir, de sentir et de dire. Des corps qui se tordent, s'étirent, s'enlacent et s'élancent, ce sont des corps devant lesquels on ne s'agenouille plus, mais que l'on a envie d'étreindre. Et ces regards noirs, hallucinés, hagards, rêveurs, perdus et éperdus, ils nous reconduisent au plus profond du silence de nous-mêmes, là où nous avons besoin d'être seuls. Moi, quand je peins comme ça, je sais que je ferme derrière moi la porte d'un vieux monde, mais je ne suis encore que sur le seuil d'un nouveau monde, et nous sommes quelques-uns comme ça à entrouvrir cette porte. Tu comprendras que ce que nous faisons aujourd'hui ne peut plus refléter l'univers. De toute façon, quel univers représenter ? Travailler dans l'inorganisé, improviser, inventer d'autres formes, tels sont nos préceptes. Parce qu'on ne sait plus quoi dire, alors on met l'accent sur la manière de le dire.

— Sur la manière de dire ce que vous ne savez pas, si j'ai bien compris.

— D'une certaine façon, oui, c'est cela. On essaie de changer la réalité par la peinture et par l'imagination.

— Vous êtes aussi en train de créer un art nouveau.

— Mais qui se souviendra de nous ?"

## XVIII

## IL M'A ACCUEILLI AVEC UN LENT SOURIRE TRISTE

Je me souviens de ce spectacle qui me fascinait quand j'étais enfant. Aux premiers beaux jours de mai, j'allais quelquefois m'allonger dans les prairies des Cascine, sur les bords de l'Arno, pour me chauffer au soleil car nos rues étroites restaient fraîches et humides encore longtemps. Le nez dans l'herbe, il m'arrivait d'observer parfois des cohortes de fourmis qui passaient leur temps à monter et à descendre le long des minces tiges des plantes. Elles étaient tellement nombreuses que la tige en était noire. Elles semblaient très pressées et n'arrêtaient jamais leur parcours. Cependant, elles ne se bousculaient pas. J'avais remarqué qu'il y avait une colonne montante et une colonne descendante. Elles se faufilaient les unes entre les autres sans se heurter et, si elles se croisaient à vive allure, elles prenaient quand même le temps de se frotter le nez ou de se faire la bise. Personne n'échappait à ces brèves salutations ou à ces confidences fugaces. Cette noria d'hyménoptères ne s'arrêtait jamais. Je ne parvenais pas à comprendre si c'étaient toujours les mêmes fourmis qui montaient et redescendaient sans jamais se lasser, en une espèce de mouvement perpétuel ludique. Ou bien si elles avaient été bernées et laissaient la place à d'autres en glissant toutefois à l'oreille de chacune de celles qui montaient qu'elles se feraient prendre au piège à leur tour, car parvenues au sommet il leur faudrait bien redescendre, mais que maintenant, c'était trop tard pour faire demi-tour. Si bien que le circuit jamais ne s'interrompait.

Mais j'en reviens à Pontormo. Il allait mieux et, contrairement à son habitude, il découvrait un plaisir tout nouveau à s'installer dans cet alanguissement. Il en était lui-même tout étonné avant d'en être culpabilisé. Jour après jour, il retardait le moment où il lui faudrait reprendre peinture et pinceaux et grimper à nouveau sur les échafaudages de San Lorenzo. Il y a quelques années, il y serait allé en boitant, et même avec des béquilles s'il l'avait fallu. Je ne pense pas qu'il soit devenu sage et philosophe. Ça, il ne le sera jamais. Il vieillit, c'est tout, et San Lorenzo est devenu son cauchemar. Toutefois, à la complaisance qu'il mettait à s'attarder un peu trop longtemps sur sa paillasse, je soupçonnais une autre raison. Pontormo se délectait de voir toute une cour d'amis, et même d'inconnus, se bousculer pour lui rendre visite. Ça aussi, c'était nouveau.

Il suffisait de se pencher par la fenêtre de l'étage et de regarder l'échelle. Pontormo n'aurait pas imaginé cela il y a seulement quelques semaines. On avait l'impression que tout Florence s'était rassemblé sur cette échelle. Car ils étaient tous là, ses amis et ses connaissances, les voisins et les curieux, les badauds de passage dans la rue et les mendiants du quartier. Et il en arrivait toujours d'autres. Ceux qui montaient à l'échelle se cramponnaient pour ne pas être renversés par ceux qui descendaient, mais les uns et les autres prenaient quand même le temps de chuchoter deux mots à l'oreille de chacun, un mot sur la santé de Pontormo, un mot sur les gens qui se trouvaient autour de lui. Et il en sortait toujours par la porte de son atelier qui voulaient descendre, et il en arrivait toujours sur le trottoir de la via Laura qui voulaient monter. L'échelle était noire de monde et il semblait que ce double mouvement ne cesserait jamais. Comme si une gigantesque loupe se promenait sur les prairies de mon enfance.

L'histoire du genou de Pontormo avait fait le tour de la ville. Peut-être était-ce la première fois de sa vie qu'on venait le plaindre et il n'en revenait pas. Il se trouvait victime d'attentions, de prévenances et d'amabilités auxquelles il n'avait jamais été habitué. Ces minauderies s'arrêtaient juste à la limite de son agacement. Naguère, il eût repoussé avec rudesse ces coquetteries. Aujourd'hui, il les supportait avec étonnement. Il jetait quelquefois vers moi un regard effaré. Il se sentait tout chose d'être l'objet de tant de bienveillance. Etait-ce donc si grave, ce qui venait de lui arriver ?

A cette occasion, je découvris que le cercle des amis de Pontormo était considérable et que l'on pouvait compter dans ses rangs quelques-uns des plus prestigieux intellectuels de Florence et beaucoup de ses plus grands artistes. Ils se rencontraient plus souvent que je ne l'aurais pensé et ils l'invitaient volontiers à leur table. Je compris ce jour-là que Pontormo n'était pas tout à fait le misanthrope que l'on disait ni le névrosé que l'on croyait. Aujourd'hui, l'atelier était plein et l'échelle débordait.

C'était à chaque instant le va-et-vient ininterrompu des familiers de Pontormo qui se dépensaient pour rendre mille petits services : aller chercher du pain chez le *fornaio*, du jambon chez le *pizzicagnolo*, de la ricotta chez le *lattaio*.

Piero remontait avec des fiasques de chianti et croisait Ottaviano et Alessandra qui descendaient acheter d'autres verres via dei Servi. Crocino et Bastiano grimpaient de leur mieux avec des paniers chargés de fruits. Le sculpteur Lorenzo Marignolli avait dégoté, Dieu sait où, quelques chaises qu'il avait bien du mal à remonter.

Daniello essayait de mettre un peu d'ordre dans cette improvisation générale et répartissait les tâches. Dans l'atelier, c'était la cohue. J'avais accueilli, parmi les premiers arrivés, Filippo del Migliore, un proche collaborateur du duc Cosimo. Il était membre de l'Accademia fiorentina et, pendant un certain temps, il en avait même été le consul. Pontormo avait peint à fresque, pour sa maison de la via Larga, une femme qui représentait Pomone. Le temps que je lave quelques verres et que je coupe du pain, voici qu'arriva, tout essoufflé, le philosophe et savant Cosimo Bartoli, grand ami de Vasari et actuellement diplomate au service du duc de Florence. Il était suivi de l'ami Vincenzo Borghini, le prieur bénédictin de l'hôpital des Innocents où je fus élevé. Il était devenu un personnage important de la politique des Médicis, ce qui ne l'empêchait pas de continuer ses recherches sur l'Antiquité. Comme à son habitude, Gelli arriva en gesticulant, en riant aux éclats et en parlant fort. L'ancien cordonnier était devenu premier lecteur à l'Accademia fiorentina, et ceci était peut-être la cause de cela.

Tout d'un coup, un grand silence se fit. J'arrêtai de remplir les verres du chianti de la *fattoria* Petrognano, près de Montelupo, la dernière découverte de Vieri, et je regardai du côté de la porte vers laquelle tous les visages venaient de se tourner. Le seigneur Lorenzo Pagni, secrétaire personnel du duc de Florence, tout de soie écarlate et de velours mordoré vêtu, la dague d'argent ciselée d'or au côté droit, venait d'entrer dans le pauvre atelier du peintre avec toute la componction qui seyait à son rang. Envoyé par Cosimo, il venait prendre très officiellement des nouvelles de Pontormo. Celui-ci essaya de se redresser pour le saluer, mais son genou le rappela à l'ordre : il poussa un petit cri et s'écroula à nouveau sur sa paillasse en lançant un juron un peu déplacé, ce qui fit rire tout le monde, même Lorenzo Pagni. Ils échangèrent salutations et banalités. Le secrétaire du prince lui demanda quand même où en étaient les fresques de San Lorenzo. Pontormo lui affirma que dans deux jours il serait de nouveau sur ses échafaudages. Lorenzo Pagni sourit, réconforta le patient, oublia son escarcelle près de sa paillasse et repartit au milieu de la haie respectueuse des invités. Le secrétaire manqua le dernier échelon de l'échelle et faillit s'étaler sur le trottoir, mais il fut rattrapé par Alessandra qui se trouvait là par hasard et le reçut sur son abondante poitrine. Nouveaux rires que, cette fois-ci, le secrétaire du prince ne partagea pas.

Dans l'atelier, l'animation avait repris. Rires, bavardages, exclamations, claques sur les épaules, longues poignées de main, embrassades parfois. Les verres de chianti et les *pizzette* confectionnées par Vieri se frayaient un chemin dans la foule. Le misérable atelier était devenu, en peu de temps, un haut lieu de mondanités où se retrouvait le Tout-Florence. Par terre, dans un coin de la pièce, allongé sur sa paillasse, Pontormo, que l'on finissait par oublier, semblait ne plus très bien comprendre ce qui se passait.

En parfait homme du monde, Luca Martini avait le don de trouver quelque chose à dire à chacun et tout le monde était flatté d'échanger trois mots avec le brillant surintendant auquel Cosimo avait confié le soin de résoudre le problème des marécages qui cernaient la ville de Pise, sa ville résidentielle. Ce qu'il fit avec succès en creusant tout un réseau de canaux qui asséchèrent les paluds et chassèrent les moustiques porteurs de malaria. De leur côté, les membres de l'Accademia fiorentina étaient très heureux de bavarder avec ce Luca qui était non seulement un des meilleurs spécialistes de Dante, mais aussi fin poète et amateur d'art averti.

Notre homme allait de groupe en groupe, les deux mains tendues en avant, prêtes à serrer d'autres mains. Il était parfumé, souriant, mondain, visiblement satisfait de l'estime qu'on lui portait et du prestige dont il jouissait. A un moment, Luca aperçut Bronzino au fond de l'atelier en train de bavarder avec Varchi. Il se précipita vers ses vieux amis pour les embrasser. Luca Martini était encore tout ému du portrait que Bronzino avait fait de lui quelques mois auparavant et voulait lui manifester une nouvelle fois son émotion. Puis les invités l'absorbèrent.

Pendant ce temps, je m'étais rapproché de Bronzino et de Varchi qui avaient repris leur conversation. Ils ne firent même pas attention à moi qui étais venu m'asseoir non loin d'eux. En revanche, ce qu'ils se chuchotaient m'intriguait. Sauf qu'avec le brouhaha ambiant, je n'en percevais que quelques bribes.

C'était l'histoire d'une lettre. Si j'ai bien compris, Varchi faisait allusion à une lettre que Pontormo lui avait adressée jadis. Pour d'obscures raisons, Pontormo voulait à tout prix récupérer sa lettre à laquelle il semblait beaucoup tenir. Or, Varchi avait égaré la missive. Bronzino, toujours conciliant, expliquait à Varchi qu'il avait certainement dû rendre cette lettre un jour, mais que ni lui ni Pontormo, aussi désordonnés l'un que l'autre, ne s'en souvenaient. D'ailleurs, ajoutait Bronzino, "cette histoire n'a pas grand sens car, si on écrit à quelqu'un, c'est non seulement pour qu'il lise la lettre, mais aussi pour qu'il la conserve par-devers lui. Je ne vois pas pourquoi vous seriez dans l'obligation de restituer sa lettre à Pontormo."

En catimini, je m'approchai un peu plus pour essayer de mieux entendre.

"C'est une vieille histoire qui remonte à au moins huit ans, poursuivit Bronzino. Depuis, on a imprimé le livre et l'on est passé à autre chose.

— Sauf que j'appréhende le moment où Pontormo me réclamera à nouveau sa lettre au milieu d'une explosion de colère.

— Vous en avez conservé d'autres ?

— Oui, j'ai encore les lettres de Cellini et de Vasari. J'ai retrouvé celle de Michelangelo. Celle-là, j'aimerais bien la garder. Mais celle de Pontormo, quelle histoire ! Tu penses, c'est l'unique chose qu'il ait jamais écrite de sa vie, alors il y tient."

A ce moment-là, Luca Martini revint vers ses deux amis pour prendre congé, si bien que la conversation s'arrêta là. La soirée tirait à sa fin. Luca, Benedetto et Angelo faisaient partie des derniers invités. Je les accompagnai jusqu'au bas de l'échelle, sur le trottoir de la via Laura.

Pendant ce temps, Pontormo, abruti autant par cette invraisemblable pagaille que par les trop généreuses libations du chianti de Petrognano, vagissait sur son grabat comme un enfant. Parvenus au bas de l'échelle, les trois amis se séparèrent. Varchi partit de son côté, entraînant avec lui Luca Martini dont il avait entouré la taille de son bras. Je me retrouvai seul avec Bronzino. Je ne voulais pas être indiscret, mais je posai quand même la question :

“Je pense comme vous. A mon avis, cette lettre, Varchi l’aura rendue à Pontormo et Pontormo l’aura certainement perdue parce qu’il perd tout ce qu’on lui confie. Mais de quelle lettre s’agit-il, au fait ?

— C’est vrai qu’il est très brouillon, mais Varchi a raison de craindre sa colère car, curieusement, Pontormo semble beaucoup tenir à cette lettre.”

Bronzino ne répondait toujours pas à ma question. Embrumés par ce trop long après-midi de ribote, nous marchions sans savoir où dans les rues déjà obscures de Florence. La nuit commençait à tomber. Je me souviens que nous avons traversé la piazza San Giovanni en contournant le baptistère, puis nous sommes allés tout droit. La via dei Banchi nous a amenés piazza Santa Maria Novella, déserte à cette heure du soir. D’un commun accord tacite, nous avons obliqué vers la gauche, en direction de l’Arno. Nous avons pris la via della Porcellana et nous nous sommes retrouvés piazza Ognissanti, chez Vieri qui disposait sur ses tables des bougies enfoncées dans de grands verres pour les protéger du vent. Il avait l’air de mauvaise humeur ce soir et parlait peu. D’autorité, sans même que nous ayons eu à demander quoi que ce soit, il nous apporta deux verres, une assiette d’olives, une autre de jambon, et une bouteille de ce chianti de la *fattoria* Petrognano, sa dernière toquade. Nous nous laissâmes tomber sur les chaises près de la table sur laquelle nous posâmes nos bras repliés, et nos têtes sur nos bras.

A un moment j’eus l’impression de me réveiller.

“Bronzino, expliquez-moi, qu’est-ce que c’est que cette histoire de lettres qui ont disparu ? Je n’y ai rien compris.

— Dis-moi un peu, quand es-tu né, Giambattista ?

— Je suis né en 1537.

— Ah, l'année où Lorenzino…

— Oui, je sais, l'année où Lorenzino… ! On me rappelle ça chaque fois. Je suis au courant.

— Evidemment, tu n'avais qu'une dizaine d'années à l'époque des lettres et ça n'a pas dû te frapper. D'ailleurs, après, on n'en a plus beaucoup parlé."

En voyant mes yeux ronds et mon air imbécile, Bronzino se sentit obligé de partir dans une longue explication.

"C'est une longue histoire, Giambattista. En 1547, le deuxième dimanche de carême du mois de mars, notre ami Benedetto Varchi a fait, devant l'Accademia fiorentina au grand complet, une leçon très remarquée sur le célèbre sonnet de Michelangelo :

*Non ha l'ottimo artista alcun concetto*
*C'un marmo solo in sé non circoscriva*
*Col suo superchio**…

Tu dois le connaître, tout le monde connaît ça. Poussé par Luca Martini qui voulait asseoir l'autorité intellectuelle de Varchi revenu à Florence après son exil à Venise, le dimanche suivant notre ami Benedetto a fait, toujours devant l'Accademia, une seconde leçon portant sur la question de savoir quel est le plus noble de ces deux arts : la peinture ou la sculpture.

— Voilà un sujet bien conventionnel.

— C'est vrai, je te l'accorde, mais cela faisait quand même partie des débats à la mode il y a

* "Le parfait artiste ne peut concevoir une idée / Que ne contienne déjà l'excédent de marbre…"

quelques années. C'était souvent un prétexte pour discuter, une fois de plus, sur les règles de l'art, sur le raccourci, la perspective, les ombres, les couleurs, l'imitation de la nature, que sais-je encore ? En réalité, Varchi voulait mettre un terme à de trop nombreux bavardages stériles sur le sujet. Il voulait aussi prouver la supériorité de l'intellectuel sur le manuel, et donc de l'artiste sur l'artisan.

— Je crois que je commence à comprendre. Mais que vient faire Luca Martini dans cette histoire ?

— Luca est certainement l'ami le plus proche de Benedetto Varchi. Il l'a extirpé de l'exil vénitien et sauvé de la géhenne. Varchi tournait en rond sur les *fondamenta* des canaux où il dépérissait de corps et d'esprit. Il avait été exilé autant à cause de ses histoires de mœurs que du fait de son hostilité acharnée contre les Médicis. Dans cette lagune d'ombres et de brumes, son ennui était sans fin et ses pas comptés. C'est alors que Luca Martini, qui était aussi un des plus proches collaborateurs du duc, comme tu le sais, a réussi, en 1543, à faire revenir Varchi à Florence et à obtenir pour lui le pardon de Cosimo qui en a même fait son historiographe. Toutefois, pour le faire accepter à nouveau par les Florentins, après tant d'années d'une douteuse absence, il lui fallait une tribune. C'est ainsi que, poussé par Luca Martini, après sa première intervention sur ce sonnet de Michelangelo, Varchi s'est lancé, au troisième dimanche de carême, dans ce débat incertain sur la peinture et la sculpture, débat d'autant plus périlleux pour lui qu'il est assez ignorant en matière d'art. Et il en a conscience. C'est alors qu'il a eu une idée de génie. Histoire d'enrichir le débat et d'étayer son argumentation,

il a demandé à quelques artistes de renom, qui étaient aussi ses amis, de lui écrire leurs idées, réflexions et témoignages sur le sujet.
C'est comme ça qu'il a lancé une véritable enquête qui complétait sa recherche. Le sujet ? *Discussion pour savoir lequel de ces deux arts, la peinture ou la sculpture, est le plus noble, avec une lettre de Michelangelo ainsi que d'autres provenant d'excellentissimes peintres et sculpteurs sur le sujet en question.* Il a donc demandé à quelques-uns d'entre nous de rédiger une lettre pour exposer leurs arguments.

— Et vous étiez nombreux ?

— Non, pas tellement. Il y avait moi. Il y avait Michelangelo qu'il avait annoncé dans l'intitulé de sa *Discussion* pour rallier des lecteurs. Il y avait aussi l'inévitable Vasari. En faisaient également partie Battista del Tasso, tu sais, le menuisier du Palazzo Vecchio, il est mort il y a deux ans, l'architecte Francesco da Sangallo, le Tribolo que tu connais un peu. Varchi avait également invité cette mauvaise langue de Cellini. Et puis, et puis, il y avait surtout notre Pontormo.

— Moi, je trouve normal qu'après avoir rédigé sa leçon, Varchi garde avec lui les documents qui l'ont aidé dans son travail.

— Mais non, c'était devenu inutile. Il a fait cette leçon en mars 1547. Deux ans après, Lorenzo Torrentino, l'imprimeur ducal, avait publié la leçon de Varchi ainsi que les huit lettres de son enquête. Aujourd'hui, tout le monde possède ce livre. Il peut bien rendre sa lettre à Pontormo.

— Vous savez, je le comprends, Pontormo. Cette lettre, c'est l'unique texte qu'il ait jamais écrit dans sa vie, alors…

— Oui, c'est Varchi qui disait ça. Il y a quand même le *diario*…

— Parce que vous appellez cela un texte ?"

Nous nous regardâmes un instant, perplexes. L'histoire du *diario* nous laissa bouche bée. Un peu gênés aussi.

"Pour en revenir à cette enquête, dis-je, ils devaient quand même être flattés, les peintres et les sculpteurs, d'avoir été sollicités par Varchi.

— Je crois surtout que ça les a plus embarrassés qu'autre chose. Plus que définir leur fonction, il fallait aussi qu'ils se définissent dans leur fonction, en quelque sorte. Michelangelo y a vu une discussion inutile et une perte de temps : «On perd plus de temps dans ce genre de débat, lui a-t-il écrit, qu'à sculpter des figures.» Quant à Vasari, il a répondu à Varchi qu'il aurait préféré peindre un tableau plutôt que de lui écrire cette lettre. Moi-même, débordé comme je l'étais déjà à cette époque, je n'ai pas eu le temps de terminer ma lettre, si bien que j'ai beaucoup plus parlé de la sculpture que de la peinture.

— Et Pontormo, comment a-t-il réagi ?

— D'abord, il a commencé par bougonner en soulignant le côté un peu vain d'une telle initiative : «La chose, lui a-t-il répondu, est en soi tellement difficile qu'on ne peut en discuter et encore moins la résoudre.» Puis il a exprimé son incapacité à aborder un pareil sujet : «Peut-être même ne pourrai-je pas, avec l'encre ou les mots, traduire parfaitement les difficultés de celui qui travaille», a-t-il dit."

Mais voilà que Vieri, toujours sans ouvrir la bouche et souriant à peine, commençait à souffler sur ses bougies, à rentrer ses chaises et ses tables.

"C'est vrai, ce qu'on raconte sur sa femme, chuchotai-je à l'oreille de Bronzino.

— Mais tais-toi donc !" me répondit-il en me donnant un rude coup de coude dans les côtes.

Il nous fallait partir.

“Viens me voir chez moi demain matin, je te montrerai le livre que Torrentino a imprimé sur ce fameux débat. J'en ai même plusieurs exemplaires. On en reparlera.”

Bronzino habitait une délicieuse petite maison de l'autre côté de l'Arno, derrière l'église Santo Spirito, là où commencent à éclore quelques jardins. C'était une demeure à son image : celle d'un grand seigneur affable et discret, distingué et raffiné. De hauts murs recouverts d'un crépi blanc la dissimulaient aux regards des passants. Un grand portail en bois, comme un portail de ferme, ouvrait sur une jolie petite cour carrée entourée d'arcades : les arcs légers reposaient sur de fines colonnes de marbre blanc. Un peu d'herbe poussait entre les dalles disjointes qui recouvraient le sol de la cour. Une haie de citronniers dans des pots à bourrelets dirigeait le visiteur vers le seuil de la maison.

On poussait alors une double porte vitrée à petits carreaux et l'on se trouvait dans une vaste pièce dont la voûte était ornée de fresques à demi effacées. Je devinais vaguement une chute d'Icare.

“Je n'aurais jamais peint ça, me confia Bronzino, mais je n'ai jamais eu le courage de les effacer, par respect pour le peintre inconnu qui a dû faire de son mieux.”

En revanche, à ma grande surprise, au-dessous d'une longue corniche de céramique vernie qui courait sur toute la longueur de la base de la voûte, les murs étaient recouverts de tapisseries resplendissantes.

Devant mon regard étonné, Bronzino m'expliqua :

"Tu ne savais pas que je m'étais mis également à la tapisserie ? Je t'explique. Histoire de faire comme on le fait maintenant dans toutes les cours européennes, Cosimo a voulu lui aussi orner de tapisseries les murs du Palazzo Vecchio que Vasari n'avait pas encore recouverts de fresques. Dès 1545, des lissiers flamands comme Jean Rost et Nicolas Karcher, qui arrivaient tout droit de Bruxelles, s'étaient installés à Florence où ils avaient créé une petite manufacture. J'ai eu l'honneur d'être parmi les premiers à concevoir des cartons, avec Salviati, avec Bachiacca, mais aussi avec Pontormo. C'est Pontormo et moi-même qui avons fourni les cartons pour les tapisseries en soie et or qui représentent l'histoire de Joseph. Ces tapisseries étaient destinées à recouvrir les murs de la salle des Deux-Cents au Palazzo Vecchio. Malheureusement, ces cartons ne plurent ni au duc ni aux maîtres flamands, si bien que Pontormo cessa d'en produire de nouveaux et que moi-même j'en fis très peu, tout juste quelques-uns pour moi.

Sur ce mur, tu dois reconnaître la querelle entre Apollon et Marsyas, une tapisserie que j'ai terminée il y a deux ans. Sur le mur d'en face, il s'agit d'une *Primavera* que je fis il y a une dizaine d'années. Ce fut la première tapisserie produite par la manufacture des Médicis. Elle était destinée à recouvrir une porte. Je ne te cacherai pas que j'ai beaucoup de tendresse pour elle, avec ses paysages lointains, cet enfant qui joue au premier plan et cette femme timide, avec son gros pot de fleurs, qui symbolise le printemps."

Nous traversâmes cette première pièce encombrée de lourds bahuts de chêne foncé, de coffres tapissés de cuir clouté, d'une immense table tout en longueur, comme on en trouve dans les monastères, et de tables plus petites sur lesquelles traînaient des livres entrouverts. Le sol était recouvert de carreaux de terre cuite patinés par la cire, par le temps et le passage des hommes.

Une lourde tenture jaune nous séparait de son atelier, véritable capharnaüm dans la pénombre duquel se détachait, lumineux sur un chevalet, le profil aigu d'une femme au nez aquilin et au chignon serré. Je reconnus tout de suite Laura Battiferri. Tandis que son mari, l'architecte Bartolomeo Ammannati, se démenait pour installer une fontaine dans le grand salon du Conseil supérieur, Laura, poétesse estimée à Florence, posait pour son ami Bronzino, poète comme elle, en tenant entre ses mains un volume entrouvert des sonnets de Petrarca qu'elle ne lisait pas. Avec une sévérité qui ne lui était pas coutumière, Bronzino avait fait de cette femme un portrait glacial et compassé, acide et coupant, au point que, dans un de ses sonnets ultérieurs, en parlant d'elle il écrivit : *"Tutta dentro di ferro, fuori di ghiaccio*.*"*

A ce moment-là, un bruit se fit entendre dans la salle. Quelqu'un fermait une porte. C'était Luca Martini qui venait d'entrer. Nous sortîmes de l'atelier pour le rejoindre dans la grande pièce où, déjà, il feuilletait les livres abandonnés sur les tables. Il en prit un qu'il me montra.

"Voici le texte des leçons de Varchi, avec les lettres qui le complètent, imprimées par Torrentino. Je t'en parlais hier."

Il se mit à feuilleter à nouveau un des livres.

"Tiens, là, je tombe justement sur Cellini qui attaque directement :

> La sculpture est la chose la plus vraie et la peinture est l'ombre de la sculpture.

* "Toute de fer au-dedans et de glace au-dehors."

— C'est vrai qu'il n'a jamais été très nuancé, intervint Bronzino.

— Et il continue :

> Je vous dis que la sculpture est la mère de tout art dans lequel intervient le dessin.

— Ah, le dessin ! Il met quand même le doigt sur quelque chose d'essentiel, ajouta Bronzino. Moi aussi je dis que les créations que réalise la nature sont en relief, de sorte qu'on peut les toucher de la main. Alors que la peinture est réduite à être un simple objet de la vue.

— Tu sais comment Cellini appelle la peinture ?

— Je préfère ne pas le savoir.

— Il l'appelle un *ingannacontadini*, un trompe-paysan.

— Ce que j'admire chez Pontormo, reprit Bronzino, c'est que, tout peintre qu'il est, il rend justement un magnifique hommage à la sculpture."

Il tourna quelques pages et lut un passage de la lettre de Pontormo à Varchi :

> "Prenons le cas d'une sculpture travaillée en ronde-bosse sur tout son pourtour, parfaitement finie au moyen de ciseaux et d'autres instruments pénibles à manier, retouchée en certains endroits au point qu'on imagine mal comment il a été possible de l'entailler ou de la fignoler avec ces outils, car il s'agit de pierre ou d'une matière dure et, même s'il s'agissait de terre tendre, ce serait déjà difficile, sans parler du problème que pose un bras dressé en l'air et qui tient quelque chose dans sa main. Il est difficile et délicat de la conduire jusqu'à son terme sans qu'elle se rompe.

Je trouve ça très intéressant, poursuivit Bronzino, et il reposa le livre. N'empêche que, pour moi, le travail physique du sculpteur reste essentiellement un travail mécanique, un travail vulgaire qui perd de sa dignité. Le sculpteur se rapproche de l'ouvrier qui travaille dans les carrières.

— Tu donnes indirectement raison à Pontormo qui, par opposition, souligne le côté intellectuel de la peinture, lui répondit Luca Martini. Tu sais, la lettre de Pontormo est tout à fait surprenante. Pontormo explique que peindre est une tâche très difficile parce qu'elle est à la fois intellectuelle et technique. Ah, c'est ici !

> Le peintre fait intervenir tout ce que fit la nature pour l'améliorer par le prestige de l'art, lui conférer la grâce et même la reprendre là où c'est le plus nécessaire.

Corriger la nature en quelque sorte."

Je me hasardai :

"Cette idée-là, cette conception de l'art qui perfectionne la nature, j'ai l'impression qu'on la trouve déjà chez Michelangelo avec son fameux *disegno interno*, le dessin intérieur.

— Tu as raison, Giambattista, c'est aussi mon avis, m'encouragea Bronzino. Mais, parfois, on ne peut plus le retenir, Pontormo. Ecoute ce qu'il écrit quand il propose, justement, d'améliorer la nature."

Il tourna trois pages et lut :

> "Le peintre a trop le désir d'imiter tout ce qu'a fait la nature avec ses couleurs et la volonté que cette imitation soit parfaite (et même de l'améliorer). Tout cela dans le but de créer des œuvres riches et variées en rendant la somptuosité de la nuit avec ses feux et toutes les autres lumières du même genre, l'air, les nuages, les paysages proches ou lointains, des maisons, en observant les différents jeux de perspective, des animaux de toutes les espèces et de toutes les couleurs et tant d'autres choses.

— On ne reconnaît pas notre Pontormo bougon et taciturne, dis-je.

— Ça, ce n'est rien à côté du morceau de bravoure assez extraordinaire qu'a rédigé Vasari, à cette occasion, pour prouver la supériorité absolue de la peinture sur la sculpture, dit Bronzino. Tiens, je tombe juste dessus. Ecoute un peu. Vasari, quand il est passionné, on ne peut plus l'arrêter :

> La peinture contrefait parfaitement le souffle, la fumée, le vent, la tempête, la pluie, les nuages, la grêle, la neige, la glace, les éclairs, la foudre, la nuit obscure, les ciels sereins, la clarté de la lune, le scintillement des étoiles, la lumière du jour, le soleil et son éclat…

— Il n'a vraiment rien oublié.
— Attendez ! Ce n'est pas fini ! Je continue :

> Nous voyons s'animer par la couleur l'image des poissons vivants et apparaître les plumes des oiseaux. Que dirais-je de la légèreté des cheveux et de la souplesse de la barbe ?

Maintenant, il attaque la sculpture :

> Alors que le sculpteur, dans la dure pierre, ne pourra jamais sculpter un poil sur un autre poil. Où les sculpteurs pourront-ils un jour représenter la force terrible du vent qui dépouille l'arbre de ses feuilles tandis que la foudre le frappe et que le feu l'embrase ? Allez donc traduire dans une sculpture un personnage qui, tandis qu'il mange, a placé sur sa cuillère une bouchée brûlante.

J'en saute un peu…
Ah, ça, c'est intéressant :

> Je vois dans les sculptures de l'Antiquité la fuite des guerriers armés figés dans le marbre. Mais pas la sueur et l'écume aux lèvres des chevaux, leur poil luisant, les reflets des armes et les reflets qu'ils jettent.

Et de conclure :

> Jamais la sculpture ne rendra cela.

Pas mal, non ?

— Impressionnant, dis-je. C'est du pur Vasari.

— Pour ça, oui, et Pontormo donne un coup de main à Vasari, répliqua Luca Martini, quand il explique que Michelangelo n'est grand que dans la peinture et cela grâce au dessin. Passe-moi le livre, Angelo. C'est là. Ecoutez :

> Michelangelo n'a pu montrer ni la profondeur du dessin ni la hauteur de son esprit divin dans les surprenantes créations en relief qu'il réalisa, mais dans ses peintures qui tiennent du miracle avec tant de personnages différents, tant de belles actions et tant de raccourcis. Il a toujours préféré la peinture parce que plus difficile et plus conforme à son génie exceptionnel.

– C'est intéressant mais pas très convaincant, intervint Bronzino.

— Il a quand même raison de souligner que la peinture offre davantage de possibilités de recherches, dit Luca Martini.

— En revanche, enchaîna Bronzino, j'ai apprécié, dans ce passage, l'importance qu'il donne au dessin. Je crois que, là, il attire notre attention sur quelque chose de fondamental : la primauté du dessin dans tous les arts.

— C'est bien beau ce qu'écrit Pontormo sur la primauté du dessin, rétorqua Luca Martini, mais c'est Vasari qui l'a exprimé avec le plus de clarté dans cette même lettre :

> Comme le dessin est le père de chacun des arts, dans la mesure où peindre c'est dessiner, le dessin nous appartient plus à nous qu'à eux, d'autant plus que beaucoup de sculpteurs œuvrent avec un très grand talent alors que sur le papier ils ne dessinent rien du tout.

– Mon cher Luca, objecta Bronzino, je crois que Pontormo est beaucoup plus clair que Vasari sur le rôle fondateur du dessin. Ecoute-le :

> Il n'existe qu'une seule chose qui soit noble et qui en soit le fondement, et cette chose-là c'est le dessin. Toutes les autres raisons sont faibles en comparaison de celui-ci.

Et il ajoute cette remarque très importante :

> Vous remarquerez que celui qui en a la maîtrise excelle aussi bien dans l'un que dans l'autre de ces deux arts.

Il a souligné avec une grande autorité de pensée que le moment du dessin est le moment essentiel du processus de création quelle que soit la forme de cette création. Pour moi, ces deux arts doivent imiter leur maîtresse la nature et lui ressembler.

— Exactement, renchérit Luca Martini. Ce que tu viens de nous lire de Pontormo me plaît d'autant plus que, dans sa lettre, Michelangelo apparaît vraiment comme le grand conciliateur car il en revient à l'universalité du dessin. C'est à la page 42 :

> Moi, je dis que la peinture et la sculpture sont une même chose et, à partir de cette idée, le peintre ne devrait pas être moins sculpteur que peintre et, de la même façon, le sculpteur pas moins peintre que sculpteur.

Ensuite, Michelangelo s'aventure dans des subtilités :

> La peinture me semble d'autant meilleure qu'elle tend vers le relief et le relief d'autant plus mauvais qu'il tend vers la peinture.

Vous savez, poursuivit Luca, Michelangelo, c'est aussi un philosophe et un sage qui avait soixante-dix ans quand il écrivit cette lettre. Il essaie de mettre tout le monde d'accord jusqu'à faire cesser ce genre de débat qu'il juge inutile et stupide, et il se hâte d'y mettre un point final :

> L'une et l'autre chose, c'est-à-dire peinture et sculpture, proviennent d'une même intelligence et cela suffit pour qu'on puisse les laisser vivre en bonne paix ensemble et laisser tomber ces débats car on y passe plus de temps qu'à faire des figures."

J'osai, une deuxième fois, intervenir :

"Il est évident que Michelangelo veut clore ce débat, osai-je dire, mais j'ai l'impression qu'avec Pontormo il ne sera jamais clos, il y aura toujours un aspect du problème qui viendra le tourmenter, une question à laquelle il n'aura pas su répondre, un doute surgira pour l'inquiéter pendant des nuits et des nuits.

— Bien sûr, on ne va pas le changer. Si Michelangelo a aujourd'hui quatre-vingt-deux ans et Pontormo soixante-deux ans, le vieillard usé, c'est bien Pontormo et c'est certainement pour cette raison que l'homme fatigué qu'il est fait intervenir dans ce débat cette notion inattendue de travail et de fatigue. Quand il parle des techniques du sculpteur, il écrit que «toutes exigent un énorme travail, sans parler de la fatigue de l'artiste qui n'est pas négligeable». Car pour lui fatigue et travail se confondent. Par ailleurs, il part dans une comparaison surprenante entre la fatigue du sculpteur, qui est une saine fatigue du corps, et celle du peintre qui est une fatigue mentale qui le ravage :

> La fatigue du sculpteur maintient l'homme en bonne santé et améliore sa constitution, alors que, pour le peintre, c'est le contraire : un corps mal préparé aux fatigues du métier et davantage de tracas de l'esprit que de bénéfice pour sa vie.

Il est évident que, pour lui, la peinture est le plus difficile et le moins naturel de ces deux arts.

— Ah, là, je suis bien d'accord, déclara Bronzino. Si l'on parle de la fatigue de l'esprit, la peinture est de loin supérieure. Il y a d'ailleurs longtemps que Leonardo a souligné cette différence entre la fatigue du corps et la fatigue de l'esprit, qui est le propre du peintre, et c'est à partir de là que Leonardo reconnaissait à la peinture sa supériorité sur la sculpture. Pour lui la peinture est, comme il disait, *cosa mentale*, quelque chose qui relève de l'entendement."

Un serviteur passa. Du vin se mit à circuler, qui suspendit un instant cette conversation. Je repensai à Pontormo, triste, seul, malade, abandonné. Il était pourtant de ces quelques-uns à avoir recherché, pour expliquer cette folie qu'est la peinture, une justification purement intellectuelle. Le dessin lui est alors apparu comme une catégorie philosophique essentielle, une discipline fondatrice, à la fois tourment de l'esprit et quiétude de l'âme. Bien sûr que les travaux et les fatigues – peut-on les dissocier ? – du sculpteur sont multiples et lourds, mais ils restent sains pour le corps comme pour l'esprit. Avec ce désir d'imiter tout ce qu'a fait la nature, et même de la perfectionner, et même de la dépasser, avec cette volonté de remonter jusqu'à la racine de l'acte créateur, le peintre s'égare toujours dans des tourments de l'esprit sans fin.

Cette réflexion sur la peinture convenait et ne convenait pas à un esprit aussi torturé que celui de Pontormo. Je me sentis d'un seul coup envahi par une immense tendresse pour lui, mais aussi par une grande pitié. Je quittai brusquement mes amis et je revins via Laura où il m'accueillit avec un lent sourire triste.

## XIX

## IL S'ÉTAIT RÉCONCILIÉ AVEC LA LUNE

Il vieillit, notre Pontormo, et il vieillit mal. Il se courbe et se creuse, il se casse et se disloque. Voici que tout d'un coup il se cramponne à l'objet qui est là et qu'il entraîne dans sa chute. Il tousse, il renifle et renâcle, il crachote et il éructe. D'invraisemblables flatuosités répétées à longueur de journée empêchent son ventre d'exploser. Et il pue, Pontormo, il pue ! Il a le cheveu graisseux, l'ongle noir, la narine encombrée et, sur ses joues mal rasées, sa barbe foisonne comme une moisissure. Il brimbale en marchant et l'on dirait parfois que ses jambes se mettent à danser toutes seules.

Si bien que depuis peu je l'accompagne chaque matin à San Lorenzo et le soir, le plus souvent, c'est Marco Moro qui le ramène via Laura, ou quelquefois Bastiano. A midi, il ne va plus déjeuner chez Vieri, sinon très rarement quand des amis l'entraînent. Il préfère manger à San Lorenzo en se nourrissant d'une maigre pitance qu'il se prépare à la va-vite la veille au soir quand il y pense, sinon le matin avant de partir. Il raconte cela dans son *diario* parce que ce repas froid qu'il mange seul et à la hâte dans les courants d'air de cette église glaciale doit le navrer malgré tout :

*J'ai soupé à San Lorenzo et j'ai bu un peu de vin grec*

Et puis, un autre jeudi, il écrit :

*Je soupai très bien à San Lorenzo d'un peu de bouilli très bon et je finis la figure*

Je le connais, il a dû manger en haut de son échafaudage pour finir, sans perdre de temps, la figure commencée sur un *intonaco* frais. Il s'épuise tout doucement à la tâche, il ne guérit plus de sa fatigue. J'ai lu, dans son journal, qu'un soir il avait mangé son "poisson d'œufs" et qu'il s'était endormi tout habillé. Mais où ? Sur sa chaise ? Ou bien était-il tombé d'un seul coup sur sa paillasse comme un cyprès que le vent aurait couché sur le chemin ? Une autre fois, il raconte qu'il a eu beaucoup de mal à rester penché toute la journée, si bien que, le lendemain, il a eu plein de douleurs aux reins, qu'il ne se sentait pas bien du tout et qu'il n'avait pas soupé le soir. Alors, maintenant, nous sommes quelques-uns à l'aider dans sa besogne. C'est moi qui porte les cartons à San Lorenzo et qui les fixe sur le mur. Battista broie les couleurs et nettoie les pinceaux. C'est toujours Marco Moro qui prépare l'*intonaco* et rebouche les trous dans le mur quand on déplace l'échafaudage.

Et lui, il passe ses journées là-haut, comme l'aigle dans son aire ou le chasseur dans sa cahute au plus haut des arbres. Il y a des fois où il ne veut plus en descendre. Il s'entête et se cramponne, et nous sommes obligés, Battista, ou bien Marco, ou encore moi, de l'arracher de force. Il faut l'entendre ! Parce qu'il est devenu cacochyme et chancelant, il a dû faire quelques concessions et entrouvrir, à nous trois tout au moins, et bien à contrecœur, son rempart de pierres et de planches qui mure le chœur de San Lorenzo. Lorsque je l'accompagne en ces lieux, je sais qu'il déteste que mon regard s'échappe sur les murs qu'il est en train de peindre et il insiste chaque fois pour que je reparte au plus vite. Mais, quand il est retenu ailleurs, maintenant que j'ai la clef, je retourne en secret à San Lorenzo pour le seul plaisir et la curiosité, et je reste là des heures entières, dans la stupeur et l'émerveillement. Dans l'accablement aussi.

Cela fait maintenant une bonne dizaine d'années que Pontormo a commencé à peindre le Jugement dernier à la demande, on s'en souvient, je l'ai déjà raconté, de Cosimo et au détriment du pauvre Salviati. Le majordome et secrétaire de l'époque, Pier Francesco Riccio, qui portait une grande admiration à Pontormo, avait, il faut le reconnaître, savamment manigancé en sa faveur. Il connaissait parfaitement la peinture de Pontormo et il préférait de loin sa recherche solitaire et sa réflexion quelque peu philosophique à l'érudition encombrante de Salviati. Je crois que Riccio, qui, par ailleurs, ne faisait que répercuter les désirs du prince, lesquels, par chance, coïncidaient parfois avec les siens, souhaitait créer à Florence une deuxième Sixtine et il pensait que Pontormo était le seul artiste florentin du moment capable de le faire. Il n'a guère eu de mal à convaincre Cosimo. Pontormo avait longtemps hésité à accepter. Il était terrifié devant l'ampleur de la tâche qui l'enfermerait un peu plus, outre le chœur de San Lorenzo, dans ses obsessions et ses phobies. Il savait qu'il lui faudrait, pendant tout ce long temps, renoncer à peindre autre chose et ne vivre désormais que pour cela. Et c'est vrai qu'il n'a plus rien fait d'autre après une sainte Famille qui remonte à 1545 et trois cartons, les derniers, pour des tapisseries illustrant l'histoire de Joseph.

Il allait donc se cloîtrer dans la glaciale église des Médicis, mais aussi dans le désarroi de ce Jugement dernier qui allait l'engloutir.

Après plusieurs années d'esquisses, d'ébauches et d'essais, de tentatives et de ratages, de recommencements sans fin sur les murs de l'église, le sonnet qu'un jour Benedetto Varchi a composé pour lui l'a rempli d'un bonheur qu'il est difficile d'imaginer, même quand on sait que Pontormo est excessif en tout. Comme une joie enfantine devant la récompense inattendue. Ce cadeau de Varchi l'a empêché de désespérer plus. Il s'est senti tout revigoré et conforté dans ses tentatives extravagantes. Il l'a appris par cœur et il lui arrive parfois, devant des amis ou même tout seul, d'en réciter quelques vers à mi-voix, un quatrain, un tercet. Il a même noté l'événement dans son *diario* en écrivant, le mardi 26 mars 1555 :

*Je soupai dix onces de pain et j'eus un sonnet de Varchi*

Moi-même, à force de le lui entendre marmotter, j'ai fini par me souvenir du premier quatrain :

*Mentre io con penna oscura, e basso inchiostro*
*Tanti anni, e tanti un vivo lauro formo,*
*Voi con chiaro pennello alto Puntormo*
*Fate pari all'antico il secol nostro**.

Aujourd'hui, il est parti avec la carriole, accompagné d'Ottaviano, pour acheter saucisses, boudins et jambons, *pancetta* et *culatello* à Lamporecchio où Mario, un fermier de sa connaissance, vient

* "Alors que moi-même, avec une plume obscure et une encre vulgaire / Au bout de tant d'années, j'esquisse un vivant laurier, / Vous, d'un pinceau léger, grand Pontormo, / Vous rendez notre siècle comparable à l'antique."

de tuer le cochon. Alors j'ai pris la clef et je suis retourné à San Lorenzo.

A peine ai-je commencé à parcourir ces fresques du regard que j'ai eu tout de suite l'impression d'étouffer comme si j'avais été enseveli sous un magma de corps affaissés. Le chœur tout entier est recouvert d'un grouillement de chairs flasques et défaites, de charognes gonflées par les eaux du Déluge. Je supporte difficilement la vue de cet empilement horrible de morts entassés et enchevêtrés à un point tel qu'on ne peut plus, dans leurs encastrements complexes, distinguer un corps de l'autre. Je suis accablé par ces figures écrasées les unes sur les autres et nouées entre elles, par cette accumulation de cadavres accrochés les uns aux autres, par ces morceaux de corps monstrueux et disloqués. Je m'arrête un instant devant ce panneau : je vois s'avancer vers moi des spectres qui tâtonnent et titubent, des formes vagues en train de se défaire. Des lambeaux. Dans un autre panneau, je distingue avec peine des corps renversés, morcelés, qui se chevauchent et s'agglutinent par paires ou par grappes de quatre, de six, de huit, de telle sorte que leurs contorsions s'emboîtent les unes dans les autres. Emergent seulement de ces compositions flottantes des orbites vides remplies de ténèbres où se noie leur terreur. Je m'assieds un instant sur une chaise, je ferme les yeux et j'essaie de reprendre mes esprits. Je voudrais me repérer dans ce dédale de chairs mortifiées pour découvrir le sens que Pontormo a voulu donner aux scènes qu'il a peintes.

De quelques bavardages qui se voulaient confidentiels et que j'ai surpris une fois entre Pontormo et ses amis – car avec moi jamais ! –, j'ai retenu qu'il avait eu l'idée d'aller au-delà d'un simple Jugement dernier comme on en voit partout. Il a essayé de reconstituer une histoire du genre humain, ou plutôt une sorte d'allégorie du drame de l'âme humaine, depuis la création de l'homme jusqu'à la fin des temps. On retrouve l'enchaînement biblique bien connu : la création de l'homme, sa chute, la décadence de l'espèce humaine avec Caïn et Abel et son anéantissement avec le Déluge. Puis, au-delà de la Bible, la rédemption de l'humanité avec l'envol des âmes vers les cieux, et enfin le Jugement dernier. Moi, ce qui m'a quand même frappé, c'est que tout cela me semble bien proche de la Sixtine où Michelangelo a représenté la chute progressive de l'humanité avec, de la même façon, l'idée de l'ascension des âmes.

On m'a raconté qu'avant de commencer ses fresques, Pontormo serait allé à Rome uniquement pour voir le plafond de la Sixtine et le mur du Jugement dernier. Moi, j'avais huit ans à l'époque, je ne peux pas savoir. Pontormo aurait donc pris là l'idée des scènes de la Genèse que Michelangelo avait illustrées : la création d'Eve, celle d'Adam, le péché originel, nos parents chassés du paradis, jusqu'au Jugement dernier. D'autres disent que c'est Varchi qui aurait suggéré à Pontormo le programme des scènes à peindre. Moi, je dis que l'un n'empêche pas l'autre. J'ai cru comprendre qu'il y aurait treize panneaux quand tout serait terminé. Si cela se termine un jour.

Quand j'entre dans l'église, je suis chaque fois surpris de découvrir au fond du chœur, entre deux fenêtres de Brunelleschi, un Christ en gloire qui flotte dans un espace irréel, juste au-dessus de la Création d'Adam et Eve. Il apparaît dans un état de lévitation, prêt à s'envoler avec ses bras écartés et ses jambes qui dansent. Tout autour de lui gravite et tourbillonne au ralenti une guirlande d'hommes nus aux gestes inachevés, qui doivent être des anges.

Un jour que je parlais de ces fresques à Daniello, celui-ci me fit remarquer que, curieusement, Pontormo n'avait pas représenté ici, si tant est qu'on puisse déchiffrer quelque chose dans ce brouillard de lignes inachevées, de formes fuyantes, d'ombres et de couleurs délavées, bref, il disait, Daniello, que Pontormo n'avait pas représenté ici un Jugement dernier traditionnel. Par exemple, la Vierge n'y figure pas, il n'y a pas non plus la scène toujours attendue de la chute des damnés, ce qui veut dire qu'il n'y a ni enfer, ni purgatoire. On a l'impression que Pontormo, même pour un sujet aussi grave, refuse le modèle habituel que nous a toujours imposé l'Eglise. Il se coupe de la réalité du monde car on chercherait en vain dans cet enchaînement de fresques un espace familier, un temps repérable, des individualités bien marquées où l'on pourrait reconnaître l'homme.

"Tu me suis ?

— Oui, je te suis. Mais cela t'étonne de la part de Pontormo ?

— Evidemment non. Mais puisqu'ils sont quelques-uns à vouloir faire ce rapprochement entre le chœur de San Lorenzo, la voûte de la Sixtine et son Jugement dernier, moi je dirais que le chœur de San Lorenzo est une Sixtine de la solitude, de l'amertume, de la déchéance. Il se dégage des fresques de Pontormo une impression de souffrance, et l'on sort accablé par trop de mélancolie."

Maintenant, je vais essayer de raconter tant bien que mal la conversation, peut-être un peu trop savante pour moi, à laquelle j'ai assisté il n'y a pas très longtemps, entre Luca Martini et Vincenzo Borghini. A partir de ses fresques, ils s'étaient mis à parler de la religion de Pontormo. Ils avaient commencé par dire que Pontormo était très ouvert aux différentes tentatives que l'on rencontre un peu partout aujourd'hui dans le but de réformer l'Eglise sans tomber pour autant dans l'hérésie de Luther. Ils disaient que ces fresques étaient tout à fait caractéristiques de ce courant que l'on appelle la réforme catholique. Luca Martini prétendait même que le cycle des fresques de San Lorenzo était proche de la doctrine d'un certain Juan de Valdés.

Je me suis aussitôt renseigné pour savoir qui était ce Juan de Valdés. J'ai appris que c'était un moine espagnol très savant qui est mort il y a quinze ans. J'ai cru comprendre que c'était un esprit un peu sulfureux. Il lisait assidûment les écrits d'Erasme, mais aussi ceux de Luther. Ainsi était-il, lui aussi, contre les pratiques extérieures de la religion avec tout le théâtre des cérémonies, processions, et tout le reste. Il disait que le chrétien devait apprendre à "lire son livre intérieur". Il avait des idées bien particulières concernant le salut des âmes : plutôt que la grâce divine qui nous est donnée par les sacrements, il préférait, comme il le disait, la justification par la seule foi. Si j'ai bien compris, ce ne serait plus au prêtre de diriger notre conscience mais à nous et à nous seuls d'établir un dialogue direct avec notre âme et avec Dieu. J'ai également appris que ce Juan de Valdés avait écrit un catéchisme qui s'appelait, si j'ai bien entendu, *Le Bénéfice du Christ crucifié à l'intention des chrétiens*. C'était un petit livre que tout le monde s'arrache aujourd'hui. A tel point que notre ami Varchi, pris d'une belle émulation, avait écrit le *Sermon du Christ* qui allait dans le même sens que le catéchisme de Valdés, ce qui ne plaisait pas du tout au pape

Paul IV Carafa qui ne plaisantait guère sur ce sujet.

Pour en revenir à Pontormo, Luca Martini prétendait que les fresques de San Lorenzo n'étaient ni plus ni moins que la traduction en images du petit livre de Valdés. Pontormo aurait, en quelque sorte, illustré dans les scènes de la Genèse et du Jugement dernier certaines idées de ce catéchisme qui était, il faut quand même le reconnaître, très perméable aux doctrines de la réforme protestante. Pour toutes ces raisons, Vincenzo Borghini avait fait remarquer qu'il planait sur ces fresques comme un soupçon d'hérésie.

"Je ne voudrais quand même pas que notre Pontormo subisse, avec ses fresques, les ennuis que Michelangelo a connus avec son Jugement dernier, ajouta Luca Martini.

— Parce que tu crois raisonnablement que l'on peut comparer les fresques de Pontormo avec celles de Michelangelo ?

— Absolument. Les quelques rares personnes qui sont parvenues à entrapercevoir le travail de Pontormo l'ont tout de suite remarqué. Mais ce qui me préoccupe, reprit Luca Martini, c'est que tout ce qu'on a reproché à Michelangelo, au point qu'il s'en est fallu de peu, après les critiques odieuses de son «ami» Pietro Aretino, que le pape Paul IV ne détruise la fresque de Michelangelo, et alors, aujourd'hui…

— … il s'est contenté de demander à un autre ami de Michelangelo, Daniele da Volterra, que j'ai justement rencontré hier, de recouvrir de draperies les nudités, les «parties honteuses», comme ils disent.

— C'est pour cela qu'on l'a surnommé *il braghettone*, "le culottier", si je ne me trompe. Mais qu'est-ce que je disais ?

— Tu disais que tu craignais que tout ce qu'on a reproché à Michelangelo…

— Ah oui ! eh bien, qu'on le reproche également à Pontormo et ses fresques courent le même risque.

— Tu ne crois pas que l'on exagère un peu trop de très incertaines ressemblances ?

— Pas du tout.

— Lesquelles par exemple ?

— Mais une foule de choses. C'est ainsi qu'il n'y a pas plus d'espace de respiration dans les fresques de Pontormo que dans celles de Michelangelo. Ses personnages semblent évoluer en apesanteur dans le vide, dans l'espace illimité d'un univers devenu vide. Autre chose. Dans les deux fresques, toute hiérarchie religieuse est abolie. Il n'y a plus ni enfer, ni purgatoire, ni paradis. Il n'y a pas davantage d'anges, d'archanges, de chérubins ou de séraphins. Simplement des formes indifférenciées évoluant dans un air raréfié. Et puis où sont les élus, où sont les damnés ? Dans tous les Jugements derniers que j'ai vus, les damnés sont à la gauche du Seigneur et les élus à sa droite. Aujourd'hui nous ne trouvons plus cette séparation, pas plus chez Michelangelo que chez Pontormo. En revanche, dans les deux fresques, les murs sont tapissés de nus informes, sans sexe ni visage. Les élus et les damnés se confondent comme si la damnation était devenue universelle.

— Effectivement, ça fait pas mal de points communs entre les deux fresques.

— Il y a encore autre chose. Tout comme chez Michelangelo, le Christ de Pontormo est imberbe, hors normes en quelque sorte, et il est privé de trône. Les anges sont dépourvus d'ailes : ils n'ont pas besoin d'aide extérieure parce qu'ils n'ont pas à intercéder dans un monde où l'on est sauvé par sa seule foi et non plus par ses œuvres.

— Entre le conformisme aveugle de la curie romaine qui ne veut rien entendre de ce que lui propose un clergé éclairé, et les outrances de Luther qui conduisent tout droit à l'hérésie, ces propositions modérées représentent quand même un point de rencontre et une réflexion qui pourraient être bénéfiques pour l'Eglise en l'aidant à reconnaître ses errements et à se réformer d'elle-même. Mais tu penses sérieusement que Pontormo pourrait être inquiété comme l'a été Michelangelo il y a quinze ans de cela ?

— Ce qui me rassure, c'est que, si Pontormo a obtenu de Cosimo la faveur de couvrir de fresques le chœur de San Lorenzo, il le doit surtout à Pier Francesco Riccio.

— Et alors ? Qu'est-ce que cela change ?

— Il se trouve que Riccio était en possession de l'unique copie manuscrite du *Beneficio di Cristo*. Tu vois facilement de quel côté penchait le secrétaire et majordome du duc de Florence. Moi, je ne pense pas que Cosimo, dont les opinions sur ce sujet sont, je le reconnais, quelque peu flottantes, ait désapprouvé Riccio à ce moment-là.

— Oui, peut-être, mais il se trouve que si Riccio a été congédié, c'est très certainement à cause de ses sympathies réformistes. Entre-temps, Cosimo avait changé de doctrine et aujourd'hui c'est Pagni le nouveau secrétaire et majordome.

— Ça ne change rien mais les choses s'inversent. Par égard pour Pontormo, qu'il aime et qu'il défend, le duc de Florence ne veut pas désavouer aujourd'hui ce qu'il a accepté de Riccio hier."

Ses fresques me hantaient la nuit. En les regardant sans les comprendre, j'avais l'impression que

Pontormo était allé jusqu'au bout de son chemin. Que pourra-t-il peindre après ça ? Il est au paroxysme de ce qu'il peut donner, de ce qu'il peut dire avec le pinceau puisque, avec la parole, il reste clos. Il a exacerbé jusqu'au plus haut degré sa sensibilité que je vois maintenant meurtrie. Quelle sera l'issue de ce parcours insensé, comment va-t-il en sortir ?

"Il n'en sortira pas, m'a dit un jour Daniello. Pontormo a peint sur les murs de San Lorenzo le délire d'un homme qui a perdu son équilibre, sinon sa raison. Il s'enfonce et s'engloutit dans les fantasmes de son imagination hallucinée."

J'aurais voulu qu'il m'aide à comprendre, Pontormo, qu'il m'éclaire et s'éclaire ainsi lui-même, mais il ne fallait pas trop y songer. Alors j'ai interrogé le *diario*, pour le cas où… on ne sait jamais…

Je feuillette au hasard, je tombe sur le mois de mars et je lis :

*Mardi et mercredi je fis ce vieillard, son bras qui est ainsi*

Et là il y a un tout petit dessin informe où l'on ne distingue rien. Il continue :

*Le 15 mars, je commençai le bras qui tient la courroie* (encore un vilain petit dessin) *ce fut le vendredi et le soir je soupai d'un poisson d'œufs, de fromage, figues sèches et noix, et onze onces de pain mercredi 20 je terminai le bras du vendredi et le lundi d'avant j'avais fait ce buste et mardi je fis la tête du bras dont je parle*

C'est tout, nous n'en saurons pas plus. Essayons ailleurs. Je tourne quelques pages. Le 28 juin, il écrit :

*Mercredi je fis la tête de ce mort avec la barbe qui est au-dessus de cette figure* (un petit dessin affreux) *jeudi je fis cette tête et le bras de cette figure qui est ainsi* (un autre dessin illisible) *vendredi je fis le torse samedi les jambes et je la finis et je soupai neuf onces de pain œufs et prunes.*

Je tente ma chance le 4 mars mais sans succès. Il note, ce jour-là, qu'il a fait un morceau de torse "jusqu'aux mamelles". Une autre fois, il récapitule sa semaine :

*Lundi je commençai la figure qui est ainsi* (un dessin pire que les autres) *mardi je fis la tête mercredi le torse jeudi les jambes vendredi et samedi au-dessous dimanche je dînai et soupai avec Bronzino*

Je le reconnais. Il s'agit là d'un nu qui se trouve au centre du panneau de la Résurrection et en bas. Puis il continue :

*Mardi je commençai le bras de cette figure qui est ainsi* (autre dessin) *mercredi l'autre bras et la jambe c'était la veille de l'Ascension jeudi je soupai et dînai avec Bronzino vendredi et samedi je finis la figure*

Ici, il s'agit du nu qui se trouve à droite de celui dont il parlait tout à l'heure.

Ce panneau de la Résurrection est l'un des plus confus des treize qu'il doit peindre et j'aurais tellement aimé qu'il m'aidât à le comprendre. Or il ne fait que transcrire sans aucun commentaire une information sans intérêt. Je ne saurai pas. Nous ne saurons jamais. Et lui-même savait-il seulement ? Le *diario* rythme le travail de Pontormo comme un calendrier que l'on tient à jour. Ce qu'il note lui sert de repère et le rassure, un peu comme un médicament que l'on prend chaque jour. C'est peut-être pour cela que, depuis presque deux ans maintenant, il écrit ce journal, pour savoir où il va, par peur du vide, par peur de la mort. Comme si écrire chaque soir deux lignes sur le vide qui a rempli sa journée pouvait exorciser la maladie et conjurer la mort. C'est ainsi qu'il écrit sa mort au jour le jour. J'expliquai une fois à Daniello que Pontormo tenait ce journal pour se rassurer.

Daniello s'était montré sceptique, il estimait que j'exagérais un peu. Or il se trouve que quelques jours plus tard, alors que je tournais les pages du début de ce cahier, je tombai sur cette phrase :

*J'inscris la date du 5 novembre 1554 car il me semble qu'il le faut*

Je le dis à Daniello qui resta bouche bée. Je n'ai jamais voulu l'amener dans ce coin de l'atelier et sortir le cahier de sa cachette. Mais je sais qu'il m'a cru.

Et moi, je revenais quand même à San Lorenzo. C'était comme un vice dont on veut se défendre et dans lequel on retombe fatalement. Comme s'il y avait sur ces murs une énigme à déchiffrer, un mystère à dévoiler. Et je voulais y parvenir. Chaque fois que j'entrais dans le chœur, j'étais atterré par la désolation, par cette immense détresse qui suintait de ces murs.

L'humanité que Pontormo avait peinte ici m'apparaissait comme une humanité déchue, une humanité coupable d'on ne sait quoi, mais damnée de toute façon. Il y avait de la malédiction dans ces fresques. J'y repensai : elle était terrible, la leçon du Déluge avec ses quarante jours et ses quarante nuits. Ça voulait dire que tout ce qui était sur terre devait disparaître, que Dieu lui-même avait détruit l'humanité et anéanti sa propre création. Quel était le sens de cet anéantissement ? Ces fresques de Pontormo étaient un poème de la catastrophe. Comme saisi par la terreur, il avait peint les fantasmes qui le hantaient. Et il savait communiquer cette épouvante. Je regardai une fois de plus cet empilement funèbre de corps, ces gigantesques figures informes agitées par de douloureux soubresauts, ce tragique enchevêtrement de fantômes dont je rêvais la nuit, ces morceaux de corps agonisants qui me persécutaient le jour. Toutes ces formes entrelacées me faisaient penser à des ensembles nébuleux en train de se dissoudre avant de disparaître dans le néant.

Ce soir, j'ai aidé Marco Moro à ramener Pontormo depuis San Lorenzo. Il avait surtout besoin de moi pour le soutenir tout le temps qu'il monterait à l'échelle. En arrivant, il n'a pas mangé. Il s'est couché tout de suite. Son ventre énormément gonflé le faisait souffrir. Parfois, il se plaignait doucement comme geint un enfant malade. Il m'a regardé avec les yeux tristes de ces chiens sans maître qui errent dans les rues. Puis il s'est endormi tout d'un coup, comme terrassé.

Pendant que je veillais sur son sommeil, mon esprit incorrigible revenait errer entre les murs de San Lorenzo où rôdent ces fantômes hallucinés et je pensais à Pontormo qui, depuis plus de dix ans, s'agitait, se démenait en haut de ses échafaudages et se battait contre ces apparitions qui remontaient du plus profond de sa mémoire.

Ces fresques, il savait désormais qu'il ne les finirait pas. Il prenait son temps pour retarder un peu plus le moment de ne pas les finir. Parce qu'il savait qu'il vivrait aussi longtemps qu'il ne les finirait pas. Il avançait chaque jour un travail qui reculait sans cesse. C'est cela qu'il avait compris : le trait du pinceau le maintenait en vie. Il luttait contre la mort par pinceau interposé. Il peignait lentement pour reculer l'échéance, il peignait dans l'étreinte de cette lutte pour ajourner le terme, pour vivre encore un peu dans l'espace de ce mourir. Avant que le pinceau ne lui tombe des mains.

Il s'est réveillé en pleine nuit. Quand je me suis approché de lui, il m'a dit en souriant, mais d'une voix très basse, qu'il s'était réconcilié avec la lune. Puis il s'est rendormi.

## XX

## LA LIGNE DE PARTAGE DES OMBRES DE LA NUIT

Ce jour-là, les mouettes de la mer étaient remontées jusqu'aux ponts de Florence et tournoyaient en ricanant au-dessus de l'Arno.

Ce même jour, je m'étais rendu à Pise avec Bronzino pour mettre un terme à une histoire qui remontait à plus de deux ans. Le 1er février 1554, Luca Martini avait signé, au nom de Bronzino, un contrat avec Bartolomeo da Forcoli, le fabricien de l'Œuvre du Duomo de Pise. Bartolomeo désirait que Bronzino peigne pour l'autel des Grâces de la cathédrale un retable qui représenterait le Christ tenant sa croix, entouré de quelques saints. Le 19 février, Bronzino avait accepté le contrat, tout heureux, disait-il, de laisser un tableau de lui dans cette ville qu'il aimait particulièrement. Cette année-ci, le 21 mars dernier, le retable terminé fut transporté de Florence à Pise. On le posa délicatement sur le carrelage de la sacristie et on l'appuya contre un mur. Neuf mois après, il se trouvait toujours là. Après quelques aimables sollicitations, Bartolomeo da Forcoli haussa le ton pour qu'on installe ce retable sans plus tarder. Luca Martini perdit patience à son tour. Bronzino, se sentant coupable, décida de partir aussitôt pour Pise et de m'amener avec lui afin de fixer le tableau au-dessus de l'autel. Ce soir-là, nous couchâmes à Pise dans le vieux palais des Anciens, piazza delle Sette Vie, un palais un peu délabré que Vasari s'apprêtait à restaurer.

Pendant ce temps-là, Pontormo en profita pour nous faire faux bond. Ce fut sa dernière facétie et sa dernière bouderie. Sa dernière dérobade aussi. Comme une pirouette ! On finit même par se demander si cela s'est réellement passé.

En réalité, cela se produisit à la ligne de partage des ombres de la nuit. Mais on ne sait pas très bien quand. Ce fut à la dernière heure de la dernière nuit de l'année qui s'achevait ou bien à la première heure du premier jour de l'année qui commençait. Comme en équilibre sur une corde tendue au-dessus de l'abîme, Pontormo ne savait pas de quel côté il allait tomber : au point extrême de 1556 ou à l'aube nouvelle de 1557. On ne le saura jamais. C'est comme si rien ne s'était produit. Comme s'il n'était pas mort. Est-il mort seulement ? Est-ce que ça meurt, un Pontormo ? Est-ce que ça meurt, un Giotto, un Piero della Francesca, un Masaccio, un Leonardo ?

Pontormo est mort d'hydropisie. Son cœur fatigué a fini par céder. Il a été envahi par les eaux et il s'est noyé en lui-même. Il peignait déjà sa mort chaque jour sur les murs de San Lorenzo, lorsqu'il communiquait aux personnages du Déluge sa peur d'éclater quand il sentait toutes ses poches intérieures se gonfler d'humeurs. Il a peint sur les murs de l'église l'hydropisie qui allait l'emporter.

Moi, j'ai perdu un père, un ami, un maître. Mais on tait sa douleur quand elle est insondable. Pleure-t-on ? Quand pleure-t-on ? Comment pleure-t-on ? Ça ne se dit pas. Ceux qui le disent ne sont pas les plus affligés. Bronzino était inconsolable. Il me confiait qu'il était tellement dépossédé de lui-même que tout réconfort, toute aide miséricordieuse, au lieu d'alléger sa douleur, ne faisait que l'exacerber un peu plus.

Pontormo est mort aussi de trop de solitude et de trop de mélancolie. A chaque instant de son *diario*, il interrogeait la lune. Comme s'il buvait un vin mauvais dont il ne pouvait plus se passer. Lorsque son corps allait plus mal que d'habitude, lorsqu'il se sentait plein et gonflé comme s'il allait exploser, alors, du haut de son donjon de la via Laura, le regard dressé vers le ciel, il observait attentivement la lune maléfique qui portait la mort avec elle.

L'an dernier, au mois de mars, il avait déjà noté ses observations dans son *diario* :

*L'an 1555, la lune commença en mars et dura jusqu'au 21 avril. Pendant toute cette lune, il naquit des affections pestifères qui tuèrent quantité d'hommes [...] parce que le froid ne vint pas en janvier et se déversa dans cette lune de mars*

Quand arrivait une mauvaise lunaison, il ne pouvait s'empêcher de donner des conseils, mais pour qui ces conseils, puisque personne ne lirait jamais ce cahier confidentiel ? Ainsi écrivait-il une autre fois :

*Et méfie-toi car, parfois, selon comme cela tombe avec la lune, il peut faire très froid et puis soudain toutes les glaces fondre, ce qui provoque des catharres épouvantables, des apoplexies et d'autres maladies redoutables*

Jusqu'à penser que, quoi qu'il arrive de mauvais dans le ciel, ce ne pouvait être que de la faute de la lune :

*Il fit mauvais temps et pendant ces deux jours j'ai eu mal à l'estomac et aux boyaux, la lune a fait son premier quartier*

Et puis il y eut ce jour où il vit s'avancer vers lui la lune, toutes les lunes porteuses de mort, porteuses de sa propre mort :

*Toutes les lunes qui s'emplissent sont nocives si l'on est rempli et il importe de se prémunir*

Lune fascinante et funeste, lune de fièvres et de mauvaises veilles, lune amicale et perfide à la fois qui se fait hydropique à son tour pour mieux séduire et duper sa naïve victime. Pleine lune, lune pleine dangereuse et mortelle pour un corps déjà trop plein.

Voici que, d'un seul coup, Florence s'est sentie vide. C'était le 2 janvier. La cloche du campanile de la Santissima Annunziata battait le glas et les pigeons aux ailes frémissantes s'envolaient tous à la fois dans le ciel bas et sombre de l'hiver. Tous les amis de Pontormo étaient là. Tous. Mais aussi d'autres peintres, d'autres sculpteurs, d'autres architectes. J'ai reconnu des encadreurs, des doreurs, des marchands de couleurs. Arrivé en retard et tout seul derrière tout le monde, Vieri ne pouvait retenir ses larmes. Quand passait le cortège, les gens demandaient qui était mort. "Pontormo !" qu'on leur disait. Alors ils se signaient et demandaient qui c'était. Les mendiants se levaient et ôtaient leurs bonnets.

Fatigué des retombées de la guerre de Sienne, Cosimo était parti quelques jours auparavant se reposer dans son domaine de Rosignano, près de Livourne, avec Eleonora. Ils avaient emmené leurs deux plus jeunes enfants, Garcia qui avait neuf ans et Ferdinando sept ans. Le duc aimait parcourir pendant des journées entières ces vastes terres marécageuses qui lui faisaient oublier les tracas de Florence. Aussi Cosimo ne savait-il pas encore. Lorsque le cortège arriva devant la Santissima Annunziata, on aperçut Lorenzo Pagni, le secrétaire du prince et son majordome, traverser la place en toute hâte pour se placer très officiellement au premier rang du cortège au moment où celui-ci se préparait à entrer dans le *chiostrino*, le petit cloître qui précède l'église. Pontormo fut enterré dans le *chiostrino*, juste au-dessous de la fresque de la Visitation qu'il avait peinte quand il avait vingt et un ans, une de ses premières œuvres que lui avait commandée Fra Jacopo de' Rossi, le prieur de l'époque.

Mais son corps n'est pas resté là bien longtemps. Et ça, c'est encore toute une histoire. Il se trouve que le matin du 31 janvier 1563 – Pontormo était mort depuis déjà six ans –, les plus grands artistes de la ville, regroupés au nombre de quarante-huit sous le nom de Compagnie du dessin, noble corporation créée à l'époque de Giotto, se réunirent dans le chapitre de l'église. Une messe solennelle fut dite pour remercier l'un des leurs, le sculpteur Fra Agnolo Montorsoli, qui avait offert à cette compagnie – devenue, au début de ce même mois de janvier 1563, l'Académie du dessin – le chapitre, un tombeau disponible et la chapelle.

Au moment où la Compagnie allait prendre solennellement possession des lieux, avec toute la pompe qui s'impose, on ordonna – qui ? je n'en sais rien – d'y transférer le corps de Pontormo. Là messe dite et le discours terminé, tout le monde se rendit dans le *chiostrino* où se trouvait le cercueil de Pontormo. Des jeunes gens le soulevèrent et le placèrent sur leurs épaules. Ils firent le tour de la place à la lueur des torches et l'amenèrent dans le chapitre, dont les tentures dorées qui le décoraient habituellement avaient été remplacées par des tentures noires. Ensuite, on ensevelit Pontormo dans son nouveau tombeau en la chapelle San Luca que l'on appela ensuite la chapelle des Peintres. Et c'est ainsi que notre Pontormo s'est trouvé être le premier artiste à reposer dans ce modeste panthéon. C'était le 31 janvier 1563. La première convocation de la toute nouvelle Académie du dessin fut fixée au dimanche suivant.

L'enterrement et les deux sépultures de Pontormo m'ont entraîné plus loin que je ne l'aurais voulu, jusqu'en janvier 1563. Mais, avant d'en arriver là, il y eut un autre événement important que je me dois de raconter. C'est la fin de l'histoire des fresques de San Lorenzo. Vous vous en doutiez, à la mort de Pontormo, les fresques du chœur étaient loin d'être terminées. Parce qu'il était nécessaire que Pontormo ne les termine pas. Alors le duc, qui avait déjà patienté pendant plus de dix ans, demanda à Bronzino de terminer l'œuvre de son maître. Qui d'autre que Bronzino, en effet, aurait pu achever une danse macabre aussi extravagante ? Quel peintre avait été aussi proche de Pontormo que lui ? Moi, je ne comptais pas, je n'étais encore qu'un gamin dans le métier, un *aiuto*, c'est-à-dire un aide en passe de devenir un *creato*, un disciple.

Il faut quand même reconnaître qu'aujourd'hui Bronzino s'écarte de plus en plus du style de Pontormo. Mais, à leurs débuts, dans les années 1530-1540, on confondait le maître et l'élève, surtout dans les portraits. On se demandait souvent lequel des deux avait peint ce cardinal, ce prince ou cette dame. Et puis chacun a évolué de son côté. Pontormo a sombré de plus en plus dans ses délires hallucinés, au point de concevoir ces terrifiants amoncellements de spectres, tandis que Bronzino évoluait vers le raffinement et la rigueur. Depuis, il est devenu le portraitiste officiel des Médicis. Des portraits impénétrables, froids, des masques fermés aux regards de pierre dure, lorsque ceux de Pontormo sont restés pensifs, mélancoliques, un peu désabusés.

Donc Cosimo demanda à Bronzino de terminer les fresques. Il s'agissait de compléter toute la partie inférieure du chœur, c'est-à-dire la scène du Déluge pour laquelle Bronzino peignit une multitude de nus et celle de la Résurrection pour laquelle il conçut un ensemble de personnages superbes. Entre les fenêtres, il fit un San Lorenzo nu sur son gril entouré de putti. Les fresques de San Lorenzo furent donc terminées par Bronzino et découvertes au public le samedi 23 juillet 1558, dix-huit mois après la mort de Pontormo. Les Florentins furent à la fois séduits et sidérés, mais la stupeur l'emporta bien souvent sur l'émotion, ce qui fit dire, d'une façon laconique, à Agostino Lapini, le chroniqueur de Florence de l'époque, que ces fresques "plurent à certains et à d'autres non". Aussi peut-on se demander ce que vont ces fresques un jour devenir.

Quant à Pontormo, je ne le quitte plus maintenant, car je le croise à chaque instant dans les rues de Florence. Je vais d'églises en palais et, lorsque je le rencontre, je reste chaque fois un petit moment avec lui. On se retrouve. Il suffit, par exemple, que j'entre dans l'église Santa Croce et je peux contempler le portrait que Bronzino fit de lui dans son tableau de la *Descente du Christ dans les limbes* où Pontormo nous regarde avec une curieuse insistance. Je profite de ce que je passe par hasard devant la Santissima Annunziata pour redécouvrir son air étonné, presque ingénu, dans le tableau d'Alessandro Allori : *Jésus parmi les docteurs*. Et chaque fois que je retourne à San Lorenzo, obsédé par ces fresques dont les personnages me hantent encore, je revois son visage un peu interrogatif dans le *Martyre de San Lorenzo* que peignit Bronzino lorsqu'il achevait les fresques du chœur de l'église.

Et puis Pontormo s'est peint lui-même dans ses tableaux comme si, avec son portrait ajouté, il signait son œuvre par sa présence. Je le découvre, un peu narquois, dans la *Pala Pucci* qui se trouve, on en a parlé une fois, dans l'église San Michele Visdomini. Lorsqu'il m'arrive d'aller, mais c'est plus rare, dans la villa des Médicis à Poggio a Caiano, je suis toujours ému par son visage pathétique alors que, tout autour de lui, c'est la sérénité et le bonheur de la vie à la campagne. Chaque fois que je traverse le Ponte Vecchio pour me rendre au palazzo Pitti, je ne manque jamais d'entrer dans la petite église Santa Felicita, et là, dans la pénombre de la chapelle Capponi, à côté de ces personnages effarés qui glissent les uns sur les autres, je le surprends, pour une fois, serein, lumineux, comme en extase. Son visage clair aux cheveux légèrement bouclés est empreint d'une joie céleste. Ici, il s'est peint serein parce qu'il était en quête de sérénité, lumineux parce qu'il se débattait dans l'obscurité, en extase parce qu'il croyait que Dieu était déjà mort. J'en profite pour jeter un rapide coup d'œil à l'Annonciation d'à côté pour revoir un instant la petite Marie et ses grands yeux étonnés, et je reviens vers Pontormo que je ne quitte plus. C'est pour moi comme une prière, comme si je voulais effacer un remords. Car on éprouve toujours du remords vis-à-vis d'une personne que l'on a aimée et qui vient de vous quitter.

Et je me réveille, en sortant de l'église, dans le tintamarre d'une Florence assourdissante de cris, de charrettes, de travaux, de gens qui passent, traversent, vous croisent et vous bousculent. Je cherche le silence. Je me sens devenir Pontormo. On se rencontre souvent avec Daniello. On ne va plus chez Vieri. On n'en a plus envie. On suit les quais du Lungarno jusqu'aux Cascine, puis on descend sur la berge du fleuve. Les mouettes, maintenant, sont reparties vers la mer. L'été, l'eau est tellement immobile qu'une espèce de lentille d'eau recouvre l'Arno d'une mince nappe verte. L'eau, les voix, les pleurs, jusqu'aux nuages dans le ciel, tout s'arrête. Et le temps un instant suspendu. Daniello et moi, assis côte à côte sur la berge du fleuve, nous restons silencieux à regarder l'eau immobile comme le temps, comme la vie de ce matin-là. Nous savons que, dans notre silence partagé, nous pensons tous les deux à Pontormo mais nous n'en parlons jamais.

## XXI

## LES MURAILLES DE SON IMAGINATION HALLUCINÉE

Du temps a passé.

Après la mort de Pontormo, je n'avais plus d'autre maître que moi-même, mais avec une tête vide et douloureuse encore, et des mains maladroites, je n'étais le maître de personne et de rien. Peut-être parce qu'il n'était plus là, je ne supportais pas Florence. Il me fallait changer d'air, respirer ailleurs, rencontrer des gens que je ne connaissais pas, d'autres artistes aussi.

Alors je suis parti pour Rome. Ne serait-ce que pour aller voir la chapelle Sixtine. C'est le voyage que tout jeune peintre devrait accomplir comme un indispensable pèlerinage et, si je suis allé à Rome, c'est un peu pour cela aussi. Mais je n'osais pas me l'avouer parce que l'on a toujours un peu peur de Michelangelo. On risque de se perdre dans Michelangelo. Il faut apprendre très vite à se défaire de lui, à se délivrer de lui, pour essayer de faire autre chose contre lui. Mais comment faire autre chose après lui ?

J'ai tourné en rond dans Rome et je suis revenu à Florence en juillet 1564, le jour même des funérailles de Michelangelo. Je m'en souviens, c'était le mardi 14. Maintenant, le monde sera encore un peu plus vide. En revanche, j'ai retrouvé Bronzino avec soulagement. Je savais aussi que Vincenzo Borghini se démenait pour procurer du travail aux jeunes peintres. Et il me connaissait bien, Borghini, depuis le temps de l'enfance ! Vasari, de son côté, aidait également les jeunes peintres avec l'Académie du dessin qu'il avait créée en janvier 1563. Il paraît qu'on y donnait même des cours pour les jeunes artistes. Je me suis fait très vite des amis parmi les peintres de mon âge, que j'avais seulement croisés jadis quand je travaillais avec Pontormo. Il y avait là Maso da San Friano, Girolamo Macchietti, Santi di Tito dont j'admirais la *Résurrection de Lazare* qu'il venait d'accrocher à Santa Maria Novella. J'étais également devenu l'ami de Francesco Morandini, que tout le monde ici appelait Poppi. J'ai également travaillé avec Jacopo Zucchi. Il est plus jeune que moi de quatre ans, mais tellement prometteur.

En 1566, je me suis lancé. J'ai fait un grand tableau à l'huile, un Christ porte-croix que m'avaient demandé les moines noirs de Florence pour le mettre dans leur abbaye. On n'en a pas beaucoup parlé. C'est à ce moment-là que j'ai rencontré Vasari. Bien qu'étant devenu une personnalité importante de Florence, l'homme restait tout de même agréable. A la fois simple et hautain, chaleureux et distant, grave et souriant en fonction des gens qu'il rencontrait, des responsabilités que Cosimo lui donnait, et de son humeur du jour aussi. Homme au carrefour des vents qui se croisaient. Il devait avoir maintenant dans les cinquante-trois ou cinquante-quatre ans. On le rencontrait souvent dans les rues de Florence, drapé dans sa houppelande noire ou bien resplendissant dans ses habits de velours. Il passait son temps à saluer et à sourire à droite, à saluer et à sourire à gauche. Il avait le visage d'un homme réfléchi, mais assez doux, que sa barbe en pointe allongeait un peu. De gros yeux pleins de bonté. Le front était déjà dégarni et la calvitie précoce dessinait deux larges échancrures latérales que séparait une petite touffe centrale.

A cette époque-là, Vasari était submergé par les travaux du Palazzo Vecchio que Cosimo avait, du jour au lendemain, décidé de restaurer, transformer, remodeler, adapter pour faire de l'austère forteresse médiévale une demeure de luxe. Un caprice de prince. En effet, peu de temps après son mariage, Cosimo avait décidé d'abandonner le triste palais de Michelozzo, via Larga, là où Lorenzo il Magnifico avait déployé sa cour d'artistes et d'écrivains, pour venir habiter le Palazzo Vecchio et s'installer ainsi au cœur même de Florence. Cela était loin d'être innocent. Dans cette vieille forteresse abandonnée, tout était à refaire. L'achèvement de la restructuration de l'ensemble du palais coïncida, parce qu'on s'employa fort à le faire coïncider, avec le mariage de son fils aîné, Francesco, et de Jeanne d'Autriche, princesse insignifiante, plus triste encore que la duchesse Eleonora. C'était le 16 décembre 1565.

Ainsi, depuis mon retour à Florence, je rencontrais régulièrement Vasari qui avait bien voulu embaucher, dans son vaste chantier du Palazzo Vecchio, le jeune peintre inexpérimenté que j'étais alors et qui n'en pouvait plus, désœuvré, de tourner en rond dans la ville.

On en était maintenant à la décoration des pièces : fresques sur les murs, panneaux peints dans les caissons du plafond. Nous venions de terminer, à quelques-uns, la décoration des quatre salles des appartements où s'était morfondue la duchesse Eleonora. Nous devions commencer les fresques du grand salon du Conseil supérieur. Immense chantier. Vasari avait décidé de récapituler, sur les murs comme au plafond, les épisodes les plus marquants de l'histoire de la Toscane et plus particulièrement les glorieuses victoires de Cosimo. Le plafond fut divisé en trente-neuf panneaux peints de la main de Vasari. Les murs sur lesquels Michelangelo et Leonardo avaient rivalisé jadis en esquissant l'un la bataille de Cascina et l'autre la bataille d'Anghiari, ouvrages sans lendemain, furent recouverts par six énormes fresques représentant les victoires de Cosimo. Les trois fresques du mur ouest évoquaient la guerre de Pise ; la guerre de Sienne occupait le mur est.

Ce projet me donna l'occasion de faire, d'une façon tout à fait inattendue, une bien agréable promenade en Toscane. Il faut savoir que Vasari était un artiste scrupuleux, méticuleux, maniaque même, car il tenait à se documenter très sérieusement avant d'entreprendre la peinture d'un tableau. C'est la raison pour laquelle il m'envoya dans la campagne toscane, mais aussi à Pise, à Sienne, à Campiglia, afin de repérer, pour les dessiner, les endroits où avaient eu lieu les accrochages militaires pendant ces guerres. Je revins de ce petit voyage en mai 1566. On commença immédiatement après les fresques du grand salon. J'aidais Vasari à peindre la *Déroute des Pisans à Torre San Vincenzo*, je peignis également avec lui la scène où l'empereur Maximilien lève le siège de Livourne. C'était au printemps 1567 et je venais d'avoir trente ans. Jacopo Zucchi se joignit à nous pour peindre, en ce même printemps, la *Prise de la forteresse de Stampace à Pise.*

Quelques mois auparavant, c'était à l'automne 1566, la famille Zaccaria m'avait commandé, pour sa chapelle dans l'église San Simone, une Pietà. Avant de me lancer dans cet ouvrage qui m'intimidait un peu, je fis un dessin préparatoire à la plume, avec de l'encre brune, et, pour la tête de la Vierge, j'avais même fait un lavis brun sur pierre noire et sanguine. Je trouvais que c'était un bien beau dessin, j'en étais fier et je le montrai à mes amis pour avoir leur avis. La stupeur qui s'ensuivit n'était pas tellement due à leur appréciation critique de mon dessin lui-même, mais au fait que j'avais dessiné du plus pur Pontormo. Et je ne le savais pas. Je revois leurs doigts se promener sur la feuille pendant qu'ils m'expliquaient :

"Le Christ est exagérément distendu, presque écartelé avec ses jambes jointes et ses cuisses serrées qui s'enfuient d'un côté, son buste qui se tord, se contorsionne et s'arque vers l'arrière, tandis que sa tête renversée pend dans le vide. Elle dodeline et bascule et semble se détacher du torse. Elle frôle celle de saint Jérôme dont le corps se déforme en une immense torsion : les genoux, aigus, sont tendus vers l'avant, les épaules et un bras sont tirés à l'arrière. Sa tête pivote sur le côté en étirant douloureusement le maigre cou pour essayer d'apercevoir le visage du Christ mort."

Ainsi, mes amis semblaient me dire que j'aurais reproduit ici, dans un espace resserré et sans même m'en être rendu compte, la torture des corps, les torsions pathétiques et la souffrance des lignes de Pontormo, qui faisaient fatalement penser aux respirations oppressées de ses entassements humains. A côté, derrière, au-dessus, des mains se tendaient, des bras se tordaient, des têtes s'écroulaient. A force de regarder encore et encore mon dessin, je finis par penser comme eux, je finis par y retrouver la fièvre, l'angoisse, la nervosité, l'épouvante des scènes de San Lorenzo que je ne savais pas y avoir mises parce que je croyais les avoir oubliées. Je me découvrais hanté par Pontormo, comme si, au plus inconnu de moi-même, c'était encore lui qui dessinait à ma place. Et moi alors là-dedans ?

C'est ainsi que Pontormo est revenu dans ma vie.

Il y avait, ce jour-là, bien peu de monde pour travailler au Palazzo Vecchio. Il fallait s'y attendre. C'était le 8 décembre, la fête de la Vierge Marie, la fête de la mère de tous les hommes, celle qui a connu le privilège, dit-on, de l'immaculée conception. On avait dit qu'il y aurait, après les vêpres, la procession des lumières, ce qui attirait toujours du monde. Le clergé et les fidèles partiraient de la cathédrale Santa Maria del Fiore et traverseraient Florence avec torches et flambeaux pour les prélats, le bas peuple se contenterait de bougies que, malgré leurs coquilles de papier, le premier vent venu éteindrait. Moi, j'avais peur de la foule et je fuyais ce genre de cérémonie. Alors autant aller faire un tour au Palazzo Vecchio où du travail m'attendait toujours. Je rencontrai justement Vasari qui déambulait au milieu des immenses pièces vides. Il était venu continuer la fresque de San Vincenzo. Il était toujours en retard et il se dépêchait toujours. Aussi avait-il bien autre chose à faire que se promener dans Florence avec une chandelle à la main. Il m'accueillit gentiment avec un bon sourire et nous avons commencé par bavarder ensemble. Nous avons parlé métier. Il savait tout. Il me dit les petites astuces du peintre, il m'apprit un tas de détails pratiques concernant la technique de la fresque. Il me parla longuement du *Libro di bottega* de Cennino Cennini qu'il avait lu plusieurs fois, opuscule plein de petites recettes qui facilitaient bien le travail.

Moi, ça me tracassait depuis un certain temps déjà, mais je n'osais jamais en parler. Je n'avais jamais trouvé l'occasion, la tranquillité, le tête-à-tête indispensable avec Vasari. Ni le courage peut-être. Aujourd'hui nous étions seuls dans l'immense salon. Il était souriant, détendu. Moi aussi. Je sentais qu'il avait envie de bavarder. Il fallait en profiter.

"Dites-moi, Giorgio, est-ce que vous avez bien connu Pontormo ?"

En guise de réponse, j'eus droit à un vaste éclat de rire qui me fit passer pour un nigaud. Ma question était effectivement stupide, à la rigueur mal posée.

"Voyons, Giambattista, qui n'a pas connu Pontormo ?

— Non, mais je veux dire, est-ce que vous l'avez connu personnellement, comme un ami avec lequel vous aimiez bavarder ?

— La première fois que j'ai vraiment rencontré Pontormo, c'était au mois d'août 1540. J'avais tout juste vingt-neuf ans et je faisais mes premiers pas dans la peinture. Lui, il avait quarante-six ans. C'était alors une célébrité. Or, à cette époque-là, Bindo Altoviti m'avait commandé…

— Bindo Altoviti ? Qui est-ce ?

— C'était, je dis c'était parce qu'il est mort en 1557, peu de temps après Pontormo, donc ce Bindo Altoviti était un grand banquier florentin, mais aussi un grand amateur d'art et un grand connaisseur. Il était l'ami de Raffaello qui fit de lui un beau portrait, et surtout de Michelangelo. Grâce à son immense fortune, il aida beaucoup les artistes. Il se trouve que ce Bindo m'avait commandé une *Allégorie de l'Immaculée Conception* pour sa chapelle dans l'église des Santissimi Apostoli à Florence. Depuis, d'ailleurs, j'en ai fait quelques copies qui traînent un peu partout. C'est un grand tableau, un peu compliqué, haut de six brasses et demie et large de quatre brasses, qui m'a demandé beaucoup de travail. La question qui me préoccupait, c'est que je ne savais pas trop quel prix en demander à Bindo. Quelques mois plus tard, en septembre 1541, l'œuvre terminée, j'en parle à Giovan Antonio Sogliani, puis à Ridolfo del Ghirlandaio. J'en parle surtout à Pontormo que je connaissais à peine et je lui demande à combien il estime mon tableau. Il commence par s'asseoir devant, il tord le nez, il se mouche, il se gratte la tête, il ricane. Je m'attendais au pire : «Ne descends pas au-dessous de trois cents écus», me dit-il. Puis il se lève et repart. C'était exorbitant. Comme je ne voulais abuser ni de la gentillesse ni de la fortune de Bindo Altoviti, je me suis contenté de le lui céder pour deux cent cinquante écus. C'est comme ça que j'ai rencontré Pontormo.

— Ça m'amuse parce que ça me rappelle qu'un jour Pontormo a fait exactement la même chose que vous.

— Qu'est-ce qu'il a fait comme moi ?

— Eh bien, il n'a pas voulu qu'on lui paie trop cher son tableau. C'était le portrait d'Alessandro, le duc assassiné par Lorenzino. Alessandro avait admiré son portrait, et il voulait récompenser largement Pontormo pour son talent et son travail. Il lui fit dire que ce qu'il demanderait comme paiement lui serait accordé. Il se trouve que Pontormo, qui était vraiment très pauvre à cette époque, avait été obligé de mettre une cape en gage au Monte dei Paschi. Aussi fut-il tout heureux de la proposition d'Alessandro et il lui demanda simplement la somme nécessaire pour retirer sa cape. Une somme dérisoire. Cela amusa beaucoup le duc de Florence qui n'en resta pas là. Il lui fit donner cinquante écus d'or et une pension, et encore eut-il beaucoup de mal à les lui faire accepter.

— Tu sais, Giambattista, il était compliqué, Pontormo ! Ce refus d'un prix, quel qu'il soit, est autant une réaction d'orgueil qu'une preuve de modestie ou de timidité. C'est un peu comme s'il avait voulu faire comprendre que son tableau n'avait pas de prix."

Ce que me racontait Vasari m'intéressait au plus haut point, car je me suis rendu compte que, depuis ce jour-là, il avait appris à bien connaître Pontormo. Il pourrait me parler de lui. Changeant de sujet, comme s'il voulait se dérober à des questions sur Pontormo, Vasari m'annonça qu'il préparait une nouvelle édition de ses *Vies des plus excellents peintres, sculpteurs et architectes.* Je savais qu'il les avait publiées une première fois en 1550. Je me souviens qu'elles avaient eu un énorme succès. Aujourd'hui, après tant d'années, parce que les hommes et les choses ont changé, il éprouvait le besoin d'enrichir certaines "Vies". Entre-temps, il avait glané de nouvelles informations et, surtout, il désirait ajouter les "Vies" de nouveaux artistes dont il n'avait pas parlé la première fois.

Nous nous trouvions maintenant au début de l'année 1567. Il m'annonçait qu'il avait pratiquement terminé son livre et qu'il allait en confier le manuscrit à l'imprimeur Giunti dans les jours à venir. Il venait justement de rédiger la "Vie de Pontormo" qui ne figurait pas dans la première édition. Je le trouvais très bavard ce soir-là. Même si Vasari était toujours bavard, j'avais l'impression qu'il avait la tête encore pleine de ce qu'il venait d'écrire sur Pontormo et que, en répondant à mes questions, il récitait sa leçon et était heureux de le faire. Si bien que l'année suivante, lorsque j'eus entre les mains sa seconde édition des *Vies*, je me précipitai sur celle de Pontormo. Or, et cela m'amusa bien, j'y retrouvai mot pour mot ce qu'il m'avait raconté lorsque je l'avais interrogé sur notre Jacopo, comme s'il connaissait son texte par cœur.

Mais revenons à Pontormo et écoutons Vasari en parler. Il continue son bavardage là où il l'avait arrêté.

"Malgré cette réaction de fierté, je te dirais que j'ai toujours connu Jacopo comme un homme modeste, qui parlait de chacun avec considération, comme doit le faire tout artiste bien élevé et honnête, ce qu'il était. A en juger par sa conduite, Jacopo fut toujours modeste et poli.

— Vous ne trouvez pas qu'il était un peu sauvage, un peu ours quand même ?

— Il avait peur des autres. Il ne participait jamais à des fêtes ou à des réunions pour ne pas être serré dans la foule. Son amour de la solitude dépassait l'imagination. Je dirais quand même que sa façon de vivre en solitaire et à sa guise ne méritait certes pas l'approbation mais on peut lui trouver des excuses. En effet, pour les œuvres qu'il a peintes, on lui doit de la reconnaissance et il ne faut pas l'accuser ou le blâmer pour celles qu'il n'a pas voulu faire.

— Il avait quand même bien le droit de refuser ce qui ne lui plaisait pas. Il n'était ni contraint ni engagé. Il tenait beaucoup à sa liberté, je crois.

— Exactement. J'estime, quant à moi, que tout artiste est libre de travailler quand il veut et pour qui il veut. Je ne crois pas qu'il faille condamner sans réserve celui qui, sans offenser Dieu ni son prochain, vit à sa guise, habite où il veut et se conduit de la façon la mieux adaptée à son tempérament. C'est peut-être grâce à cela que nous avons les plus beaux tableaux.

— Est-ce qu'il y a des tableaux de lui que vous avez aimés plus que d'autres et que vous aimez encore ?

— Certains, oui. Ainsi j'ai beaucoup de tendresse pour la *Pala Pucci* qu'il a accrochée dans l'église San Michele Visdomini. Jacopo réalisa ce tableau dans un si beau style et avec des couleurs si vives qu'on a du mal à y croire. La Vierge assise tend l'Enfant Jésus à saint Joseph dont le visage souriant est d'une vivacité vraiment stupéfiante."

Personnellement je trouve que saint Joseph ne sourit pas du tout. Au contraire, avec sa bouche ouverte et ses yeux révulsés, il a l'air complètement ahuri. Mais je n'avais pas envie de me lancer dans un débat qui, avec Vasari, ne manquerait pas d'être long, très long même. Je l'ai laissé continuer.

"Mais si l'on veut voir ce que Jacopo, grâce à son talent et à ses qualités, a fait de mieux dans sa vie en ce qui concerne la vivacité des visages, la répartition des figures, la variété des attitudes et la richesse de l'invention, que l'on regarde l'histoire de *Joseph en Egypte.*

— Moi, je trouve ce tableau assez déconcertant, je m'y suis toujours perdu. Il y en a d'autres de lui que je préfère nettement.

— Ecoute bien ce que je vais te dire, Giambattista. Si cette composition avait été conçue pour un tableau de grande dimension ou peinte sur un mur, j'oserais dire qu'on ne pourrait trouver une peinture faite avec plus de grâce et de mérite. C'est pourquoi tous les artistes la considèrent à juste titre comme la plus belle œuvre de Pontormo.

— Peut-être n'en ont-ils pas vu beaucoup d'autres. Cependant, à la façon dont vous le ménagez en parlant de lui, on a l'impression qu'il y a des choses que vous n'aimez pas chez lui, des choses qui vous gênent et que, je ne sais pas, peut-être par égard pour sa mémoire, vous n'osez pas dire.

— Ah, tu crois ça ! Ce n'est pas si simple. Avec Pontormo, rien n'est jamais simple. Mais rassure-toi, lorsque j'ai des remarques à faire, je n'ai pas l'habitude de les garder pour moi. Si je prends, par exemple, l'Annonciation de la chapelle Capponi à Santa Felicita, je te dirai que la Vierge et l'ange sont tellement tarabiscotés qu'il est visible qu'un cerveau aussi bizarre que le sien n'était jamais satisfait."

Il s'arrêta, comme gêné par ce qu'il venait de dire. Etait-il allé trop loin ? Il savait que j'aimais Pontormo et que j'avais une grande admiration pour lui. Lui aussi l'appréciait, mais à sa façon, et il était quand même un de ses critiques les plus sévères. Quand il parlait de lui, surtout devant moi, je le sentais embarrassé. Il était toujours partagé entre le respect et la compassion, l'admiration et la commisération. On sentait en lui une irritation retenue. Il recommença à parler :

"A propos de Raffaello, je disais, un jour que je louais son travail assidu, que, tout compte fait, chacun doit se contenter de suivre son inclination naturelle. On ne doit pas s'attaquer à des domaines pour lesquels on n'est pas doué. On ne doit pas forcer son talent. Le ciel répartit ses dons de manière que chacun puisse se contenter de ce qu'il a. Quand je disais cela, je pensais à Paolo Uccello, mais aussi à Pontormo. C'est vrai ça, tu sais, Giambattista. Moi qui me suis intéressé à tellement d'artistes, je l'ai souvent constaté : celui qui veut trop en faire et forcer la nature porte atteinte aux qualités que celle-ci lui a généreusement octroyées, et Pontormo est de ceux-là. Mais que peut-on faire, sinon le plaindre car nos artistes sont, eux aussi, sujets à l'erreur. Et pourtant, dans tous les travaux de Pontormo, même lorsqu'il force sa nature, on trouve toujours à l'admirer et à le louer."

Je l'écoutais. On aurait dit qu'il voulait protéger sa mémoire et pardonner à celui qui restait, qu'on le veuille ou non, un maître de la peinture florentine d'aujourd'hui. Mais il était comme ça, Vasari, il fallait qu'il marque sa réprobation, et il était vrai qu'avec lui on ne savait pas très bien sur quel pied danser. J'avais quand même voulu le provoquer un peu en lui rappelant une vieille querelle, histoire de voir si, depuis, son point de vue avait évolué.

"Vous ne trouvez pas que pour les fresques de Galluzzo vous avez un peu exagéré quand vous l'avez accusé d'imiter servilement Dürer, parce que, dans ce cas-là, il n'est pas le seul, et vous-même d'ailleurs…

— Je n'ai jamais dit que Jacopo est à blâmer pour avoir imité certaines trouvailles des compositions de Dürer. Là n'est pas l'erreur, beaucoup de peintres l'ont fait et continuent de le faire.

— Alors où est le problème ?

— Lui, il a adopté tous les aspects du style allemand dans les drapés, dans les expressions, dans les attitudes, dans tout. Il aurait dû éviter cela en se limitant à de petites trouvailles, à quelques détails minimes, puisqu'il possédait à fond la grâce et la beauté du style actuel.

— Mais Pontormo ne se résume pas à ces quelques moments d'imitation.

— Tu sais, si tu regardes bien *Le Christ devant Pilate*, il y a autour de Pilate des soldats aux expressions et aux costumes si typiquement allemands qu'on les croirait dus à des Nordiques si on en ignorait l'auteur.

— Il n'y a que vous pour ne voir que ça. Justement dans cette fresque du *Christ devant Pilate*, il y a un serviteur…

— Ah oui ! Ça, c'est vrai ! Au fond, le page de Pilate descend un escalier avec un bassin et une aiguière qu'il apporte à son maître pour se laver les mains. Il est très beau, il est plein de vie et, surtout, il garde quelque chose du style antérieur de Jacopo.

— Ah, vous voyez bien, il y a autre chose à voir que…"

Il me coupa à nouveau la parole pour m'expliquer que Pontormo avait été un artiste précoce et génial mais, avec cette imitation de Dürer, il avait cassé net un itinéraire qui le conduisait vers les plus grands succès.

"Et alors, continua à m'expliquer l'intarissable Vasari, si on ajoute à cela son tempérament mélancolique et tourmenté, cette inquiétude qui le taraudait toujours, eh bien, on peut dire que Pontormo à ce moment-là avait amorcé une véritable régression. Il s'employa avec tant d'énergie dans cette nouvelle manière que la délicatesse qui avait donné à son premier style son naturel doux et gracieux fut altérée sous l'effet de cette nouvelle obsession. Sache que dans toutes ses œuvres, si belles soient-elles, on ne retrouve presque plus rien de la qualité et de la grâce dont il avait jusque-là doté ses figures.

— Je vous arrête parce que je crois que là vous allez un peu trop loin. A Galluzzo, justement, puisque vous vous accrochez à ce moment de la production de Pontormo, tout le monde sans exception admire la Résurrection du Christ.

— Mais oui, bien sûr, rien n'est facile, tout se mélange, le meilleur et le pire. Lorsqu'il s'est mis à peindre cette Résurrection, Jacopo, avec son instabilité mentale toujours à la recherche de solutions tarabiscotées, eut alors cette idée fantaisiste et imprévisible de changer de palette. Si bien qu'il a peint cette fresque avec des couleurs si délicates et si heureuses que, s'il avait réalisé tout le reste autrement que dans le style allemand, le résultat aurait été certainement très beau. C'est vrai que, dans les visages de ces soldats endormis et comme morts dans des attitudes variées, on sent une qualité insurpassable.

— Je ne vous le fais pas dire ! De toute façon on ne peut pas démolir un peintre sous prétexte que, à un moment de sa vie, il a voulu essayer autre chose. Il a eu ce courage-là. Il ne s'est pas endormi en répétant ce qu'avaient fait ceux d'avant lui comme Fra Bartolomeo ou Albertinelli.

— Oui, sauf qu'il a ruiné la manière italienne, il a trahi l'héritage de Raffaello, de Leonardo, de Michelangelo. Il est parfois si proche du style allemand que le spectateur est saisi de pitié devant la naïveté de cet homme obstiné à acquérir avec tant de soin et de labeur ce que les autres évitent et veulent oublier, et tout cela, Giambattista, tout cela pour se défaire d'un style exceptionnel qui séduisait tout le monde. Enfin, et ça vraiment je ne le lui pardonne pas, ignorait-il qu'Allemands et Flamands viennent ici chez nous, en Italie, à Florence, pour apprendre le style italien que lui s'efforçait d'abandonner comme s'il était mauvais ?

— Oui, je sais, ça vous me l'avez déjà dit une fois, mais rien ne prouve que ça s'est passé comme ça. Lorsque vous dites qu'il a trahi l'héritage de nos grands ancêtres, vous oubliez la montée de jeunes artistes pleins de talent comme Giovan Maria Butteri, Lorenzo dello Sciorina, Girolamo Macchietti et d'autres amis à moi comme Maso da San Friano, Santi di Tito, le Poppi. D'ailleurs, un jour, peut-être, parce qu'on ne sait jamais de quoi la vie est faite, un jour vous serez peut-être content de les trouver sur votre route pour travailler avec eux ou que ce soit eux qui travaillent pour vous, et alors ce jour-là vous apprécierez leur talent."

Vasari n'aimait pas qu'on lui fasse la leçon. Il se raidit et roula un instant ses gros yeux. Il changea habilement de sujet :

"Pas plus tard qu'hier, je suis allé faire un tour à San Lorenzo. Je me suis longuement arrêté devant la Résurrection des morts. Je me pose la question de savoir si, dans cette fresque, Pontormo s'imaginait, dans sa grande naïveté, qu'il allait surpasser Michelangelo. Il peignit cette scène avec une telle confusion qu'elle ne sera certainement ni pire ni plus réelle, si l'on peut dire, le jour où elle se produira. La solitude et l'éloignement de tout commerce humain lui ont suggéré ces scènes étranges et fantasques. En se fermant au monde, il s'est recroquevillé dans l'introversion et il ne voyait plus rien au-delà des murailles de son imagination hallucinée.

— Vous ne pensez pas qu'il a voulu rendre d'une façon encore plus tragique, encore plus pathétique, ce moment effrayant où nous comparaîtrons devant Dieu, pour savoir à quel type d'éternité nous serons destinés ?

— J'avoue n'avoir jamais réussi à comprendre le sens théologique de cette scène. Je sais que Jacopo s'y entendait et qu'il fréquentait des érudits, mais que voulait-il dire en mettant, sous les pieds du Christ qui ressuscite les morts, Dieu le Père créant Adam et Eve ?"

Habile, mais finalement pas tant que ça, Vasari ! Car ce n'était pas à moi qu'il allait faire croire qu'il ne comprenait pas ce que Pontormo avait voulu signifier dans ses fresques alors qu'il avait saisi le sens beaucoup plus complexe et tout aussi hérétique de celles de Michelangelo, qu'il admirait. Peut-être pas très habile mais infiniment prudent, Vasari ! C'était un courtisan élevé aux plus hautes charges officielles et devenu l'intime de Cosimo. Parce qu'il avait des amis des deux côtés, il ne voulait pas se compromettre avec quiconque dans cette époque troublée et répressive où l'on fustigeait cruellement les partisans de la réforme catholique. Mais il avait parfaitement perçu le parfum d'hérésie qui émanait de cette fresque bien peu orthodoxe. Il désirait visiblement s'en tenir à une prudente neutralité. Comprendre ou ne pas comprendre, là n'était pas pour lui la question.

"Laissons tomber un instant la signification religieuse de ses fresques pour en rester à la maîtrise du dessin. Vous ne trouvez pas que Pontormo aura été un dessinateur exceptionnel ? Cela doit vous toucher, vous qui avez écrit que «le dessin, qui est le père de nos trois arts, élabore à partir d'éléments multiples un concept global. Il est la forme de tous les objets de la nature.»

— Pendant un certain temps, il a été le dessinateur que tu dis. Et puis, comme je te l'ai déjà expliqué, son cerveau bizarre a sombré dans l'extravagance. Tu regarderas un peu plus attentivement son travail. Tu te rendras compte qu'en de nombreux endroits, et même un peu partout, il n'a tenu compte, me semble-t-il, ni de l'ordre de la narration, ni de la mesure, ni du temps, ni de la nécessité de varier les visages et les couleurs des chairs, bref il n'a respecté aucune règle, aucune proportion, aucune exigence de la perspective.

— Ça, c'était son choix, son désir de bousculer une certaine tradition picturale qui commençait à se scléroser. Mais ses nus, ses admirables nus…

— Il a placé partout des nus suivant un ordre, un dessin, une invention, une composition, avec des couleurs et une peinture selon son goût ; et ceci avec tant de mélancolie et si peu de plaisir pour le spectateur que je préfère, puisque, tout peintre que je suis, je n'y comprends rien, laisser chacun libre de son jugement."

Il arrêta son réquisitoire un instant, hésitant à poursuivre, comme si ce qu'il allait dire serait pire que ce qu'il venait de dire. Il poursuivit quand même :

"Autrement, je crois que j'y perdrais la raison et que je m'embrouillerais, exactement comme il a cherché, me semble-t-il, pendant onze ans à s'embrouiller lui-même, et le public avec lui, avec de pareilles figures. Bref, là où il avait espéré dépasser toutes les peintures existantes, il n'atteignit même pas, et de loin, ses propres ouvrages antérieurs."

J'avais envie de le haïr, Vasari, et je crois qu'à ce moment-là je le haïssais même un peu. Des chants qui montaient de la piazza della Signoria attirèrent notre attention. Nous nous approchâmes des hautes fenêtres du grand salon, que nous ouvrîmes. La procession traversait la place pour se rendre, de l'autre côté de l'Arno, à l'église Santo Spirito. Ça hurlait des hymnes à la Vierge. Nous refermâmes la fenêtre. On se retrouva face à face. Il était incontestablement gêné, mal à l'aise même. Il me mit une main sur l'épaule.

"J'aimais Pontormo. L'artiste, ses recherches et ses erreurs, c'est une chose. En revanche l'homme me touchait beaucoup."

Jusqu'où allait sa sincérité ? De toute façon, cette manière de considérer les êtres et les choses lui ressemblait. Vasari était un esprit pragmatique et sans imagination, un esprit rationnel, analytique, qui savait isoler les éléments complexes d'une question pour les reprendre ensuite les uns après les autres et les organiser selon un ordre logique. Alors, pour lui, tout était clair : il y avait le peintre Pontormo d'un côté et l'homme Jacopo Carucci de l'autre. Je voulais bien croire que l'homme le touchait. Mais pendant que je réfléchissais à tout ça, il continuait à parler comme s'il voulait faire amende honorable :

"De toute façon, dans toutes les œuvres de Pontormo, même lorsqu'il forçait sa nature, on trouve toujours à admirer et à louer. Je l'ai vu faire quelquefois : il se lançait dans l'étude d'un projet avec une telle impétuosité qu'il dépassait la mesure. Et puis, avec la même fougue, il effaçait le lendemain ce qu'il avait fait la veille et il se torturait à tel point la cervelle que ça faisait pitié. Alors, il errait mentalement pendant de longs moments et, au lieu de travailler, il se distillait la cervelle. Parfois, en se rendant à son travail, il pensait si profondément à ce qu'il voulait faire qu'il s'en revenait sans avoir fait autre chose que réfléchir."

Et pendant que Vasari, emporté par son élan, comme cela lui arrivait souvent, n'arrêtait plus de parler, de trop parler peut-être, moi, je pensais que, pour avoir dit, comme il venait de le faire, les choses qu'il avait dites, c'était qu'il n'aimait pas plus Pontormo que les œuvres de Pontormo.

Il s'arrêta, se racla la gorge, puis il ajouta pour faire diversion :

"Moi, je dis qu'il s'est épuisé au travail, et qu'il est mort de chagrin parce que, à la fin, il était trop mécontent de lui-même."

J'embrassai Vasari et je quittai le Palazzo Vecchio. Je n'avais plus l'esprit à travailler. Il me faudra maintenant reconstruire Pontormo. Mais, ce soir, je l'avais retrouvé. Le temps s'était arrêté, il avait même reculé. Je revis ses yeux tristes des derniers jours de sa vie et ce dernier regard de tendresse qu'il avait eu pour moi. Je remontai la via Calimala comme un somnambule et j'allai pleurer dans la pénombre du soir dans l'église San Lorenzo.

# ÉPILOGUE

Giambattista Naldini est mort en 1591. Je me substitue maintenant à lui pour expliquer, en racontant la triste fin des fresques du chœur de San Lorenzo, comment Pontormo est mort une seconde fois.

On se souvient que l'inauguration de ces fresques, que Bronzino avait hâtivement terminées, eut lieu le 23 juillet 1558. Or, moins de deux siècles après, en 1738, on se rendit compte que les structures murales du chœur étaient en train de céder et que les murs s'affaissaient. Il était urgent d'intervenir et d'entreprendre au plus vite un travail de consolidation et de restauration.

Celle qui s'engagea avec le plus de détermination pour la restauration du chœur de San Lorenzo fut Anna Maria Luisa, l'électrice palatine. Elle était la sœur de Gian Gastone, le dernier des Médicis et le plus décadent, qui venait de mourir cette année-là.

On commença par refaire les corniches en pierre car les anciennes s'étaient écroulées. Puis on s'attaqua au gros œuvre : le 16 novembre 1738, on procéda à la démolition des deux murs défaillants du chœur pour les remplacer par deux arcs doubles qui viendraient soutenir cette partie de l'église. Si bien que, ce jour-là, on détruisit dans l'indifférence générale toutes les fresques de Pontormo. On raconte que la partie latérale des fresques qui avaient plus ou moins échappé aux pics des maçons fut blanchie à la chaux en 1742.

L'historien Bottari dit en 1759 que cette démolition se fit même "à l'applaudissement de tous". Toutefois, l'artisan du massacre, l'individu qui conçut les travaux, la main qui les dirigea d'un bout à l'autre, le cerveau qui organisa la destruction systématique des fresques et se réjouit de ce vandalisme fut le triste jésuite Richa. Il s'en vanta même en 1757 dans son livre *Informations historiques concernant les églises florentines* : "Ne regrettons pas de voir détruites, quand il fallut refaire certaines arcades et entreprendre d'autres travaux, les peintures qui ornaient toute la tribune *(sic)*, faites par Jacopo Pontormo, lequel, dans une manière peu goûtée et qui mérita la censure de Raffaello Borghini, y avait peint les scènes du Déluge et la Résurrection universelle. Et comme ces peintures ne valaient pas grand-chose quant à l'invention, la disposition ou les coloris, une telle perte n'est pas à déplorer." Ainsi une telle perte n'était pas à déplorer ! Ainsi l'ombre de l'obscurantisme rampait et s'élargissait en plein Siècle des lumières.

Richa fait allusion à Raffaello Borghini, le neveu de l'ami Vincenzo. Dans son livre *Le Repos*, paru en 1584, il avait écrit : "Je ne parlerai pas autrement de cette chapelle et je confesserai soit que je n'ai rien compris à ce qu'il a voulu faire, soit qu'il n'y là-dedans aucun goût." Qu'il n'y ait rien compris, nous en sommes aujourd'hui persuadés, mais il faut reconnaître que l'aveu est honnête, que relativise malheureusement la fin de son jugement lorsqu'il accuse Pontormo de manquer de goût parce que, bien évidemment, ce goût-là n'était pas le sien.

Si nous lisons d'autres commentaires de l'époque, tout aussi implacables, nous sentons qu'il y avait alors comme un mouvement sourd et tacite d'hostilité générale contre ces fresques. Un prêtre de San Lorenzo répétait à qui voulait l'entendre que "toutes ces peintures, parce qu'elles sont une véritable provocation, n'ont pas leur place dans une église". Dont acte. L'indignation semble croître avec le temps et elle ne cessa que le jour où l'œuvre de Pontormo fut à jamais détruite.

Il est évident que les impératifs réactionnaires du concile de Trente pesaient de tout leur poids sur les consciences. Ils avaient peu à peu modifié les mentalités. Par ailleurs, les directives autoritaires de Charles Borromée concernant l'art et la manière de construire et de décorer les églises avaient complètement transformé l'art religieux. A Florence, l'embarras allait croissant devant ces cascades de nus, nullement érotiques, mais au dessin provocateur et aux attitudes invraisemblables, que l'Eglise conservatrice et réactionnaire de la Contre-Réforme ne pouvait plus tolérer. On avait sauvé, *in extremis*, le Jugement dernier de Michelangelo de la pioche des démolisseurs. Mais Pontormo n'était pas Michelangelo.

Il est cependant certain que le jugement sans aménité, mais sans ambiguïté, de Vasari, répété, entretenu, prolongé dans le temps, a pesé très lourd sur la destinée de ces fresques. A la dégradation des murs de l'église s'est incontestablement ajouté l'éreintement de Vasari.

Il est bien seul, l'aimable Francesco Bocchi. Dans son livre *Les Beautés de la ville de Florence*, paru en 1591, un ouvrage que l'on peut considérer comme le premier guide pour visiter Florence, il ne cache pas son admiration pour les fresques de San Lorenzo : "Cette peinture de Pontormo est d'un coloris admirable, d'un noble dessin et d'un relief exceptionnel, et si à ces dons qui rendent les figures toutes plus merveilleuses l'une que l'autre s'était ajoutée une excellente imitation, ce serait vraiment un ouvrage sans égal." Une voix dans le désert. Mais quel est donc cet homme qui ne hurle pas avec les loups ? se demandait-on dans la cité.

Il est dit que chaque époque aura ses peintres maudits. Aujourd'hui Pontormo n'est toujours pas réhabilité. Pontormo n'a pas seulement peint les fresques de l'église San Lorenzo. Son œuvre, peu abondante, est multiple et riche infiniment. A chaque relecture on découvre toujours quelque chose d'autre dans ses tableaux qui nous suit longtemps et nous sommes quelques-uns à venir le lire souvent.

Ses fresques auront été la dernière trace d'une vie, les stigmates d'une trop grande difficulté à vivre, elles sont ce qu'il reste du passage douloureux d'un homme chez les hommes. La bêtise de certains a voulu abolir les vestiges de ce passage. On ne pardonne pas plus aux prophètes en leur temps et en leur pays qu'on ne pardonne aux visionnaires. Ils nous font trop sentir, sans le vouloir, ce que nous sommes.

Qui se souvient de Pontormo ? Qui connaît seulement le nom de Pontormo ? Il est allé trop loin, trop vite, trop tôt. Je ne serais pas étonné qu'il nous devance encore. Alors, qu'on nous pardonne si, à travers ces pages, nous avons essayé de nous rapprocher de lui.

## NOTE DE L'AUTEUR

Ceci n'est pas un roman. Juste un portrait. Allons un peu plus loin : une vie reconstituée. Reconstituer une vie ! L'expression peut choquer, tout autant que le projet. Et pourtant que savons-nous d'une vie en dehors des quelques temps forts qui la scandent de loin en loin : naissance, amours, métier, mort ? Ce sont là les seuls grands moments que nous livre l'histoire. Mais le quotidien, la petite vie de tous les jours, les petites misères et les petites joies, les désirs et les déceptions, et les rêves… tout cela échappe au découpage chronologique, à la biographie selon la norme. Alors que c'est justement cet ensemble de petites choses qui façonne l'homme, le modifie et le fait devenir ce qu'il est.

On sait fort peu de chose de la vie de Pontormo. Toutefois ce n'est pas la quête de l'information à tout prix qui a guidé mon approche, mais la vérité du personnage. J'ai essentiellement recherché la vraisemblance car c'est bien à travers la vraisemblance des situations que l'on trouve la vérité de l'homme. Alors, plutôt que de m'enquérir d'un vrai qui nous échappe, il m'a plu de reconstituer son existence à partir du vraisemblable et d'imaginer des situations qui révèlent l'originalité de l'artiste. J'ai essayé de me transporter à l'intérieur de Pontormo, de recomposer la personnalité mais aussi l'intimité de l'homme à travers les éléments épars de son existence. Seul l'imaginaire peut nous procurer ce pouvoir de recréation à partir des éléments du réel. Il est la seule reconquête possible d'un réel qui toujours se dérobe. Ainsi, je suis allé explorer les zones crépusculaires de sa conscience, les ombres de sa vie, les éclats du génie, ce que nous révèlent ses très rares écrits, davantage ses fresques et tableaux, et les quelques témoignages de ses quelques amis. Le portrait se reconstitue peu à peu de cette interaction entre réel et imaginaire.

Mais il faut se méfier des dérives du genre et ne pas sombrer dans l'extravagance ou l'élucubration qui conduisent à la trahison ou à l'invraisemblance. En excellent connaisseur du genre et de ses risques, Dominique Fernandez nous prévient du danger : "Imaginer ne signifie pas imaginer n'importe quoi… Les documents d'archives sont nécessaires, ils donnent le cadre et le milieu, ils évitent de déraper dans l'anachronisme ou la contre-vérité manifeste, ils servent de garde-fou à l'imagination" (*L'Art de raconter*, Grasset, 2006, p. 42). Il est évident qu'on ne doit en aucune façon se soustraire à ce préalable qui consiste, avant toute chose, à rassembler tout ce que procurent documents et témoignages. J'en ai tenu le plus grand compte et j'ai essayé de réunir la totalité du peu que l'on sait sur Pontormo. Ce que j'appellerais le noyau dur de ce portrait est absolument authentique, mais pour le présenter j'ai choisi une forme romanesque et non point romancée.

Il faut reconnaître que l'on a beaucoup écrit sur ce peintre. La bibliographie qui le concerne est considérable. Il serait inutile d'en accabler notre lecteur. Toutefois, parce que je suis plus particulièrement redevable à quelques spécialistes de grande compétence qui ont su m'informer et orienter ma réflexion, je me dois d'en faire état ici, autant par reconnaissance que par honnêteté.

Je pense à l'ouvrage stimulant de Walter Friedländer, *Maniérisme et antimaniérisme dans la peinture italienne* (traduction française, Gallimard, 1991). Je pense également au *Pontormo* d'Anna Tempesti Forlani, (éd. Octavo, 1994). Je pense à Luciano Berti, ancien conservateur du musée des Offices, avec l'*Opera completa del Pontormo* (Rizzoli, 1973) et surtout *Pontormo e il suo tempo* (Florence, éd. Ponte alle Grazie, 1993). J'ai lu avec beaucoup de plaisir, de G. Nicco Fasola, *Pontormo o del Cinquecento* (Florence, 1947). J'ai trouvé des informations très utiles dans l'ouvrage de Massimo Firpo *Gli affreschi di Pontormo a San Lorenzo* (Einaudi, 1997), tout comme dans le "Pontormo a San Lorenzo" (*Ricerche di storia dell'arte*, n° 6, 1977, p. 5-47) de Raffaella Corti. On ne peut ignorer un des derniers ouvrages, parmi les plus importants, du regretté Daniel Arasse : *La Renaissance maniériste* (Gallimard, 1997), que j'ai souvent consulté. J'ai beaucoup aimé le livre d'Antonio Pinelli *La Belle Manière* (traduction française, Le Livre de poche, 1996). A partir du cas particulier et symptomatique de Pontormo, l'auteur propose une relecture complète de l'aventure du maniérisme européen. J'ai été séduit par l'ouvrage de Giuliano Briganti *Le Maniérisme italien* (traduction française, éd. Gérard de Montfort, 1993), pour qui le maniérisme est l'expression la plus riche et la plus raffinée d'un art qui émerge au cœur de la crise économique, politique, religieuse et institutionnelle que connaît l'Italie au XVIe siècle. J'ai beaucoup apprécié, dans l'*Orologio di Pontormo* (Rizzoli, 1998) de Salvatore S. Nigro, un délicieux mélange d'aimable provocation, d'humour, de tendresse à l'égard de son personnage, doublé d'une solide information et d'une grande finesse d'analyse.

J'en arrive maintenant à deux ouvrages fondamentaux auxquels je dois beaucoup et qui furent les deux sources majeures de mon travail. Je m'y suis constamment référé. D'abord le remarquable travail de Jean-Claude Lebensztejn. Dans un très beau numéro de la revue *Macula*, (n° 5-6, 1979), l'auteur a rédigé une étude très approfondie et très éclairante du *diario* de Pontormo, dans le chapitre intitulé "Miroir noir".

Enfin, ma reconnaissance va tout particulièrement à Philippe Costamagna, dont le *Pontormo, catalogue raisonné de l'œuvre peint* (Gallimard-Electa, 1994) est une véritable somme. C'est l'ouvrage total, la référence absolue, autant par le remarquable travail scientifique qui reconstitue la totalité de l'œuvre de Pontormo que par la richesse de l'information et la finesse du commentaire. Rien de ce que l'on écrira désormais sur Pontormo ne pourra se faire sans passer par le travail de Philippe Costamagna.

Pour élargir la connaissance de Pontormo et de son époque, je signale également les ouvrages suivants :


U. Baldini, catalogue *Mostra del Pontormo e dei primi manieristi fiorentini*, Florence, 1956.

L. Becherucci, *I Manieristi toscani*, Bergame, 1944.

L. Berti, *Pontormo*, Florence, 1964.

Y.-A. Bois, "Pontormo dessinateur", dans *Macula*, n° 5-6, 1979.

E. Cecchi, *Jacopo da Pontormo. Diario fatto nel tempo che dipingeva il coro di San Lorenzo*, Florence, 1956.

R. P. Ciardi et A. Natali, "Pontormo e Rosso" *Actes du colloque d'Empoli et Volterra*, Venise, septembre 1994.

J. Cox Rearick, "The Drawing of Pontormo", dans *A Catalogue Raisonné with Notes on the Paintings*, Cambridge, 1964.

C.-G. Dubois, *Le Maniérisme*, PUF, 1979.

C. Gamba, *Contributo alla conoscenza del Pontormo*, Florence, 1956.

A. Hauser, *Il Manierismo. La crisi del rinascimento e l'origine dell'arte moderna*, Turin, 1964.

G. Lambert, "Critique du maniérisme", dans *Du maniérisme au baroque*.

J.-C. Lebensztejn, Jacopo *da Pontormo*, Paris, 1992.

E. Marchetti Letta, *Pontormo, Rosso fiorentino*, Florence, 1994.

C. Monbeig Goguel, *I Disegni dei maestri : il manierisme fiorentino*, Milan, 1970.

A. Parronchi, "Notes sur l'agnosticisme de Pontormo", dans *Macula*, n° 5-6, 1979.

V. I. Stoichita, “La sigla del Pontormo : il programma iconografico della decorazione del coro di San Lorenzo”, dans *Storia dell'arte*, XII, 1980.
C. de Tolnay, “Les fresques de Pontormo dans le chœur de San Lorenzo à Florence”, dans *Critica d'arte*, IX, n° 33, 1950.
D. Trento, “Pontormo e la corte di Cosimo I^er^”, dans *Kunst des Cinquecento in der Toskana*, Munich, 1992.
G. Vasari, *Les Vies*, “Vie de Pontormo”, édition commentée, Berger-Levrault, 1985.
M. Valsecchi, *Pontormo,* Novara, 1962.

Pour ce qui concerne le *diario*, j'ai utilisé, en comparant les éditions, le texte de Pontormo procuré par :

Emilio Cecchi, *Jacopo da Pontormo. Diario fatto nel tempo che dipingeva il coro di San Lorenzo*, Florence, 1956.
Jean-Claude Lebensztejn, “Miroir noir”, dans *Macula* , n° 5-6, 1979.
Salvatore S. Nigro, *L'Orologio di Pontormo*, Rizzoli, 1998.

Pour l'utilisation que j'en ai faite dans mon texte, j'en ai repris moi-même la traduction.

## GLOSSAIRE

*Ad majorem Cosmi gloriam.* – Parodie de la devise des jésuites (dont l'ordre n'avait pas encore été créé à l'époque de Pontormo), *Ad majorem Dei gloriam*, c'est-à-dire : "A la plus grande gloire de Dieu." Ici : "A la plus grande gloire de Cosimo."

*Aiuto.* – Dans ce qui pourrait ressembler à une hiérarchie au sein d'une *bottega* (voir ce mot), le *creato* est le disciple du maître, il commence à avoir déjà une petite renommée. L'*aiuto* est l'apprenti mais aussi l'aide qui broie les couleurs, prépare les cartons, passe l'*imprimatura* (voir ce mot). Le maître peut, parfois, lui confier des endroits un peu "neutres" à peindre dans une fresque ou même dans un tableau. Le *garzone*, souvent un jeune adolescent, s'occupe des basses besognes : nettoyer les pinceaux, préparer la colle, monter et démonter les échafaudages, faire les courses en ville.

*Arriccio.* – Utilisé pour la préparation de la fresque. Par-dessus une première couche de chaux et de sable (le *rinzaffo*), on prépare l'*arriccio* : deuxième couche d'un enduit un peu plus fin appliqué sur le *rinzaffo*.

*Bettola.* – Sorte de bistrot, avec cette particularité que l'on peut, éventuellement, y manger sommairement.

*Biroccio.* – Charreton à deux roues et à deux brancards, poussé ou tiré par l'homme.

*Bottega.* – Atelier du peintre ou du sculpteur.

*Brigidini*. – Petits gâteaux plats, jaunes, faits avec du lait et du sucre, parfumés à l'anis et cuits sur un gril spécial. En Toscane, on trouve beaucoup de vendeurs de *brigidini* mêlés à la foule à l'occasion de réjouissances populaires.

*Bruschetta*. – Genre d'en-cas typiquement toscan : pain grillé frotté à l'ail et imprégné de jus de tomate.

*Campano*. – Au cœur de la Pise médiévale, la sévère Torre del Campano fut édifiée au XIIIe siècle. On y installa ultérieurement une cloche qui sonnait tous les matins pour annoncer le début des cours à l'université toute proche.

*Canzone*. – Petit poème lyrique divisé en stances, sur des sujets d'inspiration grave (religieux, élégiaques, moraux). Le genre a pris un grand essor avec Dante et les poètes du Dolce stil nuovo. Il a été amplifié avec Pétrarque.

*Chiostrino*. – C'est-à-dire "petit cloître". Un petit cloître, en effet, genre atrium, précède l'entrée dans l'église florentine de la Santissima Annunziata. Des fresques y retracent des épisodes de la vie de la Vierge. Certaines ont été peintes par le Rosso Fiorentino, par Andrea del Sarto et par Pontormo.

*Contado*. – Espace rural et lieu de cultures qui dépendent d'une commune. Celle-ci y exerce son pouvoir et en contrôle minutieusement la production. Le *contadino* est le paysan qui habite sur le *contado*.

*Cosi' via*. – "Et ainsi de suite".

*Creato*. – Voir *Aiuto*.

*Culatello*. – Charcuterie fine faite à partir de la meilleure partie de la cuisse du porc désossée, débarrassée de sa couenne et modelée à la main en forme de poire. Aromatisé de sel et de poivre, le *culatello* est ficelé et affiné pendant douze mois.

*Diario*. – C'est le journal intime et, la plupart du temps, confidentiel, que l'on tient au jour le jour (du latin *dies*, le jour).

*Fattoria.* – Ferme, exploitation agricole en Toscane.

*Focaccia.* – Pain plat typiquement toscan. Il est confectionné avec de l'huile d'olive et souvent garni d'oignons et de fines herbes. Il est consommé le plus souvent comme collation entre les repas.

*Fondamenta.* – En architecture, ce sont les fondations d'un bâtiment. A Venise, c'est le nom que l'on donne aux quais qui longent les canaux.

*Fornaio.* – Le boulanger (*il forno*, le four).

*Garzone.* – Voir *Aiuto.*

*Giorgino fa presto.* – "Petit Georges fait vite." Cette expression moqueuse et quelque peu caustique était souvent utilisée par les détracteurs de Vasari, mais aussi par ses amis, pour dénoncer la frénésie avec laquelle Vasari travaillait. Parce qu'il ne refusait aucune commande, il était obligé de travailler de plus en plus vite pour les honorer et pouvoir accepter de nouvelles commandes qu'il expédiait le plus vite possible, etc.

*Gonfalonnier.* – Voir Soderini, Piero, dans les Notices.

*Grappa.* – Eau-de-vie faite à partir du marc de raisin. Elle doit reposer entre douze et dix-huit mois dans des tonneaux de bois pour obtenir sa qualité optimale.

*Il libro mio.* – "Mon livre". C'est le nom que donne Pontormo à son journal intime, qu'il n'appelle jamais *diario.*

*Il nobile de Montepulciano.* – Ce vin "noble" est un vin rouge réputé. On le récolte à Montepulciano, petit bourg dans la province de Sienne, où naquit le Politien (il Poliziano), poète et ami de Laurent le Magnifique. Ce vin reste deux ans en fûts. Sa saveur se situe entre le chianti et le brunello de Montalcino.

*Imprimatura.* – Dernière couche de préparation à la surface de la *tavola* destinée à recevoir la peinture. Il s'agit d'un enduit fait d'huile et de céruse (ou de colle). Ce terme s'impose en Italie au XVI^e^ siècle avec la diffusion de la peinture à l'huile.

*Intonaco.* – C'est un crépi, c'est-à-dire un revêtement pour protéger les murs. Mais, dans la peinture à fresque, c'est aussi le dernier enduit à base de chaux, d'une épaisseur de cinq millimètres, que l'on applique sur l'*arriccio* (voir ce mot). C'est lui qui recevra les couleurs.

*Involtini*. – Viande de veau roulée autour d'une tranche de jambon farcie d'herbes et de fromage. Cette recette se décline en de nombreuses variantes.

*Lattaio*. – Le laitier. *Il latte* : le lait.

*Linea serpentinata*. – "La ligne serpentine". L'expression est de Michel-Ange. Elle traduit cette volonté d'une nouvelle écriture picturale en rupture avec la solennité et l'immobilisme de la peinture de la Renaissance. Elle est la manifestation d'une nouvelle dynamique des volumes avec tout un jeu de torsion, de rotation de la ligne, de courbes en opposition liées au concept du *contrapposto*. Elle est une des principales caractéristiques du maniérisme.

*Mozzarella*. – Fromage fait avec du lait de bufflonne et produit uniquement en Campanie, dans les Pouilles et dans le Sud du Latium. Il entre dans la composition de nombreuses recettes (pizzas, tomates, salades, pâtes). Le lait est d'abord emprésuré, le caillé obtenu est trempé dans de l'eau à quatre-vingt-dix degrés. Ensuite la pâte est étirée jusqu'à obtenir un mélange filant et homogène.

*Orti Oricellari*. – Ces jardins *(orti)* furent créés à la fin du Quattrocento par Bernardo Rucellai et sa femme Nannina de Médicis, sœur de Laurent le Magnifique, lorsqu'ils firent l'acquisition d'un terrain où ils édifièrent leur palais (*Oricellari* est une dérivation de Rucellai). Ils y accueillirent artistes et intellectuels ainsi que les séances de l'Académie platonicienne. Machiavel y présenta ses *Discorsi*. On y parlait souvent politique et au fil du temps ces *orti* devinrent un lieu de résistance républicaine contre le pouvoir des Médicis.

*Osteria.* – A l'origine, et du temps de Pontormo, l'*osteria* était un genre de taverne populaire où, pour quelques sous, on pouvait consommer un médiocre repas. On s'y retrouvait aussi pour boire et jouer.

*Pancetta.* – Poitrine de porc salée, poivrée et séchée pendant trois mois. Fumée ou non, elle est présentée enroulée. Elle sert à relever certains plats et à agrémenter des sauces.

*Pastasciutta.* – Nom générique donné à n'importe quel type de pâtes que l'on mange en début de repas.

*Pecorino.* – Fromage de brebis dont la saveur et la consistance peuvent varier d'une région de l'Italie à l'autre. Les plus réputés proviennent de la Toscane, de l'Ombrie, de la Sicile et de la Sardaigne.

*Piagnoni.* – Littéralement : "les pleurnicheurs". On pourrait les appeler "les bigots". A Florence, les *piagnoni* étaient les partisans fanatiques de Savonarole et des ennemis acharnés des Médicis. Ils furent à l'origine du bannissement de Pierre, le fils et successeur de Laurent le Magnifique, en 1494, et artisans du rétablissement de la République florentine.

*Pietra serena.* – Pierre de grès d'un beau gris foncé que l'on trouvait surtout à Fiesole, près de Florence. Relativement tendre, elle était utilisée comme élément décoratif en architecture : corniches, entourages de portes et de fenêtres, rebords de fenêtres, rampes d'escalier insérées dans le mur.

*Pizzicagnolo.* – Charcutier qui vend généralement des produits raffinés. Il élargit quelquefois son négoce à d'autres produits alimentaires, ce qui le rapproche de l'épicier.

*Putto.* – Motif architectural désignant sur une façade la statue d'un nourrisson joufflu et moqueur, quelquefois d'un angelot. Dès le Quattrocento, le sujet passe dans la peinture et la sculpture. Il triomphera avec le baroque.

*Ricotta.* – Produit laitier fait à partir du petit-lait de vache, de chèvre, de brebis et même de bufflonne.

Après coagulation, la ricotta (comme son nom l'indique) est cuite une deuxième fois. Elle est déposée ensuite dans un récipient perforé pour permettre l'écoulement du liquide excédentaire. Son affinage demande dix jours.

*Solaio.* – Espace non cloisonné sous les combles et suffisamment ouvert pour que le soleil y pénètre. En plus d'être un grenier et un débarras, on y fait sécher le linge, on y conserve les fruits.

*Spaghetti alla carrettiera.* – Ce sont des spaghettis "comme en font les charretiers". Préparation assez riche et relevée où l'on trouve de l'ail, de la *pancetta* (voir ce mot) en petits cubes, du thon à l'huile, des cèpes, de l'huile d'olive, de la sauce tomate, avec herbes diverses et parmesan râpé.

*Stanze.* – Ce sont les pièces d'un appartement mais aussi les chambres. On connaît les quatre *stanze* de l'appartement du palais pontifical que Raphaël peignit pour Jules II entre 1508 et 1524. A la demande de Paul III, Perino del Vaga termina le 25 septembre 1547 les fresques de la chapelle Paolina et certaines pièces des appartements du pape au château Saint-Ange.

*Tavola* – Du latin *tabula*, c'est d'abord la planche. C'est aussi la table. En peinture, dès le Moyen Age et pendant une large partie de la Renaissance, c'est le support en bois sur lequel on passe l'*imprimatura* (voir ce mot) avant d'étaler la peinture.

*Terribilità.* – A la différence de l'italien, il n'existe pas en français un substantif dérivé de l'adjectif "terrible" *(terribile)*. Cette *terribilità* qualifie plus particulièrement Michel-Ange et englobe tout ce qui est puissant, gigantesque, démesuré, prodigieux et d'une force physique et intellectuelle exceptionnelle. Deux adjectifs ont couramment désigné Michel-Ange de son vivant : *divino* et *terribile.*

*Tondo.* – Abréviation du mot italien *rotondo* (rond). Désigne une peinture réalisée à l'intérieur d'un cercle, souvent entouré de bois. Cette forme de peinture sera très répandue au XVe siècle en Italie. Un des plus célèbres est le *tondo Doni* de Michel-Ange qui représente la sainte Famille (Offices), mais aussi les nombreux *tondi* de Botticelli et de Raphaël.

*Trebbiano.* – C'est un cépage qui donne un vin blanc aromatique et plutôt vif un peu partout en Italie. Il se caractérise par une maturité assez tardive.

*Vernaccia.* – Nom porté par différents cépages italiens qui donnent un vin blanc sec apte au vieillissement. La *vernaccia* de San Gimignano mais aussi celle d'Oristano en Sardaigne sont particulièrement renommées.

*Zitto.* – Plus que de "silence !" – qui se dit *"silenzio !"* –, *zitto* est l'équivalent de "chut !"

# NOTICES CONCERNANT LES PERSONNAGES CITÉS DANS LE LIVRE

ACCIAIUOLI, Niccolò (Nicolas Acciaiuoli) (Montegrifoni, 1310 – Naples, 1365)

Homme politique et militaire, issu d'une famille florentine qui tire son nom du commerce de l'acier dans lequel elle s'était enrichie. Amateur des lettres et des arts, il fut l'ami de Pétrarque et de Boccace. Les affaires commerciales de sa famille l'amenèrent à s'établir à Naples, où il resta toujours en contact étroit avec la cour. Chevalier du roi Robert d'Anjou, il devint grand sénéchal du royaume de Naples. Il fit construire la chartreuse de Galluzzo.

AGNOLO, Baccio d' (dit le Baglione) (Florence, 1462-1543)

Architecte, il a collaboré avec Cronaca et Sangallo pour la construction du grand salon du Palazzo Vecchio. Il fut ensuite chef des travaux pour un ensemble d'interventions à Santa Maria del Fiore, puis l'architecte du clocher de Santo Spirito, de San Miniato al Monte et du palais Salimbeni de la place Santa Trinità à Florence.

ALBERTINELLI, Mariotto (Florence, 1474-1515)

Peintre, élève de Cosimo Rosselli. Il eut un atelier commun avec Fra Bartolomeo dont il reprit, dans sa production, la composition monumentale et les clairs-obscurs contrastés. La grâce et la vivacité de ses œuvres sont liées au style du Quattrocento dont il ne parvint pas à se dégager, ce qui le catalogue dans la catégorie des “classiques attardés”. Les Offices possèdent de lui une heureuse Visitation.

ALBIZZI, Eleonora degli (Eléonore Albizzi) (Florence, 1543-1634)

Elle fut la maîtresse de Cosme Ier, qui était veuf et avait vingt-quatre ans de plus qu'elle. De leur liaison naquit en 1567 don Giovanni de' Medici. Détestée par les enfants légitimes d'Eléonore de Tolède et de Cosme, elle fut toujours exclue de la scène politique. On la maria de force à Carlo Panciatichi. Cosme prit alors une autre amante, Camilla Martelli.

ALLORI, Alessandro (Alexandre Allori) (Florence, 1535-1607)

Elève et ensuite ami de Bronzino. Il a peint une agréable *Pêche des perles* ainsi qu'un *Festin de Cléopâtre* pour le Studiolo de Francesco Ier au Palazzo Vecchio. Il s'est écarté de la rigueur de Bronzino pour aller vers un style emphatique. Peintre officiel de la cour des Médicis, il décora également le salon de la villa médicéenne de Poggio a Caiano.

ALMENI, Sforza (Pérouse, ? – Florence, 1566)

Echanson de Cosme Ier. Ce dernier confisqua le palais de la famille Taddei, au prétexte qu'elle était antimédicéenne, pour l'offrir à son échanson Sforza Almeni. En signe de reconnaissance, celui-ci fit sculpter, sur la façade de ce palais de la via dei Servi, les blasons réunis des Médicis et d'Eléonore de Tolède. Couvert d'honneurs par Cosme, il reçut la distinction de chevalier de Santo Stefano. Dans les années 1550-1555, Vasari esquissa la décoration pour la façade du palais et s'engagea à peindre lui-même les fresques. Sforza Almeni fut au service du duc pendant vingt-quatre ans jusqu'à ce que Cosme, dans un accès de violente colère, le tue de sa propre main parce qu'il avait révélé à son fils Francesco sa liaison avec Eleonora degli Albizzi.

ALTOVITI, Bindo (Rome, 1491-1557)

Grand banquier, il eut parmi ses clients le roi Henri II, Charles de Savoie et la curie romaine. Lors de l'avènement au pouvoir de Cosme de Médicis en 1537, il afficha son opposition à cette nomination et devint antimédicéen. Il aida financièrement Lorenzino, l'assassin d'Alexandre de Médicis, ainsi que les républicains exilés. Malgré cela, Cosme essaya de conserver son amitié jusqu'à le nommer, en 1546, membre du Conseil des Quarante-Huit. Toutefois, la rupture entre Bindo et Cosme était inévitable. Comme Cosme ne pouvait atteindre Bindo qui résidait à Rome, il se vengea sur son fils Antonio, archevêque, en le chassant du diocèse de Florence et en lui confisquant tous ses biens et ceux de la famille Altoviti. Bindo fut un amateur d'art éclairé, ami de Michel-Ange, de Vasari et de Raphaël, auquel il passa plusieurs commandes.

AMMANNATI, Bartolomeo (Settignano, 1511 – Florence, 1592)

Sculpteur et architecte, il étudia à Florence avec Bandinelli, puis s'installa à Venise où il collabora avec Jacopo Sansovino à la Libreria di San Marco, et se retrouva à Rome en 1550 pour les tombes de la petite église San Pietro in Montorio. Avec Vasari, il travailla aux jardins de la villa Giulia du pape Jules III. De retour à Florence, il construisit une fontaine dans le grand salon du Palazzo Vecchio et participa à la transformation du palais Pitti. Il conçut le pont de Santa Trinità et réalisa la fontaine de Neptune de la place de la Seigneurie à Florence.

ANDREA DEL SARTO (Florence, 1486-1530)

Elève de Piero di Cosimo. Il travailla à Rome et à Venise et il séjourna une année en France, invité à la cour de François Ier. Il peignit plusieurs cycles de fresques à Florence. Parmi les tableaux qui révèlent son colorisme, on peut citer : la *Sainte Famille* du Louvre, la *Madone aux harpies* aux Offices, le *Sacrifice d'Abraham* au Prado. Il se trouve au point culminant de la maturité de la Renaissance. Une certaine évolution de son style le situe à ce moment critique qui va déboucher sur le maniérisme. Trois de ses principaux élèves furent justement Pontormo, le Rosso et Vasari.

ANGELICO, FRA (dit il Beato) (Florence, 1400 – Rome, 1455) Ce moine dominicain devint un des maîtres de l'école de peinture florentine du Quattrocento. Il peignit fresques et retables pour Fiesole, où se trouvait son couvent, mais aussi pour Florence, Cortone, Pérouse et Rome. Benozzo Gozzoli travailla dans son atelier. Cosme de Médicis l'Ancien lui confia en 1438 la décoration du couvent Saint-Marc. Il couvrit de fresques le cloître, le réfectoire et une quarantaine de cellules. La clarté de la composition, un système chromatique nouveau, une lumière qui illumine plus qu'elle n'éclaire les figures des hommes et des anges et une heureuse stylisation des paysages caractérisent la peinture de Fra Angelico.

ANTONIO DEL POLLAIUOLO (Florence, 1431 – Rome, 1498) Peintre, sculpteur et orfèvre, ce fut un artiste représentatif de la seconde moitié du XV^e^ siècle (le Quattrocento). Il conserva toute sa vie sa pratique de l'orfèvrerie avec un dessin subtil et un goût pour la miniature, même quand il aborda des œuvres plus importantes. Influencé par l'étude de l'anatomie du corps humain, il traduisit cet enseignement par une grande rigueur formelle, une ligne pure et tendue qui "anatomise" les corps. Ses motifs préférés furent le mouvement, la lutte et la tension. Ses portraits sont nerveux et incisifs, comme le célèbre *Profil de femme* du musée Poldi Pezzoli à Milan. Il fut le maître d'Andrea Sansovino pour la sculpture.

ARETINO, Pietro (l'Arétin) (Arezzo, 1492 – Venise, 1556) Ecrivain provocateur, il fut protégé par Jean des Bandes Noires, le père de Cosme, et par le pape Médicis Clément VII. A cause de ses intrigues, de ses poèmes satiriques et de ses calomnies, il dut se réfugier à Venise où il mena une vie fastueuse et débauchée. Observateur cynique de la société de son temps, il avait la prétention "par la louange et l'infamie" de régler ses comptes avec ses concitoyens auprès desquels il exerça de véritables chantages. On le surnomma "le Fléau des Princes". On retient de lui les *Ragionamenti*, six dialogues désinvoltes et obscènes dans lesquels on trouve autant un code de galanterie qu'un tableau des mœurs de son époque.

ARNOLFO DI CAMBIO (Colle di Val d'Elsa, 1245 – Florence, 1302)

Sculpteur et architecte influencé par la sculpture classique mais aussi par la pureté de la ligne du gothique français. Après une période consacrée à la sculpture (portrait de Charles Ier d'Anjou, le saint Pierre de bronze de la basilique Saint-Pierre de Rome, la fontaine de Pérouse), il se consacra à l'architecture. Il réalisa quelques projets pour l'église de la Badia et pour Santa Croce à Florence, mais il est surtout l'architecte de la cathédrale Santa Maria del Fiore et du Palazzo Vecchio, énorme masse cubique tout en bossages, insérée dans le dessin décentré de la place de la Seigneurie.

BACHIACCA, Francesco (Florence, 1494-1557)

Peintre nettement influencé par Franciabigio et Andrea del Sarto, il eut une prédilection pour les paysages boisés et les petites figures menues que l'on rencontre chez Dürer et chez Lucas de Leyde. Il finit par se rapprocher du maniérisme de Bronzino et de Bandinelli.

BALDOVINETTI, Alessio (Florence, 1425-1499)

Sa formation de peintre se fit au contact de Fra Angelico. Parmi ses œuvres de la maturité, on compte la *Nativité* dans le petit cloître de la Santissima Annunziata à Florence, la *Madone* du Louvre, *Trinité et saints* à Florence. On trouve chez lui une perspective équilibrée et la luminosité d'un Domenico Veneziano ou d'un Piero della Francesca.

BANDINELLI, Baccio (Florence, 1488-1560)

Sculpteur et peintre. Comme tous les artistes de sa génération, il subit l'influence de Michel-Ange dont il devint l'imitateur et essaya d'être le rival. Son *Hercule et Cacus*, groupe statuaire sur la place de la Seigneurie à Florence, fut critiqué par Cellini. Cette œuvre, lourde, ainsi que d'autres du même genre sont marquées par un gigantisme excessif et assez peu convaincant.

BARILE, Andrea di Salvi

Andrea Barile, de Rovezzano, eut un fils également appelé Andrea, né en 1468, et un autre fils, Giovanni, né en 1486, la même année qu'Andrea del Sarto. Son fils aîné fut le premier maître d'Andrea del Sarto. Les qualités de son élève étaient telles qu'Andrea Barile fit tout ce qu'il put pour le garder auprès de lui afin d'honorer son atelier, et lui-même.

BARTOLI, Cosimo (Florence, 1503 – Prato, 1581)

Ce prêtre vécut longtemps à Venise où il était diplomate au service des Médicis. Homme de vaste culture, il s'occupa essentiellement de traduction et d'édition. Ses recherches portèrent sur l'adaptation de la langue italienne à l'expression des notions scientifiques. Ainsi traduisit-il plusieurs traités d'Alberti, dont le *De re aedificatoria*. Ami de Vasari, il l'aida dans la révision de la seconde édition des *Vies*. Avec Vincenzo Borghini, il fut l'inspirateur des sujets mythologiques et historiques que Vasari peindrait dans les salons du Palazzo Vecchio.

BARTOLOMEO, FRA (Florence, 1472-1517)

Ce peintre fut un disciple de Cosimo Rosselli et un fidèle partisan de Savonarole. Il abandonna même un certain temps la peinture après l'exécution du moine. Il travailla avec Mariotto Albertinelli. Quand il reprit les pinceaux, il peignit des retables et de petits tableaux pour des particuliers, avec toutefois des sujets et un style dans la ligne des idées de Savonarole. Il fut très actif au couvent Saint-Marc à Florence.

BATTIFERRI, Laura (Urbino, 1523 – Florence, 1589)

Son père lui donna une bonne formation en philosophie et lui fit étudier les Saintes Ecritures. Veuve très jeune, elle se remaria à vingt-sept ans avec le sculpteur et architecte florentin Bartolomeo Ammannati. Le premier livre de ses œuvres toscanes fut publié en 1560 chez l'éditeur Giunti. A partir de ce moment-là, les publications de la poétesse se succédèrent. En 1561, l'un de ses sonnets fut publié dans une anthologie à Venise. Elle connut un grand succès avec son recueil des *Psaumes de la pénitence*. Laura Battiferri influença la poésie florentine de son temps. Entre 1555 et 1560, Bronzino fit son portrait.

BECCAFUMI, Domenico (Sienne, 1486-1551)
Avec Pontormo et le Rosso Fiorentino, il appartient à la première vague du maniérisme toscan. Sa peinture est caractérisée par des formes un peu sommaires, des couleurs acides traversées par de brusques jets de lumière. Il procura les dessins pour le pavement de la cathédrale de Sienne. On retient, parmi ses tableaux les plus célèbres, *Saint Michel, La Chute des anges, La Naissance de la Vierge*.

BERNI, Francesco (Lamporrecchio, 1497 – Florence, 1535)
A dix-neuf ans il part pour Rome au service du cardinal Bibbiena auprès duquel il restera dix ans. Ce jeune chanoine aura bien connu la cour pontificale où il aura mené joyeuse vie. Il dut quitter Rome à cause de ses attaques contre le pape Adrien VI. Homme de lettres, il réécrit à sa façon le *Roland amoureux* de Boiardo. Il se rendit célèbre par ses poèmes burlesques et satiriques dans lesquels il traite aussi bien les grands thèmes universels que les petits sujets de circonstance.

BOCCHI, Francesco (1548-1618)
Il écrivit en 1591 *Les Beautés de la ville de Florence*, ouvrage qui sera remis à jour et réédité en 1677 par Giovanni Cinelli. On peut le considérer comme le premier guide "touristique" de la ville. C'est un ouvrage remarquable par la richesse de ses informations, avec toutefois de curieux partis pris. Ainsi, quand il évoque les Offices ou le palais Pitti, les prestigieuses réalisations de Cosme de Médecis, il néglige la personne des architectes pour accorder la plus grande importance au duc de Florence.

BORGHERINI, Salvi
En 1507, le banquier florentin Salvi Borgherini commanda à Baccio d'Agnolo l'édification d'un palais sur des terrains qu'il avait achetés à la famille Altoviti. Le palais fut terminé en 1530. A la même

époque, Margherita Acciaiuoli, épouse de Pierfrancesco Borgherini, le fils de Salvi, ne supportant plus cet édifice à la cour étroite et sans jardin, acheta deux maisons en face du palais afin de créer un jardin qui existe encore. A cette occasion, Pierfrancesco demanda à Pontormo, à Andrea del Sarto et à Beccafumi de couvrir sa chambre ainsi que la tête de son lit d'une série de petits tableaux.

BORGHINI, Raffaello (Florence, 1541-1588)

Poète et critique d'art. Son dialogue *Il Riposo* (Le repos) est un témoignage original sur le milieu artistique de la Florence des Médicis dominée par le goût maniériste. Le titre se réfère à une villa où l'auteur imagine que se déroulent des conversations entre spécialistes de l'art. La simple description des objets précieux qui se trouvent là est une manifestation intéressante du goût pour les collections qui caractérise cette époque.

BORGHINI, Vincenzo (Florence, 1515-1580)

Sa formation intellectuelle se fit alors qu'il était moine bénédictin à la Badia de Florence. Ordonné prêtre en 1545, il fut nommé à l'abbaye d'Arezzo. Il revint à Florence où il passa le reste de sa vie. Dans les années 1550, il connut Vasari qui l'introduisit dans les milieux artistiques florentins. Ils devinrent de très grands amis, allant parfois jusqu'à s'écrire tous les jours. En 1552, Cosme Ier le nomma prieur de l'hôpital des Innocents à Florence et en 1563 il fut désigné comme lieutenant de l'Académie du dessin que Vasari venait de fonder. Avec Cosimo Bartoli, il fut l'inspirateur des sujets que Vasari a peints dans les salons du Palazzo Vecchio.

BORROMEO, Carlo (saint Charles Borromée) (Arona, 1538 – Milan, 1584)

Sa mère était la sœur du pape Pie IV. A douze ans, Charles Borromée reçut la tonsure et le bénéfice de l'abbaye d'Arona. A vingt-trois ans, il est nommé cardinal secrétaire d'Etat et légat apostolique. Il participe activement au concile de Trente. Nommé archevêque de Milan, il rétablit la discipline et applique à la lettre les décisions du Concile. Il se fit remarquer par sa lutte contre le protestantisme. Canonisé en 1610 par Paul V, il devint saint Charles Borromée.

BOTTICELLI, Sandro (Florence, 1445-1510)

Filippo Lippi, Verrocchio et Antonio del Pollaiuolo eurent une grande influence sur sa formation. A la cour des Médicis, où se réunissait l'élite florentine, il rencontra le politique, le religieux, l'humanisme et le néoplatonisme. Il peignit à ce moment-là un *Saint Augustin* et plusieurs *tondi* de Madones. Vint ensuite l'époque des grandes allégories : *Le Printemps, La Naissance de Vénus, La Calomnie d'Apelle.* Il fut appelé à Rome pour décorer la chapelle Sixtine où il peignit trois fresques. Les tumultes de la vie florentine vont durcir le style de ses dernières œuvres : la *Mise au tombeau*, la *Nativité mystique*. Toutefois, il reste un maître prodigieux de la ligne avec ses "enlacements fluides".

BRONZINO, IL (Florence, 1503-1572)

Ce peintre peut être considéré comme un des très rares disciples de Pontormo, dont il fut un ami fidèle. Ses œuvres de jeunesse se ressentent de cette influence. Il eut des rapports très étroits avec la cour de Cosme Ier et sa palette est quelquefois le reflet de la froideur de la politique ducale. Avec sa peinture statique, distante mais précieuse et élégante, il donne l'impression d'avoir dépassé les angoisses et les complexes de la première génération maniériste. On lui doit beaucoup de portraits de la famille Médicis et des notables de Florence, ainsi que la décoration de la chapelle du Palazzo Vecchio. Dans certaines œuvres religieuses, on sent l'artiste ébranlé par les manifestations de la Contre-Réforme.

BRUNELLESCHI, Filippo (Philippe Brunelleschi) (Florence, 1377-1446)

Sculpteur et architecte, il s'imprégna à Rome de la leçon des monuments antiques. De retour à Florence, il se livra à cette étude des perspectives que nous retrouvons dans les ouvrages d'Alberti. La coupole de la cathédrale de Florence, centre mythique de la ville, est le résultat de ces recherches. On trouve ce mélange de grâce et de rigueur dans toutes ses créations : l'hôpital des Innocents, Santa Maria degli Angeli, Santo Spirito, la chapelle des Pazzi à Santa Croce. Ces réalisations marquent une ouverture vers la grande architecture classique du Quattrocento, où l'élégance est régie par le nombre et la raison.

BUTTERI, Giovan Maria (1540-1606)

Il a travaillé essentiellement à Florence. Il fut l'élève d'Alessandro Allori et de Francesco Salviati, ce qui explique son style typiquement toscan. Il a participé à la réalisation de quelques grands cycles de peinture comme la décoration du cloître de Santa Maria Novella. Sous la direction de Vasari, il collabora aux travaux de décoration du Studiolo de François I^er^ de Médicis avec son tableau *Francesco visitant une fabrique de verre*.

CAPPONI, Lodovico (Florence, 1482-1534)

Lodovico Capponi fit partie de ces riches banquiers qui furent également des hommes politiques et des mécènes. Il est devenu célèbre pour avoir commandé à Pontormo deux fresques pour la chapelle qu'il possédait dans l'église Santa Felicita : la *Descente de croix* et l'*Annonciation*. En 1525, Lodovico Capponi avait acheté cette chapelle qui avait appartenu à une autre grande famille, les Barbadori. Les travaux durèrent jusqu'en 1528. Bronzino participa à la peinture des *tondi* sur les pendentifs.

CARO, Annibale (Civitanova, 1507 – Rome, 1566)

Homme de lettres et grand courtisan, il fit ses études à Florence et fut le secrétaire de Pier Luigi Farnese. Il entra ensuite au service du cardinal Alessandro Farnese, puis il finit par se consacrer exclusivement à la littérature. Il écrivit des poésies pétrarquisantes, des sonnets satiriques ainsi qu'une comédie en prose : *Les Gueux*, qui est une peinture de son temps. Il traduisit en vers libres l'*Enéide* de Virgile. Il est très connu pour ses lettres (on en compte plus de mille) qui fourmillent de remarques sur la vie culturelle et artistique de l'époque.

CASTIGLIONE, Baldassare (Mantoue, 1478 – Tolède, 1529)
Ce fut le parfait gentilhomme et homme de lettres qui vécut à la cour des marquis de Mantoue puis dans celle des ducs d'Urbino. Il écrivit des poésies en latin et en italien. Toutefois, son ouvrage essentiel reste le *Cortegiano – Le Livre du courtisan* –, ouvrage caractéristique de la Renaissance. Il est divisé en quatre soirées au cours desquelles des esprits raffinés, parmi lesquels se trouvent Raphaël et le cardinal Pietro Bembo, élaborent le portrait de l'homme de cour idéal et les usages qu'il convient de respecter dans une société où les manières distinguées sont à l'image de la pensée. C'est à partir de cet ouvrage qu'est né le concept de "l'honnête homme".

CAVALORI, Mirabello (né entre 1510 et 1520 – mort après 1572)
Ce peintre, élève de Ridolfo del Ghirlandaio, fut également influencé par Andrea del Sarto et Pontormo. Avec le groupe des maniéristes rassemblés autour de Vasari, il participa à la décoration du Studiolo de Francesco Ier au Palazzo Vecchio. Il y peignit la *Filature de la laine* et *Lavinia devant l'autel* où perce l'inquiétude du moment.

CELLINI, Benvenuto (Florence, 1500-1571)
Son autobiographie, *La Vita*, nous renseigne sur sa vie aventureuse. Sa précoce activité d'orfèvre lui procura de nombreuses commandes du pape Clément VII, et sa protection. De 1540 à 1545, il travailla en France et il fit, pour François Ier, la fameuse salière en or et émail, dans laquelle se mêlent le souvenir de la sculpture florentine et la finesse de la culture maniériste de Fontainebleau. Il passa au grand format avec la *Nymphe* en bronze du Louvre. A son retour à Florence, il réalisa le *Persée* et le buste de Cosme Ier qui représentent le sommet de sa virtuosité d'artiste et d'intellectuel. Ses deux *Traités* sur la sculpture et sur l'orfèvrerie n'ont pas un caractère théorique très marqué,

mais ils nous informent sur les problèmes pratiques et techniques de son art ainsi que sur ceux de son existence tumultueuse.

CENNINI, Cennino (Colle di Val d'Elsa, fin XIVe-début XVe) Il ne nous reste rien de son activité de peintre. En revanche, aux alentours de l'année 1398, il rédigea à Padoue son *Libro di bottega* qui nous est parvenu. C'est le premier traité d'art écrit en langue vulgaire. Nous trouvons là une réflexion sur les problèmes liés aux techniques de la peinture, mais le texte est également important dans la mesure où il explicite le passage à la culture d'une Renaissance en train de s'ouvrir.

CONTE, Jacopino del (Florence, 1510 – Rome, 1598) Peintre qui travailla essentiellement à Rome et à Florence. Il fit son apprentissage dans l'atelier d'Andrea del Sarto, mais il fut également très marqué par Pontormo et par le Rosso. Il fit un portrait réputé de Michel-Ange. Il réalisa ses premières fresques, la *Prédication de saint Jean- Baptiste* et le *Baptême du Christ*, pour l'oratoire de San Giovanni Decollato à Rome. Il travailla également à Saint-Louis-des-Français, où il décora la chapelle de Saint-Rémi, commandée à Perino del Vaga. A noter également la *Madeleine* de Saint-Jean-de-Latran. Il s'inscrit dans le courant maniériste, toutefois ses œuvres tardives seront marquées par le climat délétère de la Contre-Réforme.

COPERNIC, Nicolas (Toruń, 1473 – Frauenburg, 1543) Il étudia à Cracovie et à Bologne. Ensuite il séjourna à Rome, à Padoue et à Ferrare. Les insuffisances du système de Ptolémée l'amenèrent à élaborer une nouvelle théorie des mouvements planétaires en passant du géocentrisme de Ptolémée à l'héliocentrisme : double mouvement des planètes sur elles-mêmes et autour du soleil. Sa théorie selon laquelle la terre n'occupe plus le centre de l'univers est exposée dans le *De revolutionibus orbium caelestium* qui fut à l'origine de la révolution scientifique du XVIIe siècle. Les preuves qui faisaient défaut au système de Copernic furent apportées par

Kepler et Galilée. Les théories de Copernic furent condamnées par l'Eglise.

CRONACA (Simone del Pollaioli, dit IL) (Florence, 1457-1508)

Sa carrière d'architecte se déroula essentiellement à Florence, dans la lignée des grands maîtres, Brunelleschi ou Michelozzo. Il travailla en compagnie de Giuliano da Sangallo et conçut avec lui le vestibule qui conduit à la sacristie de Santo Spirito à Florence. Il succéda à Benedetto da Maiano afin de terminer le chantier du palais Strozzi pour lequel il réalisa la cour intérieure et la corniche. Son œuvre principale reste l'église de San Salvatore al Monte que Michel-Ange admirait pour sa sobriété, ses proportions et la pureté de ses lignes.

DANTE ALIGHIERI (Florence, 1265 – Ravenne, 1321)

Dante fit ses études sous le magistère de Brunetto Latini et se lia avec les poètes du Dolce stil nuovo : Guido Cavalcanti, Lapo Gianni, Cino da Pistoia. En 1274, il rencontra Béatrice, qui devint l'inspiratrice de ses poèmes de jeunesse, *La Vita nuova*, où il idéalise la jeune fille et leur rencontre. Il participa aux guerres de l'époque et à la vie politique de Florence dont il fut le prieur. Déçu par le comportement du pape Boniface VIII, Dante s'exila à Vérone. Il s'employa à promouvoir une culture laïque en langue vulgaire. Il écrivit pour cela *Le Banquet* et le *De vulgaris eloquentia* (1305). Puis ce fut *La Divine Comédie* (de 1306 à 1321). Dans ce poème, l'aventure intellectuelle et spirituelle de Dante est exprimée par l'allégorie d'un voyage à travers les trois règnes de l'au-delà. Avec une structure très savante, le poème offre une immense métaphore de la condition humaine et de son destin.

DONATELLO (Florence, 1386-1466)

Il fut le plus grand sculpteur du Quattrocento. Elève de Ghiberti, il travailla d'abord à la cathédrale de Florence. Son premier chef-d'œuvre fut un *David* en marbre encore plein d'une grâce gothique. Le *Saint Marc* d'Orsanmichele annonce une "manière héroïque". Il exécuta la *cantoria* de la cathédrale de Florence, dans laquelle on retrouve l'influence du classicisme antique. Il réalisa un *David* en bronze, légèrement déhanché, aux lignes graciles, presque féminin. A Padoue il inaugura la thématique du monument équestre avec la statue du condottiere Gattamelata inspirée de l'antique statue de Marc Aurèle à Rome. Il fut le moteur de l'évolution de la sculpture en Italie.

DÜRER, Albrecht (Nuremberg, 1471-1528)
Peintre et graveur allemand. Il voyagea à Colmar, à Strasbourg et à Venise mais il effectua l'essentiel de sa carrière à Nuremberg. Son génie multiple se manifesta dans la peinture à l'huile, le dessin, l'aquarelle et plus particulièrement dans son œuvre gravée. Il se distingua par un graphisme bouillonnant, d'inspiration encore médiévale, comme dans l'*Apocalypse* ou la *Grande Passion*. Ensuite son style se fit plus italien, influencé par les humanistes : *Némésis* ainsi que *Le Chevalier, la Mort et le Diable* ou encore *Saint Jérôme* et la célèbre *Mélancolie*. Il se passionna pour les lois optiques de la perspective et il publia un *Traité des proportions du corps humain*.

ÉRASME (Didier) (Rotterdam, 1466 [ou 1469] – Bâle, 1536).
Humaniste et théologien néerlandais, c'est l'une des figures de premier plan de la Renaissance. Il synthétise les aspirations culturelles, religieuses et politiques de son temps. Il combat l'intolérance religieuse, les excès de l'Eglise, et prône un retour à la Bible. A cause de son indépendance d'esprit et de ses attaques contre les théologiens dogmatiques, ses ouvrages furent mis à l'index. On retient de lui les *Adages* et l'*Eloge de la folie*, satire virulente contre les théologiens, l'Eglise, les courtisans et la société en général.

FARNESE, cardinal Alessandro (Alexandre Farnèse) (château de Valentano, 1520 – Rome, 1589)
Homme de culture et grand mécène, il fut nommé cardinal à quatorze ans par son grand-père le pape Paul III Farnèse et consacré par le futur

pape Jules III, puis chancelier de l'Eglise et évêque d'Avignon. En 1538, il devint le secrétaire de Paul III. Il se rendit en France, à la cour d'Henri II, et reçut l'évêché de Grenoble. En 1568, il fit construire l'église du Gesù, commencée par Vignola et terminée par Giacomo della Porta en 1575. En 1579, il acquit la Farnesina qu'il ornera des fresques de Raphaël, du Sodoma et de Sebastiano del Piombo. Titien fit son portrait et Vasari peignit pour lui la grande salle du palais de la Chancellerie avec des fresques célébrant Paul III. Vasari entreprendra l'écriture des *Vies* sur les conseils et l'insistance d'Alessandro Farnese et de ses amis.

FERRUCCI DA FIESOLE, Andrea (Fiesole, 1465-1526)
Ce sculpteur a travaillé à Fiesole, à Florence et à Pistoia. Il suivit généralement la "façon" de Sansovino avant d'adhérer pleinement au style de Michel-Ange. Du fait de son activité en Hongrie, il contribua à la diffusion européenne du goût italien.

FORCOLI, Bartolomeo da
Il fut fabricien de la cathédrale de Pise. Grâce à l'entremise de l'intendant de Cosme Ier, Luca Martini, Bartolomeo da Forcoli commanda à Bronzino le 1er février 1554 un tableau pour l'autel des Grâces de la cathédrale qui représentait un Christ nu. Le tableau fut terminé en décembre 1555.

FOSCHI, Pier Francesco (Florence, 1502-1567)
Après avoir été l'élève d'Andrea del Sarto, il assista Pontormo pour les fresques de la villa médicéenne de Careggi en 1536. Il compléta trois pièces d'autel pour l'église Santo Spirito de Florence avec l'*Immaculée Conception*, la *Résurrection* et la *Transfiguration*. Influencé par Bronzino, il s'est rendu célèbre par ses portraits où l'on trouve déjà le style maniériste du fait d'une légère torsion-rotation des corps. Alessandro Fei et Maso da San Friano furent ses élèves.

FRANCIABIGIO (Florence, 1482-1525)
Elève de Piero di Cosimo, il travailla ensuite avec Andrea del Sarto. C'est un esprit éclectique, ouvert

aussi bien au classicisme de Raphaël qu'à certaines influences nordiques visibles dans l'*Annonciation* de Turin ou le *Saint Job* des Offices ainsi que dans ses nombreux portraits. Il s'inscrit dans le cadre du premier maniérisme florentin.

GADDI, Agnolo (Florence, 1345-1396)

Fils et élève de Taddeo. Il travailla au Vatican puis à Florence où il peignit la *Légende de la croix* dans le chœur de l'église de Santa Croce ainsi que d'autres fresques à Prato. Cennino Cennini fut son élève.

GADDI, Taddeo (Florence, 1300-1366)

Peintre et architecte, il était le filleul de Giotto auprès de qui il travailla pendant plus de vingt ans et dont il hérita l'atelier à sa mort. Il fut son plus fidèle disciple. A Santa Croce, il décora la chapelle Baroncelli d'une *Vie de la Vierge*. A Pise, il participa à la réalisation des fresques au Camposanto, et on a de lui une *Descente de croix* et une *Annonciation*.

GAROFALO (Ferrare, v. 1481-1559)

De son vrai nom Benvenuto Tisi, ce peintre fut l'élève de Camillo Boccacino de Crémone, et de Lorenzo Costa qui travailla à Ferrare et à Mantoue. Son œuvre exprime un classicisme serein, influencé par le chromatisme vénitien et plus particulièrement par Giorgione et par Titien.

GELLI, Giambattista (Jean-Baptiste Gelli) (Florence, 1498-1563)

Il était cordonnier et il sut acquérir une solide formation philosophique. Il pensait que les connaissances que l'on trouve dans les textes latins pouvaient être transmises en langue vulgaire. Il a écrit des comédies, traduit des ouvrages philosophiques, donné des conférences sur Dante et Pétrarque. Son célèbre dialogue *Les Fantaisies du tonnelier* (1546) traite, sur le mode satirique, des problèmes moraux et religieux pour conclure que la sagesse ne garantit pas la vertu. Il écrivit également *La Circé*, une réflexion sur la condition humaine.

GHIBERTI, Lorenzo (Laurent Ghiberti) (Florence, 1378-1455)

Orfèvre, sculpteur, architecte et écrivain. Il sortit vainqueur du concours qui l'opposa à Brunelleschi et à Jacopo della Quercia pour la réalisation de la porte du baptistère de Florence, avec le panneau représentant le *Sacrifice d'Isaac*. Il réalisa les statues en bronze de *Saint Matthieu*, *Saint Jean-Baptiste* et *Saint Etienne*, pour l'église Orsanmichele à Florence, ainsi que deux panneaux : le *Baptême du Christ* et *Jean-Baptiste devant Hérode*, pour les fonts baptismaux de Sienne. Il fut le principal héritier de la tradition gothique toscane et le maître de Donatello. A la fin de sa vie, il rédigea les *Commentaires*, un traité sur les techniques de la sculpture.

GHIRLANDAIO, Ridolfo del (Rodolphe Ghirlandajo) (Florence, 1483-1561)
Fils de Domenico Ghirlandaio et neveu de David. Il a commencé par être influencé par Fra Bartolomeo (ainsi la *Madone et les saints* à Florence) puis par Piero di Cosimo jusqu'à parvenir, à travers l'exemple de Raphaël, à un décor formel parfaitement classique (*Portrait de dames* au Pitti). Il va tendre ainsi vers une peinture d'un colorisme très vif, comme on peut le remarquer dans la chapelle des Prieurs au Palazzo Vecchio ou avec certains tableaux comme la *Nativité* de Budapest ou les *Histoires de San Zanobi* à Florence.

GIAMBOLOGNA (Jean de Boulogne, dit aussi Jean Bologne) (Douai, 1520 – Florence, 1608)
Sculpteur flamand installé à Florence au service des Médicis. Il réalisa à Bologne la *Fontaine de Neptune*. A Florence, il est l'auteur de l'*Enlèvement des Sabines* sous la Loggia dei Lanzi. Sur la place de la Seigneurie, on peut voir la monumentale statue équestre de Cosme Ier de Médicis. Il sculpta aussi celle de son fils Ferdinando. Il fut un des plus grands représentants du maniérisme par sa virtuosité et la tension dynamique de ses créations, mais aussi par l'utilisation de la *linea serpentinata*, la "ligne serpentine" chère à Michel-Ange, et par la recherche d'un équilibre instable.

GIORGIONE (Castelfranco Veneto, 1478 – Venise, 1510)
Bien qu'ayant vécu seulement trente-deux ans, Giorgione révolutionna la peinture vénitienne. Nous

avons assez peu d'œuvres de lui dont l'attribution soit incontestée. Toutefois, il n'y a aucun doute concernant le retable de Castelfranco, le portrait de *Laure*, les *Trois philosophes* ou *La Tempête*. Formé dans l'atelier de Giovanni Bellini, il fut marqué par Léonard de Vinci qui passa à Venise en 1500. En 1507 ou 1508, il décora de fresques un palais du Fondaco dei Tedeschi à Venise, près du Rialto, aux côtés de Titien. Il eut une grande influence sur la formation de ce dernier et de Sebastiano del Piombo.

GIOTTO (Toscane, 1266 – Florence, 1337)
Il eut pour maître Cimabue, le "fondateur" de la peinture italienne. Il travailla à Florence, à Rome et à Assise où il réalisa, entre 1296 et 1299, le cycle franciscain de l'église supérieure avec *La Légende de saint François*. Une fois célèbre, on l'appela à Padoue où il décora la chapelle des Scrovegni. On le trouve ensuite à Rimini, à Naples, à Milan. Il devint maître d'œuvre des fortifications de Florence et dirigea les premiers travaux du campanile de Santa Maria del Fiore. Il avait une vision déjà moderne de l'espace avec l'échelonnement des plans et une façon personnelle d'individualiser les personnages.

GOZZOLI, Benozzo (Florence, 1420 – Pistoia, 1497)
Peintre aux fresques joyeuses et décoratives. Le couronnement de son œuvre fut le cycle consacré aux Médicis dans le palais familial à Florence. On trouve dans le *Cortège des Rois mages* une narration heureuse, une grande richesse ornementale, un équilibre des personnages dans le paysage. Dans les fresques du Camposanto de Pise comme dans celles de San Gimignano, il atteint une forme narrative détendue et élégante qui l'ont fait tout de suite aimer de ses contemporains. Il est un représentant typique de la Florence du Quattrocento.

GRANACCI, Francesco (Florence, 1469-1543)
D'abord influencé par Ghirlandaio dont il fut l'élève, puis par Michel-Ange dont il était l'ami, il finit avec l'enseignement de Fra Bartolomeo, un "classique

attardé". Ce qui n'exclut nullement une influence de Pontormo visible dans les *Scènes de Joseph* et l'*Entrée de Charles VIII à Florence*.

GUICCIARDINI, Francesco (Florence, 1483 – Arcetri, 1540)
Homme politique, il accomplit de délicates missions diplomatiques pour la République florentine et il occupa des charges importantes auprès du pape Clément VII et de Laurent de Médicis, duc d'Urbino. Il consigna ces expériences dans ses *Souvenirs politiques et civiques*. Ses deux ouvrages fondamentaux restent l'*Histoire de Florence* et surtout l'importante *Histoire de l'Italie* où il développe sa conception d'un gouvernement modéré qui échappe aussi bien aux pressions populaires qu'à une autorité tyrannique. Il adopte devant les événements une attitude réaliste et il arrive à cette conclusion que l'homme ne change pas mais que seuls ses comportements peuvent être modifiés par les événements.

JACONE (Florence, 1495-1554)
Jacone entre comme apprenti dans l'atelier d'Andrea del Sarto. Il appartient au cercle de Pierfrancesco Riccio, majordome de Cosme Ier de Médicis, délégué à la politique artistique de Florence avec Giambattista del Tasso, le Tribolo et Bandinelli. Cette appartenance explique l'hostilité de Vasari à l'égard de Jacone car les amis de Vasari furent toujours exclus des commissions florentines assignées à Riccio. Jacone se rapproche de Pontormo mais aussi du jeune Rosso. En 1536, sous la direction de Pontormo, il travaille aux décorations de grotesques à la villa Médicis de Careggi. Il semblerait que vers la fin de sa vie il ait renoncé à la carrière artistique pour devenir élagueur.

JACOPO DELLA QUERCIA (Sienne, 1371-1438)
Jeune sculpteur, il participa au concours pour la seconde porte du baptistère de Florence, remporté par Ghiberti. En 1406, il exécuta la tombe d'Ilaria del Carretto dans la cathédrale de Lucques. On lui doit aussi la fontaine Gaia à Sienne, les sculptures du porche de San Petronio à Bologne. Il suivit

à Sienne les exemples prestigieux de Nicola et de Giovanni Pisano mais il fut également influencé par la culture florentine. Il réalisa la synthèse entre le gothique tardif et la nouvelle sensibilité classique.

LAPINI, Agostino

Chapelain à Santa Maria del Fiore, il est surtout célèbre pour être l'auteur d'un *Diario fiorentino* qui va de l'an 252 à 1596. Il appréciait Vasari qu'il estimait être "un excellent peintre et un architecte toujours rapide dans son travail, et un homme de très grande créativité". Quant aux fresques de San Lorenzo de Pontormo, voici ce qu'il écrivit à leur sujet : "Le 23 juillet 1558, un samedi, on découvrit les peintures de la chapelle et du chœur du maître-autel de San Lorenzo, c'est-à-dire le *Déluge* et *La Résurrection des morts*, peintes par messire Jacopo de Pontormo. Elles plurent à certains et à d'autres non. Il peina dix ans pour les faire ; épuisé, il mourut avant de les terminer et c'est messire Angelo, appelé le Bronzino, excellent peintre, qui les acheva."

LAPPOLI, Giovan' Antonio (Arezzo, 1494-1552)

Ce peintre d'Arezzo sans grand talent fut victime des événements dramatiques qui secouèrent l'Italie, comme le sac de Rome en 1527 qui le traumatisa. Torturé par les Espagnols, il avait dû s'enfuir de nuit, nu, après avoir vu tous ses tableaux détruits. A Florence, il fut influencé par Andrea del Sarto et par Pontormo dont il s'inspira beaucoup. Il peignit à Arezzo la *Mort d'Orphée, tué par les bacchantes*, une *Annonciation,* et une *Visitation* pour laquelle il partit des dessins de nus que lui fit le Rosso. Il était le neveu de Giovanni Pollio, le maître humaniste de Vasari. Il fut aussi le maître du triste et malheureux peintre Torri.

LAPPOLI, Giovanni Pollio (dit le Pollastra)

Ce chanoine d'Arezzo fut un peu l'instigateur de la vie culturelle de la ville après avoir enseigné les humanités à l'université de Sienne. Il a à son actif un certain nombre de compositions littéraires, comme un poème qui retrace la vie de sainte Catherine de

Sienne. Il traduisit en vers libres le VIe chant de l'*Enéide* de Virgile et s'intéressa à la poésie lyrique. En 1534, à l'occasion de la visite que le duc Alexandre de Médicis fit à Arezzo, on joua une de ses pièces. Il eut une grande influence sur Vasari dont il fut le maître à penser et il devint son ami. Il était l'oncle de Giovan' Antonio Lappoli.

LEONARDO DA VINCI (Léonard de Vinci) (Vinci, 1452 – Amboise, 1519)
Cet artiste universel fut aussi un intellectuel et un savant. Il vécut à Florence et à Milan avant de partir pour la France en 1516, invité par François Ier. Le tableau de la *Joconde* l'a rendu universellement célèbre. Toutefois, dans *La Vierge aux rochers*, dans la *Cène* de Milan, dans *Sainte Anne, la Vierge et l'Enfant Jésus*, on peut remarquer, outre la conception moderne de la composition, la technique du *sfumato* qui délivre une poésie impalpable. Il s'intéressa à toutes les branches de l'art, mais aussi à la mécanique, aux problèmes techniques qui l'amenèrent à écrire, sans l'avoir terminé, un remarquable *Traité de la peinture*.

LIPPI, Filippino (Prato, 1457 – Florence, 1504)
Fils de Filippo Lippi, formé par son père et surtout par Botticelli, il connut rapidement le succès. Il travailla au Palazzo Vecchio de Florence et au palais communal de San Gimignano. C'est lui qui compléta les fresques du Carmine après la mort de Masaccio, en s'efforçant de rester proche du style du maître. Son chef-d'œuvre : *L'Apparition de la Vierge à saint Bernard*, à la Badia de Florence. Ensuite, il peignit *Le Triomphe de saint Thomas* et l'*Histoire de saint Philippe et de saint Jean*. Il déploya avec le temps une manière de plus en plus compliquée.

LIPPI, Filippo (Florence, 1406 – Spolète, 1469)
Un des premiers disciples de Masaccio. Il va s'acheminer progressivement vers un style délicat et sensuel, avec un naturalisme qui dérive de Fra Angelico mais avec un colorisme plus chaud. Sa peinture possède une certaine élégance des lignes et un

chromatisme transparent. Les fresques de la cathédrale de Prato, *Scènes de la vie de saint Etienne et de saint Jean-Baptiste*, restent son chef-d'œuvre. Il a terminé son activité avec les fresques de l'abside de la cathédrale de Spolète. Il fut le maître de Botticelli.

LORENZO DI CREDI (Florence, 1459-1537)

Cet élève de Verrocchio réalisa ses meilleures peintures pendant sa jeunesse : *Vénus*, l'*Annonciation*, tous deux aux Offices, la *Vierge à l'Enfant* et le petit *Saint Jean* à Rome. Il était alors sous l'influence de Verrocchio et de Léonard de Vinci. Plus tard il devint un producteur type de retables irréprochables et banals. Toutefois, son style simple, calme et gracieux ne manque pas de charme.

LUCAS DE LEYDE (Leyde, 1489 [ou 1494] – Leyde, 1533)

Peintre et graveur, il peut être considéré comme l'équivalent hollandais de Dürer, et un des plus grands graveurs de l'histoire. Il occupe une place originale entre le gothique finissant et la Renaissance. Il fut marqué par les peintres germaniques et le maniérisme italien, par Jérôme Bosch et par Dürer, qu'il rencontra à Anvers en 1521 et qui lui acheta tout son œuvre gravé. Il excelle dans les scènes de genre : *Les Gueux*, *L'Espiègle*, *La Laitière*. Mais aussi : *La Tireuse de cartes* (Louvre) et le *Jugement dernier* (Leyde).

LÜTHER, Martin (Eisleben, 1483-1546)

D'abord maître en philosophie de l'université d'Erfurt, il enseigna ensuite à l'université de Wittenberg. A partir de 1515, il commença à rédiger ses *Commentaires des épîtres de saint Paul*, qui devaient l'amener à la doctrine du salut par la seule foi. En 1517, il dénonça la vente des indulgences par le pape, ce qui fut le début de la Réforme. En 1520, il publia un manifeste dans lequel il affirma l'autorité de la seule Ecriture sainte. Il brûla publiquement la bulle du pape et fut excommunié. Il entreprit alors la traduction de la Bible en allemand car il soutenait que seule la Bible avait autorité en matière de foi. En 1530, il publia la *Confession d'Augsbourg* et son *Apologie*. Grand réformateur, Lüther fut aussi un des premiers écrivains de langue allemande.

MACCHIETTI, Girolamo (Florence, 1535-1592)

Peintre fortement influencé par Vasari. Au sein de ce petit groupe de maniéristes tardifs qui ont travaillé au Studiolo de Francesco Ier, Macchietti représente une tendance plus académique en même temps qu'un certain goût pour la virtuosité. Dans le Studiolo, il a peint *Les Bains de Pozzuoli* et *Médée rajeunit Jason*.

MACHIAVELLI, Niccolò (Nicolas Machiavel) (Florence, 1469-1527)

Après des études humanistes, il entre au service du gouvernement en 1498, l'année même de la mort de Savonarole. Il est secrétaire du Conseil des Dix qui s'occupe de la politique militaire et de la diplomatie. Sa carrière s'achève en 1512 avec le retour des Médicis. Il profitera de cette longue retraite prématurée pour rédiger ses œuvres fondamentales : *Le Prince*, *Discours sur la première décade de Tite-Live*, *L'Art de la guerre*, *Histoire de Florence*. Sa doctrine repose sur une nouvelle conception de la politique : le souverain ne se soucie plus du bien commun, il n'est ni au service de Dieu, ni au service de l'Eglise, il cherche à stabiliser son pouvoir et il doit apprendre à utiliser la force.

MAIANO, Giuliano da (Maiano, 1432 – Naples, 1490)

Architecte et décorateur. Il commença sa carrière comme marqueteur du mobilier de la sacristie de la cathédrale de Florence ainsi que de certaines portes du Palazzo Vecchio. Architecte, il construisit des palais à Florence, à Sienne, à Arezzo. Il travailla ensuite dans les Marches et à Naples (la porta Capuana). En sa qualité d'héritier de Brunelleschi et de Michelozzo il a fait connaître un peu partout le goût florentin.

MARGARITONE D'AREZZO

Peintre du XIIe siècle dont on ne sait presque rien. Son œuvre la plus connue est un *San Francesco* à Arezzo qui dénote un sens heureux de la composition, une élégance dans la décoration et une nette influence byzantine. On lui doit aussi un devant d'autel représentant la Vierge et les saints.

MARIGNOLLI, Lorenzo

On ne sait presque rien de ce sculpteur qui était en réalité un stucateur. Autour de 1565, il travailla aux stucs de la cour du Palazzo Vecchio où il réalisa avec Santi Buglioni des putti en stuc qui tiennent entre leurs bras des festons qui descendent de têtes de capricornes.

MARTINI, Francesco di Giorgio (Sienne, 1439-1502)

Il fut essentiellement architecte et ingénieur militaire, mais aussi peintre et sculpteur. A Urbino, auprès de Federico da Montefeltro, il dirigea les travaux du palais ducal en même temps qu'il réalisa forteresses et fortifications sur tout le territoire. Après la mort de Federico, il alla à Gubbio et à Cortone où il construisit ce chef-d'œuvre qu'est l'église circulaire de Santa Maria delle Grazie. Il écrivit aussi un ouvrage fondamental : *Traité d'architecture civile et militaire*. Il travailla souvent en collaboration avec Léonard de Vinci.

MARTINI, Luca (Florence, ? – Pise, 1561)

Cosme Ier de Médicis l'avait nommé provéditeur de Pise en 1548, un poste qu'il occupa jusqu'à sa mort en même temps qu'il devenait son intendant dès 1558. Il fut chargé de superviser la construction du Mercato Nuovo à Florence, dont Vasari était l'architecte. Amateur d'art et poète, il écrivit un commentaire de *La Divine Comédie*. Bronzino était un grand ami de Luca Martini. Un jour, Bronzino peignit pour son ami un tableau de la Vierge dans lequel il introduisit un portrait de Luca qui tenait une corbeille de fruits. Bronzino avait ainsi voulu faire allusion à la fertilité revenue dans la campagne pisane après que Luca en eut asséché les marais insalubres.

MASACCIO (San Giovanni Valdarno, 1401 – Florence, 1428)

Masaccio a accompli en peinture ce que Brunelleschi et Donatello avaient entrepris en architecture et en sculpture : avec eux il a créé la renaissance de l'art. Il influença Michel-Ange. A Florence, il travailla d'abord dans l'atelier de Bicci di Lorenzo. Il s'associa ensuite avec Masolino, avec qui il exécuta les fresques de l'église du Carmine. A la mort de Masaccio, Filippino Lippi termina son œuvre. Une autre création importante est la *Trinité* à Santa Maria Novella. Masaccio apporta un nouveau regard sur l'espace et la perspective. Sa palette est plus naturaliste, au point de communiquer du relief à sa peinture. Les expressions et les gestes sont toujours retenus avec parfois une certaine solennité, ils tendent vers l'économie et la sobriété.

MASOLINO : voir PANICALE.

LES MÉDICIS

*Cosimo il Vecchio (Cosme l'Ancien) (1389-1464).* Banquier, il fut le fondateur de la dynastie des Médicis. Il s'employa à maintenir les apparences républicaines des institutions florentines, il contrôla la vie politique de Florence tout en s'assurant l'attachement et la fidélité du peuple. C'était un humaniste et un protecteur des arts.

*Piero il Gotoso (Pierre le Goutteux) (1416-1469).* Deuxième fils de Cosme l'Ancien, il succéda à son frère Jean en 1463. Excellent diplomate, il sut se débarrasser du complot dirigé contre lui et contre sa famille. Il eut de bons rapports avec le roi de France Louis XI. En revanche, dépourvu de toute expérience, il fut incapable de bien gérer les finances de l'Etat ainsi que les affaires familiales qui avaient commencé à décliner dès la mort de son père. Il dut restreindre sévèrement les activités financières des Médicis.

*Lorenzo il Magnifico (Laurent le Magnifique) (1449-1492).* Il fut le maître de Florence et domina une large partie de la Renaissance. Il protégea les artistes florentins de son temps ainsi que les savants. Il fonda l'Académie laurentienne et favorisa l'imprimerie naissante. Il n'entretint pas une cour à proprement parler mais donna de nombreuses fêtes. Il fut un poète de grande qualité qui célébra l'amour selon la conception néoplatonicienne (*Il Canzoniere*, *L'Ambra*, les sonnets). Sa générosité et son incompétence dans le domaine des finances contribuèrent à la faillite des banques Médicis de Londres, Bruges, Milan et Avignon. Il eut cependant le talent de communiquer à Florence une dynamique culturelle qui lui survivrait largement.

*Piero de' Medici (Pierre II de Médicis) (1472-1503).* Même si, à l'exemple de son père Laurent le Magnifique, il s'intéressait aux belles-lettres, Pierre fut un prince indigne. Il fut un grand partisan du roi de France Charles VIII qui, ayant des vues sur Naples, descendit en Italie en 1494. A l'occasion de son passage en Toscane, Pierre lui céda quelques forteresses (Sarzana, Pietrasanta, Pise, Livourne) et lui remit la considérable rançon de 200 000 ducats. Les Florentins, choqués de son attitude et conduits par Savonarole, le chassèrent de leur ville. Il s'exila à Venise.

*Giovanni de' Medici (Jean de Médicis), devenu le pape Léon X (1475-1521).* Malgré la persistance théorique des institutions républicaines, l'influence du pape Médicis sur la politique florentine devint oppressante. Jean de Médicis était le second fils de Laurent le Magnifique. Il devint pape en 1513 sous le nom de Léon X. Ce fut un humaniste et un grand mécène. Il ouvrit sa cour aux hommes de lettres et aux artistes. Il confia à Raphaël la direction des travaux du Vatican et à Michel-Ange la façade de Saint-Laurent à Florence ainsi que les tombeaux des Médicis. Il gardait un œil sur sa ville dont il gérait indirectement les affaires. Il fut à Rome le parfait relais culturel de ce qu'avait créé son père à Florence.

*Giulio de' Medici (Jules de Médicis), devenu le pape Clément VII (1478-1534).* Il était le fils naturel de Julien de Médicis et neveu de Laurent le Magnifique. Il devint pape en 1523 sous le nom de Clément VII. Il se rapprocha de François Ier avec qui il constitua la ligue de Cognac contre Charles Quint. Il dut subir le sac de Rome en 1527, qui l'humilia et le traumatisa. C'était un intellectuel très fin et un grand humaniste comme son cousin Léon X. Il contribua à la renaissance des arts à Rome et fut le mécène de Raphaël, de Michel-Ange, de Sebastiano del Piombo et de Cellini.

*Giuliano (Julien de Médicis, duc de Nemours) (1479-1516) et Lorenzo (Laurent de Médicis, duc d'Urbino) de' Medici (1492-1519).* Après la chute de Savonarole qui avait gouverné Florence de 1494 à 1498, les adversaires des Médicis prirent le pouvoir. La République est symboliquement maintenue. Machiavel en est le secrétaire et Soderini le gonfalonier. Comme ce gouvernement est un allié de la France, les adversaires de Louis XII écrasent la République florentine qui capitule. Retour des Médicis mais en temps que simples particuliers. En 1512, toutefois, le pape Médicis Léon X maintient la constitution républicaine mais installe au gouvernement de Florence Julien, duc de Nemours. C'était le troisième fils de Laurent le Magnifique. Il meurt en 1516. Léon X le remplace par Laurent, duc d'Urbino, petit-fils de Laurent le Magnifique et neveu du duc de Nemours. Il mourra à son tour en 1519. Entre 1512 et 1519, la destinée de Florence a été confiée à deux princes aussi incompétents et aussi peu scrupuleux l'un que l'autre. On comprend que le pape Léon X d'abord, et le pape Clément VII ensuite, s'employèrent à tenir fermement, même de loin, les rênes du gouvernement de Florence. Julien s'avéra insignifiant et a beaucoup déçu. Son neveu Laurent était ambitieux et autoritaire. Il épousa Madeleine de La Tour d'Auvergne. Leur fille Catherine devint reine de France par son mariage avec Henri II.

*Maria Salviati (1499-1543).* Epouse du condottiere Giovanni delle Bande Nere et mère de Cosme Ier, Maria Salviati était la petite-fille de Laurent le Magnifique. Avec un mari guerroyant toujours et qui mourut à vingt-huit ans, Maria Salviati, délaissée, éleva leur unique enfant dans la villa solitaire du Trebbio au nord de Florence, où elle connut une vie austère et parcimonieuse.

*Alessandro de' Medici (Alexandre de Médicis) (1510-1537).* La réconciliation entre le pape Clément VII et Charles Quint permit aux Médicis de se rendre à nouveau maîtres de Florence en 1531. Le nouveau duc de Florence, Alexandre, était le fils naturel de Laurent, duc d'Urbino, et l'arrière-petit-fils de Laurent le Magnifique. C'était un individu vulgaire, violent et sans grande compétence. Il détruisit toute trace de la République florentine et délaissa le gouvernement de la ville. Sa vie de débauche souleva l'indignation des Florentins qui le détestèrent. Il fut assassiné en 1537 par un lointain cousin : Lorenzino.

*Lorenzino de' Medici (1514-1548).* Il était le fils de Pierfrancesco de' Medici et de Maria Soderini. Compagnon inséparable du duc Alexandre, son cousin devenu duc de Florence, il était aussi le complice de ses débauches et de ses actions criminelles. Lorenzino assassina Alexandre le 5 janvier 1537. Pour expliquer cet assassinat, on peut penser au désir de Lorenzino de libérer Florence d'un tyran ou encore à un différend amoureux entre les deux personnages. Florence a vécu la mort d'Alexandre comme une libération. Le nouveau duc de Florence, Cosme Ier, fit assassiner Lorenzino par ses sbires à Venise en 1548. Lorenzino avait rédigé une *Apologie* pour justifier son acte. Il est le Lorenzaccio d'Alfred de Musset.

*Cosimo Ier (Cosme Ier) (1519-1574).* Fils du condottiere Giovanni delle Bande Nere, Jean des Bandes Noires, et de Maria Salviati. Nommé duc de Florence en 1537, après l'assassinat d'Alexandre par Lorenzino, il fut un des représentants les plus compétents de la famille des Médicis et un grand mécène. Il apporta dans sa fonction de duc de Florence énergie et perspicacité. Il réalisa ses quatre objectifs : libérer le duché de la domination impériale de Charles Quint, éloigner du gouvernement ses détracteurs, favoriser l'intégration de possessions toscanes et enfin glorifier le nom des Médicis. En 1557, il soumit la ville de Sienne. Dans la gestion de Florence, il fit preuve d'une grande exigence administrative qui porta ses fruits. Le duc de Florence fut un véritable chef d'Etat de la Toscane.

*Eleonora di Toledo (Eléonore de Tolède) (1522-1562)*. Elle était fille de Pedro Alvarez di Toledo, vice-roi de Naples. Elle épousa Cosme Ier en 1539. Il avait alors vingt ans, elle en avait dix-sept et était d'une extrême beauté. La correspondance qu'ils échangèrent pendant leur vie conjugale prouve qu'ils restèrent très amoureux. Cosme lui fut toujours très fidèle et lui fit onze enfants. Elle était la seule à avoir de l'ascendant sur le duc et elle lui servit parfois de secrétaire. Un peu trop distante, elle ne fut pas très aimée des Florentins.

*Francesco de' Medici (François de Médicis) (1541-1587)*. Fils aîné de Cosme Ier, il sera son successeur. Peu intéressé par la politique, il se consacra aux sciences, à l'alchimie, à l'architecture. Il commença une galerie de tableaux aux Offices et il fit réaliser le Studiolo (1570-1572) sous la direction de Vasari et selon un programme conçu par Vincenzo Borghini. C'est un petit cabinet dans le goût maniériste du temps. François épousa en 1565 Jeanne d'Autriche dont il eut cinq enfants. L'une de ses filles, Maria, épousa Henri IV. François fut un piètre souverain, incapable de gérer la ville, despotique et détesté par ses sujets. A la mort de sa femme, il épousa sa maîtresse Bianca Capello.

*Ottaviano de' Medici (Octavien de Médicis) (1482-1546)*. C'est le type même de l'honnête homme au sein de la Renaissance. Octavien a occupé plusieurs postes importants à Florence, dont ceux de gonfalonier de justice et de sénateur. Il joua un rôle important autant sur le plan culturel que sur le plan politique. C'était un personnage influent à cause de sa culture et de sa hauteur de vues. Dépourvu de toute ambition politique, il se contenta d'être un conseiller sage et pondéré, très sollicité, qui intervenait dans le domaine politique, dans celui de l'administration et dans celui de la culture. Il devint le protecteur du jeune Vasari à Florence et l'introduisit à la cour des Médicis. C'est également grâce à lui que Pontormo a été appelé à décorer la grande salle de la villa médicéenne de Poggio a Caiano.

*Gian Gastone de' Medici (Jean Gaston de Médicis) (1671-1737).* Il était le fils de Cosme III de Médicis et de Marguerite-Louise d'Orléans. Il fut délaissé par ses parents qui avaient une préférence pour sa sœur Anna Maria Luisa. Le mariage forcé de Jean Gaston fut un échec, cependant que ses pulsions homosexuelles devenaient notoires. Après avoir mené une vie dissolue à Paris et à Prague, il alla s'enfermer dans le palais Pitti. Il abandonna complètement les affaires de l'Etat, il haïssait les fastes de la cour et s'intéressait davantage aux ouvrages scientifiques, à la botanique, aux recherches d'antiquités. Il eut le mérite de mener une politique laïque et de diminuer le pouvoir de l'Eglise. Il réhabilita l'université de Pise. Il mourut de la goutte en 1737. A sa mort le trône du grand-duché de Toscane passa à François de Lorraine, de la dynastie des Habsbourg-Lorraine. Jean Gaston fut le dernier des Médicis.

*Anna Maria Luisa de' Medici (1667-1743).* Fille de Cosme III et de Marguerite-Louise d'Orléans et sœur de Jean Gaston, elle fut abandonnée par ses parents. Elle épousa un électeur palatin qui la laissa veuve en 1716. Elle se consacra alors à des œuvres de bienfaisance. A la mort de son frère Jean Gaston, les puissances européennes ne tinrent aucun compte des volontés du duc de Florence et refusèrent de reconnaître à Anna Maria Luisa certains droits au trône. La Toscane échut alors à François de Lorraine. A sa mort, à l'âge de soixante-seize ans, elle fit don des fabuleuses possessions des Médicis à l'Etat toscan à condition que rien ne quitte la ville de Florence et que les collections soient ouvertes au public.

MICHELANGELO (Michel-Ange) (Caprese, 1475 – Rome, 1564)

Il fut sculpteur, peintre, architecte et poète. Toute sa création, et particulièrement sa poésie, s'explique par le double postulat en lui de l'humanisme néoplatonicien et de la foi chrétienne. On lui doit plusieurs Pietà, plusieurs *David*, les tombeaux de Julien de Médicis, duc de Nemours, et de Laurent, duc d'Urbino ; diverses statues destinées au tombeau du pape Jules II : le *Moïse* et les *Esclaves* ; la *Sainte Famille* des Offices, ainsi que ses œuvres monumentales : les fresques de la chapelle Sixtine, la place du Capitole à Rome, et son bouleversant recueil de poèmes : le *Canzoniere*.

MICHELOZZO (Michelozzi di Bartolomeo Michelozzo, dit) (Florence, 1396-1472)

Ce sculpteur, élève de Ghiberti, fut un collaborateur de Donatello mais aussi un divulgateur de l'œuvre de Brunelleschi. Il passa du gothique tardif à la pureté du style classique florentin. Il a été à l'origine du langage architectural de la Florence du XV^e siècle comme architecte du couvent de San Marco (1436-1443) et du palais Médicis avec, sur la façade, l'articulation des trois niveaux de bossage (rustique, arrondi, lisse). Ce palais représente le prototype même du palais florentin auxquels se référeront les architectes de l'époque.

MIGLIORE, Filippo del

C'était un proche collaborateur de Cosme I^er, mais aussi un ami intime de Pontormo qui peignit à fresque, dans son palais de la via Larga (aujourd'hui via Cavour), une *Pomone* dans une niche, à l'extérieur, en face de la porte d'entrée. L'œuvre a disparu, vraisemblablement détruite par les intempéries.

MONTORSOLI, Fra Agnolo (Montorsoli, 1507 – Florence, 1563)

Ce sculpteur est un des représentants de ce maniérisme lié au style de Michel-Ange. Il semble qu'avec lui, il ait travaillé à la nouvelle sacristie de San Lorenzo. Il a sculpté le *Saint Cosme* qui se trouve à côté de la *Madone* des Médicis de Michel-Ange. Il fut réputé comme restaurateur de statues antiques. C'est lui qui restaura le célèbre groupe du *Laocoon*. Il exécuta également des monuments funèbres et des fontaines.

MORANDINI, Francesco : voir POPPI, IL.

NALDINI, Giovambattista (Florence, 1537-1591)
Naldini fut profondément influencé par le maniérisme toscan, par Bronzino et surtout par Pontormo auprès duquel il fit son apprentissage. Ses tableaux sont caractérisés tantôt par un pinceau léger, tantôt par un *sfumato* qui traduit un sentiment de mélancolie, comme dans les panneaux qu'il peignit pour le Studiolo de Francesco Ier. Vasari l'a employé pendant deux ans pour les travaux du Palazzo Vecchio. Parfois il se lance dans la monumentalité comme certains tableaux à Santa Croce ou à Santa Maria Novella. Vasari dit de lui qu'"il est rapide et a le travail facile".

PANICALE, Masolino da (San Giovanni Valdarno, v. 1383-1440)
Même si, jeune peintre, il fut marqué par le goût du gothique du XIVe siècle (le Trecento), il fut fortement influencé par Masaccio et intéressé par les nouvelles théories révolutionnaires qui, à l'aube de la Renaissance, concernent les lois de la perspective. Il collabora aux fresques de Masaccio à l'église du Carmine à Florence et partit ensuite en Hongrie où il avait été invité à la cour. Sa peinture apparaît comme une modernisation du gothique plus que comme une révolution. Il propose une ligne plus souple, un chromatisme plus ample, un espace plus ouvert.

PASSERINI, Silvio (Cortone, 1459 – Città di Castello, 1529)
Lorsque, en 1513, Jean de Médicis devint pape sous le nom de Léon X, Passerini fut attaché à la curie romaine comme dataire. Nommé cardinal en 1517, il devint légat en Toscane, puis à Pérouse. Du fait de ses relations avec les Médicis, il eut un grand ascendant sur Léon X. Lorsque le gouvernement républicain fut rétabli à Florence, Passerini dut quitter la ville en emmenant avec lui les deux

éventuels successeurs des Médicis, Hyppolite et Alexandre, dont il devint le précepteur à la demande de Clément VII, l'autre pape Médicis. Parce qu'il avait deviné les talents du jeune Vasari, alors âgé de treize ans, le cardinal Passerini, de passage à Arezzo, l'enleva à sa famille pour l'installer à Florence.

PERIN DEL VAGA (Piero di Giovanni Buonaccorsi, dit Perin ou Perino del Vaga) (Florence, 1501 – Rome, 1547). Elève de Ghirlandaio et collaborateur de Raphaël pour les *stanze* du Vatican, il fut un dessinateur exceptionnel. A la mort de Raphaël, il se rendit à Gênes, où il couvrit de fresques le palais Doria. On lui doit également le plafond de la basilique Santa Maria in Domenica à Rome et les fresques de la salle d'Apollon au château Saint-Ange. Il fut aussi le maître de Danielle da Volterra.

PERUGINO, IL (le Pérugin) (Città della Pieve, Pérouse, 1445 – Pérouse, 1523)
Il a été influencé par l'ordonnance claire des compositions de Piero della Francesca. Lors de ses débuts à Florence, il s'initia aux techniques de l'huile dans l'atelier de Verrocchio. En 1481, il fut appelé à Rome pour participer à la décoration de la chapelle Sixtine où il exécuta la *Remise des clefs à saint Pierre*, en collaboration avec le Pinturicchio. Ensuite, avec ses deux ateliers (à Florence et à Pérouse), il fournit une quantité considérable de tableaux. On lui doit la *Crucifixion* de Santa Maddalena dei Pazzi à Florence, et le *Mariage de la Vierge* à Caen. Il eut le sens de l'espace, il sut donner à ses tableaux une luminosité chaude et de la sérénité à ses figures. Il fut le maître de Raphaël.

PETRARCA (Pétrarque) (Arezzo, 1304 – Padoue, 1374)
Pétrarque commença par étudier le droit à Montpellier et à Bologne. De retour en Provence, il rencontra Laure qu'il célébrera tout au long de sa vie, et qui lui inspira le *Canzoniere*. Il étudia les classiques (Cicéron, Virgile, Tite-Live). Son immense culture et son talent poétique le rendirent très vite célèbre.

En 1341, il fut couronné au Capitole à Rome pour son *De viris illustribus*. Une profonde crise religieuse l'amena à se retirer à Fontaine-de-Vaucluse, où il rédigea des textes mystiques. Il entra ensuite au service des Visconti, ce qui lui laissa du temps pour ses travaux littéraires, comme la rédaction des *Triomphes*, poème allégorique sur le désir, la chasteté, la mort, la gloire, le temps, l'éternité. C'est surtout au *Canzoniere* que Pétrarque dut sa renommée. Il fut à l'origine d'un courant, le pétrarquisme, qui pendant plus de trois siècles a submergé la poésie en Europe.

PICO DELLA MIRANDOLA, Giovanni (Jean Pic de La Mirandole) (Ferrare, 1463 – Florence, 1494)
A l'université de Padoue, il apprit l'arabe, l'hébreu, l'araméen et s'initia à la kabbale. A Florence, auprès de Marsile Ficin, il découvrit Platon, le néoplatonisme et les livres hermétiques. Sa première manifestation littéraire fut la publication de neuf cents thèses condamnées par la curie romaine. Déclaré hérétique, il dut se réfugier en France où il fut incarcéré. De retour à Florence, il fut protégé par Laurent le Magnifique à qui il dédia l'*Heptaplus*, un exposé sur les sept aspects de la création. A son ami le poète Poliziano, il dédia *L'Etre et l'Un*. Toutefois son ouvrage le plus connu reste le *Discours sur la dignité de l'homme* qui est une critique de l'humanisme platonicien. Pic de la Mirandole rêvait d'une vaste synthèse de la pensée non chrétienne.

PIERO DELLA FRANCESCA (Borgo San Sepolcro, entre 1415 et 1420-1492)
Jeune peintre, il fut impressionné par les fresques de Masaccio à l'église du Carmine et par la limpidité de Fra Angelico. Il a tiré un enseignement des lois de la perspective et des proportions comme on peut s'en rendre compte avec la *Légende de la vraie croix* dans l'église San Francesco à Arezzo : la gravité des gestes des personnages s'inscrit dans un espace équilibré et harmonieux. Trois autres œuvres méritent d'être signalées : la *Flagellation*

*du Christ* au palais ducal d'Urbino, la *Vierge enceinte* à Monterchi et la *Résurrection du Christ* à Borgo San Sepolcro.

PIERO DI COSIMO (Florence, 1461-1521)

Tout jeune peintre, il collabora avec Cosimo Rosselli pour une fresque à la chapelle Sixtine : la *Prédication du Christ.* A l'exception de ce bref séjour romain, il ne quitta jamais Florence. Il exécuta, pour des particuliers, des peintures de coffres et de petits tableaux à sujets mythologiques ou allégoriques, souvent assez énigmatiques, comme *Mars et Vénus*, la mystérieuse *Mort de Procris*, les *Histoires de Silène*. On lui doit un certain nombre de portraits, ainsi la *Simonetta Vespucci* à Chantilly. Il s'opposa aux peintres florentins car il négligeait le dessin au profit de la couleur.

PINADORI BUONACCORSI, Alessandro

Descendant d'une vieille famille florentine d'origine marchande depuis le XIVe siècle. Elle avait donné son nom à une compagnie commerciale et bancaire analogue à celles des Bardi, des Peruzzi, des Acciaiuoli. Bronzino fit son portrait, aujourd'hui disparu.

PINTURICCHIO, IL (Pérouse, 1454 – Sienne, 1513)

C'est un des nombreux disciples du Pérugin. Appelé à Rome, il peignit deux panneaux pour la chapelle Sixtine. Il travailla également à Santa Maria in Aracoeli, au Belvédère, au palais Colonna, à Santa Maria del Popolo. Il fut le décorateur des appartements Borgia. A Sienne, il réalisa son œuvre la plus célèbre : le cycle profane de la bibliothèque Piccolomini (les *Histoires du pape Pie II*). C'est un peintre aimable doué d'une heureuse veine narrative. Il connut un énorme succès de son vivant.

PITTI BUONACCORSI, famille

Le palais Pitti fut commencé en 1441 par le banquier Luca Pitti, sur un dessin de Brunelleschi. En 1465, Luca Pitti avait perdu sa fortune et son pouvoir, aussi les travaux s'enlisèrent-ils. En 1529, le palais devint propriété du petit-fils de Buonaccorsi. Il comprenait seulement le corps principal, sans la cour ni les jardins Boboli. En 1549, un Buonaccorsi, fils du précédent, vendit pour 9 000 florins d'or à Eléonore de Tolède, épouse de Cosme Ier, qui le convoitait depuis longtemps, le palais avec les maisons qui entouraient la place et quelques terrains. Ultérieurement, Ammannati agrandit le palais et le Tribolo réalisa les jardins Boboli.

POLIZIANO, IL (le Politien) (Montepulciano, 1454 – Florence, 1494)

Il doit sa formation aux leçons des néoplatoniciens comme Marsile Ficin et Cristoforo Landino. Laurent le Magnifique lui confia l'éducation de ses enfants. C'était un érudit qui traduisit l'*Iliade* en vers latins. Son ouvrage historique, la *Conjuration des Pazzi*, évoque le meurtre de Julien de Médicis et l'attentat contre son frère Laurent. Grand poète lyrique, il écrivit les *Stances pour un tournoi* où il évoque la nature printanière, les tourments amoureux et la passion de Julien de Médicis pour Simonetta. Dans les *Chansons à danser*, les éléments populaires se mêlent aux thèmes savants. Avec la fable d'*Orphée*, il revient à un thème pastoral et mythologique qui inspira Monteverdi.

POPPI (Francesco Morandini, dit IL) (Poppi, 1544 – Florence, 1579)

Ce peintre appartient au troisième courant du maniérisme florentin, celui qui s'est plus particulièrement illustré avec la décoration du Studiolo de Francesco Ier au Palazzo Vecchio. On trouve chez lui, comme chez tous les peintres du Studiolo (Zucchi, Cavalori, Maso da San Friano, Naldini, etc.), un penchant pour une peinture raffinée et un subtil intellectualisme.

RAFFAELLINO DEL GARBO (Florence, 1466-1525)

D'abord épigone de l'école botticellienne, il est devenu par la suite un interprète plein de fantaisie du style de Filippino Lippi. Curieusement, sur le tard, en une sorte de mouvement rétrograde et archaïsant, il est revenu à la manière de Ghirlandaio.

RAFFAELLO (Raphaël) (Urbino, 1483 – Rome, 1520)
Elève du Pérugin, il travailla à Pérouse, à Florence et à Rome. Auprès des papes Jules II et Léon X, il fut architecte en chef et surintendant des bâtiments de l'Eglise. Ce fut un maître du classicisme qui a su allier la précision du dessin et la finesse du coloris avec une ampleur monumentale et de vastes volumes comme dans les chambres du Vatican : l'*Ecole d'Athènes*, le *Parnasse*, *Héliodore chassé du temple*. Mais aussi dans des tableaux célèbres : le *Mariage de la Vierge*, la *Transfiguration*, la *Fornarina*. Il excella dans le portrait où la profondeur psychologique s'allie avec la luminosité et la douceur des formes. Pendant trois siècles, il restera la référence.

RAZZI, Silvano
Benedetto Varchi a composé un recueil d'épigrammes qu'il a envoyé à Silvano Razzi. Il s'agit de quarante petits poèmes en latin que Varchi, se sentant près de la mort, composa en 1563-1564 pour le moine camaldule Silvano Razzi, qui était un de ses exécuteurs testamentaires. Varchi désirait que ce dernier en choisisse un pour le graver sur son sépulcre qu'il avait l'intention d'édifier à Fiesole. Aucun de ces deux désirs ne fut réalisé.

RICCIO, Pierfrancesco (Prato, 1501 – Florence, 1564)
Sa vie de prêtre fut étroitement liée à celle de Cosme Ier, dont il devint le précepteur en 1524. Par la suite il fut son secrétaire personnel jusqu'en 1553. Il eut une influence appréciable sur les initiatives de la cour. Ainsi encouragea-t-il la création d'une manufacture de tapisseries, qui fut réalisée. Homme cultivé, il avait une bonne connaissance du grec et du latin. Admirateur de Lüther, il s'engagea dans la défense des intellectuels persécutés pour des raisons politiques ou religieuses. Ainsi favorisa-t-il le retour de Benedetto Varchi à Florence.

ROSSO FIORENTINO, IL (Florence, 1495 – Fontainebleau, 1540)
Il fréquenta l'atelier d'Andrea del Sarto, mais fut toujours très indépendant. Invité par le roi de France

François Ier, il devint le peintre officiel de la cour. A Fontainebleau, il décora d'une façon somptueuse la grande galerie du château. Il est, avec Pontormo et Beccafumi, le maître du premier maniérisme florentin. Son chef-d'œuvre reste la *Descente de croix* de Volterra : positions invraisemblables des personnages, couleurs acides, et un chromatisme que la lumière découpe en facettes. Tout cela crée un climat pathétique et abstrait, plus intellectuel que spirituel.

RUSTICI, Gianfrancesco (Florence, 1474 – Tours, 1554)
Sculpteur et peintre, il fit son apprentissage dans l'atelier de Verrocchio. Il fut toutefois fortement influencé par Léonard de Vinci, comme le montre le groupe de la *Prédication du Baptiste* au baptistère de Florence. Avec le panneau de la *Madone avec l'Enfant et saint Jean*, il se rapproche de Michel-Ange. Vasari le considérait comme un des meilleurs sculpteurs de Florence. Nous avons aussi de lui un tableau qui représente la *Conversion de saint Paul*. Rustici a toujours préféré la clientèle privée aux commandes officielles.

SALVIATI, Francesco (Florence, 1510 – Rome, 1583)
Le peintre Francesco de' Rossi fut l'élève d'Andrea del Sarto et le protégé du cardinal Salviati dont il prit le patronyme. Après un voyage à Rome en 1541 en compagnie de Vasari, il décora en 1544 la salle des audiences du Palazzo Vecchio. En France, il travailla à Fontainebleau et au château de Dampierre. Il subit fortement l'influence de Michel-Ange et des maniéristes.

SAN FRIANO, Maso da (Florence, 1531-1571)
Ce peintre fut l'élève de Foschi et l'assistant de Vasari. En 1560, son retable de la *Visitation* sanctionne la fin de sa période juvénile et annonce sa nouvelle orientation vers le style du Rosso. En 1561, il peint une *Ascension* pour l'église Ognissanti à Florence et, pour Santa Felicita, la *Rencontre de Gioacchino et d'Anna*. Pour la décoration du Studiolo de Francesco Ier, il peignit *Dédale et Icare* ainsi que les *Mines de diamants*. En 1564,

il participera à l'*apparato* pour les funérailles de Michel-Ange. On apprécie en lui la qualité de sa lumière et une grâce maniérée sans excès.

SANGALLO, Francesco da (Florence, 1494-1576)
Ce sculpteur était le fils du grand architecte Giuliano da Sangallo. Après différents travaux comme le buste de Giovanni delle Bande Nere, le père de Cosme Ier, le groupe de *La Vierge, sainte Anne et l'Enfant*, ou encore son autoportrait à Fiesole, il s'occupa des fortifications de Pistoia. En 1543, il succéda à Baccio d'Agnolo et devint maître d'œuvre et architecte de Santa Maria del Fiore. Il conçut ensuite la tombe de Pierre II de Médicis et celle de Leonardo Buonafé à la chartreuse de Galluzzo. Il commença le campanile de Santa Croce qu'il laissa inachevé. En 1560, il sculpta la statue de Paolo Giovio pour son monument funéraire. Francesco da Sangallo n'a pas une unité stylistique marquée : il passe d'un froid classicisme à la Sansovino au réalisme archaïsant du Quattrocento.

SANSOVINO, Andrea (Monte San Savino, 1460-1529)
Architecte et sculpteur, et élève, dit-on, d'Antonio del Pollaiuolo, il travailla à Florence et à Fiesole. A la fin du siècle, il séjourna au Portugal où il fut très actif. De retour en Italie, on le voit à Volterra (les fonts baptismaux de la cathédrale), à Florence (sculpture du *Baptême du Christ* pour le baptistère), à Rome avec la tombe des Sforza à Santa Maria del Popolo. Comme architecte, il resta tributaire du style du Quattrocento. Comme sculpteur, il fut éclectique, soucieux de récupérer les formes classiques à travers les leçons de Bramante et de Raphaël.

SAVONAROLA, Girolamo (Jérôme Savonarole) (Ferrare, 1452 – Florence, 1498)
En 1491, il devint le prieur du couvent Saint-Marc à Florence. Ses sermons furent écoutés par des centaines de Florentins qu'il exhortait quotidiennement à la repentance. Il s'imposa comme chef politique en instaurant un régime théocratique. Il remania à sa façon la Constitution, la justice et les finances. Il réforma les mœurs en abandonnant

les fêtes profanes et en créant les "bûchers des vanités". Son autorité et son intransigeance divisèrent les Florentins. Ses attaques contre le pape Alexandre VI Borgia lui valurent d'être excommunié. Il fut condamné à mort, pendu puis brûlé sur la place de la Seigneurie en 1498.

SCIORINA, Lorenzo della (Florence, entre 1540 et 1550-1598)
Elève de Bronzino, il devint par la suite membre de l'Académie du dessin, fondée par Vasari. Il travailla dans le Studiolo de Francesco Ier au Palazzo Vecchio. Il fit partie de ce groupe de jeunes peintres qui affichèrent un style nouveau et que Vasari avait recrutés pour ce Studiolo. Il y représenta *Hercule et l'hydre de Lerne* en 1570. Il travailla presque toujours à Florence et il participa à l'organisation des obsèques de Michel-Ange.

SETTIGNANO, Desiderio da (Settignano, 1430 – Florence, 1464)
Sculpteur particulièrement fin et délicat. Célèbre très jeune, il a joui d'une grande notoriété toute sa vie. Les portraits qu'il fit de femmes et d'enfants sont d'une incroyable finesse. Son sens de la décoration est très subtil, en même temps qu'il se révèle un extraordinaire virtuose dans l'exécution. C'est un des plus grands sculpteurs florentins de la Renaissance, à l'opposé de "l'héroïsme" de Donatello.

SODERINI, Piero (Florence, 1452-1522)
Issu d'une grande famille florentine, Piero Soderini a été élu à vie, en 1502, au poste de gonfalonier, c'est-à-dire chef du gouvernement républicain de Florence dont il devait assurer la stabilité et la continuité. C'était à la fois la charge suprême et une fonction honorifique. En dix ans, Soderini s'aliéna les amis des Médicis en exil, les adversaires d'une alliance avec la France et les partisans d'une réforme constitutionnelle. Les troupes pontificales et espagnoles marchèrent sur Florence en 1512. Il dut démissionner et il s'exila.

SODOMA, IL (Vercelli, 1477 – Sienne, 1549)
Il fut très jeune un imitateur de Léonard de Vinci pour les techniques du clair-obscur qu'il traduisit

avec des valeurs plus amorties, comme *Amour et chasteté* au Louvre, *Judith* à Sienne, *Madone et saints* à Turin. A Sienne, il subit l'influence du Pérugin et de Signorelli, comme cela se remarque dans l'*Histoire du Christ et de Marie* à Pienza ou l'*Histoire de saint Benoît* à Monteolivetto. Il termina sa formation à Rome (*Histoire d'Alexandre* à la Farnesina). Il fit partie du groupe des maniéristes issus de Raphaël. Il eut, de ce fait, une grande influence sur les maniéristes siennois comme Beccafumi.

SOGLIANI, Giovan Antonio (Florence, 1492-1544)
Peintre. Dans un premier temps il suivit les préceptes de son maître Lorenzo di Credi, ensuite il se rapprocha d'Albertinelli et de Fra Bartolomeo (ainsi la *Cène* à San Marco à Florence). A la fin, il adopta la manière d'Andrea del Sarto et de Perino del Vaga auquel il succéda pour la décoration de la cathédrale de Pise.

STRADANO, Giovanni (Jan Van der Straet, dit Stradanus) (Bruges, 1523 – Florence, 1605)
C'est un peintre et un graveur flamand. Après sa formation artistique à Bruges, il fit un séjour à Lyon puis il finit par s'établir définitivement à Florence. Il s'inscrit dans le courant maniériste florentin. Il collabora avec Vasari et il eut une part importante dans la décoration du Studiolo de Francesco I^er^.

LES STROZZI
Célèbre depuis le XIV^e^ siècle, la famille Strozzi était la plus riche de Florence et n'avait d'égale que celle des Médicis. La rivalité entre les deux puissantes maisons aboutit à la suprématie financière et politique des Médicis au détriment des Strozzi qui durent s'exiler en 1434. L'ancêtre, Palla Strozzi, banquier et humaniste, joua un rôle important dans la vie politique et culturelle de Florence où il fonda la première bibliothèque publique. Filippo Strozzi (le Jeune) reste le plus connu. Bien que marié à une Médicis, il fut farouchement opposé à l'hégémonie de cette famille alors que le régime était encore républicain à Florence. Avec les *fuorusciti*, c'est-à-dire les exilés volontaires, il fut à l'origine de

l'insurrection de 1537 contre Cosme Ier et de l'échec de la bataille de Montemurlo. Il fut ensuite incarcéré sur ordre de Cosme et mourut en prison.

*Giambattista Strozzi (1505-1571)*. Poète, il a su donner à sa poésie une certaine grâce agile et harmonieuse. Il a le mérite d'avoir renouvelé les formes dites mineures de la poésie et surtout de l'avoir libérée d'une trop stricte imitation de Pétrarque. Il est l'auteur de la fameuse épigramme sur la *Nuit* de Michel-Ange, épigramme à laquelle ce dernier a donné la réponse bien connue, sous forme de quatrain. Ses poèmes furent publiés à Florence en 1593 à l'initiative de ses enfants.

TASSO, Giovanni Battista del (Florence, 1500-1555)

D'abord menuisier, il se fit architecte. Il édifia la loggia du Mercato Nuovo dans le goût rétrograde du siècle précédent, le Quattrocento. Il s'affaira au Palazzo Vecchio que Cosme, nouvellement nommé duc de Florence en 1537, désirait restructurer de fond en comble afin de l'habiter. Il dut bien souvent affronter la mauvaise humeur de Vasari promu par Cosme directeur des travaux du Palazzo Vecchio et qui ne pouvait le supporter.

TEBALDI, Camilla

Camilla Tebaldi, femme de la bourgeoisie florentine, figure dans le tableau de Bronzino *La Descente du Christ dans les limbes*, de 1552. Dans cette *tavola*, on reconnaît Pontormo et certains de ses contemporains comme Giovambattista Gelli, le peintre Bachiacca et des jeunes femmes de la noblesse florentine. Cette œuvre fut critiquée à cause de la présence de nus féminins dans un tableau religieux, au point qu'en 1821 on la remplaça par une *Descente de croix* du même Bronzino.

TINTORETTO, IL (le Tintoret) (Venise, 1518-1594)

Il fut, avec Véronèse, le chef de file de la peinture vénitienne de la fin du XVIe siècle. S'il s'inspira de Titien, son œuvre est animée par une dynamique fondée sur l'étude du corps humain en mouvement. Il travailla surtout pour les *scuole* et les églises de Venise, mais il fit également pour des particuliers des sujets mythologiques et de nombreux portraits. Son objectif : le dessin de Michel-Ange et les couleurs de Titien. Il peignit un cycle sur la légende de saint Marc. Dans les années 1550, il entreprit les toiles destinées à Santa Maria dell'Orto, avec la *Présentation de la Vierge*, puis celles de la scuola de San Rocco : *Scènes de la vie de saint Roch*, *Scènes de la vie de la Vierge*, *Fuite en Egypte*. Il peignit ensuite la *Cène* pour l'église San Giorgio Maggiore de Palladio.

TITO, Santi di

Il fit partie du groupe qui a travaillé à la décoration du Studiolo de Francesco Ier au Palazzo Vecchio. Il est un représentant du maniérisme tardif. On lui doit, au Studiolo, les *Sœurs de Phaéton*, *Hercule et Iole* et le *Passage de la mer Rouge*. A Santa Maria Novella se trouvent la *Résurrection de Lazare* et l'*Annonciation*.

TIZIANO VECELLIO (Titien) (Pieve di Cadore, 1488 – Venise, 1576)

Dans un premier temps, le peintre fut influencé par Giorgione, son maître. Ensuite il devint un artiste international en travaillant pour les papes, pour François Ier, pour Charles Quint et son fils Philippe II. Son art finit par atteindre un haut degré de lyrisme et d'audacieuses innovations techniques. Il eut, sur l'art européen de son temps, une influence immense. On remarque particulièrement *L'Amour sacré et l'Amour profane*, la *Bacchanale*, la *Vénus d'Urbino*, la *Danaé*, *La Nymphe et le Berger*.

TORRENTINO, Lorenzo (dans le Brabant, 1499 – Florence, 1563)

Jeune encore, il travailla pour des imprimeurs d'estampes et des libraires à Anvers, Bâle, Lyon et Venise. A partir de 1520, naturalisé italien, il s'installa comme libraire à Bologne. Il faisait venir de France et d'Allemagne des livres grecs et latins. Invité par Cosme Ier en 1564, il devint l'imprimeur officiel du duc de Florence. Il édita deux cent cinquante-sept livres, parmi lesquels des ouvrages d'Alberti, de Giovio, de Guicciardini et la première édition des *Vies* de Vasari en 1550. A sa mort, l'imprimerie fut reprise par ses trois fils.

TORRI, Bartolomeo (v. 1529 – v. 1554)

Seul Vasari nous parle de ce peintre inconnu. Torri serait issu d'une noble famille d'Arezzo et fut l'élève de Giovan' Antonio Lappoli. A Rome, il s'intéressa à l'étude du nu, et plus particulièrement à l'anatomie. On le considéra comme le meilleur dessinateur de son temps. Il mourut à l'âge de vingt-cinq ans, victime de ses excès.

TRIBOLO (Niccolò Pericoli, dit IL) (Florence, 1500-1558)

Il fut sculpteur et ingénieur. Il sut insérer dans l'architecture des créations souples et élégantes même si elles demeurent encore dans l'esprit dynamique de Michel-Ange. Sa plus forte contribution au maniérisme toscan réside essentiellement dans ses travaux aux jardins Boboli à Florence et dans ses fontaines pittoresques (villa Petraia, villa di Castello).

UCCELLO, Paolo (Florence, 1397-1475)

Peintre, mosaïste, décorateur et marqueteur. Il travailla comme orfèvre dans l'atelier de Ghiberti et comme mosaïste à la basilique Saint-Marc à Venise. Il fit des vitraux pour la cathédrale de Florence. Il est le parfait homme de la Renaissance avec sa curiosité et son ouverture d'esprit. Passionné de géométrie, il mena des recherches approfondies sur la perspective. Il sut unir dans ses compositions la puissance suggestive et rythmique de la ligne et l'audace de la couleur et de la forme. Ainsi la *Bataille de San Romano, Saint Georges et le dragon, La Légende de la profanation de l'hostie.*

VALDÉS, Juan de (Cuenca, 1500 – Naples, 1541)

Il fut l'un des principaux représentants et défenseurs, avec son frère Alfonso, des théories d'Erasme avec lequel tous deux correspondirent. Il écrivit un *Dialogue de la doctrine chrétienne* qui fut fort peu apprécié par l'Inquisition espagnole. Aussi, pour la fuir, préféra-t-il s'exiler en Italie où Charles Quint lui confia un poste. Il publia plusieurs ouvrages sur la doctrine chrétienne ainsi qu'un *Dialogue de la langue espagnole* (1535).

VARCHI, Benedetto (Florence, 1503-1565)

Même si, très jeune, il fut attiré par la littérature, il entreprit des études de droit à Pise pour devenir notaire. De retour à Florence, il adhéra à des mouvements antimédicéens qui le contraignirent à quitter la ville. Il s'exila à Padoue et à Bologne. Considéré comme un philosophe, il devint très vite célèbre et Cosme I^er^ l'invita à revenir à Florence. Il entra alors à l'Académie florentine, où il s'occupa de linguistique, de critique littéraire, d'esthétique, de philosophie, mais aussi d'alchimie et de botanique. Il écrivit l'*Hercolano* (un dialogue sur la nature de la langue vulgaire toscane) mais surtout l'*Histoire de Florence* à la demande de Cosme I^er^ qui désirait une histoire contemporaine de son duché.

VASARI, Giorgio (Arezzo, 1511 – Florence, 1574)

Peintre, architecte, urbaniste, écrivain, historien, critique d'art, courtisan, Vasari est un témoin capital du XVI^e^ siècle. Après la révolution maniériste de Pontormo, du Rosso et de Beccafumi, il s'inscrit dans un courant plus calme et légèrement réactionnaire. C'est aussi un intellectuel et un érudit qui trouva à Rome un milieu favorable chez les Farnèse. Il réalisa le cycle des fresques de la Chancellerie et commença la rédaction des *Vies* des artistes (en 1550, et une deuxième édition, avec des artistes contemporains, en 1568). Cet ouvrage fit de lui le premier historien et critique d'art. Il réhabilita le Palazzo Vecchio qu'il couvrit de fresques. Pour répondre aux vues totalitaires et centralisatrices de Cosme de Médicis, il édifia les Offices. A Pise, il restructura le palais des Cavaliers ainsi que la place du même nom. En 1561, il créa l'Académie du dessin.

VERROCCHIO, Andrea (Florence, 1435 – Venise, 1488)

Orfèvre, peintre et sculpteur. Il incarne la sculpture toscane traditionnelle avec des effets picturaux de clairs-obscurs. On lui doit l'*Incrédulité de saint Thomas* à l'extérieur d'Orsanmichele. Il joue avec les effets chromatiques du bronze quand il sculpte le jeune *David* ou le *Putto avec un dauphin* au Palazzo Vecchio. Invité par la république de Venise, il sculpta le saisissant groupe équestre de *Bartolomeo Colleoni.*

VESPUCCI, Niccolò (1474-1535)
Chevalier de Rhodes, il fut le favori du pape Clément VII. A Florence, “sa maison se trouvait sur la culée du Ponte Vecchio en amont de l'église Saint-Sulpice”, nous explique Vasari. En effet, lorsque, sur la recommandation du cardinal Passerini, Antonio Vasari, le père de Giorgio, conduisit son fils à Florence, pour l'engager dans l'atelier de Michel-Ange, le cardinal s'occupa du logement du jeune Vasari et l'installa chez Niccolò Vespucci. Lorsque Lodovico Capponi décida en 1525 de décorer sa chapelle de Santa Felicita et de l'orner de tableaux, ce fut Niccolò Vespucci qui insista auprès de lui pour que le travail fût confié à Pontormo, avec lequel il était ami.

ZUCCHI, Jacopo (Florence, 1541 – Rome, 1580)
Peintre qui appartient à la troisième vague du maniérisme florentin, celle qui est liée à la décoration du Studiolo de Francesco Ier, où on lui doit la *Mine d'or.* On trouve dans sa peinture à la fois un soin minutieux du détail et une tonalité légèrement fantastique.

N.-B. – Pour la précision de l'information concernant ces notices, l'auteur a utilisé l'*Enciclopedia dell'arte* (Garzanti, 1973), le *Dictionnaire de la Renaissance italienne* (Thames & Hudson, 1997) ainsi que le Robert.

## REMERCIEMENTS

Je voudrais remercier ici les amis qui m'ont encouragé à continuer alors que j'étais au milieu du gué : Françoise Bertrand, Catherine Cœuré, Jacques Montredon et Monique, ma femme. Je remercie tout particulièrement René Bourgeois qui n'a jamais hésité à lire et relire plusieurs fois ce travail pour gommer ou rectifier tout ce que j'avais pu laisser traîner comme maladresses, négligences et autres imperfections. Avec sa gentillesse souriante et sa grande rigueur, il a nettoyé ce texte pour le rendre plus lisible. Je lui en suis très reconnaissant et l'en remercie *di cuore*.

# TABLE

OUVRAGE RÉALISÉ
PAR L'ATELIER GRAPHIQUE ACTES SUD
ACHEVÉ D'IMPRIMER
EN FÉVRIER 2024
PAR NORMANDIE ROTO IMPRESSION S.A.S.
À LONRAI
POUR LE COMPTE DES ÉDITIONS
ACTES SUD
LE MÉJAN
PLACE NINA-BERBEROVA
13200 ARLES

DÉPÔT LÉGAL
1re ÉDITION : MARS 2024
N° impr. : 2400260
*(Imprimé en France)*